我和自己结婚了

Reader, I Married Me!

[英] 索菲 · 坦纳 —— 著
乔菁 —— 译

中信出版集团 | 北京

图书在版编目（CIP）数据

我和自己结婚了 /（英）索菲 · 坦纳著；乔菁译
. -- 北京：中信出版社，2021.1
书名原文：Reader，I Married Me！
ISBN 978-7-5217-2531-5

Ⅰ. ①我… Ⅱ. ①索… ②乔… Ⅲ. ①长篇小说－英
国－现代 Ⅳ. ① I561.45

中国版本图书馆 CIP 数据核字（2020）第 243610 号

我和自己结婚了

著　　者：[英] 索菲 · 坦纳
译　　者：乔　菁
出版发行：中信出版集团股份有限公司
（北京市朝阳区惠新东街甲 4 号富盛大厦 2 座　邮编　100029）
承 印 者：北京诚信伟业印刷有限公司

开　　本：787mm × 1092mm　1/32　　印　　张：13.5　　字　　数：300 千字
版　　次：2021 年 1 月第 1 版　　印　　次：2021 年 1 月第 1 次印刷
京权图字：01-2020-3565
书　　号：ISBN 978-7-5217-2531-5
定　　价：56.00 元

爱自己，是一生浪漫的开始。

——奥斯卡·王尔德

第一章

难道只有我觉得，和同事们在一个浴池里泡澡——这事儿有点尴尬？尽管我人生中有一半时间都和这群人在一起，但我半点儿也不想和财务部的基思有什么“坦诚”的接触。

这次团建，我们住在新森林国家公园的木屋里。大部分同事已经去了屋外，把自己浸在浴池的泡泡中。

我穿着绿色波点比基尼，站在豪华浴室无情的聚光灯下，审视着落地镜中的自己。我可没预料到，自己会在一月中旬穿泳衣。

我一向是偏运动型的健康身材，但因为今年冬天过于放纵，我变得臃肿了很多。这可不是我的错——谁让他们从 10 月份就开始卖圣诞点心，还在新年时全都打了折。

我把自己的红发扎成丸子头，穿上白色浴袍，盯着柜子里那几双没拆包装的拖鞋。天，这太浪费了，我可不想再给那种大型一次性拖鞋坟场添砖加瓦了。

好了，是时候行动起来了，别总那么保守。我敢肯定，在斯堪的纳维亚这样的地方，同事们总是在蒸汽浴室里制定工作策略，面对彼此几乎没遮没挡的生殖器也能怡然自得。

我光着脚大步走过客厅，对坐在沙发上的几个人点了点头，他们显得有点儿难为情。

“不出去一起玩吗？”我问。

“我脚底长了个疣子。”

该死，应当穿上拖鞋的。

我踮起脚尖走路，从厨房的冰箱里拿了一瓶普罗塞克酒，然后从玻璃门里探头向外看。夜晚的寒冷空气中，我呼出的气变成了白色。门外的木质露台上有两个热水浴池，我迅速评估了一下两个浴池中的人。

右边的浴池里是我的老板贾尔斯。我在布莱顿[1]供职的数字化营销机构叫作“领导者”，就是他的公司。圣诞节的时候，他去加勒比海度假，把皮肤晒成了亮棕色。现在他正揉搓着自己浓密的金色胸毛，讲话时还不断挥动着手臂。

他周围那些汗流浃背的客户经理都靠在池边，尽可能跟他保持最远距离。尽管他们衣不蔽体，但仍试图让自己看起来专业一些。

左边的浴池里坐着“领导者”的年轻团队。贾尔斯喜欢雇用精通数码产品的新生代——这代人对手机出现之前的生活毫无记忆。女孩们大声尖叫闹腾，树上的小鸟可能都已经被吵得离家出走了。

我走上台阶，呼吸着森林里的泥土气息。嗯……我真的应该去贾尔斯那边的浴池，试着进行一些高级商务交流。我得让高层管理

1 布莱顿：英格兰南部海滨城市。（本书注释如无特别说明，均为译者注）

人员开始把我看成自己人。我今年35岁了，却仍然是个薪水微薄的客户主管。以前我的确跳了几次槽，不过，我多年的经验应该是能起点儿作用的。

“想要更多泡沫吗，朋友们？”我晃了晃普罗塞克酒瓶，朝贾尔斯在的浴池走去。我脱下浴袍，一条腿跨进浴池里，尽量表现得若无其事。

突然，我的脚在塑料椅上滑了一下，整个人控制不住地冲向贾尔斯。我们的额头撞在一起，头骨发出响亮的撞击声。

“啊！”贾尔斯捂着脑袋，我挣扎着离开他滑溜溜的四肢。人力资源经理杰丝过来解救了我。她抓住酒瓶，拽着我的比基尼裤腰把我拉到她身边。办公室经理特蕾莎在旁边哈哈大笑。

“该死，对不起！贾尔斯！”我羞愧地耸起肩膀，揉着额头，缩进热水中，让水没过我的下巴。

“天啊，我倒是习惯了女士们扑向我，但不是你那种！”贾尔斯的眼里全是泪水，两眉正中间肿起了一个越来越红的大包。

财务总监基思的眼镜上蒙着雾气，他清清嗓子，身体往前凑了凑：“就像我说的一样，贾尔斯，‘领导者’正在走向成熟。我们很快就需要重新审视公司的商业计划了。”

贾尔斯拂开额前的淡棕色头发：“是啊，正当如此，基思。是时候把一切梳理清楚了——一旦剥茧抽丝地分析后，我相信我们会找到更多机遇。”

基思困惑地看着他：“我不确定我……”

贾尔斯继续说:“我今年主要的关注点就是——在《每日电讯报》和《卫报》等媒体上，要有更多关于我的商业报道。”

“我很乐意帮忙做这个。”我脱口而出，急于补救自己无意中造成的撞头事故。

“好极了，毕竟，这正是你们这些负责公关的女生擅长的。”贾尔斯转身看着我，眼中闪着海蓝色的光，和浴池里的热水颜色很相称。

贾尔斯对自己“成功企业家”的名声很是痴迷。他本来就是哈珀饼干公司的财产继承人，是他的祖父发明了维也纳旋风饼干。但贾尔斯喜欢向家人展示，他只靠自己的力量能做得多好——尽管他几乎从来不待在办公室，并且我很确定，都是多亏了基思，公司才得以维持运营。

“只要再来点精心策划，我们就能让报表最顶行[1]维持不错的增长速度。”基思继续说，这话引起了我的注意。我嘟起嘴唇，若有所思地点点头。至于“最顶行”到底指的是什么，我只能说，我从来没有真正搞明白过。与之对应的“最底行”，我也是一样搞不懂。

基思开始对公司的财务状况进行复杂的剖析，我感觉有人用尖瘦的胳膊肘捅了捅我的肋骨。

“该死，我现在欲火中烧，是不是很怪?”杰丝在我旁边低声说。

---

1 报表最顶行，财务报表中的第一行，指的是企业销售额。下文中“最底行”指的是企业净利润。

她金色的波波头乱成一团，融化的睫毛膏在她发红的脸颊留下一条条黑印。

“我觉得咱们公司的人可不算质量优异。”我放低声音，一边环顾浴池，可供选择的啤酒肚和大胸男士倒不在少数，“你看上谁了？”

“克洛，我现在愿意跟任何人来一发。不出所料，我超想做爱，老公却根本不在这儿。”

“大家说的那些婚后性生活的事儿，是真的吗？”

“是真的。在一起待上漫长的10年，再有了两个孩子之后，你会觉得那件事也只是一项家务活儿，还是比较乏味的那一类。洗衣服至少能让我有种成就感，而且洗衣机倒还更容易让我进入高潮。”

我同情地皱起鼻子：“可能这个阶段的关系是有点儿干巴巴的。”

“是啊，简直太干了，干到我们都要他妈的后院起火了，但约翰甚至都没有意识到，我们的关系出问题了——他上大号的时候都不关厕所门，天哪！等你结了婚，有了孩子，你就知道了。”杰丝充满不祥意味地指了指我，“不管怎么说，你和你的男人不是该结婚了吗？”

“怎么，你刚发表完这通热烈的议论，就跟我聊这个？”我笑了，“安特绝对是我的灵魂伴侣，不用急。”

虽然我和安特正式在一起只有三年，但我们在伦敦大学金史密斯学院时就认识了，那时我们才18岁。我们都在英国冷清的乡村长大，伦敦的灯红酒绿让我们眼花缭乱。我们一头扎进首都的生活，就像孩子们进了糖果店一样，每种东西都要尝一次。我被安特顽皮的天性吸引，他总爱对别人恶作剧。他会扬起乌黑的眉毛，对我露出淘气的笑容，让我无法抗拒。我们一直是“作恶”的共犯，但我从来没从男女之情的角度看他。直到后来，安特和我才意识到，我们之间是身体上的吸引力。

“至少你要搬去跟他一起住吧？”杰丝眯起眼睛，盯着我的脸。

“他说那样感觉太挤了。”两年前，安特搬到布莱顿时，用他母亲的遗产买了一套一居室的公寓。他非常珍爱那套房子。

“那在你们俩之间的地段，买套大一点的房子，然后一起还贷款呢？”

“这倒是可以，”我承认，“我的室友现在确实快把我逼疯了。”

当年我来到布莱顿时，刚刚结束了一次旅行。我搬去和朋友多姆同住。我和他是在洛杉矶的一次博客作家聚会上认识的。他是一名时尚视频博主，也是个模特，是我认识的最有魅力的人之一。和多姆一起住的那几年简直棒极了，我们会穿着睡衣一起在客厅跳舞，举办一些主题古怪的派对。但在去年夏天，多姆和他的希腊男友买了一套公寓。代替他做我室友的女孩名叫莎弗伦，不幸的是，她完全是个可怕的噩梦。

“她总是点着广藿香熏香，我太烦那个了，让我的衣服变得臭烘烘的。”我抱怨道。

“呃，我可受不了这个。”杰丝打了个哆嗦，“你不能一直像个学生那样生活，克洛，总有一天你得安定下来。”

“我想是吧。”我笑了，因为我想到了安特有多讨厌“安定下来”

这个说法。他总是不太想迎合社会习俗。在绿树成荫的郊区买一套漂亮的联排住宅，在办公室做同一份工作度过余生，没有什么比这样的生活更让他害怕了。

我了解这种幽闭恐惧症：世界这么大，有那么多要去看的东西——这也是我在 30 岁之前去旅行的原因。后来，安特前往中美洲和我结伴旅行。安特最开心的时候，绝对就是没有日常工作的时候，这样他就可以率性而为。正因为如此，我从来不用无聊的家务给他压力。我们在一起太开心了，我不想毁了这种感觉。

“我真不懂，你们俩怎么还能参加这么多派对。我现在太老了，受不了那些。”杰丝戳了戳她眼周的皮肤，“看这些鱼尾纹！”

我朝她泼水：“杰丝，拜托，你和我年龄一样大。你只是累过头了，因为你是个妈妈，而且是个超级辣妈！”她确实是——她的身材凹凸有致，脸庞像小天使一样，还长着可爱的酒窝，但经验告诉我，她一旦开始自我贬低地碎碎念，就是没有理性可言的。

“并没有！你看到这个了吗？简直像西班牙猎犬的耳朵。”杰丝扭了扭胸部，“而且我肚子上有一坨赘肉，像九十年代的那种腰包一样。”

“我懂你的意思，杰丝。我从来没有像现在一样，觉得自己缺乏魅力。”坐在杰丝旁边的特蕾莎倾身向前说，“我儿子从学校带回了一幅我们一家人的画像，他给我画了稻草人的头发，眼睛下面还有黑眼圈，这个小浑蛋！”

我瞥了一眼特蕾莎浓密的稻草色头发。说句良心话，确实有点像稻草。

“而且你看，昨天他居然咬了我一口！”特蕾莎举起胳膊，她的手腕上有明显的红色凹痕。大多数泡在浴池里的人都是家长，他们不再聊天，都盯着她的咬痕看。

“哎哟，你有没有试过隔一会儿就给他一点儿零食吃？”杰丝建议道，“也许他是饿得生气了？”

“或者等他发脾气的时候，给他一个枕头让他打。”基思插话道。

“或者下次他咬你的时候，你可以试着大声喊疼，然后在地上打滚、装死。”我点点头，一副很懂的样子。

“但是你没有孩子，克洛伊，是吧？”特蕾莎看起来有些迷惑。

“我没有，不过我有条拉布拉多犬，名叫朵拉。它还是小狗的时候，也有咬人的问题。”我摆了摆手，“道理是一样的。”

几个人交换了一下疑惑的眼神，然后开始热烈地讨论带孩子的事。我们之间日常生活方式的鸿沟出现了，我叹了口气。每当我试图加入这种频繁出现的家庭育儿讨论时，总觉得他们在屈尊俯就我。就好像做家长的人都是在前线浴血奋战的斗士，而我是个用“种土豆”做借口待在家里的逃兵。

我身后的另一个浴池那边，有个酒瓶的软木塞砰的一声被拔了出来，浴池中爆发出喧闹的笑声，让我对刚才加入眼前这组人的决定有些后悔。我对孩子是感兴趣的，我喜欢和朋友们的孩子一起玩。我甚至有一个教女，名叫麦茜，我非常爱她，她叫我“怪妈妈”……因为我爱逗她笑嘛。但在安特和我开始全心养育一个真实的人之前，我们还有太多事情想去做，何况，安特甚至连他的仙人掌都养不活。

“克洛伊，现在是红色警报紧急事件。”一个急迫的声音在我耳边低低地响起。我转过身，很高兴能从关于越野婴儿车的激烈辩论中脱身。

“什么情况？”

时尚团队的维里蒂穿着珊瑚色比基尼，蹲在我身后。她挑染的焦糖色头发梳成高马尾，完美无瑕的脸庞闪着润泽的光。

“是西蒙妮。她刚被甩了，把自己锁在我们的浴室里，有可能会做傻事。我把我的镊子落在里面了。”维里蒂咬着下唇，整齐洁白的牙齿闪闪发光。

“你觉得她会干什么？拔毛把自己拔死吗？”

“谁知道她会做出来什么事啊。”维里蒂瞪大她瓷器般蓝色的眼睛，湿漉漉的睫毛尖尖地支棱在眼前。

“好吧。”我从浴池里爬出来，皮肤上还升腾着蒸汽。

“姑娘们，你们要去哪儿？”问话的是贾尔斯，他把一只胳膊肘搭在热水浴池外面，在维里蒂站起来时，他瞟了一眼她常练瑜伽的好身材。

“别担心，贾，我们能搞定。”维里蒂一只手搭在臀上，挺起胸部，冲浴池里的这群人微笑。多数男士都撇撇嘴，刻意将目光从她身上移开，而女人们则坦率地一脸迷恋，惊叹地望着她。

“来吧，克洛。”维里蒂甩了甩她湿答答的马尾辫，趾高气扬地穿过露台，显然对寒冷毫不在意。

“你们看维里蒂的大腿缝！”我赶忙追维里蒂时，杰丝正号叫着，“我甚至走不了10米，两条大腿就磨痛了。”

我们走进厨房时，维里蒂说：“唉，克洛伊，你得避开那些关于婴儿的无聊谈话。”

“好吧，但我确实听到了一些对付妊娠纹的好建议。”

“呃，我可不想要孩子，我才不会那样对待自己的身体。”维里蒂把手按在她的六块腹肌上，“现在你可以让胎儿在培养皿里长大，对吧？就是那种，定制婴儿。”

“是啊，但你还是得先怀孕。”

“哼，那我就雇个需要钱的人来代孕。”维里蒂倒吸了一口冷气，因为我打开了厨房的抽屉，拿出一把黄油餐刀。

“你不会觉得西蒙妮要动粗吧？”

“不是，这是用来开锁的，是我从安特那里学来的小技巧。走吧。”我把黄油刀放进浴袍口袋里。

我们穿过木屋的客厅，走上木楼梯，来到卧室。维里蒂和西蒙妮住在一间双人房里，房间铺着奶油色的地毯，装着木质板条百叶窗，还有深绿色的床罩。两张床上都乱七八糟地堆满了衣服——比你在森林里度个小假需要用到的多太多了。我指了指其中一双系带高跟鞋——

“你打算什么时候穿那个？”

“我们没准儿会碰上什么人，要举办大型乡村别墅派对之类的呢，就像《切尔西制造》[1]里面一样。”她在浴室门边跪下，用指节敲了敲门。

“西妮，我和克洛伊在外面。你还活着吗？”

我们听到抽泣的鼻音，然后是砰的一声。

“宝贝儿，他明显就是个渣男。你必须往前看，好吗？”她转向我说：“他们上床了，但之后他就完全不见人影了。”

“但是，昨天我看到他在声田[2]上播放我们的‘色色时间’歌单了。”西蒙妮隔着门反驳道。

“那时候他在想你。”维里蒂柔声安慰，“可能他只是需要点儿时间，然后就会低声下气地回来。”

“是啊，但他不接我的电话，还在聊天软件上屏蔽了我。”西蒙妮的声音颤抖着，“没有人要我，我又胖又丑，人生他妈的有什么意义？”

我们又听到了砰砰几声响，我把双手贴在浴室门上，朗声说道——

“西，我知道你一定很难过，但你以后会放下他的，我保证。你们在一起有多久？”

“三个星期。”

“才这么点儿时间？所以一个月之前，你根本都不知道他的存

1 《切尔西制造》：一部英国真人秀节目，关注伦敦切尔西地区上流社会年轻人的奢侈生活。
2 声田：Spotify，全球最大的正版流行音乐服务商。

在！拜托，西，你可不是这样的傻子。”

“但我不想孤独一人。”西蒙妮呜咽道。门后传来玻璃碎掉似的哗啦声，维里蒂跳了起来。

“快——我们想办法进去。”

我按下门把手，把黄油刀插进门和门框之间，用力撬锁闩的顶端，直到把它撬开。维里蒂和我用整个身体撞向门，一起跌进浴室。

西蒙妮穿着慢跑裤和比基尼上衣，瘫坐在浴缸旁边的石板地砖上。她棕色的短发湿答答的，粘在潮红的脸颊上。她愁闷地盯着自己刚刚打碎在浴缸里的红酒杯。红酒把陶瓷浴缸染了色，像血一样。

“哎呀。”她抬起头，带泪的棕色眼睛看向我们。

我抓起一条毛巾，开始捡大一些的玻璃碎片。

“快起来吧。”维里蒂把西蒙妮扶到墙角的藤椅上坐下，“别弄得自己这么不正常。”

“那杯子是个意外。”西蒙妮吸了吸鼻子，“对你来说当然没问题，维，所有男生都爱你，即使现在你已经和加文住在一起了也一样。”

“是啊，我知道，但即使是最普通的女孩，最终也会找到自己的挚爱。”维里蒂坐在浴缸边上，两条长腿交叉着，“你只是得先经历一些渣男。对吧，克洛伊？”

“绝对没错。我毕业时遇到的那个叫戴夫的家伙，就是个彻头彻尾的浑蛋。”我把玻璃放进垃圾桶里，用莲蓬头冲洗浴缸。

“很爱吃醋，还会告诉你该穿什么衣服的那一个？”西蒙妮问。

“没错，除了在卧室，他不允许我穿太短的衣服，不然他就会变得非常易怒。”我挨着维里蒂坐在浴缸边上，“我就是个受气包。他觉得某些朋友对我有‘坏影响’，就禁止我见他们，而我也接受了他这种做法。”

“浑蛋！”西蒙妮和维里蒂异口同声地说。

“没错。谢天谢地，我姐姐艾玛帮我鼓起勇气离开了他。戴夫当时一直发疯，不过我们没有让步。那之后，我单身了好多年，我超爱那种感觉。”我对西蒙妮说，“然后我就开始一个人旅行，撰写我的博客‘克洛伊漫游记’。”

“我从来没有勇气那样做。”西蒙妮说。

“不试试你永远不会知道。”我朝她微笑。我仍然记得当初登上飞机时，那种兴奋和害怕交织的眩晕感。“我知道，有个能分享各种东西的伴侣是很好，但当你不再牵着别人的手时，生活也会一样精彩。”

“我太胆小了。”西蒙妮看着她的腿，忧郁地说，“我只会想，大家都在笑我是个可悲又孤独的人，连男朋友都没有。”

“哦，西蒙。”我摇摇头，“没有男朋友并不可耻。你的魅力、你有多酷是不能用这件事衡量的。你选择和某人在一起的原因，只应该是他们让你的人生更完整了。别因为其他的什么破理由而妥协。”

“正是如此。”维里蒂点了点头，“你的男人要像对待公主一样对待你，否则你就把他踢到路边去。得像克洛伊的安特一样。”维里蒂不耐烦地对我比画了几下：“你在墨西哥做《美食、祈祷和恋爱》里那套玩意儿的时候，他跨越了半个地球去向你表白，不是吗？”

我大笑起来：“好吧，和你说的差不多。”

在萨尔萨舞[1]酒吧里，当我第一眼看到安特那熟悉的光头时，还以为是自己不小心吞下了梅斯卡尔酒里的蠕虫，产生了幻觉。他转过身冲我咧嘴一笑，扭着屁股，拙劣地试着跳拉丁舞。我扑进他怀里，当他把脸埋在我的发间时，我知道我们之间发生了某种变化。那感觉就像是我一生都在哼唱一首歌，而直到那一刻才突然明白了歌词的含义是什么。

“就像电影一样，”西蒙妮叹息道，“一起走向远处的落日。”

“在加勒比海岸边，我们确实看过几次壮观的落日。”我承认。

和安特第一次接吻时，我感觉自己的整个身体都在发光。我们做爱时，我能感觉到他给我体内带来的强烈影响，就在我的皮肤之下。我们俩都从没经历过如此热烈的感情——每天早上我们一起醒来，都会不可置信地傻笑，触摸彼此的脸，好确定我们不是在做梦。

“但总有一天，你会有属于自己的日落时刻的，西蒙。”我向她保证，“你才 25 岁——别浪费生命去为那些不值得的人哭泣。当你不去拼命寻找爱的时候，它就会出现。”

“是啊，不过也可以稍微找一找。你不会想像克洛伊一样等那么久的，最后变成一个又老又疯的女人，身边只有猫陪着。”维里蒂站起来，对着镜子审视自己，噘起嘴唇赞赏道，“我们还年轻漂亮着

1　萨尔萨舞，一种拉丁风格的舞蹈，热情奔放。

呢。”她不满的目光瞥向西蒙，“至少，还年轻。趁你还做得到，把他们钓到手吧，西蒙。”

“维里蒂，这不完全是外表的问题……”我反对。

“男人可从来不这样说。”维里蒂打了个哈欠，“来吧，我们走吧。西蒙，你带自拍杆了吗？”

“带了！”西蒙妮站起来，拽掉腿上的慢跑裤，“我们可以在照片墙上发一些超级棒的泡温泉的照片，他就会后悔当初跟我玩失踪了。”

我们走回楼下时，我皱着眉，不确定西蒙是否真的明白了我的意思。到厨房后，维里蒂又从冰箱里拿了两瓶酒，说：“让我们大醉一场吧。”

我们小步跑过露台，来到左边的热水浴池旁。维里蒂和西蒙直接跳进泡泡水里，对着销售部的家伙们尖叫泼水。我小心翼翼地跨坐在浴池边，不想重复那场灾难般的冲撞。

那些呆呆的技术人员中有个叫鲁迪的男生，他公然盯着我的身体，低低地吹出一声挑逗的口哨。维里蒂的眼睛正和我的胯部齐平，她恼火地眯起眼睛盯着他。突然，她伸手把我的比基尼裤往下拉了一英寸。

“天哪，克洛，我还不知道你的红头发是天生的呢。”她大声说，

浴池里每个人都狂笑起来。我急忙把自己凌乱的姜黄色阴毛浸入水下，两脚一不小心踢到了鲁迪的脸。

第二章

结果证明，热水浴池可不是什么豪饮到凌晨的好地方。第二天，大部分人都很难受，又是脱水又是恶心。

早上，我们和护林员一起在户外活动，搜寻可以吃的野生植物，在森林空地上用打火石点起篝火。

“松针茶对健康很有益，”护林员往煮水的罐子里又扔了些松针，“它对高血压有好处。”

我跪坐在他旁边，在笔记本上随意写写画画。我正在撰写一篇关于这趟旅行的博文。我的同事们有的靠着树干，有的坐在木桩上，兴致有高有低，一起观看煮茶。

“好了，尝尝看。”护林员隔着滤网把松针茶倒进杯子里，我抿了一口，茶香怡人，抚慰了我太阳穴上一阵阵的跳痛。

“它还富含维生素 A，会让你的皮肤和发质变好。”护林员向我微笑道。

“让我喝点儿。”维里蒂一把抢过我手里的杯子，她穿着艳丽的粉色天鹅绒霍利斯特运动装，“我昨晚完全没睡。”

我的同事们踉踉跄跄地凑过来，护林员递给大家更多茶水。

“我觉得那个热水浴池把我的内脏煮熟了。”鲁迪呻吟着，弓起骨瘦如柴的身子，捂着肚子。他的皮肤简直苍白得像石膏一样。

“现在你能用这个做借口了，不是吗，鲁迪？”一个男生用手拍了拍脸颊，假装惊慌地看向自己的胯部，“亲爱的，热水浴让我的老二变小了。”

“好了，各位队友，”贾尔斯走到空地中央说道，他头戴一顶粗花呢平顶帽，身穿崭新的巴博尔外套和不合脚的乐福鞋，“在回木屋开始公司年会前，我们还可以一起搭个林间小屋玩[1]，谁想跟我一起去？”

一群人之中，只有他心情雀跃、容光焕发，对我们的宿醉浑然不觉。他是那种喜欢打壁球、生活很健康的人，连喝三品脱酒这种事，在他看来是种堕落的行为。

“我不行，贾，我累坏了，”维里蒂噘起嘴说道，“我得回去补个觉。”

“好吧，没问题。”贾尔斯朝她咧嘴一笑，用双手拍打身体两侧，“还有别人想去吗？”

一片沉默。护林员看我们明显缺乏热情，很是不满：“我们来搭一间简单的圆锥形小屋吧，外面盖上蕨类和苔藓。”

几个人点头赞成，走上前去，我加入了他们。我是在想，要是真有僵尸来袭什么的，我总得知道怎么建造求生避难所，对吧？

---

1 国外流行的一种娱乐活动，常应用于育儿、家庭交流及团队建设中。

护林员带着我们这一小群人进入森林，选中一棵倒下的树——我们搭小屋的地基就是它了。接着，护林员便让我们去找些树枝。

“这才叫生活，是吧？远离喧嚣，没有车辆。”基思抬头看着一只鸟儿在树上唧啾，他的红色风衣搭在胖胖的肚子上，“我很乐意住在林间的树屋里，享受宁静。”

“是啊，能有一点儿空间确实很棒。”我表示赞同。

“基思，你是想在花园深处给自己搭一间男士小屋吧？”人群中的一位用手扒着树干下的苔藓，咕哝道，“真是避开‘家里那个她’的完美借口啊。”

“哈哈，这一点我同意，先生们。”贾尔斯摆弄着指南针，抬起头来。他的任务是为我们的小屋找到朝北的入口，但他的方向感似乎不怎么样。“我在骑士桥[1]有栋小公寓，那是我的‘避妻空间’。”

基思看起来不甚赞同：“我不是说想逃离我的妻子。”

但是男士们没有一个人在听，他们往森林深处走去，劈砍树枝时大声地嘟哝着。

我把手中那捆树枝扔在倒下的树旁：“天哪，我本来正想搬去和我男朋友住的，但听起来，太过熟悉肯定会让两个人轻视对方。”

“哦，别听那些人瞎扯。”基思揉了揉后腰，“现在你们这些年轻人太独立了。没有什么事比一起经营一个家更让人有收获感。”

我开始想象和安特一起装饰一套全新的公寓，挑选油漆的颜色、

---

1 骑士桥，伦敦市中心西部的住宅和商业区域。

宜家的家具。我们可以在海边找套房子，留一个空房间放安特的音乐器材，还要有一座留给朵拉的花园。

“我还记得和玛格丽特一起买下第一套小房子的时候，我们什么家具都没有，所以就睡在行军床上，坐在箱子上看电视。”基思望向不远处，“但那都是我们的，你懂的——每一块砖都是。”

“听起来确实很有意思。”我笑了，我们把树枝绑成架子。

也许我该和安特认真谈谈买房子的事了。我们完全合得来，去旅行时，我们经常睡在一张吊床上，或者住在一顶帐篷里。当他需要空间时，我总是能感觉到——因为他会变得少言寡语、焦躁不安。这时我便会去做自己的事情，几小时后，当我回来时，他通常已经调整好了状态。

“如果能不把钱浪费在昂贵的租金上，那肯定很棒。”我说，“我刚好只付得起一半的房贷。”

基思眨眨眼：“4 月份就会进行薪资评估了，或许你就可以确定自己能贷多少钱。”

“哦，没错啊。”我备受鼓舞，悄悄走向贾尔斯。他正令人费解地敲打着一棵橡树的树干。他必须明白，我对“领导者”公司有多重要。两年前我进公司时，对公关行业还一无所知，因此我同意从基层做起，但我学得很快，客户们总是很满意。此外我还是个好写手，我的博客“克洛伊漫游记”在网上有很多粉丝。这是贾尔斯雇用我的主要原因之一。

“嘿，贾尔斯，我正在写一篇博文，内容是大自然如何激发人的创意。”我对他说。我注意到，在我靠近时，他向后退了一步，我们上次“碰面”带来的红肿还留在他额头上。

“啊，听起来蛮有趣。”

“我觉得我们可以和客户们分享一下，也许可以考虑邀请一些人来这里，做新的营销简报？”

“也许吧。”贾尔斯从他的芥末黄色的斜纹棉布裤上扫下了一根散落的羽毛。

“这会是个好机会，可以和他们在办公室之外建立联系。”我兴奋地滔滔不绝，“大家会觉得，我们是能把网上的灵感带入生活中的数字化公司。”

贾尔斯缩了下头，躲过一只嗖地飞过脑袋的虫子。“问题是，不是每个人都喜欢乡村生活，克洛伊。那可能有点儿……土。”

“哦，但这里会有很多意外的惊喜。我是说，看看那些带刺的荨麻吧——它们可以直接生吃，你知道的！”我朝矮木丛比画了一下，贾尔斯充满怀疑地噘起嘴唇。

“真的，你只需要掌握某种技巧就行。”我把荨麻顶端的几片叶子摘下来，用指甲捏着叶茎。到目前为止，一切还算顺利。

贾尔斯担忧地看着我，我冲他自信地微笑，用手指把叶片卷成一个小球。这是我小时候最喜欢玩的把戏，奥秘就是你要折断带刺的细毛，然后就那样把它们放进嘴里，接下来就……哎哟好痛！

荨麻的刺扎到了我的舌头，我捂住嘴巴，疯狂地在牙齿间咀嚼它，想把它嚼成糊状，以免它再扎到我……该死！我的下嘴唇好像着了火一样。

“呃，克洛伊，需要我把护林员叫来吗？”贾尔斯露出了他美白过的牙齿。我把荨麻咽下去，把舌头伸出来晾着。

“不用，这就是我要的效果。嗯嗯，好吃！”我冲他点点头让他放心，然后跑去拿我背包里的水。

回到木屋后，我们聚在休息室的沙发上，准备开始一年一度的公司总结。大部分人都萎靡不振，我看见鲁迪用手指撑开眼皮，垂下他的金发挡住自己的脸。

我用茶巾包着一块冰，敷着刺痛的嘴唇，靠在坐垫上。贾尔斯正带我们浏览着无穷无尽的幻灯片，向我们展示一系列错综复杂的数据图和表格。我好期待回到布莱顿，和安特、朵拉一起窝在沙发里。我不在家时，安特一直在照顾朵拉。

维里蒂和我目光相遇，她像猫一样蜷坐在扶手椅里，头靠在西蒙妮的腿上。她把舌头搭在嘴角边，假装朝太阳穴开枪自杀。

“很显然，当下我们在很多业务领域都干得很漂亮。”贾尔斯切换到一张图表后停住了，图中是一排石灰绿色的竖列，“但结果显示，我们本该取得的完美记录中，恐怕有一处明显的败笔。”他指着最短的一列，“谁能猜到这一列是什么吗？”

坐在我前面沙发上的杰丝说：“是性别平等吗？”

“别闹了。我们的卫生间里有免费的女性卫生用品，不是吗？”贾尔斯瞪着杰丝，她的脸涨红了。

几个女人交换着不满的眼神。杰丝是人力资源部门的负责人，她对每个人的工资了如指掌，而在周五晚上的酒吧里，她守口如瓶的能力总会随着几杯酒下肚而越来越弱。这么说吧，我们公司男女之间的工资差距，比维里蒂两腿间的距离还大得多。

“是工作时间的灵活度吗？”特蕾莎问。贾尔斯热衷考核出勤，如果你想在家办公，基本上就离死不远了。这个月，他拒绝了特蕾莎的请假，不让她去看儿子在学校出演大灰狼的童话剧《小红帽》。不过现在想想，这个角色对她儿子的咬物癖也许没什么好处。

“不是！我们对于照顾家庭的需求是很宽容的。”贾尔斯生气地摇头，然后拍了拍手，让我们回到正题。

“我们做得不好的这一列，是品牌意识。‘领导者’公司可能很擅长向客户营销，但是公司的公关做得并不好。我希望外面的所有人都在谈论我们的公司，我希望‘领导者’出名！”

贾尔斯走向角落里的活动白板。

“如果‘领导者’是个名人，它会是谁？”他指着我们的前台苏琪问道。

“哦。”她来回扫视天花板，寻找着灵感，“戈登·拉姆齐[1]怎么样？”

1　戈登·拉姆齐是英国名厨、节目主持人、美食评审。下文提到的几位也均为名人：艾德·希兰是英国著名歌手；罗宾·威廉姆斯是美国喜剧电影导演、演员，代表作有《死亡诗社》《心灵捕手》等；阿贝拉·危是美国色情女艺人；坎耶·维斯特是美国说唱歌手、音乐制作人、服装设计师。

"他不够前卫。"贾尔斯咂咂嘴，笔停在白板的纸面上，"还有谁？"

"艾德·希兰？"

"罗宾·威廉姆斯？"

"拜托，罗宾·威廉姆斯已经死了。你们这些年轻人，快帮我想想——现在最时髦的人是谁？"他转身看向那群躺在地板垫子上的小伙子。

"阿贝拉·危？"鲁迪带着一丝坏笑，他周围的男生大笑起来。

"哦，是吗？她是 YouTube 网红吗？"贾尔斯问，一边写下她的名字。

"她是色情明星，贾。"维里蒂把眼睛从西蒙妮的腿上移开。

"哦，说真的，"贾尔斯的脖子上泛起淡淡的红晕，"我希望'领导者'能成为大人物——就像坎耶·维斯特一样！来吧，朋友们，你们是最有创意的家伙，你们觉得我们该怎样给公司打出名声？"

"你可以在数字营销活动上发言，贾尔斯？"我喊道，"还可以在你的社交账号上发布行业见解。"

目前，贾尔斯的推特内容主要是他数不胜数的度假和美食体验。

"意见领袖。"贾尔斯将这几个字草草记下，"是个很好的计划，克洛伊。"

"也许'领导者'还可以在社区里做更多事情？"我补充道，"在布莱顿，有很多慈善机构可以跟我们合作。"

"哦，是啊是啊，我们能跟救助小狗的慈善机构合作吗？"西蒙妮尖叫道，“我太想跟他们合作了。”

“志愿者工作对宣传很有帮助，你说的很对。”贾尔斯把这一条写下来。

维里蒂从西蒙妮的腿上移开身子，坐起来说：“如果你想更有名，那就要获得一些厉害的奖项。”

“没错，维里蒂，你终于加入讨论了。”贾尔斯用笔指指她，“今年夏天，我们可以参加全英国最赞工作场所的奖项评比。”

贾尔斯把这一条用大写字母记在活动白板上，维里蒂得意地笑了笑。

“我想找一个团队主席，来负责‘扬名领导者’这个项目。”贾尔斯转向我们，“谁想做？”

我举起手。和我现在的客户公司——“最佳卫生间”与“网上赌场”比起来，这个项目听上去要有趣太多了。我大部分的工作时间都花在努力让水泥灌浆和网上赌博听上去迷人些。

大约还有另外十个人也举起了手，但接着维里蒂站了起来。她除了没拿彩球，完全就是个啦啦队长，摇摆着身子说：“我，我！”

贾尔斯的目光迅速掠过我，锁定在维里蒂身上。

“好，维里蒂，我觉得你正是能胜任这项工作的女士。下周吃午餐的时间，我们可以讨论一下公司的奖项申请。”他冲她眨眨眼，“现在，终于到了你们一直等待的时刻。正如大家所知，每一年，我们都会给团队里最有潜力的成员颁发‘杰出员工奖’。”贾尔斯环视大家，每个人都坐直了一点儿，他大方地笑了笑。

“我仔细评估了过去一年中谁表现出了主动性，然后选出了一位。对我们所有人来说，这一位都是光辉的榜样。”贾尔斯从后裤兜里拿出一个信封，在空中挥了挥，“我们的明星可以携带一位同伴，一起在萨塞克斯享受一个温泉疗养的周末。当然，还有免费的香槟。”

一阵兴奋的低语声在房间里响起，我期待地轻咬着指节。也许贾尔斯确实注意到了我的努力，但他只是很善于掩饰罢了。想象一下，等我告诉安特，周末我要请他去泡温泉时，他会有什么反应！这正是我们在熬过漫长寒冷的冬天之后需要的。

“闲话少说，获奖者是……”贾尔斯抽出一张纸，戏剧性地停顿了一下，仿佛他是《英国偶像》里的评委西蒙·考威尔一样，“……维里蒂·温特伯恩！大家看看哪，这姑娘简直火力全开！”

维里蒂在屋里来了一小段庆祝胜利的慢跑：“好好好好好好耶！成功搞定！”

我伸出仍然很疼的舌头，碰了碰嘴唇上肿起的大包，听她发表情绪激动的长篇领奖感言，努力不让自己看起来很气恼。

在我遇到过的所有同事中，维里蒂是最懒的。她每天的大部分工作时间都在刷色拉布[1]，总是避开客户打来的电话，如果收件箱里的邮件是几天前发来的，她就会删掉它们。她还会在办公室外长时间地讨论美妆话题。有一天下午，我在去邮局的路上碰到了她和西

1 色拉布：Snapchat，一款照片应用。

蒙妮在拉尔夫·劳伦时装的样品销售会上购物，她们还说自己是在做“市场调查”。

“最后，我要感谢克洛伊。”

维里蒂说出这最后一段话时，我惊讶地抬起头。她紧紧抓着贾尔斯的小臂，一滴眼泪在下睫毛上颤抖着：“克洛伊比我大10岁，她让我明白，如果没有明确的目标，时间会多么轻易地流逝。所以，谢谢克洛伊，你激发了我的抱负。”维里蒂严肃地冲我点点头。“想看到什么样的变化，就先那样改变自己吧，各位！”

第三章

那天傍晚，当我穿过布莱顿车站的检票口时，我总算松了口气。回程火车上的所有时间，维里蒂都在计划周末温泉疗养时要选什么项目，就好像她没有花足够多的时间保养外表似的。

我知道她不会再去考虑“扬名领导者”这个项目了，而我是很想去做一些有趣的事情的。这太不公平了，一想到下周自己要写的浴室家具网上指南，我就想哭。

我和同事们道别，穿过车站大厅，经过一群开派对的女生。她们都戴着兔耳朵，穿着粉色紧身连衣裤，大声尖叫说话。宿醉让我的太阳穴里嗡嗡作响，那感觉就好像是走过了一个养鸡场似的。

我爬上陡峭的小丘，来到安特的公寓。海鸥在我头顶盘旋鸣叫，仿佛暗夜里的白色幽灵。昨天关于“安定下来”的谈话萦绕在我脑中。如果和安特一起住，我不认为工作上的事还会对我有这么大的影响。毕竟那样在我的生活中，至少有一个方面会是和谐的。

安特放着音乐，低音让大门也跟着震颤。他一定在戴着耳机混音，所以可能听不到门铃。不过，朵拉当然听到了。我听见它开始狂叫，门一开，它就像颗子弹一样弹了过来，扑向我的腿。

“你好啊，亲爱的。”我蹲下身子，用手抚摸它光滑的黑毛。它甩动着尾巴，鼻子湿湿的，飞快地原地打转。它为了我们的团聚狂喜地呜咽，仿佛我已经失踪了几个世纪，而不是几天。朵拉是只漂亮的黑色拉布拉多犬，我超爱它。知道我为它做了什么吗？它甚至有属于它自己的照片墙账号：@爱拉布拉多。

“你也好啊，亲爱的。”我起身和安特打招呼。他站在门厅里，穿着帽衫和牛仔裤，脖子上挂着耳机。

“嘿。”他微笑着，揉着自己充满倦意的棕色眼睛。我把他拉过来紧紧抱住，呼吸着他身上胡椒味道般的气息。安特把头靠在我肩上，但动作有点儿僵硬。

我揉了揉他棕色的短发，它像天鹅绒一样柔软：“怎么了？”

“没什么，只是累了。”他抽身离开，打了个哈欠，一只手抹了下脸，冲我眨眨眼，“进来吧，你工作上的事儿怎么样了？”

“嗯啊，还是职场乱七八糟的老一套。”

我跟着他走过木质走廊，来到客厅。他在L形沙发上重重坐下。音乐设备放在墙角，巨大的音箱里传出震耳欲聋的音乐，地板上到处散落着黑胶唱片。

“好吧，至少你去森林里逛了逛。”安特又打了个哈欠。

“你怎么累成这样？”我把背包扔到宽屏电视旁边，在他身边坐下。朵拉跳起来，挤开我的胳膊，好把头放在我的腿上。

“这周工作很难搞啊，压力太大了。”他把头靠在沙发背上。

“啊，至少现在是周末了。”我揉了揉他的膝盖给他鼓劲，但他只是皱了皱鼻子。

安特已经做了两年招聘代理的工作。他搬到布莱顿后才开始做这行。当他好好工作的时候，他是很能打动人心的，任何人都无法抵挡他的魅力，但他从未真正找到自己热爱的工作。他最大的爱好是电子音乐，他研究电子乐，编出了自己的曲子，但还没能找到以此赚钱的途径。

"我可能会找份新工作。新年新气象什么的嘛。"安特斜着眼睛看向我。

"真的吗？"我很惊讶，安特对事情总是顺其自然。一段特别响的低音响起，地板开始嗡嗡作响。我站起来，感觉现在是讨论我们未来的好时机。"我能把音乐关小一点儿吗？"

安特耸了耸肩，我调低音量，深吸了一口气。

"其实，安特，我也在考虑今年要做些改变。"我转身面对着他，"我的年度工作考核马上就要出来了，我会要求加薪。然后，嗯……"

"什么？"

"也许我们可以……一起买一套房子？"我脱口而出。

安特的眉头皱得更紧了，但我继续说着："想想看，如果我们一起还房贷，你能省下多少钱！你可以缩短工作的时间，这样就可以做自己的音乐了。而且能有更大的地方放你的设备，还可以有一间空房，我们的朋友们来了可以住在里面。"

我突然停下，意识到自己正在花言巧语地劝诱安特。

安特举起双手："克洛，慢一点，我还不想卖房子呢。这套公寓是我妈妈留下的遗产。"

"我知道是这样，亲爱的。"在我们二十五六岁的时候，安特的妈妈患癌症去世了。我见过她几次。她是个热情、大方的女人，和安特的关系很亲密。我去参加了她的葬礼。安特哭泣的时候，我抱着他，整个身体随着他颤抖。他所有的活力和骄傲都消失不见了，像个迷路的小男孩一样，下唇因为害怕而颤动着。

"我只是在想，你愿不愿意换一套更好的——和我一起。"我坐了回去，面对着他，"我受够了合租公寓，而且我们俩在一起的时间这么长了，我想这样也许行得通。"

"我还没准备好，克洛。我喜欢这套房子。"安特的脸苦恼地皱了起来，腿开始上下抖动。现在绝对不是讨论这个的好时机。"我很抱歉，我本想说你可以搬到这里来，但你的东西再加上我的，真的放不下。还有狗。"他瞥了一眼朵拉。它正不安地看着我们谈话。

"别担心，"我安慰道，"我只是想着，我可以问问。但没关系，可能我会去找一间一居室公寓。"

"嗯……"安特双手抚过头顶，"其实，我正在考虑把这套房子租出去，然后去做些真正不同的事情——比如去学开帆船。"

听到这个意外的重磅消息，我张大了嘴。

"怎么了？"他睁大眼睛模仿我，说道，"你知道的，我喜欢水。我读了很多关于商业帆船的书，如果我接受过船员培训，就基本可以环游世界了，并且可以以此赚钱。"

“你想……离开布莱顿?”虽然我已经习惯了安特不安分的天性，但他从来没有这样果断过。

“我不知道，差不多吧。这里更像是你的城市，而不是我的。”他咬着下唇。

我感到胃里有一阵恐慌感在乱窜。我不敢相信他是这样想的，我正在考虑我们一起买一套房子，而他却在说要离开这个城市。

“可是我呢?”

“我可以只做短期航行——我当然会在航行间隙回来看你啊，傻瓜!”他捏了捏我的肩膀。

“但我会想你的!”我的声音颤抖着。

“你随时可以跟我一起航行啊!”

我啧了一声:“你知道我不能那样做的。”

“为什么不能?那个爱冒险的女孩去哪儿了?她可是梦想生活在丛林里，追踪山地大猩猩的。”

“我仍然是那个女孩，我还是想去冒险，但我已经旅行过很多次了……我只是想，也许——可以专注于发展我的职业技能，而且我喜欢住在布莱顿。我以为你也是呢。”

安特叹了口气:“听着，这只是个念头。我现在感觉有点被困住了，想弄清楚自己想要什么。”他探身过来，和我额头相抵，亲吻我。“别不高兴。”

我的睫毛擦着他的睫毛，我眨了眨眼睛:“好吧，你让我担心了。如果你感觉不好，那就告诉我，我们可以一起解决。”

自从安特的妈妈去世后，他就会偶尔陷入忧郁。他隐藏得很好，说着惯常的玩笑话，装傻胡闹，但我能看到他的忧郁，就像洒在手稿上的黑墨水一样。

“我不该说这些的，克洛，别在意。我可能需要休息一下，仅此而已。也许需要点儿阳光？”

“没错，太阳。”我如释重负地抓住了这个想法，“我可以看看特价机票？”

“我们可以躺在别墅的游泳池旁边，喝着有盐边的鸡尾酒，配上各种欧陆式小吃。”安特诱惑地舔了舔嘴唇。

“那请再给我来一份小黄瓜。”我用食指去摸他嘴唇上的凹陷，它和我的指尖完全契合。

我们开始接吻，我把手伸进他的帽衫里，抚摸他温暖的后背，突然来了性致：“我们去床上好不好？”

“其实，我在等一位澳大利亚客户的网络电话。”安特伸了个懒腰，“可能需要花一些时间。所以你没必要待在这里。我们就明天见面，一起吃午餐如何？”

“你周五晚上还要工作？”我本想留下来过夜的。

“我跟你说了这周工作很满，我得负责其他国家客户的业务，不是吗？”安特打开茶几上的笔记本电脑，“朵拉今天没怎么散步，也许你愿意带它去海滩上走走。”

“行吧。”我站起来，朵拉抖了抖身子，项圈叮当作响。我背上自己的背包，把它的狗绳扣好，但仍然因为刚才的对话有点心烦意乱。

“我们去哪儿吃午饭？万奇兔餐厅出了新菜单。”

“行啊，随便。”安特盯着电脑屏幕。

“‘随便’，很好。我喜欢随便。”我气冲冲地说，蹬蹬蹬地穿过走廊。

“嘿，别这样。万奇兔听上去不错。”安特跟着我走到门口，轻轻抚弄了一下我的下巴。

“那到时候见。”我轻吻了他一下，走下台阶。走到人行道上后，我转身向他挥手，但他已经把门关上了。

我快步穿过北巷区，走向海滩，一路经过古着精品店、文身店、独立咖啡店和酒吧，结着白色水汽的窗户上闪烁着成排的彩色小灯。

安特不想跟我一起住，这事让我感到很不舒服。我不敢相信在没有好好讨论过之前，他就在考虑离开这座城市了。我以为我们理所当然会一起做决定，决定一切有关我们人生的事——这难道不是两人在一起时该有的样子吗？

我和朵拉穿过马路，来到布莱顿宫殿码头。五颜六色的灯光映在黑亮的海面上，延伸成波光粼粼的光柱，红色的、黄色的，还有蓝色的。此刻我感觉布莱顿绝对像是我的家，可是，安特也是我的家。

朵拉沿着码头入口左边的台阶飞奔而下，我把它的玩具球朝着黑暗中波光粼粼的白色浪花使劲扔过去，球飞过卵石，朵拉在后面追着跑过去。

我倾听着海浪温柔的低语，回想安特说的话。我知道他的下意识反应首先是逃避问题，但他也确实很快就改变了主意。希望他对航海突如其来的迷恋只是一时的心血来潮。

朵拉已经放弃了它的球，开始用鼻子贴着地面嗅来嗅去，在灯光下的步道上左绕右绕，后腿开始以狗狗特有的准备拉屎的姿势向外翘起。

果然，它后背拱起，开始在路上大便，还一边眺望着大海——这厕所是带景观的。

我在手上套好拾便袋，弯腰捡起它的便便。便便顶上伸出来一些红色丝状物。

我脑中立刻掠过可能会出现的紧急医疗状况：朵拉刚才是把自己的肠子拉出来了吗？这是条虫子吗？也许我该带它去看看兽医。

我隔着拾便袋，揪住那东西的一角，它展开了，我看出那是一小片蕾丝布。

我惊骇地皱起脸，双唇紧闭。我把那东西拿得更靠近灯光。一阵令人恶心的反胃感中，我认出了那是什么。那是一片沾满狗屎的女式丁字裤，而且不是我的。

第四章

响铃第四下时，安特接了电话，声音低沉沙哑，很不耐烦。

“我在等网络电话，克洛。”

“是，我知道。我只是很好奇，为什么朵拉会拉出来女士丁字裤？”

对面沉默了几秒钟，然后安特不确定地笑了：“也许它翻了你的内裤抽屉。”

“我不穿丁字裤，安特，你应该知道的。”

“好吧，那可能是它在城里弄到的，西街那边。”

“而你都没注意到它在吃内裤？”

“老天啊，克洛伊，你这是要干吗？”安特突然发怒道。

我揉了揉额头，看着朵拉，它向我伸出一只安抚的爪子。“我不知道，只是这事对我真的很突然。”

“那也别因为这种事就来指责我，尤其是在我随时都会接到重要电话的时候。”

“哦，行吧。”我挂断了电话。

我们爬上通往马林百列区的陡直台阶，走过摄政时期的楼群，这些洁白的建筑整洁地分层排列，就像是婚礼蛋糕一样。之后，我们走到肯普敦区。

我浑身发抖，所以去了附近我常光顾的比萨店——“比萨脸”。我点了一份加辣的维苏威比萨。我带着温热的比萨盒，走向我住的街道。那条街上有一排排三层高的连栋房屋，房边有黑色的栏杆和有护栏的精致阳台。

我打开前门时，听到公寓里有人在大喊。这激怒了朵拉，它咆哮着奔上楼梯。我在公寓入口四处寻找武器，从衣架上抓起一把大伞，跟着它冲过去。

我本以为会在客厅里看到什么打斗场景，所以当我看到8个成年人躺在垫子上，尖叫着，像死虫子一样在空中挥舞四肢时，我很是困惑。他们紧闭着眼睛，其中几个人正在用脚后跟使劲踢地板。

我的室友莎弗伦盘腿坐在前面，安详地观察着他们。她穿着宽松的金色及膝上衣和红色紧身裤，用一条印度围巾裹着自己浓密的黑色脏辫。

“这是在做什么？”我的声音被刺耳的暴躁哭号声淹没了。那噪声越来越强，最后终于平息。我放下了伞。几个人翻身侧躺，脸涨得通红，咯咯直笑。

“莎弗伦，你们是都磕了药吗？”我勉强笑着问，她两只手冲我挥了挥，手镯叮当作响。

“哦，嗨，克洛伊！哈哈，没有，这是愤怒瑜伽。你要来释放内心的‘小孩子’吗？拿个垫子，你一边做我一边给你讲。”

“呃，不用了，谢谢。其实我本来是想躺着看会儿电视的。你们要在这儿待多久？”

几个人转过来，对我怒目而视，就好像我才是打扰到别人的人。

“两小时左右。”莎弗伦轻松地说，“那之后我们会一起分享反思。”

“为什么你没有告诉我，你在策划这个？”我气得皮肤刺痛。

“冷静点，克洛伊，你在破坏气氛。”

在我的客厅里练瑜伽的这群人，现在都愤愤不平地看着我。一个女人噘起嘴，把拇指放进嘴里。她显然很享受“释放内心的小孩子”的感觉。

“莎弗伦，我能和你出去说句话吗，麻烦你？”我尽量让自己的声音平稳些。她叹了口气，然后站了起来。

“大家就这样保持住你们抓狂的感觉。我马上就回来。”莎弗伦对那群人点点头。她跟着我走下楼梯，从楼梯平台转进厨房时，他们又开始哀鸣起来。

尽管我在离开前就把公寓打扫了一遍，但现在水槽里又堆满了脏锅，料理台上到处洒着亮黄色的姜黄粉斑点。莎弗伦会在所有东西里加姜黄粉：粥、冰沙、茶。我知道它有一些有益的特性，但如果你把它弄洒了，它留下的污渍简直能把人烦死，而她总是会把它弄洒。

角落里的沥水板下还塞着她的一堆“回收物”，但是当然，那也是脏的：结着一层凝固豆子的焗豆罐头，散发着奶臭味的塑料牛奶瓶，还有没有压平的麦片盒子。

作为一个自诩为嬉皮士的人，莎弗伦事实上并没有遵守环保的生活方式。其实我会说她是个愤怒的伪嬉皮。当她想在走廊放一个饲虫箱时，我不得不坚决反对——她从来不清空饲虫箱，导致东西一直溢出来。她说我不讲道理，但没人想在自己的地毯上发现该死的虫子汁。

我把比萨倒在盘子上，莎弗伦靠在门框上，抚弄着她的鼻环。

“我并不是想故意扫兴，但这已经不是第一次了，你完全没问我，就招待了这么多人，对吧？”

去年9月，莎弗伦举办了一场满月派对。我们的公寓里挤满了人，他们打扮成女神的样子，对着水晶咏唱、祈祷。派对持续了整整一夜，我一秒钟都没睡成。

后来她又买了那个巨大的锣，装在客厅里，堵住了我们屋顶露台的门口。她现在定期举办团体铜锣浴[1]，我从自己的卧室里都能感受到锣的震动。

我是想说，我并不反对“灵性”，只是如果她能尊重我们是在合租，那就好了。

“我总得想办法挣到房租。”莎弗伦说。她的绿眼睛斜着，像是暹罗猫的眼睛一样。

1　铜锣浴：又名铜锣冥想、铜锣祭。一种声音疗法，由铜锣师持续敲打大铜锣，接受铜锣浴者躺在房中睡觉，以此减压。

"什么？那些人参加这个要付钱给你？"

"是啊，我修了愤怒瑜伽的周末课程，所以我是受过充分的训练才来教这个的。"

"好吧，那就租一间该死的工作室去——别用我们的客厅！"我气得声音都提高了。我甚至都不知道莎弗伦是怎么赚钱的，她总是穿着和服在家里飘来飘去，用手机一连几小时地打电话。

莎弗伦仰起头："我能从你的气场看出，你很烦躁不安。你要是加入我们，一定会很受益的。一场活动只要 16 英镑。"

"不！"我在一片比萨上咬了一口，莎弗伦不以为然地看着比萨。

"你知道的，营养不良对情绪可没有好处。"

"这上面有芝麻菜。听着，继续你们的愤怒集会吧，只是以后要通知我，好吧？"

"行吧。我只是以为你今晚会住在安特家呢。"

"是啊，好吧，显然我没有。"我穿过楼梯平台，走进我的卧室，关上门，靠在门上，用鼻子深深呼吸。突然间，过去几小时发生的事涌上心头，让我又想尖叫又想哭。也许我最终真会来上一场愤怒瑜伽般的发泄。

我把那盘比萨放在床头柜上，然后瘫倒在床，头靠在枕头上，环顾我的房间。天花板是倾斜的，墙壁看上去不怎么牢靠。对面墙上我的衣柜里塞满了衣服。墙角的书架上堆满了我小时候就有的装饰品和书籍。我的旧书桌放在这间阁楼窗口的壁龛里，正对着窗外布莱顿面朝大海的杂乱屋顶。

我听着客厅传来的疯狂号叫声，沮丧地嚼着比萨。刚搬进这套公寓时，我感觉这间不规整的阁楼卧室非常舒适，但现在却只觉得它杂乱又令人窒息。我今天晚上不想困在这里，一个人，和客厅里那些不知道是谁的人一起。我想和安特在一起。但他似乎并不想和我待在一起。这个想法悄悄出现在我心中，我的下唇开始颤抖，接着是一个更可怕的想法：*他是想和别的谁待在一起吗？别的人，也许，是穿红色丁字裤的人。*

我得和了解安特也了解我的人聊聊。这个人会告诉我，是不是我反应过度了。我需要和艾玛聊聊。

艾玛是我的姐姐。好吧，如果你想要更精确的说法，她是我的继姐，但“继”这个前缀并不重要。简单来讲，我爸爸和她妈妈珍妮丝结婚了，那时我们俩都 12 岁，而我立刻就对艾玛心生敬畏。她真的很漂亮，金色的头发打着旋儿。她上的是私立寄宿学校，朋友们都有时髦的外号，像“药丸”和“邦蒂”。她似乎总是在做一些让人佩服的事，比如学习乐器，上舞蹈课，还有越野跑。

一开始，每次去看爸爸的时候，我都会避开艾玛，以免她觉得我侵犯了她的地盘。但后来有一天下午，她穿着紧身连衣裤和芭蕾舞裙跑到我的卧室门口，急切地冲我招手。

“快！”她一边低声说话，一边举起一小瓶红色的液体，“帮我滴一下这个——我想要两滴从我的鼻孔里流出来。”

“什么？为什么？”我接过瓶子，挤了挤它，一个黏稠的气泡从喷嘴里冒了出来。

“妈妈不会让我翘芭蕾课的，除非我有个很好的借口。我讨厌芭蕾课，老师总是用她的手杖戳我的屁股。”

我咯咯笑着，把假血挤在艾玛的鼻孔里，然后她跑到走廊里，呻吟着，告诉她妈妈她突然开始流鼻血了。

珍妮丝大为恼火，因为艾玛把芭蕾舞服弄脏了。珍妮丝让艾玛躺在床上，在她的鼻梁上放了个冰袋。我在她旁边躺下，那天剩下的时间，我们都沉浸在英伦摇滚乐里。

“现在我们是两个人了，我们可以联合起来。”她笑了。

现在我们是两个人了。作为独生子女自有其好处——我得到了父母所有的注意和关心，但这有时也是一种负担。能有个和我年龄相仿的人一起应付青春期的斗争，那要好得多。

在那之后，我们变得非常亲密。我们俩都被金史密斯学院录取了。我在那里学戏剧和英语，艾玛则学习音乐。

一次讲座中，艾玛先认识了安特。她邀请他和我们一起去酒吧，我们整晚都在喝“野格炸弹”，之后又跟安特去参加家庭派对。他自豪地把我们介绍给他的朋友们，称我们是“活力姐妹”。

艾玛总是说，从第一天晚上开始，她就知道安特和我以后会在一起，但在事后说这种话总是很容易的。我突然非常需要她的意见，尽管她可能正为了照顾孩子忙得不可开交。她是两个孩子的母亲：我活泼的5岁教女麦茜，还有一个刚刚出生的男孩托比。

“克洛伊，我的天哪，能听到另一个大人说话真是太好了。我感觉自己像是住在精神病院里的病人一样。”艾玛气喘吁吁地接了电话，“他们的尖叫让我的耳朵一直嗡嗡响。托比不肯喝我的奶，虽然他明显已经很饿了。我的胸又大又红又肿，像牛的乳房一样。你根本不会相信它们有多疼。我就像一头奶牛一样，一头被困住的、疯掉的，还有耳鸣的奶牛。”

“太糟糕了，有什么药可以让你止痛吗？”

“止痛药不管用，不过今天下午助产士来过了，她徒手给我挤奶。我就穿着睡袍坐在那里，看着她把我乳头里的奶挤进一个杯子里！绝对是人生最糟糕的时刻！”

“哦，天哪。”我想着那画面，感到很是惊恐，“听起来好可怕！还有可怜的小托比——他一定饿坏了。”

“是啊，詹姆斯现在正给他喝配方奶呢。”艾玛长叹一声，“说真的，要孩子之前你一定得好好想想。”

“哈，那个不太可能。”

“怎么了？”艾玛注意到了我低落的语气。

我给她讲了我和安特的谈话，当我说到朵拉那意外的丁字裤粪便时，她破口而出一连串咒骂，我希望麦茜没在旁边——

“那个鬼鬼祟祟的该死浑蛋！”

“但你不觉得，朵拉有可能是在外面哪里吃到了丁字裤吗？”

“不，我不觉得，克洛。我觉得朵拉就是在安特的公寓里吃的，肯定有个女生去了他家。想想吧，罪魁祸首总是你身边的人，从来不会是陌生人。”她马上就得出了最糟糕的结论，让我很恐慌。

“好吧好吧，但这不是谋杀案。”艾玛看了很多犯罪剧。

“没什么两样。你得马上去他家，当面问他。你了解他是什么样的人——那样你就能一眼把他看透。我敢打赌，你给他打电话之后，他已经完全慌了。”

我站起来，伸手去拿运动鞋。“你说得对，艾玛，在他有机会编故事之前我得当面跟他对质。”

“没错，现在就去吧！我很遗憾，亲爱的。我从来没想过他会这样做。他总是有点儿不靠谱，但绝对很爱你。我不敢相信会发生这样的事。”

“也许并没有。”我感到肾上腺素涌过我的身体。我还没准备好接受安特背叛了我这件事。“我现在去打车。我会让你知道事情进展的。”

第五章

“您能把车停在这儿吗？”我们开到安特所住的街道时，我用颤抖的声音询问出租车司机。我不敢相信我会这么紧张——这是安特啊，是我最好的朋友。

我下了车，站在人行道上，抬头看向安特卧室的窗户。我没有告诉他我要来，因为他只会阻止我。

今晚第二次，我走上这些台阶，使劲按门铃，按到我指尖变白。

门一下子打开了，安特困惑地盯着我。

“我还以为是外卖。”

“我得和你谈谈。如果你还有工作电话，我就等你。”我抱着双臂。

“我已经打完那个电话了，但已经很晚了，我非常累，克洛。”

“是啊，我也很累。你是打算让我进去还是怎样？”

安特咬着他的嘴唇，眼神飞快越过我的肩膀，看向街道，然后他向后退了一步。

朵拉往前挤去，嗅着走廊的地脚线。我跟着它走到客厅，站在床边，拉上深蓝色的长窗帘，这样行人就看不见里面了。

安特在沙发上坐下，拉下帽衫的袖口，盖住自己的双手。两个人都沉默的感觉糟糕透顶。想说的话堵在喉咙里，让我有点想吐。

安特鼓起双颊，似乎费了好大的劲儿，抬起眼睛，面对我的目光。

“所以，怎么了？”尽管他试图微笑，但我能从他的表情里看出害怕。

我强迫自己说了出来：“安特，你和别人睡了吗？”

他的喉结动了动，干涩地咽口水的声音充满了整个房间。他捏着鼻子上方的皮肤，看着地板。

“又是要说丁字裤的事。”他嘲讽地轻笑一声，“我们俩互相认识这么久了，你突然决定，不信任我了。”

“我当然想信任你。这对我来说也很可怕。”我无法再保持镇静，走过去坐在沙发上，坐在他旁边，“只是……你之前的那种表现……你看起来很冷漠。我该怎么想呢？”

安特本想保持轻松愉快的氛围，现在则完全放弃了这种打算。他的鼻孔张得很大，棕眼睛严肃地看着我。

“克洛伊，我跟你说过了，我现在状态不太好。我真希望能跟你解释清楚。我只是在质疑所有事。对你来说没问题，因为你在这里很满足，可我只是觉得，外面还有更多东西等着我。”他指向模糊地挥了挥胳膊，而我想要使劲摇醒他。

“好吧，安特，我明白了：你是一个自由的灵魂，但你并不是在质疑我们，对吧？”

我的太阳穴嗡嗡作响，我抓住他的袖子。“安特？”

他只是盯着我看。

门铃突然响了，吓得朵拉跳起来，开始狂吠。

“是我的外卖。”安特站起来，朝大门走去。我慢慢走到他的卧室里，环顾四周——衣柜顶上有个装满了假发和滑稽帽子的盒子，有我们在墨西哥一人买了一个的木质玛雅面具，还有我们在布莱顿海滩的镶框照片。我对着镜头做鬼脸，而安特看着我开怀大笑，他的眼里闪着爱意。这感觉好不真实。我原本期待安特看到我不安的样子后，会打消我的疑虑。

我站在他的床前，灰色条纹床单皱巴巴的。我听到安特在厨房里处理食物的响动，然后他出现在门口，手里拿着一个碗，还有筷子。

“你想来点儿中餐吗？”他问。

“我不饿。”

他犹犹豫豫地来回挪动双脚：“那，我们看个电影，然后就睡觉好吗？睡在这张床上？”

“睡在什么上面，安特？现在举止奇怪的人可不是我。”我厉声道。

安特只是嚼着他的炒面，看着我。我感到一阵恼火。他怎么能在这种时候吃东西呢？

“那么，你和她在这张床上睡了吗？”我拍了拍羽绒被，假装轻松地问道。

安特呻吟道:“啊，克洛伊，你能不能别再这样?”

“拜托，安特，现在就告诉我。你不能骗我。你睡过别人了吗?你知道，我会查出来的。”现在我开始大喊了。

我朝安特走过去时，他看起来被吓到了。他手里的筷子在嘴边停下，一根面条掉回了碗里。我不会让他把视线从我身上移开。

“你对我不忠了吗?”我的心跳得很厉害，导致我几乎听不见他的回答。

“是。”

尽管心底是知道的，但我仍然因为太过震惊而感到眩晕。我一下子坐到床上，两条腿再也支撑不住身体。

安特把碗放在地毯上，跪在我面前，抱着我的膝盖，语速很快地说着。

“昨晚我家确实有个女生——那是个意外。我们喝了点酒，我开始敞开心扉和她聊起来，你知道的，聊我妈妈之类的，那些我一直闷在心里的事。她真的很懂我，她很了解失去亲人的那种痛苦。我们不是故意要……事情就那样发生了。”

“你跟她上床是因为她……了解失去亲人的痛苦?”我呆呆地望着他，大脑转得很慢。

“不是！我们喝醉了。”

“那她有没有玩点儿新花样，跟不再新鲜的、无趣的我不一样的?”

安特用指节用力碾着额头:“克洛伊，别这样。”

“还有我的狗，该死的我的狗，整个过程中都在看着你们，而你甚至都没发觉它吃了那女人的丁字裤——它可能会被噎死的。”

“我当然没发现，那太怪了！”安特回头看向朵拉。朵拉正从走廊看着我们，现在它羞愧地把头埋在了两爪之间。

“你们就是在这里做爱的，在这张床单上。”我看向枕头，双臂紧紧压在胃部，感觉很恶心，“她是谁，安特？”我低声问。

安特紧紧闭上双眼。“不是你认识的人。只是一个朋友。克洛伊，我非常、非常抱歉。你知道我从来不想伤害你。”他断断续续地说道。

我伸出手指，放在他嘴唇的凹陷处。我的胸膛里有一股力量在积聚，像是要将我吞噬。我试着想象没有安特的生活会是什么样子，我想不出来，那样的生活一定难以忍受。

“你还爱我吗？”我问。我用尽了全部的力量，才能鼓起勇气去看他的反应。他的脸皱了起来，肩膀上下起伏。

“我不知道。”他呜咽着说出的这句话，在我心中引发了绝望的雪崩。我号啕大哭，他用双臂紧紧抱住我，头埋在我的脖颈里说“对不起”。

是他的气味，那种安全可靠的气味，最终让我感到窒息，我感到自己体内开了一口又深又黑的井。我拼命抓住他的肩膀，因为我知道，如果我让他离开，我会淹死的。

安特和我差不多整夜都没有睡。我几乎要为他感到难过了，因为他不得不看着我在他的床上滚来滚去——我在否认、狂怒和极度的痛苦之间来回摆动，完全是一团糟。

灰蒙蒙的晨光降临时，我已经筋疲力尽了。我醒着躺在那儿，连衣服也没脱，盯着安特一动不动的后背。我见过太多次他睡觉的样子，我见过赤裸的他、哭泣的他和生病的他。我曾以为这个人、这个我深深爱着的人，会永远属于我。

我费力地慢慢走到浴室，查看自己饱受蹂躏的脸。果然，我看起来很可怕——上眼睑中仿佛住了两条又亮又肿的鼻涕虫，悬在我充血的眼睛上方，眼睛下还有巨大的紫色眼袋；湿乎乎的红发软塌塌地黏在我斑驳的脸颊上，泪水在上唇结出了一层粉红色的盐霜。

我走进厨房，打开冰箱，拿出半根黄瓜，把它捣碎，直接敷在我的两个眼窝里。

我听见朵拉的爪子踩在厨房地砖上的咔嗒声，便拿下敷眼的黄瓜。它坐在那里，悲伤地看着我，心不在焉地在地板上扫动尾巴。

我走到它面前蹲下，它把两只爪子放在我肩上，温柔地舔着我的耳朵，喉咙里发出咕哝声。然后它试图去舔我手里的黄瓜，我便拿开了它。

我感觉自己仿佛无根的浮萍，不确定自己想去哪里。我绝对不是一个和社会连接紧密的成员。事实上，在这种状态下，我还能忍受让对方见到我的人，只有一个。我从牛仔裤口袋里拿出手机。

“妈妈。”她还没来得及开口说话，我就一口气说了出来，“安特伤透我了——他跟我分手了。”

妈妈倒吸了一口气，她明白了情况的严重性。当她回话时，她的声音很坚定。

“来找我，现在就去坐火车。”

现在我有了一个计划，感觉自己变坚强了一点儿。我戴上我的绒球毛线帽，穿上外套，用围巾把脸的下半部分围起来。我在客厅找到一副太阳镜，把它戴上，尽管外面天气阴沉，下着毛毛雨。

我站在安特的卧室门口，观察着他，直到他动了动，坐起来，在走廊射来的灯光中眯起眼睛看我。

“我看不到你的脸，”他短促地笑了一下，“很难判断你现在是什么表情。”

“是彻底的失望，”我的语气毫无起伏，“你把一切都毁了。”

他低下头，下巴挨着赤裸的胸膛，拥紧羽绒被：“克洛伊，我告诉你了，我没有……”

眼泪背叛了我，从墨镜下滑落——在他看到之前，我走开了。当我砰的一声关上大门时，我的内心深处也感受到了那沉重的震颤。

第六章

“反正我从来都不喜欢他。”妈妈浓重的英国西南部口音里满是厌恶，她在烟灰缸里碾灭香烟，灰色的眼睛在烟雾中眯了起来。我们坐在能俯瞰后花园的露台上，喝着黑咖啡。她穿着一件深蓝色的羊毛套头裙，瘦瘦的身子被包得严严实实，略带红色的金发用发夹别了起来。

我仍然用毛线帽、围巾和太阳镜包裹着自己。刚才同车的乘客因此向我投来异样的目光，而我还不时发出痛苦的抽泣声，那更是雪上加霜。就连售票员也跟我保持了一定距离——我摸索着找车票时，他立起双手，告诉我不要急。

“你是喜欢安特的，妈妈。”我反驳道，“他总是帮你擦窗户，帮你洗车。”

“别逗了！”妈妈轻蔑地挥了挥手，“他那是在拍我的马屁，但我还是看穿了他的行为。”

我忍住了为安特辩护的冲动，毕竟我知道，她这么说只是为了安慰我。她和我一样爱安特。我记得安特母亲去世后几个月，他来多塞特郡看我们。妈妈把他紧紧搂在怀里，告诉他随时可以来找她帮忙。

“我承认，他跨过半个地球去追你的时候，我以为他也许会是个坚定的家伙。”妈妈悲哀地摇着头，继续说，“但我早该知道，他和其他男人没什么两样。人们说男性是比女性更弱的性别，那是有道理的，克洛。他们长了两个脑子，而且我能告诉你哪一个更强。”她指了指自己的胯部，做了个鬼脸。

“但我搞不懂！”我哀号道，“我们的性生活很棒啊。”

“嘘！”妈妈把一根手指放在嘴唇上，朝邻居的房子点了点头：“肯尼斯周六有祷告小组在家。”

我放低了声音：“我从来没想过安特会看别的女人。”

“哦，他总是会去打量路过的女人身上的裙子，”妈妈阴郁地说，“男人见到女人时的第一件事，就是想象她一丝不挂的样子。”

“是，可他们不一定非得那样做。安特又不是没有女人，我以为他对我挺着迷呢。”我忧郁地望着杜鹃花，“虽然最近做那事的时候，我有点儿只顾自己享受了——也许就是因为这个。”

“才不是！”妈妈的手重重地拍在木桌上，把我吓了一跳，她把对肯尼斯祷告小组的担心全都抛在脑后了，“你不能因为这个责怪自己，克洛，这样不对。我敢打赌，肯定有个荡妇在给他抛媚眼，奉承了他那可怜的自尊心。男人会为了一时的风流快活甘心冒险失去一切的。想想那个背着碧昂丝出轨的家伙吧——吉斯，对吧？”

“杰斯[1]。”我嗤之以鼻。

“没错，吉斯。他对碧昂丝这样的女人都能这么混账，那我们其他人就更没什么指望了。”

“没错。”

桌子晃动着，朵拉从底下蹿出来，追着草地上的一只乌鸫。妈妈看着它，慢慢摇头道：“不过，你发现这事的方式还真是……从狗屎里发现，编都编不出来。”

“是啊。我觉得安特是不会主动告诉我的。”

“哦，他当然不会。”

“我想知道她是谁，我快被逼疯了。她一定知道他有女朋友，这个贱人。”我紧紧咬着牙。

“我知道你的感受，亲爱的。”妈妈把她侧边的刘海从眼睛上拂开，嘴唇冷冷地紧抿，“我发现你父亲和他秘书的事时，就像着了魔似的。”

妈妈在二十出头的时候嫁给了爸爸，然后在我 7 岁时离开了他。她对他的事并未隐瞒。实际上，到我上中学的时候，我已经很了解男人的浑蛋之处了。尽管我仍然爱着爸爸，但我知道，在妈妈面前还是不要谈他比较好。

“她以为自己开着豪华跑车，做了昂贵的发型，就光彩照人了。”妈妈点燃了另一根烟，“在我过完手之后，那辆奥迪车也就没那么漂

1　杰斯：即 Jay-Z，碧昂丝的丈夫，两人曾因为 Jay-Z 出轨而引发婚姻危机。

亮了，不是吗？”她从两个鼻孔里喷出烟来，看上去像是复仇的恶龙。妈妈当年用车钥匙把奥迪车划了几条道子，以此表达立场。

“当然，你绝对给了她一个教训。”我看着妈妈，眼中是惯常的同情。她在两段婚姻中的运气都不太好。我 10 岁时，她遇到了第二任丈夫利奥。他是个对家庭生活心不在焉的古典音乐家，深色的头发扎成长长的马尾辫。我们和他一起住在萨默塞特郡一栋摇摇欲坠的旧房舍里。他对我挺好，但不幸的是，事实证明，他也有不忠的天赋。

“问题是，你不能信任的不只是男人，女人也是一样。”妈妈狠狠地吸了一口香烟，烟头亮了起来，“她们都表现得你好我好，假装想做你的朋友，而其实她们想要的只是你的男人。”

“我记得你说过要戒烟？”我想现在改变话题是比较明智的，我能感觉到妈妈渐渐要开始她那一套酒后碎碎念了。

“我从来没说过。反正也没用，我也许不久就要死翘翘了。”

“别这么说，妈。你才 60 岁。”

妈妈吐出一口烟："尼古丁是我人生最后的乐趣之一了。”

我叹了口气，感觉更沮丧了。我讨厌妈妈总是那么消极的样子。到她这里来振作，这事我应该再好好想想的。人们唱赞美诗的声音飘过我们花园的篱笆，我感到雨点儿打在脸颊上。

“我要去泡个澡，然后我们去城里吃晚餐好吗？”我建议道。

“好主意。”妈妈的脸亮了起来，“花艺小组的雪莉跟我说，那家新开的印度餐厅的老板有个得了抽动秽语综合征[1]的儿子。我们去看看能不能听见他公鹅叫。”

“他不是动物园的景点。”

“但我从来都没见过得这种病的人。”她耸了耸肩，“我在想，我们吃咖喱的时候，他会不会突然骂人，或者失去理智什么的。”

人们说心碎会让你吃不下东西，但我的情况似乎不是这样。妈妈和我在“孟买之梦”餐厅订了一张两人桌，我不停地大嚼一大份咖喱鸡、印度米饭和豆糊，而妈妈则说着当地的小道消息逗我开心。

希林伯尔尼是多塞特郡一个古朴的集市小镇。妈妈 15 年前终于离开了利奥，搬到了这里。她在区议会工作，这让她得以知道小镇的最新规划和发展的内部消息。

“芭芭拉和马克，就是过去住在从这儿往南两户的人家，刚搬进格林里奇街的一所新房子。”她把一张印度薄饼掰成两半，“我没有告诉他们，我们要建一所学校，就在他们隔壁——他们活该，让操场上尖叫的孩子们毁掉他们的退休生活吧。”她顽皮地笑了。

“妈妈！你至少应该提醒他们一下。”

“为什么我要提醒？这对傲慢的夫妇，从来不邀请我参加他们的聚会。雪莉告诉我，芭芭拉在熟食店大谈特谈离婚的事。哈，我倒

1　抽动秽语综合征：起病于儿童和青少年时期的一类神经障碍，反复出现面部、身体抽动或不能自制的声音及咒骂等症状。

想看看，假如是她发现马克和秘书乱搞，她能有什么反应。”

“但也许她针对的不是你，妈。”我靠回椅背上，两只手捂住自己吃撑的胃部。这家餐厅的壁纸是紫色的，灯光是蓝色的，让人感觉有点儿像赌场大厅。大多数餐桌旁都坐了人，有的是一家子，有的是情侣，就着放在加热板上保温的银盘子大快朵颐。

“哦，她肯定是说我。我告诉你，克洛伊，如果你是独身，你就会被视为二等公民。”

“现如今肯定不会了。”

“你等着瞧吧。”

“我还不能接受这个事实呢——我突然变成单身了，就像场噩梦一样。”我喝了一大口红酒，“除了你，我还没跟任何人说过话。我得告诉我们俩的朋友，尤其是金史密斯学院的那帮人，那会很可怕的。”

安特和我跟大学的老朋友们每年至少见两次面。我们分手了，这绝对会打乱这个安排。

“如果他们是真朋友，就会支持你。这样的事情能让人看清楚谁好谁坏。”

“是啊。艾玛会气疯的——至少她会站在我这边，她是我的姐姐。”

“她不是你的姐姐。”妈妈撇了撇嘴。她不喜欢我和艾玛交朋友，但她对艾玛的母亲珍妮丝有种不正常的兴趣。

“你爸爸还会花大把钱带那个珍妮丝去度假吗？”

"我想他们很快就要去迪拜了。"

"其实，他可以把那些钱花在你身上的。帮他女儿买套房子，好摆脱困境。尤其是现在，你不能跟安特一起买了。"

"我不确定他有那么多钱。"

"他富得流油呢。你知道，要是我手头有一点儿富余，我就会帮你的。之前我有机会的时候，应该把你爸爸的钱扒得干干净净才对。"

"妈妈，没事的，我不需要你帮忙。"我恼怒地抬高了声音，再次为没有安特的未来感到一阵突如其来的恐慌。

"该死，是芭芭拉！"妈妈突然嘘了一声，看了看我身后，然后迅速低下头。

我在座位上转过头，看到一对老夫妇正推开餐厅的门，男的穿着一件花呢大衣，满头银发；女的穿着白色短外套，灰发精心打理成波波头，眼睛向外鼓起，看上去像只受惊的青蛙。她立刻发现了妈妈，然后对她丈夫说了些什么。

"妈妈，我很确定他们已经看到你了。"我低声说，而妈妈往下滑了一点儿，举起餐巾挡在脸前。

"该死。"妈妈小声说道。系紫色围裙的服务员正把这对夫妇带过来，在紧挨着我们的那张桌子旁坐下。妈妈站起身来欢迎他们："嗨，芭芭拉，马克。太惊喜了！我好久没见到你们了。"

"你好，乔伊。我们一直忙着搬家呢。"芭芭拉把她的短外套挂在椅背上。

"是啊，我听说你们的暖房派对办得很愉快啊。"妈妈亲切地说。

"哈哈，只是几个好朋友，"马克得意地说，"到目前为止，我们都很喜欢新家。那边路上没有什么骑摩托车的小流氓。我们确实很喜欢在午后小睡会儿。"

"哦，我知道你们喜欢，马克。"妈妈冲我眨眨眼，他们坐了下来。

"这位是克洛伊，对吗？"芭芭拉眼里满是好奇，注视着我问道，"你还住在布莱顿？"

"嗨，没错，我是。"我言简意赅地答道——我实在没心情闲聊。

"那儿可真是个奇怪的地方，那么放荡不羁——我觉得我可应付不来。"芭芭拉皱起鼻子，"你丈夫就是那个光头的家伙，是吗？"

"呃嗯……他不是我丈夫。"

"哎呀，我的错。现如今不该擅自推测来着。不过，我相信你们很快就会安定下来的。"芭芭拉点点头，打开面前的菜单，因为服务员就拿着记录本在旁边徘徊着。"马克，我们要不要一起点一份烩羊肉，还有什锦开胃菜？"

"选得很棒，宝贝。"马克冲我笑了笑，"她总是在我点菜之前就知道我想点什么。亲爱的，我要喝什么呢？"

"一瓶眼镜蛇啤酒，我要一杯……"

"白苏维浓葡萄酒。"马克帮她说完了后半句。他们俩都得意地窃笑起来，服务员也跟着笑了起来。妈妈把馕饼撕成小块，用鼻子重重地呼吸。

“我们的女儿刚刚有了第一个，她 32 岁。”芭芭拉又转向了我，“不过我们的儿子起步更早一些——他已经有仨了。”

“抱歉？仨什么？”我揉了揉太阳穴，感到头骨里一阵钻心的疼痛。

“三次精神崩溃吧？”妈妈小声嘀咕道，而芭芭拉说道：“三个宝宝啊，傻孩子！”

“今年圣诞节，我们家里都住满了。”马克轻笑道，“我不是在抱怨，我很高兴能玩玩游戏，看孙辈们拆他们的礼物。我想你也是被家人团团围住，对吧，乔伊？”

我把更多配菜酱舀到自己的盘子里，没有和妈妈对视。对妈妈来说，圣诞节一直很不好过，因为她的父母都去世了，而哥哥则住在新西兰。我不喜欢留她一个人过，但今年安特的爸爸和继母邀请我们去他们家过，而妈妈坚持说她没事，然后，等我在圣诞节那天给她打电话时，她正在喝雪利酒，接着就开始在电话里哭诉她是多么孤独。

“马克，说实话，圣诞节的大部分时间我都是坐在扶手椅上生气。”妈妈说，“我买了火鸡胸肉，但把它烤焦了，所以最后只吃了一碗泡面。”

芭芭拉和马克看向对方，交换了一下确认的目光。

“啊，好吧，那克洛伊就更应该抓紧了，带一个小宝贝啪嗒啪嗒地走到你家去。”芭芭拉微微笑着，服务员把他们的酒放在桌上，“你们这些职业女性得分清楚轻重缓急。”

我感到很生气:“芭芭拉，实际上我刚和男朋友分手，所以目前绝对不会生孩子。如果你不介意的话，我更希望别聊这个。”

妈妈赞许地向我点点头，在桌子下用她的脚轻轻推了推我。

“哦，亲爱的，真遗憾。”芭芭拉看向马克寻求帮助，他若有所思地努着嘴。

“天啊，嗯，你知道大家说的……”他朝我扬起头。

不，别他妈说那句话，我在心里恳求他。

“……天涯何处无芳草。”

“闭嘴吧，讨厌鬼！”

有那么一秒钟，我以为自己把想法大声说出来了而吓得呆住了，但接着我看到妈妈和芭芭拉都像狐獴一样坐直了，盯着出现在珠帘前的那个印度小男孩。

“捅进你的屁股里！”男孩直盯着马克喊道，他往后一仰头，咬牙切齿。我真想鼓掌。

一个女人在男孩身后出现，一只胳膊搂住他的肩膀。

“对不起，对不起。”她朝用餐的人举起一只手，尴尬地苦着脸，把男孩带回帘子后面。

“太粗鲁了。”芭芭拉不满地啧了一声，把手伸过去放在马克的手上，“他们不应该允许他随意乱逛，像这样侮辱别人。”

我把刀叉放在盘子旁边，一阵炽烈的愤怒涌上心头:“芭芭拉，实际上，我认为你比那个男孩更粗鲁。他自己是控制不了自己的，而你，应该把你的意见留在心里。”

我把一张20英镑的钞票扔在桌上，站了起来。我现在头痛得要命。“妈妈，我在外面等你。”我从门边的挂钩上取下我的大衣，走到商业街尽头的纪念碑台阶上坐下。

我嘟起下唇，因为我在想，如果安特看到这情形，会有多搞笑。他会在芭芭拉意识不到的情况下取笑她，我敢肯定，那样我就会忍住笑声，而不是忍住眼泪。

“这才是我的女儿，给他们点儿颜色看看！”妈妈欢呼着来到我身旁，“你走的时候应该看看他们的表情，好像吮了柠檬一样。他们活该，真是扯淡，还有他们愚蠢的幸福大家庭。”

我站起身，她挽着我的胳膊：“别在意，克洛，反正你也不想最后像他们一样。”

我凄惨地点点头，妈妈点了根烟，仍然开心地咯咯笑着。问题是，我也不想最后变得像妈妈一样，孤独又充满怨愤。

第七章

“来，喝一杯。今日的社交标签是‘周五快乐’！”人力资源经理杰丝经过时，砰的一声放下了一瓶冰镇精酿啤酒。

办公室里有种周五惯有的情绪，每个人都因为即将到来的两天自由时间而兴奋过度——在终将到来的崩溃（也就是“周一抑郁症”）之前，大吃大喝、尽情娱乐。

大部分人已经放弃假装工作，聚在食品区附近的休息区，那里的地板上铺着人工草皮，放着桌式足球台和一个巨大的彩色懒人沙发。角落里的自动点唱机里放着惠特妮·休斯顿的歌，让这里的派对气氛更浓了。

我沉迷于自己“网上追踪”的新爱好，所以没有加入他们。安特和我已经分手三周了，我一次也没有跟他说过话。他无视我的电话和短信，我能做的只剩下想象他和她疯狂做爱的画面。

我只是需要有个人来让我发泄愤怒。现在，就好像世界上的所有女人都融化混合，变成了一个巨大的邪恶妖女。其他女孩笑着在街上经过我时，我发现自己会像得了妄想症一般瞪着她们，想知道对方是不是那个偷走我幸福的女人。

好吧，行，如果安特不告诉我，那我就自己查出来。

我喝了一大口啤酒，它奇怪的泡泡糖味让我咂了咂嘴。我转动办公椅的轮子，坐得离电脑屏幕更近了些。安特的推特账户没给我提供多少情报，主要都是在分享有关音乐和政治的文章。

领英账户也差不多毫无内容，不过他没有说自己要换工作。这是一个好迹象，说明他没在执行那个疯狂的航海念头，但是，我们共用的网飞账户显示，他一直在看几部关于海洋的纪录片。

我点开他的照片墙，倒吸了一口气，因为我看到他发了一张新照片……里面是两杯金酒鸡尾酒，上面还装饰着薄荷叶。两个杯子！

“安特是在和那个天杀的丁字裤女孩喝酒吗？”

我吸气的声音惊动了维里蒂和西蒙妮。她们转动椅子滑到我身后，用怀疑的眼光查看安特的更新。维里蒂穿着黑色连衫裤，带着一条硕大的金项链。西蒙妮则穿着低胸红上衣和牛仔短裙。

“他最好不是！”我点开给这张鸡尾酒照片点赞的用户名单，“呃，‘凯蒂波普斯 69’是谁？”我抱怨着，一边翻看她做瑜伽、在健身房锻炼还有在海滩上跑步的照片。她身材很好，长发是栗褐色的。

“看着真野！”西蒙妮抓住我的椅子扶手，“你觉得是她吗？看，她肯定跟他一起工作。”

她指着一张沃伦招聘公司的团队照。照片里，安特在“凯蒂波普斯 69”的脑袋后面竖起两根手指——经典的“兔耳朵”玩笑。我感到自己的胃因为嫉妒而翻腾起来。

“嗯……她很一般啊。”维里蒂轻蔑地说，“他的脸书呢？”

“那上面没什么新情况。”我点开安特的页面，维里蒂飞快地浏览着他的更新。

“他试吃了新开的寿司店，看了最新的一部《星球大战》，还跑了5公里。老天，他可真是个活宝！”她拖长了语调说，“来吧，姑娘们，该去‘龙虾吧’喝一顿啦！”

“同意！”西蒙妮从她的桌上抓起化妆包，开始画唇线。

我查看着自己的脸书页面，看到动态右侧的网页广告时，我皱起了眉。那广告上有一幅卡通画，画着一个哭泣的表情，写着这样的文字：“为什么闷闷不乐？你讨厌自己吗？做个抑郁症测试吧，它会帮你找出原因。”靠下的另一个广告则在向我提供双向情感障碍治疗。

我惊恐地用手捂住嘴。“天哪，脸书知道我被甩了。”我低声说。

“它当然知道。可能它分析了你那些处在自杀边缘状态的更新，还有你一直分享的‘恋爱为什么有害’的文章。”维里蒂说。

“那些是我妈妈发给我的——我觉得它们挺有趣的。”

“它们很傻。”维里蒂站起来，穿上她的银色棉外套，“来吧，是时候让你重整旗鼓了。我们来给你介绍点儿交友软件吧。”

“嗯……我不知道欸。我从来没正经在网上约会过。”

“你很快就会摸到窍门的。”西蒙妮说，我站起身，她挽着我的胳膊，“我来做你的师父。我已经用了它们好几年了。”

“龙虾吧”是我们下班后聚会的首选。

它在码头旁边，是一家很大的咖啡酒吧和餐厅，装着玻璃门，可以看到外面的海滩。屋里有敞开式的壁炉、破旧但很舒服的皮面长沙发、各式各样的艺术品，还有一只名叫莫德的山羊标本，头戴冠冕，骄傲地站在角落里。

我们喝着阿佩罗鸡尾酒，坐在莫德附近的沙发上。上班族们正从门口走进来，脱下冬天的大衣，松开领带。

“好了，手机给我，我们来给你注册 Tinder[1]。”维里蒂抓起我的手机，开始下载新的应用程序。

“一旦你开始和别人约会，感觉就会好很多。”西蒙妮探身越过桌子，“我已经彻底忘记那个跟我玩失踪的家伙了。”

“真的吗？你看起来还是很沮丧啊。”

“绝对是真的，他对我什么都不是了。我在 Bumble 上认识的这个新男人完全迷上我了，我体会了这辈子最棒的一次性爱，而且第二天他还给我做了早餐，或者至少可以说，他从运动提包里找了根蛋白能量棒给我。看……”西蒙妮给我看她手机里的一张照片，是一个大胡子男人，“他看起来是不是很猛？”

维里蒂顿了顿，很快皱起眉看着那张照片。

“哦，他啊。我很久之前就和他配对过，跟他聊天特别没劲。”她假装打了个哈欠，又转回头看我的手机。

---

1 Tinder 以及下文中的 Bumble，Happn，OkCupid 均为国外手机交友应用。

“你这是什么意思？你已经有加文了。”西蒙妮看上去有些泄气。

“那又如何？我又不跟这些人见面。我只是练练手，多新鲜呢？”维里蒂耸耸肩，接着她的脸突然亮了起来，她跳起身，挥着手——

“看，是多姆。”

多姆走进餐厅，穿着一件博柏利风衣，脖子上是一条暗红色的围巾。他挥着手，有光泽的黑色额发随之落在他饱满的额头上。多数女孩子第一眼就会爱上他，尽管他像只果蝠一样，是个同性恋[1]。他帅到有些不真实——你可以坐在那里，盯着他那张雕像般的脸庞看上几个小时，就像欣赏一幅美丽的油画一样。

不仅如此，多姆还小有名气。他在YouTube上创办了一个频道，叫作“旧物”，是一个幽默讽刺风格的时尚播客。在视频里，他会去逛慈善商店和跳蚤市场，用独特的天分设计并展示出一系列他发掘的奇异衣物。哪怕他只是把一个茶壶套戴在头上，他庞大的粉丝群都会为之痴迷。

“女士们，你们看上去真是一如既往地迷人啊。”多姆在我旁边一屁股坐下，在我的脸颊上吻了一下。“多累人的一周啊！”

“你现在是在做模特吗？”维里蒂感兴趣地问。

“是啊，亲爱的，我正应付古驰春季系列新品呢，但盛装打扮地站在那儿，这种事男人可真有点吃不消。”多姆按摩着他的额头，向我投来揶揄的眼神，“这位爱情伤员怎么样了？”

1　有进化生物学家指出，果蝠和加拿大鹅、日本短尾猴等动物倾向于同性恋行为。

在过去几周里，多姆给了我强大的支持。好多个晚上，我都待在他位于马林百列区的公寓里，对着红酒掉眼泪。而他和他的男朋友亚尼斯则试着让我振作起来。他们都很擅长拥抱，当我被他俩柔软而有弹性的胸肌夹在中间，呼吸着他们昂贵的须后水香气，被他们轻抚着头发时，一切似乎都变得容易承受多了。

“我们正在给克洛注册一些交友软件。她需要跟新的人上床。”西蒙妮看着多姆痴笑道，一边扑闪着她的假睫毛。

“我还得再过个几周才能翻篇，西蒙。”我皱眉道。对于一个换男朋友和换紧身牛仔裤一样勤的人，我是不能从她那里接受关于爱情生活的建议的。

餐厅经理 AJ 端过来一个装着香槟的冰桶和四个玻璃杯。

“这是要庆祝吗？”他是个魁梧的加勒比人，50 多岁，脸上总挂着笑容。

“是要慰问。”多姆纠正他，捏了捏我的膝盖。AJ 同情地瘪了瘪嘴。

“你今天成功起床了，你就已经赢了。”AJ 冲我眨眨眼，然后溜去招呼其他桌旁坐满了的客人。

多姆给我们每个人都倒了一杯起泡酒，维里蒂用金色的指甲敲了敲我的手机。

“你想要什么样的人，克洛伊？”她询问道，“Happn 适合勾搭，但 OkCupid 上更容易遇到灵魂伴侣。”

我咬着嘴唇，无助地盯着她：“啊……”我想要的，是不要每天独自醒来时都觉得想哭。工作日还好，至少我得起床工作，但我已经开始害怕周末了。看着自己旁边空空的枕头，我不知道要如何填满接下来的一整天。安特在我的生活里留下了一个巨大的缺口。

多姆感受到了我的绝望，开始在他的男士包里翻找，拿出一个鳄鱼皮的笔记本。

“我们来列一个清单，这会有帮助的。回答时不要思考太多，想到什么就说什么。你最看重男人的哪三个品质？”

我想了想自己最喜欢安特什么：“非常幽默，聊天有趣，很会接吻。”

“外形呢？”多姆在本上草草记录下来。

我闭上眼睛：“黑色短发，棕色眼睛，又瘦又结实的身材。”

“职业？”

“有创意的那种。”

“爱好？”

“户外的，社交的，参加活动和派对，练功夫，冲浪。”

“克洛伊，你是在描述安特吗？”

我睁开眼睛。“不是，”我辩解道，“这只是我喜欢的类型，仅此而已。”

“嗯……你想要高收入的男人吗？”

“无所谓。”

“你想要孩子吗？”

“不知道。”

"身高呢？"

"身高？跟身高有什么关系啊？"

"哦，很有关系——我从来不考虑1.73米以下的男人。"维里蒂坚定地说，"好了，我想我们已经有足够的信息了。现在我们只需要一张头像。"她翻看了几张我的大头照，"你戴着彩虹假发的这张怎么样？这样他们就不会知道你长着姜红色的头发了。"

"克洛伊不用隐藏她漂亮的红头发，那是她最好看的地方之一。"多姆探身去看，"用她抱着朵拉的那张，她喜欢爱狗的人。"

"好吧。个人简介？"维里蒂打量着我。

"哦，我能这么写吗？"西蒙妮拍着手尖声说道，"艺术感的红发，性感的微笑，喜欢大笑。你的眼睛是什么颜色的？呃，感觉是带点棕和绿和蓝的灰色？你多高？"

"是绿褐色。我1.68米。"我说，"你觉得我的微笑很性感？"

"当然！只是先说清楚，我不是拉拉。"西蒙妮赶忙说道，因为多姆兴奋地来回打量着我们俩。

"你想说自己几岁？"维里蒂努嘴说，"我觉得我们可以就写成32。"

"为什么？35岁怎么了？"我问。

"你离40岁越近，对你感兴趣的越少。男人总是想找比他们至少年轻10岁的。"

"我不要谎报自己的年龄！"

"随便吧。搞定了。"维里蒂把我的手机放在桌上，伸了个懒腰，

“有任何奇葩的信息或者老二照片，就截图发给我们。那些总是很好笑。所以，各位，我本来没打算说的，但你们猜怎么着？”她像要拦车一样举起双手。

“怎么啦？”西蒙妮的眼睛睁得大大的。

“加文最近一直很可疑，我妈妈无意中说，他和我爸爸一起吃了午饭，这在以前从来没有过……我觉得他要向我求婚了！”

西蒙妮的尖叫声简直要把人震聋了，几个人立刻转头看向我们这边。

“太棒了，维！”我们碰杯。维里蒂开始描述加文想求婚的其他迹象，多姆伸过来一只手臂搂住了我。

也许我一直都是个大笨蛋。虽然我和安特根本没讨论过结婚的事，但我从未因此感到困扰——仿佛我们的关系直接跳过了初始阶段常见的不安全感。我曾坚信我们会一起变老，但现在我却很怀疑，他是否曾经认定过我。也许他只是在骑驴找马。我惊慌地咽了咽口水。假如维里蒂是对的呢？如果我到了40岁，就完全过了保质期，没有男人会再看我一眼呢？那我就真会变得像妈妈一样。我只剩下5年了！该死，该死，该死。

我喝了一大口酒，多姆注视着我。

“你想离开这里嗨一下吗？我听说波茨莱德有仓库狂欢音乐节。”

我皱起鼻子，有点动心。我觉得自己现在有点不管不顾，如果有人给我来点儿迷幻药，或是一张去廷巴克图[1]的单程机票，我都会接受。

“或者，如果有一杯好立克奶茶，再来几集《行尸走肉》，会更好些吗？”多姆若有所思地把食指放在唇边。

我叹了口气，多姆太了解我了。“不幸的是，我觉得后者更明智些。”我点点头，“不然我可能会做出些傻事。”

我拿好自己的东西，有点儿摇晃地走回家去。我沿着圣詹姆斯街走着，路过拥挤的酒吧。沸腾的大笑声涌出酒吧，回荡在人行道上，成人用品店的橱窗里是被捆绑的模特。

我走进塞恩斯伯里超市，漫不经心地浏览着食品，随意选了些蔬菜，扔进购物篮里。我旁边的男人斜看了我一眼，是我的幻觉，还是他真在怜悯地看着我？

突然间，一个人做饭吃似乎变得很可悲。我抬起下巴，把一大袋家庭装的甜玉米麦片塞到胳膊下面。这会让他明白的——他怎么知道我家里没有一大堆人等着呢？

我往篮子里扔了几袋婴儿食品，冲着那个男人露出疲惫的强颜欢笑。

“不能总是自己做饭，对吧？有时候你就是需要休息一天。”我说道，一边又抓起一大包纸尿裤。那个男人点点头，避开了我的目光。

1　廷巴克图：位于非洲马里境内的历史名城。

我沿着货架间的通道往前走，不假思索地从架子上拿了一瓶绿色香蒜酱，然后整个人僵住了。我并不是很喜欢绿色香蒜酱，味道太冲了。我更喜欢红香蒜酱，喜欢绿色香蒜酱的是安特。

我慢慢把绿色香蒜酱放回去，换成一瓶红色的。“去你妈的，安特。”我大声抱怨道。我的头有点儿晕，直管灯太亮了。

一个女人走到我旁边的男人身边，用鼻子蹭了蹭他的脖子：“宝贝，我们去买点儿布丁好吗？他们在搞活动呢——买一赠一。”

“哦，买一赠一。好聪明耶。”我小声模仿她，他们俩都目光锐利地看向我。看来我比自己以为的还要醉。

我飞快转过货架角，撞上一个艳粉色的纸板箱，上面陈列着泰迪熊、玫瑰花和巧克力。一个心形的告示牌上写着：“今年情人节，为你的爱人来一个浪漫之夜吧！”我彻底忘掉了，情人节就在下周。

“哦，饶了我吧。”我把篮子砰的一声扔在地上。我的额头现在很热，我撩起刘海，把一包混合香料当扇子，使劲地扇着。

那对男女关切地看着我。“过敏了，”我告诉他们，“我对浪漫过敏。”我扑哧一声笑了出来，感觉自己的下唇危险地抖动着。

我账单上的花费比平时多了很多。我费力地搬着自己买的几大袋东西回家，路上先去了朵拉的狗保姆家里接它。

“太可爱了，它一直窝在沙发上，待在我俩中间看电影。”保姆笑着指指她的男朋友。他盖着毯子，向我招了招手。我向他回了个鬼脸，内心被一阵凄凉重创。

我顺着保姆的目光，看到了自己胳膊下的纸尿裤。

“我有点儿早期大小便失禁。”我告诉她，一边欣赏她惊慌的表情。

听到莎弗伦在家，我几乎感到了开心。我不觉得自己此刻能受得了一间空荡荡的公寓。她在厨房，不成调地哼唱着一些诡异的排箫音乐，一边用她的锅做中式炒菜。

我把购物袋丢在厨房的料理台上，从门后抓起一条擦碗碟的抹布，用它在空中抽打，好让烟散开。“小心，烟雾警报马上就要响了。”我正说着，烟雾报警器就发出一声刺耳的尖鸣，朵拉立刻开始狂吠。

“哦哦哦，这个破玩意儿。”莎弗伦害怕极了，她伸手拿起一把扫帚，猛戳天花板上的报警器。

“等一下，不要打坏它。”我站上脚凳，把电池取了出来。

莎弗伦探身打开水槽上方的窗户。她穿着紫色天鹅绒连身短裙。这不像她平时的风格。

“这条裙子看起来不像是麻质的衣服啊。”我说着，边把一包婴儿食品放进微波炉里加热，既然我已经买了，不妨现在把它吃掉，“是什么场合穿的？”

莎弗伦低头看看自己：“我只是在试衣服，为下周的情人节做做准备。”

我叹了口气：“你不会也这样吧？你肯定觉得情人节是毫无用处的商业花招吧？”

“是啊，显而易见——但它也是一个表达爱的机会，那可没什么错。”莎弗伦把她那变黑的炒菜倒进碗里，在上面撒上姜黄粉。

“我还不知道你恋爱了。”我一边说，一边舀了一勺混合胡萝卜送进嘴里。

“关于我，多的是你不知道的事。”莎弗伦用手指轻轻敲着她银色的鼻环，她绿色的眼睛从我身上掠过，“你是在吃婴儿食品吗？”

“是啊，怎么了？”我挑衅地吮着勺子。

莎弗伦摇摇头：“说实话，克洛伊，你分手已经好几周了，你真的不该再消沉下去了，自伤自怜是毫无魅力的。你没有看见那条抹布上的字吗？”

“啊？”

她展开那条我丢下的抹布。上面有一幅佛像，下边写着一句格言：“佛曰，安宁来自内心，不要向外部寻求。”她读这些文字的音调，正是她在瑜伽课上那种神神道道的低沉调子。

“被男朋友背叛的时候，你是很难安宁的。”

莎弗伦叹了口气：“佛教的理论说，你不该过于依恋什么事物。他人不是你的所有物。”

“你自己的该死的伴侣，你是不可能不去依恋的！”

“是啊，但他做出了他的选择，而那选择不是你。如果你爱一个人，就要给他自由。”

“那不是斯汀的一句歌词吗？”

莎弗伦恼怒地扬起头：“对，但它们的意思都一样。”

“好吧。”我抓起甜玉米麦片的盒子，“谢谢你，莎弗，很有帮助。”

我走进自己的卧室，打开苹果电脑，把《行尸走肉》的音量调到最大，好让丧尸干涩刺耳的声音迅速充满我的房间。

我径直倒在床上，往嘴里塞满糖衣包裹的玉米片，朵拉跳上床，待在我旁边。莎弗伦和其他人都是对的：我确实需要放下安特，向前看。

但只有一种办法，能让我有画上句点的感觉。我不要再在社交网络上瞎忙活了——我需要确凿的证据。我得搞清楚那个该死的丁字裤女孩是谁，这就是最后的了断。

第八章

我有 99% 的把握，“凯蒂波普斯 69”就是那个该死的丁字裤女孩。我翻看了安特社交网站上去年的所有更新，她的点赞数量超过 80 次。你说，还能有多明显呢？

计划很简单。今天是情人节，我敢说安特和“凯蒂波普斯 69”一定订好了温馨浪漫的晚餐约会之类。所以，我要去沃伦招聘公司的办公室，赶在他们离开去约会时，直接和他们对峙。我准备了一段很棒的陈述，而且已经对着镜子演练过了，内容非常尖锐，我相信这会让他们心生忏悔，畏缩不前。

在我的复仇幻想中，我会用一些《杀死比尔》式的复杂动作，让他们二人暂时瘫倒。我希望可以靠本能挖掘出自己内在的无数技能，就像那种女人——展现出极端的力量，能把汽车从被压着的孩子身上抬起来。

沃伦招聘公司设在霍夫，所以我安排好提前下班，先去见我的医生——因为她也在霍夫，很方便。

“今天感觉怎么样，亚瑟女士？”

我的全科医生弗莱彻在打字，完成之后，她双手指尖支着下巴，开始询问我。她的黑发向后梳成圆髻，鼻梁高挺。尽管她的目光停留在我身上，但我感觉有无数事情在她脑子里打转。当一名全科医生一定非常累——有那么多人需要你的帮助。

“我一直睡不好，头疼得厉害，还经常哭。”我小声说道，“有一天在超市的时候，我喘不上气来了。”

不管怎么说，这都是真的。我可能确实需要帮助，脸书显然是这样认为的。

“那你觉得，最近有没有什么事件引发了这种焦虑？”

“有，男朋友把我甩了。我是过了一阵子才开始有感觉的。”

“这是多久之前的事？”

“将近一个月。我现在肯定已经过了最糟的时候吧？你能给我点儿什么药应付这个吗？比如镇静剂，或者，你知道，好莱坞那些疯狂主妇用的那种？”我满怀希望地咬着嘴唇。

弗莱彻医生凝视着我，明亮的棕眼睛周围的细纹加深了。她显然意识到了，我完全是在撒谎。我用指甲戳着掌心，垂下头。我不敢相信，自己竟然在浪费国民医疗服务[1]的时间。我真是个糟糕的人。

“人们会低估伤心对健康的影响。”她温柔地说，“相关的应激激素会影响身体的方方面面：你的皮肤，你的肌肉，你的胃……你的心。”

1 英国国民医疗服务是保障英国全民公费医疗保健的体系，凡有收入的英国公民都必须参加社会保险，按统一的标准缴纳保险费，然后按统一的标准享受有关福利。

我抬起头，她同情的语气让我想扑到她的腿上。

“但是，克洛伊，我恐怕没有什么灵丹妙药可以给你。一段关系结束时，某种程度上你自身的理智也会停摆。不要指望奇迹般地一下子恢复元气，这需要时间。”

“是啊，我明白，我只是不知道心里这种糟糕的感觉要怎么办。”我的声音颤抖着。

“如果身边都是你爱的人，是会有帮助的。也许可以尝试一些新的爱好，或是志愿活动——去换个角度看问题。我可以推荐几个非常棒的本地慈善机构。”

我点了点头，她说的每句话都很有道理。“那你觉得我应该去狠狠报复那些背叛我的人吗？”

弗莱彻医生笑了，好像我在开玩笑一样：“如果几个月后你还是觉得有抑郁感，就再来找我。我可以把你转交给心理咨询师，我们可以考虑服用抗抑郁药物，或者进行冥想一类的整体治疗——有很多选择。”

“那我是真的有了精神障碍吗？”我一只手放在胸口，突然有些害怕。

“你的心理健康状况每天都会变化，重要的是留心它，提高自己成功应对的概率。你今天到这里来，就是个很棒的选择。”

我答应弗莱彻医生，如果有需要我就再来，然后便很快离开了诊室。天渐渐暗下来，变成了深蓝色。我沿着教堂路往前走，一路经过摄政时期的连排房屋和手工艺品商店。情人节的橱窗中全是亮闪闪的纸质桃心和红唇，让我的余光里充盈着一片晕红的光影。我拉起大衣的帽子戴上。

我穿着一件松松垮垮的旧派克大衣，几乎垂到脚踝那么长。我是在衣柜的角落里找到它的，算是我沉迷英伦摇滚时期一次不理智购物的结果。这是我在短时间内能想到的最佳伪装。

沃伦招聘公司在一幢丑陋的大楼里，离马路很远。我从后面的停车场进去时，偷偷回头瞥了一眼，然后便爬过停车场边长着青草的斜坡，藏在一排垃圾箱后面。

从这里，我可以直接看到沃伦招聘公司的开放式办公室内部。人工管灯把整间办公室照得很亮，褪色的蓝地毯上摆着成排的富美家灰色办公桌，人们弓着背坐在转椅上，脸庞被屏幕的光照得煞白。

我倒抽了一口凉气，因为我看到了安特——他站在房间那头的白板旁，用记号笔写着数据。一小群人面带微笑地站在他周围。

他来了个花式鞠躬，同事们鼓起掌来。一个女孩伸出手拍了拍他的肩膀——是“凯蒂波普斯69”。

我像是饥渴了很久似的，急切地看着她的种种细节，不服输地迅速和自己做着对比。她蛮有肌肉，但很优雅，脖颈很长，胸部圆挺饱满，浓密的棕色头发编成辫子，垂在身后。她五官秀气，像个瓷娃娃，化了很淡的妆，脸颊在灯光下泛着粉色。

她转身走过房间那头的桌子时，安特跟了过去。灯芯绒长裙约束了她的脚步，因此她的步子很小但很快。她举止端庄，像是历史剧里的女演员一样。就是这一点让安特动心了吗——可以有种征服感？或者是因为，她与我完全不同。

豆大的雨滴打在我的帽子上，我往一侧挪着步子，跟着他们走向食品区。我的感觉就像是在看恐怖电影——我想遮住自己的眼睛，但它的吸引力又太强。

“凯蒂波普斯 69”说着什么，一边俯身从冰箱里取出一个特百惠杯子。安特站在她身后，两只手插在后兜里。他是在看她的屁股吗？

我试图读懂他的表情，想记起欲望在他脸上涌现的方式。她直起身子，转过来，头歪向一边，离他只有几厘米。我确信自己看到了他的目光从她的眼睛移到她的嘴唇。我真想让他再那样看我一次。

我看向其他人，他们都呆头呆脑地敲着键盘——这种不像话的调情，办公室里的其他人肯定都注意到了吧？不应该允许这种行为发生。现在他们随时都可以开始脱衣服了，我真想打电话给他们的人力经理。

我打赌他们在讨论情人节的约会。现在他跟我已经分手了，他们可以公然一起出去过节。他们可以坐在拥挤的餐厅里，隔着点了蜡烛的桌子互相凝视，摸着对方的手。他们会讲述各自惹人爱的过往，与一个全新有趣的人交往所带来的心灵震颤也会因此颤得更凶。

我把双手深深插进派克大衣的口袋里，屏住呼吸。我摸到了一个有链条的塑料块——是钥匙扣吗？我紧紧握住它。

安特向那个女孩靠过去时，我向前迈了一步，踩到了一个垃圾箱的踏板。盖子打开了，释放出一波腐臭的气味。我猛地向后甩头，失去了平衡，双手却仍然卡在口袋里。我双脚滑下潮湿的斜坡，把身前的垃圾桶也蹬了出去。

等我把两只手拿出来时，已经太晚了。我尾椎骨着地，重重地摔在地上，一阵锐痛窜上我的脊椎。那个垃圾桶倒在我身上，发霉的橙子皮和空的薯片袋子洒了出来。

某处响起刺耳的警报声，声音响亮，持续不断。我四仰八叉地躺在地上的雨水里，恐慌地转动眼睛，想找到是哪里在响。这声音好像是从我身上发出来的。

安特办公室的窗户上出现了一排人影。他们低头看着我，想知道到底发生了什么。

“不，上帝，别这样。”我拽着垃圾桶，结果又让它往坡下滑了些，翻倒在了我身上，垃圾洒得到处都是。雨点滑过我的发际线，溅在草地上。警报声似乎变得更加震耳欲聋了。我抬起右手，发现食指上套着一枚铁环，上面连着链子。

安特两手贴在玻璃上，皱着眉头——他认出我了。在他身后，“凯蒂波普斯 69”把下巴靠在他肩上，随意又亲密。

我跪在地上，拍打身边的湿草，找到从口袋里掉出来的黑色塑料块——是我不小心触发了强奸警报。

我只隐约记得，我为了写博客参加了某场自卫研讨会。我一定是把免费赠送的个人报警器放进了口袋，然后彻底忘掉了这码事。

我窘迫得缩成一团，笨手笨脚地摆弄着链子，把细针插回小孔里，警报声戛然而止。有个保安正在大楼拐角处巡视。

“需要帮忙吗，小姐？”那个保安大步向我走来，竖起衣领挡雨。

我拖着垃圾往坡上爬去，希望大衣能把我遮住，让那些讨厌的围观者以为我只是个寻找晚餐的老流浪汉。

“我在跟你讲话呢！”那个保安咄咄逼人地说，“这里是私人建筑。”

“我知道，行了，放手！”我尖叫起来，因为他抓住我的胳膊，把我拽了起来，“我们能不能先……到这里来再说。”我想到斜坡另一边去，但他猛地拉下我的帽子，抓着我的手更用力了。

“是你弄响的警报？”

“对，就是个强奸警报器。”我可怜地把它举起来。我的头发都贴在脸上。

“有人要侵犯你吗？”

“没有，只是一个垃圾桶而已。我没事。”

“你喝醉了吗？”

我摇摇头，抬起眼睛看向那边灯火通明的窗户。安特正盯着我，椭圆的脸十分苍白，满是震惊。他的同事们都一边说着什么，一边戳他，其中一个人弯着腰大笑。“凯蒂波普斯 69”两只手捂着嘴巴。

“行了，你该走了。”那名保安坚定地说，把我往出口推了一把。

“是，我正要走呢，好吧，你没必要这样……”我慢慢闭上了嘴，我的最后一丝自尊也一并消失。我就这样被反拧着双臂，强行押离了那里。我这就翻篇了，安特，等着瞧吧。

第九章

“我不该笑的。”艾玛还是笑了，她打着旋儿的金色头发也微微抖动。她穿着一件和服袖的裹身裙，蓝绿色的裙子和她蓝色的眼睛很搭。“抱歉，只是你和垃圾桶搏斗的画面太好笑了。”

“是啊，那还不算是我最得意的时候。之后好几天，我身上都有垃圾的臭味。”我把一片助消化药浸入茶里，它马上就化了。

那件事已经过去一个多星期了，这个周六下午，我和姐姐艾玛一起坐在我家客厅地板的印度坐垫上。她的宝宝托比在她旁边的手提式婴儿床里睡着了，我5岁大的教女麦西在屋顶露台上玩耍。

“那之后你跟安特说过话吗？”

“他给我发了一条短信。”我给艾玛看。

> 嗨，克洛伊，我不确定你是不是有意出现在我办公室外面的，但我真的觉得我们现在应该保持一些距离。安特

“换句话说，就是‘你他妈离我远点儿’。”艾玛瘪了瘪嘴，“我很抱歉，亲爱的，但你了解安特，他总是会避开正面冲突。之前他

拒绝跟我们一起去见你可怕的前男友戴夫，告诉戴夫你要离开他，你还记得吗？”

“记得，让人大失所望，不过你确实替他帮了我。”我笑了，想起艾玛面对戴夫的样子。尽管戴夫比她高好几十厘米，但她在身侧紧紧握着拳头，蓝眼睛炯炯有神。

“我心里吓坏了。”她做了个鬼脸。

“我也是，我以为他要打你。就是在那时候，我终于意识到，他是个彻头彻尾的疯子。天啊，我总是看上这种人，不是吗？”我说道。我看向熟睡的托比，他的一只小拳头缩在绯红的脸颊边。

艾玛咯咯笑了：“还记得‘独白强尼’吗？”

“哦，别提他！”我呻吟道。我不到30岁的时候，曾经跟一个叫强尼的家伙约会过差不多一年。他是一名国际导游，但不幸的是，他那冗长的趣闻轶事完全不像他去过的地方那样吸引人。我接着说道：“你看人总是很准，我却总是看错。你是怎么办到的呢，艾玛？”

“这不是你的错，安特完全是个大渣男。”艾玛说道，嘴里都是饼干屑，“我以后不会跟他说话了。”

“谢谢——这对我来说很重要。不过我猜，金史密斯的那帮人里，还是有一些会跟他见面的。”

“是啊，我觉得琳达跟他是有联系的。”艾玛抱歉地皱起鼻子。

“我不在乎，她可以做自己想做的事。”我气鼓鼓地说。在我们大学的朋友里，琳达是我最不喜欢的一个。她总是喜欢指挥别人，还有点儿势利眼。艾玛跟她相处得比我好很多。

“妈咪，我们能弄到一个胖子吗?”麦茜透过法式双开门喊道。她正在我的屋顶阳台上，从那里可以俯瞰一排后花园。

“麦茜，不许侮辱克洛伊的邻居。”艾玛训斥道。

“实际上，我想她是在说外面的铜佛像。”我说，“是莎弗伦过圣诞的时候买的，她对佛教很痴迷。”

我靠在蓝色大沙发上，麦茜走到我身边，咧嘴笑了，露出一排整齐的漂亮小牙齿。她穿着一件红色的灯芯绒背带裙，长着和她妈妈一样的金色卷发，衬得她天使般的脸庞更讨人喜欢了。

“我可以把朵拉叫醒吗?”她指指角落里的朵拉。朵拉蜷在它的床上，鼻子碰着尾巴，身体微微抽动，咕哝着喘气，正在自己最喜欢的梦境里飞速穿行。

“不行，麦茜，妈咪在聊天呢。去把你的《冰雪奇缘》拼图拼完吧。”艾玛指了指她放在房间角落的玩具。

麦茜的注意力成功地被转移了，她趴在拼图前，专心地吐出舌头，摆着拼图。

艾玛双肘支在茶几上，说:“克洛，我相信会有比安特更适合你的人。现在大家结婚都变晚了很多。你试过网上约会吗? 现在不是每个人都那样做吗?”

“算是有吧。我一直在几个应用上跟人聊天，但没什么太大感觉。”

“为什么?”

“它只是不太……浪漫。我是说，你能想象婚礼上的致词吗?

‘第一次看到她在Tinder上的简介时，我就知道她是我的真命天女。’这种约会方式不会让你觉得自己很特别，因为你知道那个向右滑动了你的脸[1]的男人，一周之内还以同样的方式选中了上百个其他女孩。”

“但你得见见他们，才能知道是不是有化学反应，不是吗？”

“化学反应是复杂又神奇的东西——你怎么能根据一张照片、对方的身高，或者你们都喜欢奶酪这种事来预测你会爱上谁呢？实际上，在我读过的所有伟大的爱情故事里，浪漫的情侣总是最不可能的一对！”我想起了这一点，把手重重地拍在桌上，“理论上，他们是永远不会选择对方的。”

“比如说谁？”艾玛怀疑地眯起眼睛。

“比如罗密欧和朱丽叶，他们来自敌对的家族。”我试着回忆大学时读过的经典浪漫文学作品，“还有简·爱，她爱上了罗切斯特先生，她自大的雇主。还有伊丽莎白·班内特，她第一次见到达西先生的时候，实际上是讨厌他的。她觉得他是个傲慢的浑蛋。”

“哦没错！而且《风月俏佳人》里，薇薇安是一个妓女;《泰坦尼克号》里，罗丝和杰克也来自不同的阶级。”艾玛开始对这个话题来了兴趣，“还有《美女与野兽》……好吧，‘他’是动物……那就是人兽恋了。”

---

1 在很多交友软件中，右滑对方的头像表示有兴趣，左滑表示没兴趣，双方都向右滑则配对成功，可以聊天。

“就是这样！”我笑了，“这就是浪漫的基本公式——要完全出人意料，并且是偶然发生的。你觉得那种人会在 Tinder 上匹配到吗？”

艾玛摇了摇头，看上去有点儿茫然。

我出神地继续说道：“真爱的真谛就是，它会在你最意想不到的时候发生。”

“克洛伊。”艾玛的声音中满是讽刺，降低了一个八度。我惊讶地看向她。

“怎么了？”

“醒醒，我们可不是在迪士尼，那些只是故事。现实生活中，在你真正结婚有了孩子之后，所有的浪漫就结束了。相信我，撕裂的会阴绝对是激情杀手。”

“撕裂的什么？”

“就是我的阴蒂和肛门之间的一小块地方，被那个小天使撕开了。”艾玛指了指麦茜。麦茜正举着一块拼图，因为举得离脸太近，有点儿斗鸡眼。

看到我惊恐的表情，艾玛大笑起来：“再说我们本来也太累了，根本不想做爱。我跟你说实话，我宁愿看一集《头号嫌疑人》，再来一大杯马尔贝克酒。”

“但你和詹姆斯在一起特别好，他啊，感觉就是一个完美的丈夫——”

“我们 8 个月没上过床了。”艾玛面无表情地打断我的话。

“真的吗？好吧，当然了，你们刚刚生下托比。”

“在我怀孕之前，那事儿就已经非常稀罕了。我就是感受不到性冲动。我穿的衣服都是孕妇装，不然就是育儿装。”

“呃，拜托，你看上去一直都很漂亮。”

“呵呵，来布莱顿让我觉得自己像个邋遢女，这地方实在是太他妈的多姿多彩了。我们刚才经过了一个踩着红色高跟鞋、戴着艾米·怀恩豪斯那种蜂窝假发的异装癖者，但没有人对此大惊小怪。在萨里郡你可看不到这种情形。”

艾玛和她丈夫詹姆斯还有两个孩子住在萨里郡一幢漂亮的房子里。她曾经从事音乐制作行业，住在苏活区[1]的一套公寓里，但她怀上了麦西后，他们就决定搬去伦敦以南的地方，这样就会有更多空间。

“詹姆斯说他今天要来布莱顿的时候，我立马抓住了这个出来的机会。”她接着说，“老实说，克洛，我们镇上最令人兴奋的事情，就是每周五的农贸市场，我已经试遍了那里卖的每一样加工食品。”

我看了看艾玛痛苦的表情，又转向托比在床上压皱了的脸。他的头顶像蛋壳一样精巧柔弱。

“我知道很难，艾玛，但情况不会永远这样。他们会长大的，那样你就能重获自由了。”

“呵，18 年之后吗？那时我甚至都不知道要从哪儿开始了——我会像是在新的星球上着陆的外星人一样。我知道这听起来很可

1 伦敦的苏活区开有许多时尚酒吧、小店、高档酒店。

怕……但有时候我真想抛下所有东西，然后逃走。我就像屎壳郎似的，把家里所有东西都带在身边：婴儿车、纸尿布、奶瓶、衣服、湿巾、玩具——更不用说还有孩子们。”

我降低声音，耳语一般说：“也许你可以逃走？就那样，把名字改成丁普娜，弄个新护照，搬到波兰去？我会跟你一起去的。不过我们得剃掉头发，因为你的超级大卷发和我的红头发有点儿太显眼了。”

艾玛冷冷地哼了一声：“我们可以装作克利须那派[1]教徒。”

我闭上眼睛，开始吟唱“克利——克利——克利须那”，艾玛一阵狂笑。

“不过说真的，艾玛，”我不再唱了，“如果你说真爱并不存在，美满的婚姻都是虚构的，那这些事还有他妈的什么意义呢？”

“不知道啊。”艾玛耸耸肩，也没有答案。我们盯着对方。她又说：“但你还是去寻觅一下为好——毕竟安特没有浪费时间为你憔悴，不是吗？”

门铃的声音吓得朵拉汪了一声，直接从床上跳了起来。

“肯定是多姆，他来得很早啊。”我从沙发上站起身，看到艾玛在翻白眼，便问：“怎么了？”

“没什么，我只是不知道他会跟我们一起。”

“好吧，我们一会儿要去逛逛街。”我去给多姆开门。很不幸，

1　克利须那派：印度教的一个教派，拜克利须那为最高的神灵。

我最亲密的两个朋友之间不怎么友爱，他们似乎总是不太赞同对方选择的生活方式。

“冻死了！简直比巫婆的乳头还冷[1]！”多姆把他芥末黄色的羊绒围巾紧紧压在胸前，大步奔上楼梯朝我走来，额发随着脚步跳动。

我拥抱了他一下，朵拉绕着他的腿转着圈，兴奋得气喘吁吁。我说：“艾玛刚才突然过来喝茶了。”

“哦，坐垫上的辣妈！”我们走进客厅时，他喊道，“有趣的组合。”

他脱下大衣，把它扔在扶手椅上。他穿着一件绿色的衬衫，领口系着蝴蝶结，下面是紧身皮裤和古巴带跟皮鞋。

“最近怎么样，多姆？”艾玛问，她不喜欢多姆，所以面无表情，“我在照片墙上看到你去了加勒比海。假期过得不错，是吧？”

“是啊，我去参观热带岛屿的时装秀了。”多姆挨着我在沙发上一屁股坐下。

“感觉肯定很不错啊，穿着人字拖坐在沙滩上，就能赚到钱。”艾玛毫不掩饰自己的嫉妒。

多姆受伤地看了我一眼，我笑了，告诉艾玛：“艾玛，时尚博主可不只是那么简单呢。”

多姆跷起二郎腿，讥讽地挑着眉毛，打量着艾玛：“嗯，你也能开个妈咪博客的，写一写如何实现郊区生活梦。我猜你现在已经完

1 西方世界认为巫婆与魔鬼为伍，没有母性的感情，因此乳头是冰冷的。

全脱离伦敦音乐圈了吧？”

托比仿佛感觉到了母亲的气愤，咕地叫了一声，醒了过来。他的小手像海星一样张着，眼睛瞪着我们，就像是第一次看到东西一样。

“啊，喂奶的时间到了。你不介意的，对吧，多姆？”艾玛甜腻地说道，开始解开上衣前面的带子，接着她肿胀的胸部便跃入眼帘。

“当然不介意，你请继续。”多姆盯着天花板。托比开始主动吮吸艾玛的乳头，陶醉地闭上了双眼。

“他现在比较明白怎么吃奶了？”我问。

“是啊，谢天谢地，可惜是在我长了乳头鹅口疮之后才明白。念珠菌传染到他嘴里了，弄得他的牙龈上全是白色斑点。”艾玛随意地说道。

“天哪，”多姆愁眉苦脸，“可怜的小伙子，这就得了性病，他甚至还不满一周岁呢。”

“那不是通过性传播的——显而易见。”艾玛不爽地啧了一声，“是酵母引起的。”

“呃，‘酵母’肯定要成为我最不喜欢的词汇之一了。”我在空中摆了摆手，想让气氛轻松些。

多姆笑了：“所以，我们还要去逛街，帮你找点乐子吗？”他用锐利的眼神扫向艾玛，“克洛伊这段时间过得太难了，我很高兴能一直陪在她身边，帮她重整旗鼓。”

“当然了，”我说，“你想去哪儿？”

“要么就去北巷区？我想买古董袖扣、软手帕，或许还可以看看手杖。我正在做一个关于纨绔主义[1]的视频。”多姆蓝灰色的眼睛睁得大大的，充满热情。

艾玛发出嘲笑的声音，看着托比摇了摇头，把他从一边的乳房移到另一边。

“好啊，我可能要买一些约会穿的衣服。”我说着，扯了扯身上的旧运动衫，“我好久没买什么新衣服了。”

“什么，你要去约会？”多姆举起一只手，“我还以为你没有什么进展呢。”

“艾玛说服我去试试了。”

“我们来了场姐妹间的贴心谈话。”艾玛得意地对多姆笑了。

“我会试试的，”我说着，拿出手机，“但我真的不知道该回复哪条信息。”

“你得立刻把那些毫无内容的‘你好啊’‘你怎么样’之类的话删掉，太没有想象力了。”多姆靠在我肩上，看我翻阅收件箱，“如果是在酒吧里，你也许还能用它们成功搭讪，像《老友记》里的乔伊[2]那样，但在网上这话可没效果。”

“离搞不清语法的那种人也远点儿吧。那些连‘你是’和‘你的’都分不清的人。”艾玛打了个哆嗦，“还有那些写不对‘绝对’

1 纨绔主义：一种着装及处事风格，讲究日常生活审美化，代表人物有奥斯卡·王尔德等。
2 乔伊：美剧《老友记》的主角之一，标志性搭讪语为“你怎么样”。

这个词的人。”

我笑了:“我确实收到过几个‘决对’。”

“你需要一个有眼力价的人。”多姆一把抢走我的手机，“不错，OkCupid 上的这个利亚姆在问朵拉的事。他是霍夫的一名教师，喜欢音乐节和美食。长得不错，是吧?”他举起手机，照片里的人长着乌黑的直发，皮肤晒成了棕褐色，站在冲浪板上大笑。

“哦，真的，他看起来不错。”艾玛赞许道。

“马上请他一起喝一杯，”多姆命令道，“当你想做一件事时，拐弯抹角是没有意义的。”

“多姆!”我狠狠打了下他的大腿，“我还不确定自己有没有准备好和别人上床呢。”

走廊里传来一声巨响，接着是拖拽东西的声音。莎弗伦拖着一个纸板箱，背对着我们出现在门口。她穿着一件橙色的安哥拉毛土耳其长袍，脏辫在背上拍打着。

“你在清理东西吗，莎弗?”我问道，打量着箱子里满满的东西。那里面放着印度床单、小手鼓、一堆水晶、瑜伽垫，还有尤克里里。

“是啊，这有助于净化心灵。”莎弗伦直起身子，“而且我要让自己的东西少一点儿，因为我要离开一段时间。”

“啊，好吧。”我微笑道。一个人住这套公寓会很不错，公共客厅不再被占用，我就能有双倍的空间做工作室。

“我会把我的房间在爱彼迎上租出去。”

“什么?”我厉声说道，“我可不想有什么陌生人拿着钥匙，在家里进进出出。”

“但我总得想办法付房租和账单，不是吗？”莎弗伦瞬间不再小心翼翼地捏着嗓子说话，仿佛变成了一个闹脾气的青少年。

“如果你付不起度假的钱，那就别去！”我难以置信地盯着她。

“事实上，莎弗伦，如果你跟房东核实一下，就会发现转租是违法的。”多姆插话道，“你得另想办法来为旅行筹钱了。”

“随便吧！那我就取消所有行程好了，不是吗？天哪，我就知道你会这样不讲道理，克洛伊！”莎弗伦转身离开。片刻之后，我们听到她砰地关上了卧室的门。

“随便吧，随便吧，随便吧！”一直好奇地看着我们交流的麦茜突然起身喊道，开始在地毯上使劲跺脚，手里还抓着一把她金色的卷发。她的脸上完美地再现了莎弗伦的怒容。

多姆、艾玛和我止不住地爆笑起来，我陶醉在两个最亲密的朋友难得的和谐时刻中。

第十章

我难以相信这竟然奏效了——你可以直接在线上预订一位男性。一周后的星期六，我坐在“龙虾吧”的一张桌子旁，等着 OkCupid 上的利亚姆过来和我一起吃晚餐。

这里氛围轻松，朋友在分享大浅盘里的食物，情侣们在烛光下互相调情。晚些时候，还会有一支很受好评的嘻哈乐队在后面的舞台上表演。

我透过玻璃大门，看向外面的海滩。布莱顿码头的灯光在鹅卵石上闪烁。目前还没看到利亚姆的影子。我翻看了他的照片很多次。我相当喜欢他的脸。他的下巴方方的，额头很高，还有一双有故事的黑眼睛。

但如果我在现实生活中对他不感兴趣呢？如果他的性格很糟糕，言谈举止很烦人，让我彻底受不了，那又该怎么办呢？

很显然，在见到一个人的头 90 秒内，你就会知道自己喜不喜欢他。而我并不是很擅长隐藏自己的感觉。所以如果我不喜欢他，那他立刻就会察觉到，而我们还得坐在那里，假装闲聊好几个小时。

我感到一阵潮热从胸口升起，便把椅子推得离桌子远了些，用力地呼吸。附近有几个用餐者好奇地看向我。这是世界上最尴尬的场景。为什么人们要这样对待自己？我可以现在就离开。

“都还好吧，克洛伊？你现在要点餐吗？”

我抬起头，看到餐厅经理AJ正笑着递过来一本菜单。他光秃秃的头上反射着红褐色的柔和灯光。他说：“我们今天的特色菜是味噌鲈鱼。”

“你好啊，AJ。我现在先喝一杯就好，谢谢啦。我……在等人。”我不自觉地摆弄着手里的酒杯。

“好啊，你看起来很漂亮。”AJ朝我眨了眨眼，然后便转去了旁边的桌子。

“谢谢。”我把裙子在大腿上捋平。多姆帮我选了这件有亮片的绿色高腰连衣裙。虽然我露出来的手臂上肉有点儿松，但整体上还是很衬人的。我挑剔地捏了捏自己的赘肉。我在想，如果我很喜欢利亚姆，但他看了一眼这些略显富态的“拜拜肉”，然后转身就走，那该怎么办？

我在木椅上坐立不安，嘴巴变得很干，舌头好像也比平时大了很多。我从没意识到，人能有这么多不同的坐姿。我往前倾身，胳膊肘支在桌子上，但又感觉显得太急切。所以我又向后瘫坐，像个沉思的知识分子一样盯着不远处，然后意识到，自己正直直地盯着一个吃意式扁面的用餐者，因为他也看向了我，还皱起了眉头。

我正试着把椅子反放着跨坐，就听到身后传来了一个低沉的声音。

“克洛伊，是吗？需要我帮忙搬椅子吗？”

我迅速站起来：“利亚姆？哈，我只是债……彻试它。”我惊慌地扭了扭自己的舌头——感觉它变得很肿胀。我把椅子转过来，让它重新正对着桌子。

“这样啊，嗯，很高兴见到你。我认出了你好看的红头发。”利亚姆笑了，而我只是盯着他看。他的脸上有可爱的酒窝，穿着一件卡其色短夹克、白色T恤和黑色牛仔裤，浓密的黑发搭在前额上，身材不错——身材相当不错。

我们现在要做什么？握手吗？我不自然地向他稍微挥了下手，他正好探过身来吻我的脸颊——结果变成我用手揉了下他的胸……很暖，很结实。他闻起来有柑橘和木头燃烧的味道。

“我给咱们点了瓶红酒，”我冲着桌子比画了一下，“但如果你想喝啤酒也没事，我喝红酒就好。我是说，啊，也不是要喝掉一整瓶……”

“我喜欢红酒，谢谢。”利亚姆脱掉夹克，坐了下来，赞赏地环顾四周，“这地方真棒。我从来没来过。比起布莱顿，我更像个霍夫男生。”

“没错，这里很棒。那是莫德。”我指了指我们左边的山羊标本，它站在金底座上，呆呆地望着前方，“就看你喜欢不喜欢动物标本制品了。”

利亚姆转过去看着它：“也不算喜欢。”

我笑的声音有点太大了，一边给他倒了些红酒，一边想找个别的话题。

“那……呃，你喜欢奶酪吗？”我脱口而出。

“实际上我现在正尝试吃素。”

“啊，很好。我试了一段时间——确实感觉更健康了。”

“那为什么停了？”利亚姆的黑眼睛扫过我的脸。

“嗯，主要是因为我真的很喜欢奶酪。”

“是吗？你最喜欢哪种？”

“嗯……好问题。”我的脑子一片空白，“我想应该是……切达干酪？”

天哪，这太蠢了。为什么我要像个傻瓜一样？我喝了一大口红酒，渴望地看向门口。

“到目前为止，你觉得网上约会怎么样？”还好利亚姆接管了谈话。他靠在椅背上，歪着头。他好有自信。

“我其实是个新手，还在尝试中。”我耸耸肩，试图模仿他闲适的肢体语言。很显然，我不会告诉他这是我第一次和网友见面，也不会说我还在疗愈破碎的心。我问他：“你呢？”

“啊，我就是随便试试，你懂的。”他冲我咧嘴一笑，“我得说，看到你的狗真是意外收获。它太漂亮了。”

“谢谢，它确实很漂亮。”我点头道，“没有比拉布拉多犬更忠诚的了。”

“比男人更忠诚，是吧？”利亚姆开玩笑说。

“没错。”我觉得胸口抽痛了一下，但还是硬着头皮笑了，“不过，我不会给自己的男人拴上链子，至少不会一直拴着。”

利亚姆轻声笑了：“你很漂亮。”

“谢谢。”我盯着桌子，希望自己不要脸红。我讨厌不能控制自己脸颊的颜色——那些从不脸红的人根本意识不到他们有多幸运。

“那你想找什么样的人，克洛伊？”

“哦。”又是这个问题，“嗯，个人来讲，我喜欢意料之外的人。”

“好——吧。”利亚姆单手托着下巴，“我之前还没听到过这种答案。”

“那其他女人都怎么说？”

“有一次我约会的女士列了张清单呢。”

“不会吧！”我摆出不相信的表情。我真的需要销毁多姆给我拟出的终极清单。

“没错，她拿着记事本坐在那儿。她想要孩子，所以问了我的家族病史，还问我有没有房子，我的养老金是哪种。她对自己的做法一点儿也不觉得不好意思，只是说她已经受够了那些浪费时间的人。”

“哇哦。”我叹为观止，“问得真详尽啊！”

“是啊，不过后来我有点儿明白了。女性生孩子的压力太大了，对吧？就算是‘无子女’这个词，也在暗示她们错过了一些东西。”

我被利亚姆的善解人意打动了。我笑了——我已经能感到舌头恢复了自然状态。我问他：“那你不觉得有要孩子的压力吗？”

“并没有。我是个小学老师，所以我已经被孩子包围了。不管怎样，我从来不是那种从众的人，你可能从我的简介上就看出来了。”利亚姆眨了眨眼。

“哦没错，上面不是说你是从夏威夷还是哪里来的吗？”我注意到了他橄榄色的皮肤，“在那里长大一定很棒。”

“什么？不是，我是因为最近去了新西兰，所以晒黑了。实际上我是在彼得伯勒[1]长大的，我的童年生活很没劲。不过来到布莱顿后不久，我就觉得受到了补偿。我喜欢这座城市的原因就是这个——这里的思想真的很开放。”

“啊，那我就不知道是从哪里看到的夏威夷了。然后，没错，为不守陈规的布莱顿干杯吧！”我举起酒杯，我们碰了碰杯。

等我们吃完晚饭，喝光第二瓶红酒的时候，“龙虾吧”已经挤满了人，大家聚在舞台前的空地上，乐队在台上调音。利亚姆和我不得不喊着说话，好盖过那片喧闹。他还把椅子拉过来，紧挨着我的椅子。我很喜欢和他待在一起，感觉他很聪明有趣。

他的胳膊很强壮，肌肉发达，而我一直盯着他干净的淡粉色指甲。他和安特完全不同，更高，更壮，也有点……更文雅，但我确实被他吸引了。红酒让我头晕，我感到一阵坐立不安的欢欣。

“你好，布莱顿！”那名女主唱转向人群，对着麦克风说道，“我们是局外人乐队。”

四人乐队开始演唱，人们鼓起掌来。他们穿着《权力的游戏》

1　彼得伯勒：英国东部城市，富饶农业区的中心。

风格的衣服，把民俗音乐和嘻哈有趣地结合起来。不知怎么，他们用一把低音提琴、班卓琴、吉他和出色的人声，完成了我听过的《拜金女》最佳翻唱版本。

“好听！”利亚姆站了起来。“跳舞吗？”他把手伸过来，我握住了他的手。我们穿过人群，走向舞台那边去跳舞。他的身体完美地配合着音乐舞动，节奏感很棒。我一直用余光瞄他，而他也在做同样的事，所以我们的目光相遇了——我笑了起来。

我收回自己说过的关于网上约会的那些话。这感觉很棒，我们之间绝对有化学反应。事实上，利亚姆问我的问题比安特曾问过我的还要多。他似乎对我是什么样的人非常感兴趣。

乐队演出最后一首歌时，我们俩都已经上气不接下气。

“我们出去好吗？”利亚姆的脸很红。

我们走到外面的海滩步道上，我把双手插在大衣口袋里站着，望向大海。利亚姆走过来，站在我面前。码头的彩灯把他的皮肤照成蓝色，然后是红色，然后是绿色。

我咽了下口水，仰起脸看着他。他的眼睛又黑又亮，就好像是瞳孔扩大得太厉害，把虹膜都盖住了。他把一只手放在我脖子后面，把我拉近，贴着他的身体，然后吻我。

我闭上眼睛，双手向上抚摸他的背，抚摸这个不同体型的人。他的吻比安特的更用力，但他的笃定有种让人兴奋的感觉。他的手指轻轻拉着我的头发。

“那，我能去见见你的狗吗？”他喃喃道。

我犹豫了："这是一种委婉的说法吗？"

"如果你希望它是它就是。"他亲吻着我耳朵下方的脖颈。一阵不由自主的战栗顺着我的脊椎向下窜去。

和安特之外的人上床，这会彻底终结我们的关系，但不管怎样，我们的爱情早就完蛋了。

我越过利亚姆的肩膀，看着支撑码头的柱子周围涨起的黑压压的水。有时候我会觉得，自己的卧室里缠绕着有关安特的回忆。

"我的意思是，我们可以回我的公寓，但我觉得露西有点儿不舒服。"利亚姆在说话，"不过改天你一定要过来，我给咱们三个做饭吃。"

"听上去不错。"我说，如果他已经认为我会跟他的室友相处，那他显然喜欢我，"那走吧，我们去我那儿。"我果断地说道，一边伸手让他牵住我。

我开门的时候，看到朵拉的黑鼻子沿着大门下面的小缝兴奋地抽动着。然后它便扑向我们，跳到利亚姆身上，就好像已经认识了他一辈子似的。

他蹲下身子，在它耳朵后面揉了揉，等它把头向后仰时，又在它的下巴下面挠了挠。它享受地闭上眼睛，舌头疯狂地甩动。

"哇哦，你知道碰它哪里最舒服！"看到利亚姆把脸埋进朵拉的脖子里，我笑了。

"我是和狗一起长大的。"

我打开卧室的门，把包扔在地板上。“我想厨房里有红酒。”利亚姆走到我身边时，我说。但他摇了摇头，关上了身后的门。

“我不渴。”他说着，脱下T恤。他的胸膛轮廓要比安特的明显很多。

他走近我，我一动不动地站着，任由他拉开我的裙子拉链，把它脱到我的臀上。我所有的神经末梢都兴奋异常。

我们手忙脚乱地倒在床上，利亚姆用牙齿撕开了安全套的包装。我躺在枕头上，看着他戴上安全套。他突然停了下来。

“你真的愿意，对吗？”他关心的表情让我感动，我双手环住他的脖子，把他拉向我。

“哦，没错，我愿意。”

我们变换不同的体位，让快感慢慢累积，当我翻身趴下时，我感到高潮的第一波涟漪穿过了我的身体。我咬着枕头，紧紧握住利亚姆的拳头。他吻着我的后颈，发烫的呼吸喷进我的耳朵。我呻吟着，紧紧闭上眼睛，有那么一会儿，我想象着身后的人是安特。

我还记得和安特那次绝妙的性爱。那是在新年前夜，我们从朋友家的派对上回来，还有一点儿醉。我们用荷荷巴油给对方按摩，放着鼓点贝司音乐。我们一直做爱，直到晨光把房间染成粉色。两人身上都变得滑溜溜的，皮肤格外敏感。然后我们躺在那里，身体缠在一起，看着对方的眼睛。他告诉我他有多爱我。骗子。

“克洛伊，你还好吗？”利亚姆低声问，“你的脸是湿的。你在哭吗？”

“呃……没有，我没事。”我伸手擦了下脸，很快地点了点头。

“你确定吗？”利亚姆俯下身，用手肘撑住床，想离近一点儿看我，但我转开了脸。

“非常确定。”我伸手去摸他的臀部，捏了一下让他安心，“不要停，我高潮的时候总是会哭，只是我的习惯而已。”

第十一章

复活节的那个周末，布莱顿挤满了游客。人们站在码头前面的步道上，呆呆地盯着舞动的灯光。

“借——过！”我大声喊道，因为朵拉低头推挤着人们的膝盖，弄得他们惊叫不断。

我正要去“龙虾吧”与金史密斯学院的朋友们聚会，和他们一起共进周日午餐。这次聚会是住在霍夫的琳达组织的。马上就要见到我和安特共同的朋友了，我希望这次聚会别让我的好势头变差。遇到利亚姆确实让我自信心大涨。过去一个月里，我们约会过好几次，最后总是会回到我家。我发明了一种方法，可以让自己在做爱时不哭——谷歌上说，做爱时会哭的情况叫作“哭泣高潮”。我只需要保证自己正对着利亚姆，直直看着他的眼睛，然后一遍一遍重复他的名字，这样就不会有安特之类的邪恶念头潜入我的脑海。这招真的很管用。

“看，是克洛伊！”艾玛推着托比的婴儿车，沿着步道向我们走过来。

“怪妈妈！”穿着印花背带裤的麦茜松开艾玛的手，蹦蹦跳跳地向我跑来，一头金色卷发也跟着跳动。

我们推开“龙虾吧”的玻璃门，用餐者吵闹的聊天声和各种食物混合的诱人香味立刻向我们袭来。AJ 在吧台后冲我招手。

艾玛把婴儿车推到后面靠窗的一张长桌旁：“这是我们订的桌子。”

我把怀里的麦茜放回地上，她和朵拉一起钻到桌子下面，还伸着舌头模仿朵拉的喘息。

“我们有几个人要来？”我问。

“三对夫妻，加上我们俩，还有所有的孩子。詹姆斯来不了，又是烦人的工作、工作、工作。”

“你确定、一定以及肯定安特不会来吧？”我一边问一边帮艾玛放好儿童椅。

“百分百确定。我跟琳达说了，如果他来，肯定会很尴尬。她很痛快地同意了。”艾玛把托比抱进椅子里，调整好脚踏板。

“嗯……我觉得我从来没见过琳达痛快地接受任何事。”我说道，艾玛大笑着直起身子，但马上就不笑了，而是看向我身后。

“哦，嗨，琳达，我们，呃……最近怎么样？”

我转过身，看到琳达站在我身后，穿着海军蓝的裤子、奶油色衬衫和桃粉色披肩。冷淡的微笑僵在她珊瑚色的唇上。她选择忽略我们的嘲讽。

“克洛伊，你和安特的事真是太让人难受了。这显然对你影响很大啊——你看起来状态特别糟糕。”琳达吻了下我脸颊边的空气，但我把脸转向了错误的方向，结果变成吮了一下她的耳垂，那味道就像祖·玛珑的黑石榴香水一样。她接着说道："他不在这里，聚会的感觉就完全不一样了。"

我想张嘴抗议，但她已经转去紧紧拥抱艾玛。

"艾玛，你和往常一样漂亮极了。这是托比吗？你真是个帅小伙！"琳达向托比的儿童椅俯下身子，她灰色挑染的头发落在他脸上，他困惑地对她眨着眼睛，浅色的眉毛皱在一起。

"哟，这不是'活力姐妹'吗！"琳达的丈夫汤姆现身了。他带着他们的小女儿萨斯基娅，还有儿子罗斯科。麦茜从桌下钻出来，害羞地眨着眼，抬头看着别的孩子。

我吻了吻汤姆的脸颊，心里很是惊讶，因为他看起来变化很大。以前他总是一副潇洒模样，像个半饥半饱的模特，但现在他胖了很多，牛仔衬衫在肚子上绷得紧紧的。他摘下巴拿马帽，头顶上的斑秃比以前更大了。

"看，其他人在那边。"我指了指窗外，我们大学的朋友们在码头台阶的最上方现身了。他们紧紧抓着兴奋的小孩们，推着几辆儿童车。他们看到了我们，朝我们挥着手。

先是苏格兰来的莫拉格和邓肯。我们在金史密斯学院时，他们曾经一起参加过一支乐队。小岛唱片公司[1]本来要签下他们，但乐队的歌手后来疯掉了，想把自己的手指剁掉。现在他们搬回爱丁堡住，

---

1 小岛唱片公司：环球音乐集团的下属企业，在摇滚和雷鬼音乐界有很大影响力。

有一个年幼的女儿，还有一个出生不久的小儿子。

还有希瑟和雷，他们在大学期间都是桀骜不驯的哥特风人士。但现在，他们带着儿子住在帕特尼，两人都在英格兰遗产组织工作。

最后是杰里米和波莉，他们从15岁开始就在一起了，总是作为一个整体存在，所以这一对儿的绰号叫“欢乐”。他们过得很悠闲，在肯特郡经营一座羊驼农场。他们有两个孩子，名字叫小鸟和小火。

“好了，‘金史密斯复活节午餐’，行动开始。”艾玛挪开放在旁边的一件大衣，腾出更多位置，“希望我们不会把别人都吓跑。”

一番倒腾之后，我们终于都坐下了，桌上也摆好了酒水。莫拉格和邓肯坐在我左边，他们的宝宝坐在托比旁边的儿童椅上。希瑟和雷坐在我右边，艾玛、琳达和汤姆坐在我对面。

琳达还在滔滔不绝地说个没完，就因为希瑟又怀孕了。

“我之前就在想，你是不是有什么特别的消息要告诉我们，”琳达得意地说，一旁的希瑟轻抚着她怀有六个月身孕的肚子。“别以为上次见面时，我没发现你在喝蔓越莓汁。那说明你要么是怀孕了，要么就是得了膀胱炎。”她突然开始笑个不停，涂了粉底的脸亮闪闪的。

“是啊，我们的繁殖速度简直前所未有地快。”希瑟骄傲地说道，把她乌黑发亮的头发别在耳后，“这杯敬我们终于长大成人了。干杯，朋友们！”希瑟端起她那杯白葡萄酒，我们一起碰杯。

“我真不敢相信，我们已经毕业15年了。”莫拉格环视桌上的人说道，她可爱的脸上长着雀斑，一笑就微微皱了起来，“真是时过境迁呀。还记得那时候我们都住在破旧的公寓里，每周末都出去痛痛快快地玩吗？”

“哎呀，我现在差不多还是这样呢。”我扮了个鬼脸。

“哦，亲爱的克洛伊，永远的叛逆者。”琳达啧啧两声，“不过，是时候长大了。”

“说到底，什么才叫长大呢？”我质疑道。

“问得好，克洛伊。”坐在汤姆旁边的波莉支持地说，她用一根手指绕着自己纤细的金发，浅色的眼睛里目光轻柔，“长大是一种心态。实际上，我们一直在长大。”

“哦，这话毫无意义。”琳达说着，喝了一大口白葡萄酒，“这很简单。”她张开一只手，掰着手指头一个个地数，“婚姻，体面的工作，房贷，孩子，有了这些东西，你才算是一个负责任的成年人。”

“好吧，那我们在第一个跨栏前就已经摔倒了。”波莉说着，用胳膊肘推了推杰里米，笑了，“我们还没结婚呢。”杰里米抚弄着他的山羊胡，一副漠不关心的样子。

“我宁愿用那钱来买更多的土地。”

“典型的‘欢乐风格’啊。”琳达和汤姆交换了一下批评的目光。他们二十五六岁就在科茨沃尔德[1]结婚了——那是我参加过的最昂贵的婚礼。

---

1 科茨沃尔德：位于英国西南部，被称为英国最美乡村，是众多影视剧的取景地。

“你还准备改建阁楼吗，琳达？”艾玛巧妙地转移了话题。

琳达长叹一声：“实际上并没有。汤姆和我已经决定搬回富勒姆了，对吧，亲爱的？”她拍拍他的膝盖，“那边有更多那种人。”

“哪种人？”艾玛皱眉疑惑地问。

“就是‘和我们一样的那种人’啊。”

我扑哧一声笑了出来：“你是认真的吗？你想被和你们完全一样的人彻底包围？”

这时候，AJ 拿着记事本走了过来。他系着红白条纹的围裙，和店外面的帆布躺椅颜色很搭。琳达冷哼一声道：“唉，布莱顿已经变了——如今这里有些人讨厌得很，我宁愿和跟我有共同点的人来往。”

AJ 无意中听到了她的评论，滑稽地瞪大了眼睛。

“我要烤牛肉，”琳达开始点餐，“但首先，你能告诉我这肉的产地吗？”

“什么？”AJ 噘起他丰满的嘴唇。

“产地。”琳达强调道，“我们是讲道德的食肉者。维特罗斯[1]在宰杀牛之前，会在屠宰场给它们播放古典音乐——你知道的，以此防止它们释放出应激激素。”她环视大家。“欢乐”惊恐地瞪着她。

“我明白了。我去和厨师确认一下，夫人。”AJ 歪过头，看向我，

1 维特罗斯：英国高端超市，也是英国王室的食品供应商之一。英国民众常常讽刺维特罗斯的顾客自诩上层阶级、身份尊贵。

停住笔。

“嗯……”我皱眉看着菜单，关于屠宰的话让我有点儿迟疑，“麻烦帮我点惠灵顿蘑菇饼吧。”

谢天谢地，琳达和汤姆开始热情地向艾玛详细讲述他们滑雪度假的情况，让我有机会了解其他人的近况。“欢乐”给我讲了他们新上线的羊驼系列服装，我答应会帮忙一起做他们的网站和公关工作。我还跟希瑟讨论了她新育儿室墙壁的选色。

“你们还在玩乐队吗？”我问莫拉格和邓肯，“你们以前那么棒。”

“天啊，没有了，”莫拉格笑了，棕色的卷发跟着上下抖动，“那些日子早就一去不复返了。我已经好几年没弹吉他了。”

“有孩子以后，你就没时间留给自己的爱好了，克洛伊。”琳达打断他，她刚刚威逼完艾玛，让艾玛同意带麦茜去滑雪。“一切都是围着他们的需求打转，不是吗，萨斯基？”她对坐在自己和汤姆之间的女儿萨斯基娅问道，“妈咪现在不能那么自私，她得照顾她的宝贝们。”她柔情地用婴儿般的声音说话，让我想揍她一顿。

AJ 和另一名服务员把几个冒着热气的盘子端到桌上时，我们这群人都赞赏地感叹起来。AJ 把琳达的烤肉放在她面前，双手背在身后。

“我可以确定这是传统饲养、吃草长大的萨塞克斯牛产出的肉，夫人。”他说道，“在被宰杀前，这些牛最后听到的东西很可能是死核。”

“什么？”

“死核，夫人，是一种重金属音乐，通常包括很多无含义的尖叫和咆哮。显然这位农场主对这种音乐非常热衷。”AJ 的表情一本正经，“欢乐”和我强忍着不笑，琳达则傲慢地点点头。

她说：“那好吧。看，了解你们提供的食物是很有用的。”

“绝对如此，完全同意。”AJ 向后退去，假装卑躬屈膝，然后调皮地瞥了我一眼。

惠灵顿蘑菇饼还剩最后一点儿，我实在吃不下了，便巧妙地把它沿着我的腿送给了张着嘴等待的朵拉。它受此怂恿，从桌下偷偷溜出来，抬头盯着儿童椅，兴致勃勃地看着邓肯喂他的宝宝。

宝宝和朵拉对视着，高兴地叽里咕噜说起“婴儿语”，把小块鸡肉和胡桃南瓜猛地扔到地板上，尖叫着看朵拉把每个碎块狼吞虎咽地吃掉。

琳达透过她的红酒杯看着这一幕——她已经喝得醉眼迷离了，琳达的酒量一直都很浅。她说：“那么，克洛伊，我们现在是不是该聊聊大家心照不宣的那件事了？我听说，你的狗有奇怪的排便习性。”

她令人难以忍受的大嗓门传过整个餐厅，我攥紧了拳头，而汤姆则大笑起来。

“啊哦，‘丁字裤事件’！真是男人被抓包的绝佳方式。”汤姆拍了拍大腿，摇摇头，“没有冒犯你的意思，克洛伊。”

我冲他撇撇嘴：“是啊，真是个有趣的故事，对吧，汤姆？”

“我告诉读书会伙伴的时候，她们差点儿笑死了。”琳达高声大笑，紧紧抓住汤姆的胳膊。他们俩都因为想憋笑而抖个不停。

“朋友们，别这么刻薄。”艾玛推了推琳达。

“克洛伊，我很抱歉，那感觉肯定很糟。”莫拉格的苏格兰口音很温柔，“你还好吗?”

我低头看着自己的盘子，而每个人都在盯着我。

“我很快就会没事的。”我喃喃道。

“好啊，我正希望在这件事上你能成熟点儿呢。”琳达说，“今天要把安特排除在外，对我来说简直太尴尬了。”

我瞪着她，气得说不出话来。

“我想安特能明白的，琳达。”艾玛说，“他知道自己搞砸了。”

“他不介意的。”邓肯突然插话道，一边用勺子舀起更多食物放进宝宝嘴里。

“这么说你最近跟他讲话了?”我紧紧抓住这个信息。

“啊，是。他上周末给我打电话了。”邓肯回过头来，愧疚地看了我一眼。

“哈，他连话都不跟我说。他在电话里说什么了?”我急切地倾身向前时，注意到朋友们互相看了一眼。

邓肯脸红了，摆弄着婴儿的围兜:“嗯……他提到要搬去朴茨茅斯，去上航海课。”

“看来他是真要去做这件事了? 我简直不敢相信!”一想到安特要永远离开这座城市，我的胃就翻腾起来，“那他有没有提到他勾人的新女伴？”

我知道自己听起来充满敌意，但我无法控制自己。这是我第一次有机会了解安特在做什么。

“呃，他没有说太多，但是，没错，我想她还在和他交往……”邓肯慢慢说不下去了，面露难色。

“他还在跟她约会？”我低声问。我感到胸口发紧，放下了叉子。过去两个月里，我一直用安特和“凯蒂波普斯69”在一起的画面折磨着自己，但内心深处，我真的不相信他对我做了这样的事。

“是啊，我已经邀请他们参加我们今年夏天的搬家派对了——你不能指望我永远无视他。”琳达自以为是地哼了一声。

我张大了嘴：“那我呢？”

“你今天来参加了，不是吗？”

“你不能不邀请克洛伊，这不公平。”艾玛说。

“当然公平——我们谁都不希望到时有什么戏剧性的事情发生。”琳达转向艾玛，“别担心，我们会邀请你和詹姆斯的。”

我沮丧地看向艾玛。她的鼻孔扩张，不友好地皱着眉：“我们不会去的，琳达。我现在不想看到安特，更别说他的女朋友了。”

“哦，说实在的，多大点儿事儿啊？”琳达不高兴地翻了个白眼，“我总是说，和朋友谈恋爱，这本来就不是个好主意。它会完全毁掉这个圈子的互动。”

“不，你没有，你什么时候那样说过？”我咬紧牙关，感觉怒气在胃里打转。

“听着，我们别再聊安特了，现在不是提他的好时候。我相信克洛伊很快就会找到别人的，布莱顿到处都是帅哥。”艾玛安慰道，给我们每个人都倒上更多红酒。

“哈，在这座城市里，你想找到一个不是“基佬”的男人，可是很难的。”汤姆对我眨眨眼，“每次出去，我都感觉自己被逼到无路可走了。”

“什么是‘基佬’？”麦茜高声问，她坐在艾玛旁边的椅子上，疑惑地歪着头。

“那个词只是用来说明，汤姆是个糟糕的偏执狂而已，我的宝贝麦茜。”我说道，“他在孩子面前简直不应该开口说话。实际上，顺便告诉你，汤姆，我已经有一个新男友了，他叫利亚姆。”

“哦哦，这么说你们的关系是认真的？”艾玛睁大了眼睛。

“没错，我们是正式男女朋友。”我撒谎道。我的意思是，我们已经约会一个月了——确定关系只是时间问题，肯定是这样。“我们一拍即合，有很多共同点。我们经常去乡间散步，去酒吧吃晚餐什么的。”

我们只去过一次乡间散步，但现在天气变暖和了，我相信我们会再去很多次的。

“他是做什么的？”琳达眯起眼睛。

“他是个小学老师。”我骄傲地说，“但他也拿到了古代史学位，会说四种语言。他的父母都是学者。”

“嗯……老师挣得不多。”琳达不想让我看出来她有点儿沮丧。

“但实际上，他在帕尔梅拉广场有一套很大的公寓。”我说，我不确定那是不是他的房子，但管他呢，“而且他家在彼得伯勒有一处乡村田庄，在伦敦还有一座连栋房屋。”我现在开始公然胡编乱造，但至少大家不再同情地看着我了。

“他比安特要专心、活跃得多。”我继续说，“他得过爱丁堡公爵奖[1]，还跑马拉松，而且今年夏天他要去斯里兰卡为一个教育项目做志愿者。我可能会跟他一起去。”

“哇，他听上去好棒。我真为你高兴，克洛伊，干得好！”莫拉格抓住我的小臂。我因为夸大其词而心情有点儿糟糕。但利亚姆和我确实相处得非常好。他还没正式邀请我去他的公寓，但我相信他会的。最主要的是，他简直无法把手从我身上移开。我打赌我们做爱的次数肯定比安特和穿丁字裤的蠢女人更多。

大家对我看上去很健康的爱情生活很满意，便开始各自聊起其他话题。艾玛让托比坐在她腿上，向我靠过来，蓝眼睛闪着光。

“我不敢相信，你竟然没有告诉我关于利亚姆的这些事，我等不及要见他了。我就说线上约会很有效，不是吗？”

“是啊，也许它还是可以很浪漫的。”我笑了，让她把托比抱给我。托比给了我一个大大的微笑，牙龈都露了出来，然后立刻抓住我的头发，在他的脸颊上摩擦。

1　爱丁堡公爵奖由英国女王的丈夫菲利普亲王（爱丁堡公爵）发起，鼓励14到24岁的年轻人参加社会活动，积极锻炼身体，发展兴趣爱好，以及热心助人等。

“你是不是世界上最让人开心的小东西呀？”我细声细气地对他说。他深灰色的眼睛睁得大大的，脑袋向后一抻，就好像发现了什么令人震惊的事情一样，然后他突然向前扑过来，心满意足地往我脖子上拱了拱。

“真遗憾，不是吗？”琳达已经口齿不清，“她很擅长和小孩打交道。”

我抬起头，看到琳达推了推艾玛，意识到我就是她正在说的人。

“我现在应该为什么感到遗憾呢，琳达？”我咬紧牙关。

“有个新男友当然很好，但等到你真正筹备起来，开始行动，那时候要孩子可能就太晚了。”

“也许我不想要孩子呢？”我反驳道，“我可能想把精力放在不同的事情上呢？比如创作，或者我的事业。”

“哦对了，你还在那家想成为谷歌第二的公司里做客户主管吗？”琳达尖酸地窃笑道。

“事实上，他们现在要提拔我做客户经理了。”我说道。显然我已经很擅长夸大事实了。

“啊，克洛伊，这个消息太棒了——终于啊！”艾玛叫道，我的笑容僵掉了。

琳达交叉着双臂：“问题在于，没有什么工作能和养儿育女一样有意义。这个世界上，没有什么事能比得上看着一个‘小小的自己’跑来跑去。”

“没错。”希瑟一圈圈抚摸着她怀孕的肚子。她持续不断的“孕肚爱抚”现在真的开始让我心烦了。

“好吧，但我现在这样非常开心，谢谢了。”我固执地说。

“孩子不是人生的首要任务和最终目标，朋友们。他们还可能是痛苦的来源呢。”艾玛加入了谈话。

“但在有孩子之前，你不可能懂得爱是什么。”琳达的脸上露出多愁善感的恍惚，她向我呼出的气里都是白葡萄酒的酸味。

“我懂什么是爱。”我听到自己的声音缺乏说服力地颤抖着，便低下头，把脸埋在托比柔软的金发中，竭力不让自己被这一阵恐慌击倒。我正抱着一个睡意蒙眬的婴儿，该死，我现在毫无防御力。

琳达摇摇头:“相信我，再多的傻拉布拉多犬也永远比不上孩子。”她轻蔑地指了指朵拉。朵拉正躺在儿童椅旁边，用充满感情的棕眼睛看着我。

我看着这只属于我的漂亮的狗，它每天都会让我开怀大笑。我心里有什么东西咔啪一声断掉了。“它不是什么‘傻拉布拉多犬’。不要不尊重我的生活，琳达——我的生活跟你的一样重要。并不是每个人都是他妈的和你们一样的那种人，你知道，这才是让这个世界这么有趣的原因。”

琳达紧紧抓着她的披肩，嘴巴像金鱼一样张开又闭上。

“嘿，嘿，冷静点儿，克洛伊。”艾玛从我怀里抱走托比，因为他开始哭了起来，“拜托，今天应该是一场愉快的聚会。琳达，克洛伊现在有点儿敏感。”

“别替我开脱。”我对艾玛怒目而视，“我只是不喜欢既无知又爱欺负人的家伙。”我把椅子往后推，说道，“我去上厕所。”

我离开餐桌后，便听到琳达几乎并没有压低的声音——她告诉每个人，说她觉得我精神崩溃了。

在厕所隔间里，我用颤抖的双手给多姆发短信：

> 我在“龙虾吧”，马上就要用叉子去戳自以为是的、恐同的、名为“白痴”的琳达和汤姆了——快来救我吧！

我在水池里洗手，一边看向镜子——我的脸很红，眼神看起来有点儿疯狂。我往鼻子上补了点儿粉，把刘海弄平。我不能让每个人都跟安特说我已经乱了阵脚。

我走出女厕时，邓肯正从男厕里走出来，一只手抚弄着他浓密的黑发。他看见我，勾起嘴角笑了："红酒完全上头了。"

“嘿，邓肯。”我穿过走廊，走到他旁边，用胳膊挡住他的路，“你跟安特打电话的时候，他有没有提到过，他跟新女朋友在一起工作？”

“嗯……我真的想不起来他是在哪里遇到她的了。”邓肯走向出口，但我走过去挡在他前面。

“她的名字是凯蒂吗？拜托了，邓肯，这很重要。试着想想。”我恳求道。

“凯蒂，呃，我不确定是这个名字。”他的脸因为专注而皱了起来，他闭上双眼，“我想应该是类似……”他突然睁开眼睛，我盯着他，离他的脸只有几厘米。

“是什么？”

邓肯眨眨眼。“想不起来了。”他打了个嗝。

“克洛伊，你在干什么?!”我转过身，看到琳达站在出口那边。

“啊？没干什么。”我意识到自己正紧紧抓着邓肯的衬衫前襟，赶紧松开了手，“我们只是稍微聊了一下。”

“克洛伊很关心安特。”邓肯用力拍了拍我的肩膀，差点把我拍倒，“可以理解。”

“天哪，那也没必要跟他动手。”琳达瞪着我，绕开我很远，往女厕所走去。

我转过身，对着她离开的后背竖起中指。邓肯咯咯笑个不停，说道：“她的屁股可真大，是不是，琳达的屁股？你简直可以把一杯茶放在上面。”

我们点甜品的时候，我一直和邓肯、莫拉格不停地聊天，不去理会琳达隔着桌子投向我的目光——她眼神里的不赞同在不停增长。

然后，我松了一口气——我看到多姆站在窗前。他穿着毛皮镶边的亮橙色夹克、白色缎面裤、鞋头很尖的皮鞋。

他冲我眨眨眼，然后大步穿过大门，向我们的桌子走过来，一副气喘吁吁的样子。

“多姆，你在这里干什么？”艾玛说着，用怀疑的目光扫了我一眼。

“很抱歉打断你们的午餐，但恐怕我很需要克洛伊——现在有一个紧急事件。”多姆戏剧性地宣布道。

琳达的“八卦雷达”震动了:“发生什么事了?”

“你肯定是琳达吧?很荣幸见到你。”多姆伸出右手，越过桌子紧紧抓住琳达的手。

“出什么问题了?”琳达想抽回自己的手，但多姆不停地跟她握手摇晃。

“唉，还是挺棘手的。恐怕我的男朋友亚尼斯，成功地把某样东西……卡住了。”多姆终于放开了琳达的手，然后暗示性地伸出他右手的食指。

我差点被水呛到，莫拉格放声大笑。

“你到底在说什么?”琳达看上去惊呆了。

“我真不想把这事讲出来，但……我们在卧室里有点儿忘乎所以了。”多姆睁大了眼睛。

“欢乐”的尖叫配合地响起，两人都拍着对方大笑。

“拜托!还有孩子在呢。”汤姆用手捂住萨斯基娅的耳朵，皱眉看着多姆，“你知道，这里可不是什么乌七八糟的夜店。”

“哦，什么?”多姆抓着他自己的上衣翻领，震惊地环顾四周，“这儿不是吗?那我在哪里?”他开始双手乱摆，眯起眼睛，好像被灯光晃到了一样。

我捧腹大笑:“哦，亲爱的，我最好去帮帮忙。对不起了，朋友们。”我把最后一口杏仁果酱挞塞进嘴里，站了起来。

“那是个矮人吗？一个秃头的矮人？”多姆抓住儿童椅，惊慌地瞪着莫拉格的宝宝，“啊啊啊——不，别看着我，邪恶的幼崽！”他伸出两根手指，摆成十字架的形状，仿佛是要驱邪似的。

婴儿开心地尖叫起来，用勺子猛敲桌子。桌边坐着的多数人都大笑起来，除了艾玛、琳达和汤姆。

“这太荒唐了，你在拿孩子们开涮！”琳达像炸毛的鹅一样发怒了。

“行了，好吧，我们这就走了。过来吧，你。”我向整桌人飞吻，多姆拖着步子地向我走过来，我挽住他的胳膊，而他的胳膊还在护着眼睛。

“我们去找些钳子和凡士林吧，你们这些“基佬”真是让人头大！”我们离开时，我冲琳达和汤姆翻了个白眼。他们一动不动地坐在座位上，两人都是惊怒交加，一脸厌恶。

第十二章

很好，现在艾玛一直在问我新职位和男朋友的事，而我不得不用一些半真半假的话来搪塞她，难怪他们都说“谎话连篇”。自从上周金史密斯学院的午餐之后，我们的谈话就变得很棘手。我没办法向她承认，听到安特那么快就翻篇的消息时，我有多丢脸。我觉得自己是个失败者，我受够了这种感觉。

不过，希望今天我能证明自己。贾尔斯会给我今年的工作考评，除非他给我加薪，否则我是不会离开他的办公室的。

我按下“领导者”咖啡机上的“拿铁”按钮，它开始汩汩流出咖啡，我在旁边读着自己的笔记。我把过去一年的工作成就大致都写了下来——是一份蛮长的清单。

“早啊。”西蒙妮快步走进食品区。她穿着慢跑裤和肥大的 T 恤，几乎没化妆，扎着凌乱的马尾辫。

“嗨，来杯咖啡吗？”

“一杯黑咖啡，谢谢。”她在长凳上坐下，望向窗外，看着下面的大街。

“你还好吗？你和胡子哥怎么样了？”

“哦，他啊。他用无聊的‘前女友’借口打发我，他说他还爱着自己的前女友。”西蒙妮叹了口气，呼出的气在玻璃窗上结成了水雾。

“该死，真遗憾，亲爱的。”

“我受够男人了，他们对我没有一点儿好处。”西蒙妮在窗户上的水雾上画了一个老二，“我要戒男人了。”

我把她的杯子放在桌上：“怎么戒？”

“我已经删掉了所有网上约会软件，还有约炮电话。我甚至不会再去想男人了。说不定等我不再寻找爱，它就会来找到我。”

“好样的，西蒙。男人们会占去太多心思。”我感伤地笑道。

“你又追踪到什么了吗？现在你知道安特绝对是在和那个贱人约会了吧？”

“没有，我不能冒险又被抓住。”

“好吧，至少你现在有利亚姆了。他对你很着迷，是不是？”

“我觉得是。”利亚姆仍然没有邀请我去他家，有时候他回复我的短信非常慢，但当他过来见我的时候，总是非常殷勤，很爱赞美我。“我觉得他是在等待时机，因为他知道我还在分手创伤恢复期。”

西蒙妮在水雾上画了一颗破碎的心：“嘿，你想来我家看大女主电影吗？《BJ单身日记》和《单身指南》之类的？然后吃上超大一堆冰激凌？”

“好啊，听起来很好玩。”我对她咧嘴一笑。

“老天啊，我再也受不了这种紧张感了。”维里蒂大步迈过食品区地板上的瓷砖，走向复古样式的橙色冰箱，拿出一瓶鲜果奶昔。她穿着海军蓝和奶油色的套装，头发编成时髦的发髻。

“怎么了？”西蒙妮上下打量维里蒂，“你看起来好时髦啊。”

“这周末加文和我要去休那个奖励给我的温泉假，我觉得他可能会求婚。我应付不了这种压力。他最好第一天晚上就问我，这样我就能放松了。”维里蒂仰起头，大口喝着鲜果奶昔。

“啊，小可怜。”西蒙妮不确定地说道，“我猜你对伴娘还没有什么想法，对吧？”她在窗户上的老二下面画了一个戒指。

“没呢，还没决定好。”维里蒂舔了舔嘴唇，然后看向我，“克洛伊，你现在还没收到贾尔斯给的年度评价吗？”

“是啊。”我把记事本紧紧压在胸前，“你的评价怎么样？”

维里蒂迅速回头看了一眼：“别跟其他人说，我升职成客户经理了，工资涨了 5000 英镑。”

“果然！”西蒙妮拍手道，“怪不得你看起来这么光彩照人。克洛，说不定你也会升职加薪的。”

“真好啊，维！希望能像西蒙妮说的一样吧。”我交叉食指和中指暗自祈祷，坚定地走过人工草坪，向贾尔斯的办公室走去。我穿着一件很贵的麂皮裙，以及一件新的白丝绸衬衫，不幸的是，这件衬衫有点透。不过贾尔斯很可能不会注意到，他只会对我的商务风印象深刻。

我看见贾尔斯办公室门口的红灯还亮着，就在门外等待。他在门口装了红绿灯，这样员工就知道他什么时候有空，什么时候在忙。

我在心里算了笔账——如果我加薪5000英镑，就正好有资格申请一套单间公寓的贷款了。我已经能够在脑海中勾勒出这样一幅画面：一套阳光充足的、有隔层的小巧公寓，我会采取巧妙的收纳技巧和极简的斯堪的纳维亚设计。即使空间很小，也意味着我是完全独立的，就像弗吉尼亚·伍尔夫所说，一个人需要的只是“自己的房间”。

我满怀期待地抱紧自己，弯下腰看着巨大的水族箱。它也充当了贾尔斯办公室的玻璃墙。热带鱼的霓虹色令人惊叹，半透明的尾巴十分精致。也许我应该给自己的新家买个鱼缸。一条橙白相间的条纹鱼游过去，让我想起了尼莫[1]。

“嗨，尼莫！”我对它摇了摇小拇指。接着，透过植物的叶子，我突然看到了贾尔斯。他正对着镖靶扔黏扣飞镖。

我站直身子，耐心等待。也许玩飞镖有助于他在重要会面前集中注意力。

又过了5分钟，灯从红色变成绿色，贾尔斯打开了门，叹了口气，就仿佛我无礼地打断了他似的。他穿着淡蓝色的羊绒衫、褐色的裤子，漫不经心地用手指拨弄着他的金发。

“进来，克洛伊。我们必须快点儿——我得马上到伦敦去。”贾尔斯坐在办公桌前，示意我坐在对面的椅子上。我坐了下来，感觉信心在减退。他看上去不像是个即将公布好消息的人。

1 尼莫：动画片《海底总动员》中的小丑鱼，全身橙白相间。

贾尔斯的办公室几乎和我们的开放式办公区一样大。他的窗户俯瞰着英皇阁[1]的白色圆顶，窗户两侧是游戏机和啤酒冰箱，角落里有台自动按摩椅，一架无人机栖息在储物架上，像是某种外星昆虫一样。

“好吧，嗯，我列出来了你去年评价时说我该努力提高的事项。”我打开记事本，迅速说道，“而且我可以很高兴地说，我已经把每一项都解决了。”

我抬头看到贾尔斯正盯着我的胸部，我顺着他的目光看去——可以很清楚地看到我的黑色胸罩。该死。

我感觉自己的脸变得很热。我缩起肩膀，提高声音来弥补这个失误。

“和我所有的额外项目一样，我负责的每个客户的投资回报率都提高了。我还收集了一些直接来自客户的评价，我想你会认可，这些评价都是正面积极的。”

我递给他一份客户评价表。这些客户很乐意帮忙，让我非常感动。“我希望我们可以讨论一下，我是否适合做一名客户经理，以及是否可以根据我的工作表现加薪。”

我一直在练习要求加薪的说法，这句话听起来是最专业的。

贾尔斯忽略了我的要求，扫视着评价，脸上毫无表情。“嗯……”他把纸放在桌上，然后开始敲打苹果电脑的键盘，“实际上，克洛

1　英皇阁：或称皇家行宫，始建于19世纪，是英国王室建造的避暑胜地。

伊，我这里也有一些关于你的内部反馈。你知道的，作为匿名调查的一部分，我们每年都会要求同事们评价其他人的工作。”他对着屏幕皱起眉头，然后看向我，“恐怕你的分数有些令人失望。”

“什么？”我大吃一惊，“但作为团队一员，我表现得非常好啊。”

“嗯，评价上说，你经常会粗心大意，把事情搞砸。”

“这不是真的！这是谁说的？”

“这是匿名调查，你不能问这个。”

“但没有证据就谴责我，这样是不公平的。我要怎样为自己辩护呢？”

“还有人说你最近‘过度情绪化’，而且‘有点儿疯狂’。”贾尔斯继续说。

我惊惶地揉着额头。我在女厕所哭的时间确实有点儿长。我控制不住——有时候我完全没有防备，会突然唤起关于安特的记忆。“我最近在个人生活上有点儿小麻烦，但我在尽最大努力克服它。”

“啊，对。”贾尔斯回忆着办公室的八卦，蓝眼睛不由自主地睁大了，“你是不是发现男朋友和你的狗做了些什么不好的事？”

“不是！不是那样的。”我在椅子上往前挪了一下，现在的情况和我预期中完全不同，“你看，我承认自己有一时的失误，但你不能否认我在过去一年中取得的成绩吧？”

“克洛伊，在这种情况下，我已经决定，不给你升职。”现在贾尔斯开始在地毯上弹一个用橡皮筋捆成的小球，“不过，我已经根据通货膨胀给你涨了工资，增加了 2%。”弹球，弹球。

我那阳光明媚的别致公寓伴随着胃里难受的感觉消失不见。“什么?! 所以我还得卡在客户主管的位置上再干一年? 我现在明明已经有足够的资历来做经理了。维里蒂怎么可能比我更有资格? 她比我年轻 10 岁!”

“啊，但你有没有看过她照片墙上的限时动态? 做得非常棒。”弹球，弹球。

“呵呵。”我嘲笑道，维里蒂的大部分限时动态里都有接近半裸的照片，“那我的博客‘克洛伊漫游记’呢? 我把森林之行后写的那篇博文发给你了。那篇很有效果，我们的几个客户还分享了。”

“你的文章写得不错。”贾尔斯承认道。弹球，弹球。

“维里蒂的能力也许只够她拍下自己的乳沟，但她的语法很烂。她告诉过我她不读书，因为‘所有的文字都让她眼睛疼’。”

“听着，克洛伊，这是一个不断发展的世界。”贾尔斯叹了口气，“我想你可以从维里蒂身上学到很多。事实上，我已经任命她做你的主管经理了。”

“什么? 你不能让她来管我!”我气急败坏。

“克洛伊，你是团队里可靠的一员，但如果你想给我留下深刻的印象，你就得有杰出的表现。我希望能被你的创造力折服。”贾尔斯把他的弹球捧在手里。

“我正在努力，贾尔斯，但你总是让我去应付枯燥的客户。”我因为怨恨而提高了声音，“在厕所和赌博主题上，我能做的只有这些。”

“那么，你就得跳出思维定式了。”

“你就不能先给我一个机会证明自己吗？你可以让我去做‘扬名领导者’项目吗？”

“这次不行。”贾尔斯站起来，把弹球扔到房间另一边的“大男孩玩具箱”里，然后在他身后的架子上翻找片刻，抽出一本亮面的书。书的封面上用绿色的大字写着“高于平均水准”。“喏，如果你喜欢阅读，我可以借给你这本书——我确定你会觉得它很鼓舞人心。”

我站起来，不情愿地接过了它。在事业阶梯上卡在同一级的时间越长，我想要追求卓越的动力也就越呈指数级地下降。尤其是现在，我又要以无法拥有贷款购房资格的薪水再工作一年。

我现在的生活就像是一盘下得很烂的蛇梯棋[1]。

“好吧，那我回去工作了。”

“很高兴和你聊天，克洛伊。”贾尔斯在他的小键盘上打字，对着屏幕咯咯笑，“记住，你唯一的限制就是你自己！”

“啊，克洛伊，我能跟你说几句吗？”维里蒂坐在休息区一个荧光绿色的懒人沙发上，腿上放着一台苹果电脑。她招手叫我过去。

我过去坐在她旁边的粉色懒人沙发上，没能挤出一个微笑。

1　蛇梯棋：棋盘上绘有多条长短不一的蛇和梯子，参与游戏者轮流掷骰子，遇到梯子可以往上爬，遇到蛇头则表示遭蛇吻，需要回到蛇尾那格。

“那么，贾尔斯告诉你这个消息了？我以后就是你的主管经理了，对吧——是不是很令人兴奋？!”她伸出拳头，向我点头，直到我终于举起拳头，和她碰了一下，“我觉得我真的能帮你提升，我们谁都不想把事情办砸。”

她把笔记本电脑转了一下，让我看到她的屏幕。“你看，我已经把你所有的缺点做成了一个电子表格。解决这些问题需要一段时间，但别担心，我们会一起完成。那是什么声音？”她抬起头。

我停止磨牙，摇了摇头：“不知道啊，咖啡机？”

那天下午下班时，我所有的神经末梢都在尖叫。维里蒂坚持监视我做每一件小事，在我做错的地方不停评头论足。她甚至让我重新设定我的电子邮件归档系统，以一种完全违反常理的方法。

我和朵拉沿着海滩回家，我一路都重重地跺着地面。乌云聚集在翻涌白色浪花的海面上，天空隆隆作响。我不自觉地拿出手机，但当我想起自己不能像往常一样和安特聊天时，便感到一阵沮丧。我转而给利亚姆发了短信。

> 嘿，宝贝，今晚做什么？今天工作很烦，要是能出去玩，感觉会不错。X[1]

1 英国人常在邮件、短信后以“x”结尾，相当于一个结束语，在亲朋好友间也表示亲密。x的数目越多表示越亲昵。

是从什么时候开始，我变得这样平庸？我把朵拉的球狠狠扔过鹅卵石，肩膀差点脱臼。我的大学导师总是说我很有前途，我成功获得了英语专业的一等学位。

我一直以为，到30多岁的时候，我的事业会很辉煌，能帮助世界变得更好。

然而，不知何故，我的每份工作都没能像我想象的那样刺激。我觉得自己只使用了一半大脑，准确说是人类能用到的10%的大脑的一半，也就是说只有5%。天哪。

就连“克洛伊漫游记”也有点儿陷入了停滞。我试着回忆自己上一次真正被鼓舞，然后熬夜写博客是在什么时候。

我的手机在口袋里响了，是利亚姆。

> 嘿，嘿，性感的女士。我很想过去，但今晚要和露西去酒吧考察一番。之后让我们快点见面吧，等不及要把你的衣服脱掉了。xx

他没有邀请我一起去考察，我尽量不因为这一点感到伤心。我们的关系刚开始没多久，我不应该表现得太主动、太黏人。不管怎样，至少他还想脱掉我的衣服。

我刚把钥匙插进锁孔里，大门就开了。安特站在我正前方，穿着极度干燥牌的帽衫、牛仔裤。经过这几周后，他突然和我离得这么近，这在我体内引发了一系列的化学反应。我觉得自己就像是从很高的地方掉了下来。

“克洛伊，该死。”他往后退了一步。朵拉跳到他身上，爪子扒拉着他的大腿，呜咽着。

“你在这里做什么？”我厉声问。他对我产生的影响让我很是恼火。

“呃，我只是……来拿些东西。”他的脸因为恐慌而抽动着，“莎弗伦让我进来的。”

“你没打算等到我回来，和我见面？”

“嗯，是啊，我是说，如果你想的话。”安特的声音变哑了。他伸手去摸门框，差点就碰到了我的手。

我盯着他看，一种奇怪的麻木感渗透我的全身。“好吧，那就进来吧。”我伸手示意他进去，让他跟着我上楼。

莎弗伦裹着一条小毛巾，在走廊里转悠。她的右脚踝上缠绕着玫瑰图案的文身，向上延伸到小腿。她的手指漫不经心地在栏杆扶手上扫过，就好像她完全看不到有灰尘似的。

“莎弗伦，你可以把我所有的前男友都放进我们的公寓啊。”我讽刺道，然后带安特走进我的卧室，关上门。

安特在我的床上坐下，朵拉跳到他身上，他紧紧地抱住朵拉。我看着他茶色脖子上的线条，他让朵拉翻身躺下，它的爪子欢快地乱蹬。我喉咙发紧，转过身去。

“所以，你是要来拿什么东西？”我走到衣柜前，拉出最下面抽屉中的一个。

“啊？”

“你是来取你的东西的——你想拿回去什么？你的袜子？你的旧T恤？你傻了吧唧的漫画书？”我开始把他的东西扔进一个塑料袋子里，“我看到的每一个地方，都有你的影子，安特，请把它们都拿走吧！”

“没必要大喊大叫吧，克洛伊。”安特的声音仿佛是受了伤害的小男孩。

“啊，有必要！我今天过得非常糟心，而你让它更糟了。真不敢相信，过了这么久你才露面。我从来不知道你这么懦弱。”

“你这是什么意思？”

“我的意思是我们从18岁开始就是最好的朋友，但你却把我从你的生活里剔除了，让我自己承受这种痛苦。”我的胸脯起伏着。

“我以为最好给你一些时间去消化。我说不出什么能安慰到你的话。”安特看着他的手，他的手无力地放在腿上。

“你能说的有很多！”我愤怒地说，“或者至少你可以待在那里，听我说。过去的这几个月简直是……一种折磨，我这辈子从来没感觉这么孤独过。”

我哽住了。如果我让眼泪流出来，那一定会烫伤我脸颊上的皮肤。“你想过吗，当我想到你和她在一起时，我有多揪心？”我继续说，“我们所有的朋友都听说过她，而我甚至不知道她是谁。就好像是她把你从我眼皮底下偷走了一样。”

“这不是她的错。”安特闭上了眼睛。他浓密的眉毛皱着，我知道他身体里的每一根神经都想逃，想避开现在这种局面。他说：“是我的错。”

“你敢？”我嘘了一声，向他走近一步，“他妈的别坐在我床上替她说话。她现在是你的女朋友了吗？”

安特摇摇头，然后又点了点头。

“天哪，你是怎么做到心安理得的？你就这样把我抛弃了，就像我是一个旧玩具一样，而她是一个闪亮的新玩具。”

“事情就这么发生了。”他不带感情地说道。

“行吧，你真是个大浑蛋，我恨你，我恨你们俩。我希望你从来没有跟着我到墨西哥去，从来没有告诉过我你爱我。你是我对生命最大的浪费。”我真想瘫倒在地板上，我几乎无法再勉强保持镇定了。

安特下巴上的一块肌肉跳了跳：“好吧，那你会高兴的，因为我两周后就要走了。我在沃伦招聘公司的工作已经结束了，现在正要把公寓租出去，我要搬去朴茨茅斯上航海课了。”

“好啊。飞吧，飞走吧，自由的灵魂。你走得越快越好。”我伸手从书架上取下那个木质面具，它和安特的玛雅面具是一对儿的。我的双手在颤抖。我把它塞在袋子里。“那你的情人姑娘怎么办？”

“她可能会和我一起去。”安特低声说。

我站在那儿没动，目瞪口呆地看着他。我无话可说了。我把袋子扔在他旁边，他把玛雅面具拿了出来。

“我不能带走这个——我们应该各拿一个的。”

“我不想要它。”

安特默默低头看着面具。

“别以为我知道自己该怎么做，克洛，”最后他说道，身体往前倾，用指关节揉着眼睛，“我现在一团糟。”然后他双手捂着脸，哭了起来，脆弱地大声哭泣，听上去像是一把破旧的摇椅。

朵拉在他旁边扭动着身体，用鼻子抵着他的手，舔着他湿漉漉的脸颊，这让他哭得更厉害了。

我递给他一张纸巾，忍住了想坐到他旁边去，帮他解决问题的冲动。那些问题已经和我无关了。

安特颤抖着吸气，大声擤了擤鼻子。“我妈妈现在一定会对我很失望，对吧？”他用沙哑的声音可怜巴巴地说道。

我的所有怒气都消散了：“哦，安特，她会……但她仍然会爱你的。”

安特擦干眼泪，我们来到走廊，他在楼梯顶上转过身来。

“我周末偶尔会回来——也许我们可以见面喝杯咖啡？”他的脸颊湿漉漉、脏兮兮的，“我想跟你保持联系。”

“也许可以吧。”我说。几个月以来，我一直盼望安特能和我联系，想着如果我们能见面，他也许就能弄明白发生的这些事到底意味着什么。但现在，我不确定自己是否还想再看到他。

“克洛伊，这是你新男友的内裤吗？我在浴室看到的。”莎弗伦打开她卧室的门说。利亚姆的绿色平角裤挂在她手指上，来回摆动。

安特脸色发白，他看起来像是肚子上被打了一拳。“你他妈的在耍我吧？”他咆哮道。

“干得好啊，莎弗伦。”我从她手里抢过平角裤，“时机棒极了。”

安特看着我，抿起嘴唇：“你已经有新男友了，还好意思指责我？你脸皮可真厚。”

我冷冷地与他对视：“少来了，安特。你根本没脸说这个。利亚姆帮了我太多——我可不是在向你辩白。”

“不管怎样，你为什么要在乎呢？”莎弗伦眯起她斜斜的绿眼睛，嘲弄道。

我和莎弗伦都看着安特。这一次，我终于有点儿欣赏莎弗伦高人一等的优越感了。安特的眼睛谨慎地在莎弗伦和我之间来回扫视。

“那么，你在乎吗？”我追问道，“你真的他妈的在乎过我吗，安特？”

安特看着我手里的平角裤，张开嘴，好像要说什么，然后摇了摇头。

“去他妈的。”他转过身，小跑着下了楼梯，前门砰的一声关上了。这和我期待的结局可不太一样。

第十三章

终于，利亚姆邀请我今晚去他的公寓。此刻他正在给我和他的室友露西做饭。我在海边拥挤的人群中穿行，向帕尔梅拉广场走去。旋转木马随着音乐上下移动，阳光在木马金色的柱子上闪闪发亮。我希望今晚标志着我们的关系进入了下一阶段。

自从安特过来取他的东西后，我感觉自己的想法已经发生了转变。知道他周一就会离开这座城市，对我而言其实是很大的解脱。我想象他坐在空荡荡的公寓里，所有东西都装在箱子中——就像两年前他搬进去时一样。搬那些东西让我们筋疲力尽，只好把他的液晶电视放在客厅的地板上，钻进睡袋，订了比萨。我很兴奋，因为终于能和他住在同一个城市了。

但那个篇章现在已经结束了。我终于找回了自己：一个独立存在、不用安特来定义的人。我把手机上石玫瑰乐队的歌声调大，眺望着波光粼粼的蓝色大海。我闻到一股防晒霜的味道，还有牡蛎小屋传来的海鲜食物香味。这是个炎热的五月天，大部分人穿着人字拖，戴着太阳镜。太阳正在落下，在鹅卵石上洒下金色的光，海鸥在我身前懒洋洋地摇摆前行。

我心中充满欣欣然的正能量。这个夏天，我会对一切说“可以”——我会去做新的事情，认识新朋友，也许甚至会去找一份新工作，找一份真正重视我付出的工作。我还要在“克洛伊漫游记”上写更多文章——我相信利亚姆会和我一起探索，他很喜欢冒险。

利亚姆似乎也比安特更喜欢交朋友。如果能见到他的朋友们，应该会很不错。我觉得他和我的大部分朋友都会相处得很好。我想象着带利亚姆一起参加琳达的某场矫揉造作的晚餐派对的场景，不由得暗自笑了。他会把她势利的话一下子怼回去。他口才很好，而且政治立场坚定。我很想看到她胡扯“在有孩子之前，你不会知道爱是什么”这类话时，他会有什么反应。

我走过一排排色彩缤纷的海滩小屋，穿过霍夫草坪。草坪上的人们正懒洋洋地躺在野餐毯上。利亚姆住在帕尔梅拉广场一栋富丽堂皇的联排别墅里——这些华丽而古老的建筑面对着大海，连成优雅的曲线。

“你好——啊——克洛伊。”利亚姆开了门，肩上搭着茶巾，脸上沾着面粉，“欢迎光临寒舍。”

“你家大得像恢弘气派的车站。”我吻了吻他，然后跟着他穿过走廊，进入一间宽敞的客厅。客厅里铺着奶油色的地毯，有深灰色的转角沙发，透过弧形窗户的新月形玻璃可以看到外面。深色的木餐桌很长，另一头抵在对面的墙壁上。

“哇，你家好漂亮。”我走过去欣赏风景，明亮的天空中布满鱼鳞般的云层。

“有时候我得掐一下自己，因为这儿太好了，好得不像是真的。”一个女声在我身后响起。我转过身，看到一个娇小的女孩，留着金色的波波头，穿着一件斑马纹的连衣裙。

“嘿，我是露西。”她伸出手来——她的手和小孩的差不多大，“利亚姆把关于你的事都跟我讲了。”

“不错啊。”我冲利亚姆笑了一下，他低下头穿过敞开的拱门，进了厨房。“很高兴见到你，露西。你们住在一起多久了？”

“三年了，还是很棒。”利亚姆扬起拳头称赞道。

“需要帮忙吗，宝贝？”露西走到他身边，掀起锅盖，锅里在咕嘟咕嘟冒着泡。

“不用，厨师太多了，把你的手套摘下来！”利亚姆用茶巾打了打她。

“你要红葡萄酒还是白葡萄酒，克洛伊？”我坐在沙发上，露西问我。

“我要红酒，谢谢啦。”我注意到书架上堆满了书，可能因为他们都是老师。壁炉台上摆满了利亚姆和露西在不同地方的镶框合影。他们的关系显然很亲近。我最好努力多了解她一点儿。

露西把我们的酒杯放在茶几上，然后坐在我旁边，把脚盘在身下。

“我猜你对语法超级严格，和利亚姆一样，对吗？”我问。

“啊？才没有，我的拼写特别烂。我都不知道自己是怎么上完大学的。”她漫不经心地摇了摇她的金发。

“但拼写对你的工作不是很重要吗?”

“不啊，只要我发音清晰就行。”

“是啊。”我皱眉，“和孩子们一起工作一定很累吧?”

“哦，我不怎么和孩子打交道。你知道人们常说的——永远不要和孩子或动物一起工作!”

“啊，这么说主要是成年人了?”

“对，”露西奇怪地看了我一眼，“主要是成年人。”

“好了，女士们，开饭了!请坐下，准备好被震撼吧。”利亚姆把一张大馅饼和几碗蔬菜放在餐桌上，“这是阔恩牌素肉馅的，但我保证你吃起来和肉一样。”

露西和我端着杯子走到桌旁，啧啧赞叹。虽然桌边的位置很多，但她拉开了紧挨着利亚姆的椅子，我默默走到他们对面坐下。

“哇，早知道你这么厉害，我就让你在我的厨房里做饭了!”我对利亚姆说，“这提醒了我，我最近要在家做墨西哥菜。你来吗?你来见见我的朋友们也挺好，我们还可以跳一跳萨尔萨舞。”

利亚姆把馅饼舀到我们的盘子里，脸上带着淡淡的微笑:“也许吧，宝贝。”

“天啊，利亚姆，你还记得我们在波特斯莱德上萨尔萨舞课的时候吗?所有男人里，你是唯一真正能动起来的，其他那些男人都好笨拙，真是典型的英国人!”露西大笑。

“我们是班上跳得最好的。”利亚姆对露西露出慵懒的笑容，我觉得那个表情很诱人。是我在想象，还是他的目光真的逗留在她唇上？

吃到一半的时候，我已经感觉很不舒服了，如坐针毡。我无法摆脱露西和利亚姆在调情的感觉。他们不停地互相触碰，露西甚至一度在抚摸利亚姆的脸颊。

利亚姆一直迎着我的目光，不停点头，好像是想让我看看露西有多棒、多有趣，但如果让我老实讲，我宁愿她滚回她的卧室，让利亚姆和我独处。

“嘿，利亚姆。”当他想往露西的盘子里多塞些蔬菜时，我打断了他，“我想请一段时间的假，去威尔士或别的什么地方。你想一起吗？”

“把你的青菜吃掉，露西！”利亚姆用芦笋戳着露西紧闭的嘴巴。“嗯……威尔士吗？我不能在学期中间休假。”他斜睨了我一眼。

“拿——开！”露西咯咯地笑着，把芦笋吐了出来，“我超爱威尔士。去年夏天，我和利亚姆在彭布罗克郡露营了一周，风景太壮观了！”

我挤出一个微笑，而他们开始回忆那段旅程。利亚姆有亲密的女性朋友，我应该感到高兴。我诅咒着安特，是他让我变得这样多疑。我加倍努力，想和露西搞好关系。

“露西，你教什么科目？”

“啊？”露西朝我眨了眨眼，“我不教书。”

“哦！我记得利亚姆说过你是个老师，跟他一样。”

“天哪，不是，我简直想不出来比这更可怕的事了！”露西开玩笑说，“我是一名演员。我在伦敦有个经纪人。”

“哦，哇！对不起，那我真不知道是从哪里看到了这个信息。”我给我们三个人都倒上了更多的酒，觉得自己很蠢，“那你最近有什么工作要做吗？”

“实际上，还真有！我刚在电视剧《霍尔比市》里争取到一个角色。我会去约克郡拍戏，所以得留下他一个人待着。”露西噘着嘴向利亚姆表示歉意，利亚姆笑了。

“嘿，我可以照顾好自己。我刚刚展示了我的厨艺。”

“是啊，但我更担心你思念过度。”

“没事，我还能请备选来玩一下。”利亚姆冲我眨眼。

露西的脸皱了起来，她低头看着自己的盘子。

“怎么了，馅饼吃饱了吗？”利亚姆轻轻碰了碰她的肩膀，她摇了摇头，声音极低地喃喃自语了些什么。

“嘿，”利亚姆温柔地托起她的下巴，让她的脸对着他，“记住，你是我的第一优选。”他倾身吻了她，吻的是嘴唇。

我看着他们，眨了眨眼睛。我是产生了幻觉吗？不，我没有。利亚姆再次亲吻露西，像吻我时一样，托着她的后脑勺。

“你到底在干什么——你在干什么？”我大声问道，他们分开，看向我。

“接吻啊。”利亚姆说。

"呃，我是不是不小心进入了另一个宇宙？从什么时候开始，你能在约会对象面前吻你的室友了？"

"露西是我的初选。"利亚姆说这话的时候，就好像在提醒我一个被我忘记的简单事实。

"到底什么是该死的初选？"

"她是我的初选情人。"

"就是说，不是'初等'教育老师[1]？"我试图弄明白。

露西窃笑，一缕金色的头发落在她脸上："所以你才以为我是老师?! 不，我是他的女朋友。"

"可我在跟他约会，你们怎么能是情人呢？"我问她。我觉得自己的大脑好像转得很慢。

露西把她的小手放在利亚姆的胳膊上："亲爱的，我想克洛伊可能是搞错了。"

"我以为你明白了，克洛伊。"利亚姆睁大眼睛，看上去很吃惊，"露西和我是多边。我在 OkCupid 主页上写了这个——我并没想隐藏什么。"

"多边？什么意思？"

"多边恋。露西和我在谈恋爱，我们是伴侣，但我们也可以和其他人——我们的备选——恋爱。"利亚姆的语气居高临下，就好像是

---

1 英文中的"初选""初等""小学"可用同一个词 primary 来表达，因此主人公会产生这样的误解。

在对他教的小学学生说话。

“多边恋。”我难以置信地皱起脸，“什么？我以为多边的意思是那些多元的岛屿，波利尼西亚，你知道的……像是夏威夷?!”我沮丧地挥动着双手。

露西尖声大笑：“她以为你是波利尼西亚人！”她敲打着利亚姆的大腿，“哦上帝，我要笑死了！”

“肯定是因为我混血的美貌。”利亚姆轻笑，大口地喝着酒。

“呃，这可不只是什么普通的玩笑！”我瞠目结舌地看着他们，“你真的把我当备选？稀松平常的备胎之选？”

“哈哈哈哈，稀松平常的备胎之选！这说法绝了！”露西趴在桌子上，笑得前仰后合。

“喂！你他妈的不能这样玩弄别人的感情，然后还嘲笑他们。”我气得高举双手抗议。

利亚姆做了个鬼脸：“拜托，克洛。你没有仔细阅读我的简介，这不是我的错。”

“我不知道那两个字有这么重要的意思！”我爆发了，“所有人都知道，人们只会对那些文字扫上一眼，结果你在那儿写了一篇该死的论文。不管怎么说，我和你见面的时候，你本可以提一下这件事的，或者那之后我们任何一次见面的时候！”

“我提到过露西。实际上，我说了很多。”利亚姆捏了捏露西的手。

“我应该傻傻地相信是那样。”她傲娇地眯起眼睛看他。

“我真蠢，竟然以为你只是在聊你的室友！”我说，“我太老土了，竟然不知道你那该死的古怪术语。‘初选’什么的——你就不能直接说‘女朋友’吗？如果你解释清楚了，我肯定就不会跟你上床了！”

利亚姆有些回避这个话题，我恍然大悟：“没错，当然啦——你就是想约炮！所以你才故意含糊其辞。”我声音颤抖，这种不公平的对待让我很受打击。“你今晚想干什么？三个人一起？”

利亚姆和露西瞥了对方一眼。

“天哪，你真的这样想。”

“是啊，该三个人一起了，”利亚姆暴躁地说，“我们已经有段时间没能两个女生一起来一发了。”

我不敢相信我被这样欺骗了。我盯着露西，她看上去有点儿羞愧的样子。她避开我的目光，从桌上拈起一块木头碎片。我感觉自己仿佛走进了一部复杂的伍迪·艾伦电影。

“你不介意男朋友去睡别的女孩？”我直截了当地问。

露西畏缩了一下，然后抬起下巴：“实际上，嫉妒只是‘缺乏安全感’的标志之一，应该加以探讨。你不能指望自己可以满足伴侣所有的性需求，这是不现实的。”

她的话触到了我的痛处，我摇了摇头：“真令人沮丧，不是吗？我现在是不是也该放弃为好？”

利亚姆轻声笑了：“并不需要沮丧，这是一种更成熟的承诺方式。我们有很多已婚的朋友都是多边恋，这能让他们的关系保持健康。”

"健康，没错。"我大笑一声。

利亚姆歪着头："你必须承认，一辈子都只和一个伴侣生活，这绝对是种妥协。你最后会把他们和其他人比较，想知道自己错过了什么。"

"如果你身边已经有了一个人，就不该为你错过了什么而烦恼。"我一下子气得发抖，"你没听过'别总想拥有你渴求的，要去渴求你拥有的'这句话吗？"

露西叹了口气："听着，克洛伊，我们有明确的界限，而且对彼此很坦诚，所以我们都不会受伤。"

"那祝贺你情绪这么稳定！"我站起来鼓掌，"你们也许对彼此很诚实，但你们对我绝对没有。你们继续你们扯淡的'多边理论'吧，我告辞了。"

我拿起外套，沿着走廊往回走。利亚姆跟在我后面，拉着露西一起。

"听着，这完全是个误会。等你有机会消化一下，给我打个电话好吗？你不能否认我们之间的化学反应很棒。"他恳求道。

我在大门前转过身来，恶狠狠地看着他："利亚姆，你是个傲慢的浑蛋。我不会和你那该死的后宫一起讨好你的。"

利亚姆把手放在我肩膀上，眼中闪烁着一种奇特的亮光："哦，拜托，克洛，别这样。"

"算了吧，宝贝，她不喜欢这种。"露西搂着利亚姆的腰，瞪着我，"下次选个不那么假正经的人吧。"

我猛地打开大门，跌跌撞撞地跑下台阶。等我回头时，看到利亚姆正盯着我，露西把头埋在他的胸口。

“啊啊啊啊呃！”我穿过国王大道走向海滩，压抑着发出一声沮丧的喊叫。月光照亮天空，也将下方的大海镀上银色。

真他妈的是一场灾难。谁听过这种爱情故事——结局是三个人手牵手走向夕阳的？毫无疑问，找到“至爱”的全部意义应该就在于：你爱这个人胜过所有别的人，这个人让你快乐，也让你完整。

我不敢相信，就因为我如此渴望放下安特，便没有看出利亚姆在利用我。他的欲望恭维到了我破碎的自尊。我觉得自己像个大傻瓜。

眼泪顺着我的脸颊滚落下来，我伸手擦掉。如果这件事发生在西蒙妮身上，我肯定会为她的天真烂漫摇头的。我还记得自己得意扬扬地告诉她，不要浪费生命为不值得的男人哭泣。一想到这个，我就瑟缩了一下。现在看着我，不比她强多少，该是让我自己听听这个意见的时候了。

我走到布莱顿演奏台，爬上台阶，沿着黑白相间的格子花砖向前走，一直走到装饰华丽的圆顶下。我抬头凝视着黄油颜色的月亮，那几乎是轮圆月。

我已经受够了所有这些负面情绪——震惊、悲伤、恐惧、孤独、愤怒、痛苦、被拒绝，像是有一个饥饿的吸血鬼，把我的生命吸干了。我想念乐观、开心的克洛伊。我希望她回来。

“够了。”我大声说，一面抓住栏杆。是开始痊愈的时候了，而现在，我只需要见一个人。他可能不想和我说话，但就算他拒绝，我也要去。

第十四章

我把一瓶杜松子酒移到腋下夹住，然后摁下门铃。将近晚上 11 点了，如果他不想见我，那我就说完我要说的话，然后离开——至少我要把这件事说出来。

大厅里响起了脚步声，室外的灯也亮了。门向内打开，多姆站在那里，穿着火烈鸟图案的粉色短裤、银色衬衫、费尔岛提花图案的短款背心和牛仔靴。他的发型比平常更狂野——前额上方的头发有几厘米高，像一个浪尖。

“克洛伊，真是个惊喜！”多姆高兴地笑了，“亚尼斯不在，所以我一直在往嘴里塞糖吃，还在卡拉 OK 机上唱歌。进来吧，我们可以来个二重唱！”

“等等，在我们开始聊其他事情之前，我想先说几句话。”我举起一只手，多姆好奇地看着我。

“好吧，当然可以。怎么了？”他盯着我胳膊下的杜松子酒，“你喝醉了？”

“还没有。我只是想谢谢你，多姆。过去几个月里，我那么绝望，一团糟，你一直是我的救生索——我的布莱顿硬糖。我知道听别人的情伤故事会很无聊——我都已经够烦自己的了，但你从来没有抱怨过。你做的一切都是为了让我振奋起来。”我的声音有点儿哽咽。多姆低下头，害羞地朝我笑了笑。

“我知道我们不常这样‘认真’地说话，”我继续说，“但我想让你知道，你的友谊对我有多重要。我爱你，多姆。”

“哦！”多姆倒吸了一口气，用拳头堵住嘴巴，“克洛伊，你是想让我哭吗？你这样会毁了我的眼线的！”

“不，谁都不许再哭了。”我坚定地说，把他拉过来，拥抱他。

“我也爱你，当然。”多姆把下巴靠在我肩上说。

“很好，那就聊到这里。”我举起杜松子酒，冲他咧嘴一笑，“我们去喝个烂醉吧。”

亚尼斯和多姆的公寓令人震撼。对比起来，我家就像个兔子窝。这间公寓有一个巨大的开放式客厅，铺着白色的木地板，天花板很高，窗扇从地面延伸到天花板，还有可以俯瞰大海的铁艺小阳台。装饰墙上是请设计师定制的墙纸，上面满是热带水果。

一张宝蓝色的天鹅绒沙发和躺椅正对着角落里的大电视，电视连着多姆的笔记本电脑，正播放着《舞会皇后》的歌词。金色的茶几上放着一个无线麦克风，旁边有几个碗，碗里装满了猫猫牌糖果。

我扑倒在窗边鲜红色的双人沙发上，仿佛置身于长毛绒构建的子宫，像胎儿般蜷缩起来。多姆在厨房里调了一些杜松子鸡尾酒。他们的厨房里全是黑色大理石和不锈钢。

“我简直不敢相信利亚姆的脸皮这么厚！真是个自私自利、贪得无厌的王八蛋。”他咆哮道，“之前听起来还像是个不错的人呢。”他把我们的酒杯放在桌上，然后坐在我对面的沙发躺椅上，“天哪，我真希望看到你当时的表情。”

“我知道，他第一次吻她的时候，我真的以为我疯了！”我喝了一大口酒，“我太蠢了。利亚姆带我去他家，就像猫把老鼠带回家一样，而我还傻到完全不知道。唉！”

“他们耍了你，亲爱的，但你不蠢，你只是真诚又坦率。不幸的是，并非所有人都是如此。”多姆叹了口气，摆弄着杯子里的橙子切片。他英俊的脸因忧虑而变得黯淡。

“该死，是同性恋天堂出了什么问题吗？”我警觉地坐了起来。

“我不知道，也许是我反应过度了。亚尼斯去伦敦之前，我和他大吵了一架。他妹妹今年 11 月要在希腊结婚，尽管她邀请了我，他还是说不愿意带我一起去。”多姆从碗里拿了一个菠萝果冻，咬了一口，他黑色的额发垂了下来，“显然，他不想让他的家人感到不舒服，也不想‘当面触他们的痛处’。”

“但你们的关系是我见过最好的啊！”我惊叫。

“我知道我们很好，我对我们俩没有任何怀疑。我以为他也有同感。”

“他有！他很喜欢你，多姆。”

“嗯……现在他让我觉得，我就是他见不得人的小秘密。”

“不！你没有见不得人，你也不是秘密。”我一下子蹲到他的笔记本电脑前，轻敲键盘，然后走到门口，戏剧性地转身，低着头。

“你在做什……”多姆的话没说完，就看到我两腿分立，用帕特里克·斯韦兹[1]走路的姿势向他走来，惟妙惟肖更胜以往。他咧嘴笑了。

“没人会舍得冷落多米[2]的，”我用低沉的声音吼道，向他伸出一只手，“一起来。”

当电影《辣身舞》的片尾歌曲《我拥有生命中最美好的时光》的歌词出现在电视屏幕上时，多姆拨开脸上的头发，抓住我的手，一跃而起。

我递给他一个麦克风，自己也拿了一个，我们开始唱了起来。我们的屁股扭来扭去，脸部扭曲，大声唱出：“所有一切都多亏有你——啊——。”

两小时后，我已是情绪高涨，因为我连续不断地唱了很多充满力量的情歌。

“他们应该用卡拉OK做一种治疗方法。”我在厨房里一边满怀热情地说着，一边往杯子里倒满冰块，再加上很多杜松子酒，“这会让你感觉自己超级棒，不会再去在意那些浑蛋。”

“好想法！”多姆斜靠在大理石柜台上，把他的杯子重重地碰在

1 帕特里克·斯韦兹：美国演员，《辣身舞》的主演。

2 多米：多姆的昵称。

我的杯子上，“对抗浑蛋的卡拉OK疗法——去他妈的安特，去他妈的利亚姆，去他妈的亚尼斯！”

“没错！我们不需要他们——没有他们，我们好得很。”我摇摇晃晃地走到沙发边，坐在扶手上。房间看起来有点儿模糊，但这感觉很好。

“好了，是时候认真起来了。”多姆从沙发后面抓起一件连帽衫穿上，然后俯下身去看他的笔记本电脑，“就是它了，克洛伊。”

熟悉的钢琴和弦声充满了整个房间，然后埃米纳姆《迷失自我》的快节奏吉他重复乐段开始了，我跳了起来。我举起双手，杜松子酒从杯沿洒落。

多姆把兜帽拉到头上，摆出一副饶舌歌手的架势，目不转睛地盯着我。他指着我用歌声问道，如果我只有一次机会，在一瞬间得到我想要的一切，我会抓住这个机会，还是让它溜走[1]？

我兴奋地紧握双拳。我喜欢多姆唱埃米纳姆的歌——他记得每一句歌词，还能巧妙地模仿埃米纳姆浓重的底特律口音。

多姆跳上双人沙发，对着不存在的观众流利地唱出歌词。我也跳到沙发上给他加油，偶尔喊出一些奇怪的词句，像是“妈妈做的意大利面”和“哦，这位就是兔子”，直到播放到副歌部分，我们开始齐声合唱，向想象中的人群挥手。

---

1 这是《迷失自我》中的歌词，下文中的“妈妈做的意大利面”“哦，这位就是兔子”也是这首歌的歌词。

“这是属于你的，你最好永远别放过这个机会！”

我得意地笑了，歌曲放完了，我感到手臂上起了密密麻麻的鸡皮疙瘩，很久也没褪去。就在我蹦蹦跳跳，扯着嗓子高歌，喝着杜松子酒的时候，一个念头出现了：已经足够了，像我现在一样就够了。

歌曲结束了，多姆倒在双人沙发上，喘着气：“这首歌可真绕口啊。”

“多姆，我刚意识到一件事，”我恍惚地说，从沙发上迈下来，踮起脚尖，摇摇晃晃地走到窗扇前，“我喜欢做我自己——我爱我自己。”我张开了双臂。

“没错，克洛伊！我他妈的也爱你，而且我也爱我自己。我还爱……杜松子酒！”多姆叫道，把头往后一仰。

我打开窗户，望着外面波光粼粼的大海。一阵夜风拂过我的脸颊。

“我还爱埃米纳姆。我还爱我的牛仔靴。我还爱在亚尼斯不在的时候吃精制糖。”多姆叛逆地继续说，一边往嘴里扔了一把果冻糖。糖果瞬间消失不见。

“但我想好好庆祝这种感觉，”我热情地说，“为什么每个人都对浪漫的爱情这么着迷？所有歌曲、电影和书都是关于它的。对自己的爱呢？它难道不该和前者一样重要吗？”

“绝对应该。人们绝对应该更爱自己。”多姆飞快地眨眼，想把注意力集中在我身上。而我正在前后踱步，充满醉意地双手比画着。

“是啊，他们应该为自己庆祝！多姆，你知道吗？我要去做这个。”

“做什么？”

“我要给自己一个承诺。我要做所有人找到真爱后都会做的事——举行一个特别的仪式！”

“什么，你是说就像……”多姆睁大了眼睛，唇边露出一丝难以置信的微笑。

“就像一场婚礼。没错，我要和自己结婚。”我用力点头，差不多点了 30 下。

多姆顿了一下，然后发出笑声和尖叫，两手猛地交握在脸前：“天啊，克洛伊，你是认真的吗？”

“是，多姆，我是。”我把手放在自己胸前，“我是最配我自己的人。”

“这真是太棒了，哦天哪，好的，保持住这个想法，让我们用正确的方式来实现它。”多姆跪在茶几旁，在那碗糖果里翻找着。

“啊哈，我们开始吧。”他举起一个上面镶着黄色“宝石”的红色果冻圈。我拿过它，飞快地舔了一下。

“树莓味的，不错。”

多姆笑了，拍着手：“好了，现在就开始吧——求婚。”

“好。”我深吸一口气，然后单膝跪在地板上，低下了头，“克洛伊·亚瑟，我爱你，”我深情地述说道，“你愿意嫁给我吗？”

当我把果冻戒指戴在左手的无名指上时，我感到自己的脉搏加快了。屋里一片安静，我听到多姆情绪激动地哼了一声。我把双手抱在胸前，然后站起来。

“是的，克洛伊，我愿意。”我骄傲地说。

“她愿意，她愿意。”多姆反复说着，一边在空中挥着拳头，“这时候需要来点儿香槟泡沫，亲爱的！”

他晃了晃身子，走到厨房，从酒架上取下一瓶年份香槟和两个细长的香槟杯。“你显然需要一枚合适的结婚戒指。那个果冻不会保持很久。”

“没错，”我把手伸到面前，“必须是枚有点与众不同的戒指——它得显示出我作为单身人士的满足感。”

“单身戒！”多姆开瓶，软木塞砰的一声飞过房间。

“是的——一枚单身戒！完美！”

“你可以专门定做一个。现在，让我们敬娇羞的新娘。”多姆递给我一个香槟杯，我们一起祝酒，“这会是今年最棒的婚礼！我们必须马上公布这个消息，这样你才不会反悔。我们要把这件事发到脸书上吗？”多姆把笔记本电脑拉向自己。

“有更好的办法，我要在我的博客上宣布这件事。”我说。

“好啊！你的读者会超爱这个的。”

我眯着眼睛在笔记本电脑上输入我的用户名。屏幕有点儿晃，但我已经很久没有因为写东西这么兴奋了。

我疯狂地打字，大声念给多姆听。多姆则偶尔插嘴说些不成句的短语。我醉得很，但我觉得自己的思路比平时更清晰。

多姆拍了一张我笑着举起果冻戒指的照片，我们把它上传到文章里。

删删改改一小时后，我们开始喝第二瓶起泡酒。我倚在茶几上，桌子似乎在摇晃，我的眼皮很重。

“好了，我想这已经是我能写出来的最好版本了。准备好了吗？”

“完全准、准备好了。”多姆含混不清地说道，一道粗粗的眼线从他的脸颊上晕下去，“发吧。”

我深吸一口气，然后点击“发布”。

我订婚了……和我自己！

2018.05.05

读者们：

你们好啊啊啊！

你们可能已经注意到，我的博客最近一直荒到快要长草。这是因为，我经历了一段糟糕的时光——这段时间我很少旅行，更多的是在疑惑。所以，这篇文章不是关于哪处旅行胜地的，但它确实是关于一段旅程。

我不会说太多，简单来讲，我被劈腿了，被那个我以为会永远在一起的男人甩了。呵呵。

一旦最终找到“真命天子”，肯定是不会发生这种事的吧？你们会兴高采烈地奔向夕阳（和乌云），攒钱买一套公寓，去宜家买家具，做试管婴儿，忽略彼此衰老的迹象，对吗？

错！原来，即使天作之合，也可能会变成地狱——那个你以为永远可以信任、永远会支持你的人，会在你的后背正中间捅你一刀。注意：没有哪种关系是100%安全的！

那么，当你不幸被抛弃的时候，你会怎么做呢？在有人喊出你“单身”之前，你很快就把另一个男人塞进了前男友留下的空缺里。

因为单身的人都很有问题，对吧？他们都有可怕的人格疾病，肉眼是看不见的。哦，是的，他们可能看起来还可以，甚至会有一点点吸引力，但关起门来，他们会把巫毒娃娃成双成对地摆好，往里面戳针，一边疯狂地哭喊和手淫（简称有病）。

好吧，这是反讽，我有点（太）醉了。事实上，今晚我意识到，是时候不再害怕一个人了，是时候提醒自己我是多么享受独处的时光了。我不需要“另一半”来“让我完整”——我已经是一个完整的人了，多谢！

我太沉迷于寻找“真命天子”了——我已经决定，我就是“真命天子”。我需要爱我自己。这不是一个空洞的承诺，我要给自己足够的尊重，就像我给别人的一样。让我们面对现实吧，如果你不喜欢自己，你最终就会变成一个傻瓜。

所以，亲爱的读者们，为了用传统的方式来庆祝我对自己的爱，我要戴上一枚单身戒（就是单身的戒指——看到我造的这个词了吗？），然后举行一场婚礼！对，你没看错：我要和自己结婚！

我和自己的婚礼将于今年夏天在布莱顿举行，而且会非常盛大！我会持续更新博客，也希望能公开邀请大家来参加我的婚宴。毕竟，谁不喜欢大派对呢?! 耶！

永远在漫游的，

你的克洛伊 x

第十五章

钥匙插进锁孔里的声音把我惊醒了。

“呃呃呃！”我喉咙里发出咕噜声，双手在空气中乱抓，把沙发垫子弄得满地都是。过了一会儿，我才意识到我是在多姆家的客厅里。

“啊哈，你好啊克洛伊！”亚尼斯推着他的花呢箱子从大门走进来。他穿着一套剪裁考究的巧克力色西装，系着领带，无可挑剔。他前额的黑发微卷，修过的胡须整齐地包裹着脸颊，勾勒出轮廓分明的下颌。

“嗷。”我坐起身，太阳穴里隐隐作痛的感觉顿时活跃起来。

“你昨晚到底吃了什么？”

“呃……”我睡眼惺忪地朝他眨了眨眼睛，把下巴搁在沙发背上，“没什么。杜松子酒，香槟，威士忌。”因为脱水，我声音有些嘶哑。

“啊哈。”亚尼斯在厨房里接了一杯水，端给我。

“谢谢你，简直是救星。”我盘腿坐起来，因为太渴而大口喝着水。阳光从百叶窗下涌进房间。

“几点了？”

“下午两点。那么，你还记得今天凌晨三点左右，你在网上发了什么吗？”他倚在沙发扶手上，淡褐色的眼睛在玳瑁镜框后面眯了起来。

“我……”我的记忆缓慢地飞回脑海，我想起了昨晚的事：利亚姆的阔恩牌素肉派，他和露西接了吻，演奏台上的夜空，在多姆家调鸡尾酒，唱埃米纳姆的歌。

“还记得那件小事吗？你要和自己结婚。”

啊，该死。我举起手，那个红色的果冻戒指还戴在手指上。

“你怎么知……天啊，我发了篇博客，是吗？”我呻吟道。我永远都不该把自己喝醉时写的东西发出来。几年前，我很不明智地发了一首关于非洲日落的伤感诗歌，那时候我就定下了这个规矩——那次真是太丢人了。幸运的是，我的读者们以为那是一篇诙谐的仿作，我便没有纠正他们。“你是在脸书上看到了吗？”

“我看到了吗？克洛伊，你的事差不多已经传遍全网了。你的博文在推特和脸书上到处被分享，你的脸出现在我所有的页面广告里。这可是个爆炸新闻——大家都为之疯狂了。”亚尼斯摇了摇头，笑了起来。

“太他妈糟了，真的吗？”我开始咬起了指甲。

“大家是怎么说的？他们觉得我疯了吗？”我从茶几上拿起手机，但电池没电了。

“我感觉，大家的反应很复杂……”亚尼斯委婉地没有接着说下去。

走廊那边传来一声欢腾的吼叫，我们转过身去，看到多姆从他的卧室跑出来，在门口刹住，手里还挥舞着手机。他只穿了一条紫色的花格平角内裤，绿色的丝绸眼罩被推到了额头上。

“克洛伊伊伊！你的文章已经有3000次分享了，这可是个大数字！”多姆在客厅里跳起了庆祝胜利的部落舞蹈，摇着屁股，双臂高高举起。

“我告诉过你，它现在就像野火一样在蔓延。”亚尼斯把他的手机递给我，我点进我的推特页面，上面已经有很多消息了。

@克洛伊漫游　这是我听过的自恋实例中最烦人的。

@克洛伊漫游　我一向都挺喜欢你的博客文章，但这篇太荒唐了，我认为你应该坚持写旅游文章。#失望

@克洛伊漫游　你还好吗，亲爱的？？？

“虽说我火了，但这些并不是正面的转发评论，不是吗？哦不，我做了什么?!”我瘫靠在垫子上，“现在没人会认真看待我的博客了！”

“这么说，这不是一个超大的恶作剧？”亚尼斯歪着头。

“不，宝贝，这不是开玩笑，”多姆伸出一只手臂搂住亚尼斯的肩膀，在他的嘴唇上吻了一下，“这是一个非常勇敢的举动。我们都应该从克洛伊的做法中学到些东西，拥抱真实的自己——不要隐

藏。”他待在离亚尼斯的脸几厘米的地方，两人之间流过一阵懊丧的气氛。

“但我可以赶紧删掉它，然后说这只是个玩笑？”我走过去把烧水壶放在底座上，地板在我眼前晃来晃去，感觉就像在船上一样。

“不可能。你得把这事进行到底，亲爱的。”多姆跟着我走进厨房，用手摸了摸他裸露在外的紧绷腹部，然后打开了冰箱。他拿出一碗水果沙拉，放在早餐吧台上。

我感觉自己每个毛孔都在往外渗杜松子酒，便弯下腰，把脸靠在冰冷舒适的大理石台子上。我开始害怕了，很害怕。

“如果她不愿意，你也不能强迫她和自己结婚，多米。”亚尼斯坐在凳子上，咂舌道。

“但是，她确实愿意啊！你应该见见昨天晚上的她，简直太出色了。你一定不会后悔你说的话吧，克洛伊？”

我把两边的脸颊交替贴在大理石上：“嗯……不，我说的都是认真的，但我不想惹怒别人。”

多姆咬着一牙和他的脸一样大的西瓜，高兴地说：“啊，那就行。你扔石头的时候，不可能不激起涟漪。”

我借用了多姆的充电器后，手机开机了，屏幕上满是通知。我接到了好久没联系的朋友打来的电话，还有他们发来的各种信息。艾玛和妈妈都试过给我打电话。我大声读出安特的文字：

克洛伊，如果发这篇博客是你报复的方式，我认为它非常幼稚。我真不敢相信，你竟然把我们之间不愉快的私事公之于众——还好我现在要离开这个城市。多谢你做的好事。安特

“哈，就是他让你们的私事变得不愉快啊！”多姆故作惊叫，“准确地说，是狗屎包着的丁字裤让你们变得不愉快。”

“说得好。”我立即回复短信。

但那条令人不愉快的丁字裤并不是我的，对吧，安特？我希望你会为我高兴，但你只是像往常一样为自己着想。一路平安。

“这才是我的好姑娘，别管安特怎么想。”多姆的话就像强力止痛药。

“话说回来，克洛伊，如果我们找不到一个正式的人为你主持婚礼，我会很高兴地接手牧师的职责，这样我就可以为你主持了。”跟我吻别时，多姆说道，“我想我会是一个很棒的牧师。我一直喜欢穿牧师制服和白领子。”

我沿着海滩往家走，外面开始下起雨来，冷风吹拂着我裸露的双腿。

我顺路去“龙虾吧”买了一杯卡布奇诺。我问道：“AJ，能给我

双份浓缩咖啡吗？”

AJ系着和帆布躺椅一样花纹的围裙，点了点头，在吧台后面飞快地来回跑动。对于AJ这样身材魁梧的男人来说，他的脚步轻得令人吃惊。他把咖啡放在我面前，盯着杯子，然后举起双手，绕过吧台。

“克洛伊，你要和自己结婚，我觉得简直太赞了。”他的眼睛闪闪发光，“我一直觉得你的博客很有趣，但今天这篇关于爱自己的文章太令人惊叹了。我已经单身好多年了，而且我可以告诉你，我现在比第二次结婚后要幸福得多！”

“听你这么说太好了，AJ，谢谢！”

“我们应该拥有一种丰富多元的文化——我是说，看看我们有多少种不同类型的咖啡吧，天哪。”AJ指着他身后的咖啡菜单说，“但我们只关注一种爱——恋爱，这是所有人谈论的话题。我认为对自己的爱也应该得到同样多的关注。”

“正是如此！我很高兴你明白我的意思。”我呷了一口卡布奇诺，“你一个人不觉得寂寞吗？”

AJ思索着这个问题，额头上现出皱纹：“不。如果我需要和人接触，我就会主动去找人。我并不是一个社交隐士。”他冲我咧嘴一笑，那笑容说明他的说法有所保留。

我朝他好奇地微笑：“好吧，谢谢你的支持，AJ，这正是我需要的。”

我感觉自己的心态更积极了一些。我走过鹅卵石，雨下得更大了，我把衣领拉到耳朵旁。因为宿醉，我感觉今天的所有事都令人紧张。这只是一篇稍稍引发了大家思考的愚蠢小帖子，我并没有真正承诺过什么。

我的手机在口袋里震动，艾玛又给我打电话了。

“嘿艾玛，对不起，之前我的手机没电了。”

“你为什么没有告诉我这个疯狂婚礼的事情?!”

“我昨晚才决定的，在多姆家。”

“果然，肯定有多姆的事。天啊，克洛伊，难道你就不能像其他人一样，安安静静地去过悲惨的单身生活吗？”

“哈哈。”

“我是认真的，为什么你总是要把每件事都弄得那么大张旗鼓？没必要这样。”

“什么？”我被她古怪的语气吓了一跳，“为什么我就不能好好庆祝一下呢？你不就举行过盛大的婚礼嘛！”

“是的，但是——嗯——我有丈夫！听着，克洛伊，我知道你的生活总是很酷，但你不能完全脱离现实，这样很难堪！”

“对不起，让你难堪了，艾玛，”我激动地说，“天啊，你说话开始像琳达了。”

“那又怎么样？她没那么坏。”

“你是在开玩笑吗？那次午餐会上，她就像个十足的泼妇，而你并没有为我辩护。”

“你在怪我吗？琳达告诉我了，你把邓肯按在墙上，然后问他安特的事。没有必要仅仅因为我们的生活安排得很好，就对我们大发雷霆。”

“什么？邓肯并不介意！你有没有意识到，对我来说，听人说起安特的新女友有多难受？想象一下，如果詹姆斯对你不忠，你会有什么感觉！”

“我会像成年人一样处理，不会让我最好的同性恋朋友来救我。说实话，多姆太幼稚了，他对你的影响太坏了。”

“你怎么敢这么说！他这段时间一直在我身边，比你做的多太多！”我已经开始大喊了，一小滴唾沫从我嘴里飞了出来。一群走过的人转过头来看我。

“什么，所以现在是我忽略了你？我才是那个被困在家里，整天带孩子的人。”

“我他妈的当然知道，艾玛，我也明白做一个母亲有多难，好吗？”

“你根本不知道，克洛伊，而现在你却在嘲笑这件事。”

“我不是在嘲笑你，艾玛！为什么你要用这么个人的角度来看这件事呢？看在上帝的分儿上，整个宇宙都是以婚姻和家庭为中心的。”

“是的，因为正常人都会有这些。”

“哇，所以我现在是不正常的。如果你想和我断绝关系，我会理解的。”

“别这么戏剧化。”

“我想你会发现，你才是那个反应过度的人。我挂了。”

我挂了电话，全身都在颤抖。雨水砸下，打湿了我的肩膀。

艾玛以前从来没有和我那样说过话，好像我们刚刚揭开了一个瓶盖，发现瓶子里全都是丑陋的虫子。这就是她一直以来对我的看法吗？

我想过给她回电话，大事化小，但心中的固执让我没打过去。很明显，我们之间有更大的问题，但现在我没有心力去处理它。

砰——砰！！我到家时，迎接我的是一种低沉的震动声，让我的牙齿被震得咯咯作响。朵拉咆哮着，耳朵紧紧贴着脑袋。

很好，莎弗伦把她的锣拿出来了。

我不管不顾地径直朝客厅的沙发走去，在垫子上躺了下来。

莎弗伦穿着红色丝绸和服，盘腿坐在屋顶露台的门边。她的黑发上缀满珠子，垂在背后，几乎擦到了地板上。锣在她前面，那是一个巨大的青铜圆盘，悬挂在有轮子的木质框架上。她闭着眼睛，嘴里念念有词，用一个毛茸茸的木槌敲着锣。

我打开电视，浏览网飞，打开了《爱情岛》，然后把音量调到最大。

莎弗伦睁开眼睛。

“不好意思……”

“怎么了？”我用手托着头，看向她。

“我在练习。”

“练习什么？你不就是在一遍又一遍地敲它吗？”

“并不是，实际上你需要大量技巧才能做好准备并敲出正确的音符。”莎弗伦冷哼一声。

“好吧，那你能在自己房里练吗？”

“不能——是我先来的！”莎弗伦敲着锣，刺耳的声音诉说着她的反对。朵拉呜咽着，两腿夹着尾巴，顺着走廊溜远。

“这不公平，上星期你每天晚上都在这里练习。你在客厅这么吵闹，还指望我能待在我的小卧室里吗？”

“天啊，大多数人都喜欢和冥想老师住在一起！”莎弗伦喊道，跳了起来。

“我并不反对冥想——只是你要看时间和地点。”

“这是废话。你是我见过的最没有灵性的人，我真不敢相信，你竟然厚颜无耻地假装自己很有觉悟！”

“你这是什么意思？”看到她激动地来回踱步，我惊讶地皱起眉头。

“你抄袭我。我应该告诉每个人你是个骗子！”

“莎弗伦，你在说什么？”

“你那篇讲爱自己的博客！”她朝我转过身来，眼睛里燃烧着怒火，“我最喜欢的瑜伽大师今天早上分享了它。它完全是我的点子！”

“啊？”我看着她眨了几次眼睛，这次谈话出现了奇怪的转折。

莎弗伦尖叫一声，然后冲出房间。朵拉重新出现在门口，仰头看着我。

“我什么都不知道，狗狗。”我说。

“这个！”萨弗伦回来了，拿出她的佛像茶巾，念道，“‘安宁来自内心，不要向外部寻求。’是我给你看了这个，是我向你介绍了佛教的理论，而现在你却假装你对关怀自己有了重大顿悟。”

我惊讶地盯着她。到目前为止，这是我最意想不到的反应。

“萨弗，我可以向你保证，茶巾跟我的决定无关。”我小心地说。

“是啊没错，不管怎样，现在你事与愿违了，不是吗？”莎弗伦把锣推回墙边，“大家都认为你疯了。”

“实际上，并不是每个人都这么想。”我拿起手机，点开脸书。我有数百个通知。我的朋友们肯定觉得这个消息很搞笑，但他们对这件事的态度比推特上的一些陌生人要好得多。

“你不可能体面地办好这场婚礼。你这是对灵性的侮辱，看看你在电视上看的这些垃圾！”莎弗伦指了指电视。屏幕上的几对情侣在羽绒被下扭来扭去，哼哼着，尖叫着，想要达到高潮，但还是失败了。

“呃，实际上，就人类学而言，《爱情岛》是很有意思的。”我坚持道，她又重重地走出了房间。我翻了个白眼，开始浏览脸书上的评论。一位之前的同事发来了一排笑哭的表情，说：朋友，我真不是想给你的庆典扫兴，但法律和教堂都不可能认可你和自己结婚。

“他说得对，你知道的，”我大声对朵拉说，“这是不可能合法的。”

带着如释重负的感觉，我把注意力转回了《爱情岛》，节目里正在上演一场关于假胸的激烈辩论。明天我要去婚姻登记处——如果不可能的话，我就取消这一切，把原因归咎于社会的刻板习惯。

第十六章

登记处在布莱顿市政厅，离“领导者”公司不远。周一，我做的第一件事就是打电话预约了午餐时间的会面，告诉前台我是一名记者，有几个关于婚姻的问题。

昨晚我睡得很晚，为博客文章引起的反响很是烦恼。我担心同事们今天早上会笑我，但幸运的是，我所在的楼层基本是空的——时尚团队在会议室里，正和一个叫作“鹈鹕”的新客户公司会面。“鹈鹕”是一家高端服装品牌，它的印花和面料灵感来自野生动物。贾尔斯竭力想给他们留下好印象，把我们的办公室装饰得像个丛林。藤蔓和迷彩伪装网挂在墙上，扬声器里播放着野生动物主题音乐，包括托托乐队的《非洲》和地下室混音小子的《回归野外》。每个人的办公桌上甚至还放着动物面具。他们给了我一个大猩猩面具，现在我把它戴在头顶。

到了中午，我关掉电脑，摘下面具，溜出办公室。布莱顿市政厅是一座宏伟的奶油色建筑，立有刻着凹槽的巨大圆柱。我在总服务台报了姓名，接待员领我去等候区。这里坐着几对情侣，看上去都激动得喘不过气来，不停地互相紧握对方的手。他们不时瞥我一眼，因为我一个人坐在那儿。他们可能想知道，我为什么没有同伴。我只对他们报以神秘的微笑，翻阅过时的婚礼杂志。

后来我终于听到廉价布料摩擦的窸窣声，看到来人胖嘟嘟的大腿。我抬头一看，是一个脸色苍白的大块头秃顶男人，他正看着我。

“亚瑟小姐吗？我是凯文·布利斯，登记员主管。”他伸过来一只湿漉漉的手掌，和我握手，“请跟我来。”

我跳起来，跟着他去了办公室，那里闻起来有很浓的汉堡味。

“你的采访是为哪份刊物写的？”他示意我坐在桌子对面的椅子上，问我。

“是一个名叫‘克洛伊漫游记’的生活、旅游类博客。”我坐下来。

“啊。是个博客。”他似乎对此没什么热情，“嗯，我今天有很多会，所以只能回答几个问题。你想了解什么？”

“好，基本上，我正在研究的是，呃，和自己结婚。”我拿出记事本和圆珠笔，“人们能和自己结婚吗？”

他等着我抖出什么包袱，屋里一片沉默。

“就是说，这样的仪式能得到法律承认吗？”我追问道，“你以前听说过有人这样做吗？”

“没，我当然没听说过！”凯文终于回过神来，“我听说过某个艺术家和石头结婚，有些人和他们的狗结婚了，这种事也是有的，但这些当然都很荒谬。为什么会有人想和自己结婚？”

“算是一种接受自我的表示吧，你懂的，赞美和自己相处的快乐。”他皱眉看着我，我在椅子上动了动。他让我想起了我中学时的校长。

“那办一场盛大的生日派对有什么不好吗？”他向后一靠，双臂交叉放在凸起的肚子上。

我盯着记事本，苦苦思索：“嗯……因为生日并不是仪式，不是吗？所有人每年都会过生日，但是，婚礼是独一无二的里程碑，标志着人生的一个进步。婚姻应该是一种，呃，认可的标志——办过婚礼后，你就可以向前走，‘从此过上幸福的生活’。”

“没错，找一个伴侣分享你的生活，这是人类的基本需求。夫妻是社会的基础。”

我在记事本上草草记录：“我不明白为什么这是唯一的选择。当然，每个人的生活里都需要有意义的人际关系，但有很多方法可以与他人建立联系。我只是不明白，为什么每件事都得是为了和别人结合。我认为，有时候你需要靠自己的力量。我想不出比办一场和自己的婚礼更好的方式，来表达这一点。”

“等等，所以你真打算和自己结婚，是吗？”凯文揉了揉太阳穴，略带绝望地看着我。

我不好意思皱起鼻子：“嗯，是的。我的计划是这样。我的意思是，没有任何其他的仪式可以用来赞美你对自己的爱，不是吗？我想自己可以就借用一下婚礼的形式，稍微纠正一下这种不平衡。作为一个单身的人，我也应该有资格，为人生大事举行盛大的庆祝仪式。”

凯文低下头，用力呼吸。

“亚瑟小姐，我不喜欢浪费时间的人。关于你的问题，答案是一个响亮的‘不’。和你自己结婚是不可能的。”他打开桌上的一个文件夹，用一根粗短的手指在上面一行一行地滑着，“婚姻，我引述一下，是‘两个人的结合，而且对别人具有排他性’。”他抬起头来，眼睛里仿佛有种虔诚的火焰，“你懂吗？”

“你看，这就是我说的‘对别人排他’——有点儿残酷。这就是为什么你们单身的人会感到这么孤独。”我与凯文对视。在这沉默的几秒钟里，过去一天折磨我的疑虑消失了。我满怀期待地眨眨眼，在我的生活中，我从未对任何事情这么肯定过。我发誓我听到了一种合唱的嗡鸣，而且这声音并非来自角落里的传真机。

“布利斯先生，谢谢您的时间。”我果断地合上笔记本，“您帮了我大忙。我要举行一场文化仪式来庆祝我个人的融合，庆祝对所有别人的不排他。无论是否会得到法律承认，我都会去做。”我站起来。

凯文也站了起来，他的下巴颤抖着，感到自己受了冒犯：“亚瑟小姐，这简直荒唐可笑。我向你保证，大家不会把你的事当真。”

“那就把我当作一名生活的小丑吧。”我向他花式鞠躬，然后退了出去。

我回到办公桌边时，看到了维里蒂和西蒙妮。她们俩的裙子和面具上都印着动物图案。端着一盘从食品区拿来的茶。我朝她们挥了挥手，但她们目视前方，好像没有看到我。可能她们急着回会议室拍“鹈鹕”的马屁吧。

我心中有种强烈的渴望，我已经好几个月没做过令自己兴奋的项目了。现在维里蒂是我的主管经理，我希望她至少会给我机会拓展自己，但她只交给了我一家停车场客户公司。这个客户的预算很少，而且出了名的难搞。

我打开自己正在做的“最佳卫生间”项目文件时，杰丝慢跑着穿过房间。她戴着一个猴子面具，用面具把前额的金发往后推上去。

“克洛伊，这是恶作剧还是什么？”她拉过我旁边的一把椅子，睁大眼睛扫视我的脸，“和自己结婚？昨晚我在脸书上看到这条消息时，我差点儿笑死！”

“没错，我会这么做的。”我坚定地对她笑了笑。

“干得漂亮。”她大笑，“如果我有机会，我也会这样做的。我太他妈渴望自己待着了。只要有一天晚上，别让约翰在我身边像头老疣猪一样呼呼大睡，我愿意付出任何代价。”

我咯咯笑起来，因为她开始模仿她丈夫，在喉咙深处发出漱口声。几个人从他们的办公桌边回头，皱眉看过来。

“然后他毛发很重的胳膊还会甩到我身上，就像我只是一个枕头。”杰丝哆嗦了一下，“我是说，这简直是虐待。这种情况下，谁能睡着？”

“是啊，我自己一个人睡得更好。”我承认。

“而且千万别让我提起吃饭的时候——约翰是我见过的吃饭最吵

的人。”杰丝继续说，“他不只是咀嚼食物，他同时还吸吮它们！”她又模仿了一遍，声音格外响亮，特蕾莎对着我们啧了一声，杰丝无视了她。

“我很早就开始和孩子们一起吃晚饭了。约翰狼吞虎咽的时候，我简直不能忍受和他待在同一个房间里。”

“你知道，我记得有一个词是用来形容这种感觉的。”我打开谷歌浏览器，“没错，看，这是恐音症，一种对特定声音的恐惧症。”

“嗯……”杰丝看起来不太相信，“其实更像是，对丈夫的恐惧症。”

“恐夫症？”我提议道，杰丝尖声大笑，一边拍着我的膝盖。

“是的，克洛伊，就是这个。恐夫症！”

我在写一份关于防水胶黏剂的文案，但很难集中注意力去想出才华横溢的广告词，因为多姆一直在把品趣志[1]上的婚礼创意发到我的手机上。妈妈今天第四次给我打电话时，我正在看一件奇怪的美人鱼婚纱。

“嘿，妈，我在上班呢。”我回答。

“是啊，我知道，但今天早上我登陆了脸之书，到处都是你订婚的消息引起的骚动。”

“它不叫‘脸之书’，妈妈，就叫‘脸书’。”

1　品趣志：Pinterest，类似于图片版的推特，是国外的热门社交网站之一。

妈妈去年才在脸书上注册，雪莉帮她开好了账号。她对脸书非常怀疑，加好友的请求会吓到她，她总是担心别人会监视她。

“你写了要和自己结婚的文章吗？还是有人在开玩笑？你应该举报他们，你知道，他们没有权利使用你的照片。”

“没关系，的确是我写的博客，妈妈。我本来打算今晚给你打电话解释的……”

“哈哈哈哈哈哈！”妈妈咯咯笑道，“你说的对，克洛，谁需要男人？去他们的吧！”

“嘘！不是那样的，妈妈。”我用手捂着手机说。

“我一点儿都不怪你，姑娘。我宁愿嫁给我的鸟食架，也不愿意再嫁给一个男人。”

“好吧，但这是要庆祝我对自己的爱。我想我会在8月份的某一天办婚礼。”

“什么，在现实生活里？不是在脸书上？”

“是的，在现实生活里——那会是一场真正的婚礼。”

妈妈深深地吸了一口气：“这是我的错，是不是？是因为我失败的婚姻。我给你树立了一个坏榜样？”

“不，妈妈——这不是件坏事。”

“你要邀请你父亲和那个珍妮丝吗？我不确定自己能不能忍受看到他们两个一起去，克洛，这些年我自己一直都做不到。”

我轻蔑地哼了一声：“相信我，爸爸和珍妮丝不太可能当面秀恩爱刺激你。从我记事起，他们就分房睡了。”

“但是，如果新娘的母亲没有一个伴，那该有多悲哀啊？”

“妈妈，”我恼怒地叹了口气，“新娘自己都不会有伴的——这才是整场婚礼的重点！”

我听到食品区传来叮当声，便抬头看去。杰丝正把香槟杯摆在桌上，可能跟新客户有关。“我先走了，过会儿给你打电话。”

我站起来，西蒙妮拿着一堆金色的氦气气球冲了进来，开始把它们绑在办公室四处。

“嘿，西蒙，这是在干吗？”我叫她，她皱起眉头。

“说得好像你不知道似的。”她拉下系在脖子上的斑马面罩。

“你需要帮忙吗？”我走过去，从她手里拿了一个气球，把它绑在自动唱片机的顶上。“嘿，之前去你家里玩感觉很棒，下次你想来我家吗？我买了新出的电影《小丑回魂》——简直是恐怖小丑大派对！”

上周是我第一次去西蒙妮的公寓。我们本来要看大女主的电影，但后来发现我们都特别喜欢恐怖片。最后我们都被恐怖片吓坏了。

“我觉得现在这种情况下，这不是个好主意。”西蒙妮冷冷地说，从我身边挪开。

“什么情况？”我盯着她的背影，时尚团队的其他成员排成一列回到了我们的楼层。

“你们和‘鹈鹕’的会开得怎么样？”我问维里蒂。她把一个文件夹放在桌子上，怒视着我，面色阴沉。

“怎么了？”

我的问话被贾尔斯打断了。他穿着豹纹西装，头上戴着狮子面具，站在食品区的长凳上拍了拍手。

“注意了，各位！根据我发的邮件，我们今天完成的比计划要早一些。我们刚刚和‘鹈鹕’的会谈非常成功。我想他们真的被我们今天的野生动物主题打动了。我们的员工也有非常特别的消息要公布，而且不是一个人，是两个！”

他拿着一瓶香槟朝我这边走来：“我代表公司，对克洛伊和维里蒂订婚表示祝贺！”

“你们这些人！”我感激地笑了。贾尔斯打开香槟酒，瓶塞砰的一声飞到房间另一头。点唱机里忽然响起了《爱的教堂》这首曲子，我的同事们拉开了派对礼花，欢呼起来。

我转向维里蒂，伸出双臂拥抱她，“耶耶耶！所以加文终于求婚了？你一定很高兴！”

但维里蒂摇着头，往后退开：“别假装你没看见。”她啐了一口。

“看见什么？”我放下双臂。

“加文和小维的可爱自拍啊，是在日落时分的沙滩上。”西蒙妮站在维里蒂身边，就像一个保镖，“加文在沙子上写着‘她答应了’。”

“啊，好甜蜜啊——他真是个浪漫的人！”

“他给我建了一座沙堡，把我的戒指放在最上面。他还带了一个野餐篮，里面是香槟和草莓。”维里蒂的声音颤抖着。

“真好，太棒了，不是吗?!”我不明白她为什么摆着一张臭脸。

“本来是很棒！”她尖叫道，“周六晚上我把照片传到照片墙上，得到的赞是我有史以来最多的，但是后来你突然决定宣布你可怜的订婚，抢了我的风头。”维里蒂对我怒目而视，“你这是一种寻求关注的可悲做法！”

“哦，说实话，我甚至没看到你宣布的消息。我和自己结婚不是为了刁难你，维里蒂！”我反对道。

“呵呵，不是。自从我升职以来，你就无法面对我的优越。”因为愤怒，维里蒂的红唇抿得很紧，“就算我为你做了那么多，在你的感情和事业上都帮助过你。”

“哦，是啊，你的建议特别宝贵。”我讽刺地笑了。

“恭喜啦，姑娘们！”杰丝说道。她手里端着一个彩虹蛋糕，上面还有小烟花。她把蛋糕放在我桌上。“我能看看你们的戒指吗？”

维里蒂举起左手，露出一枚硕大的蓝宝石戒指。戒指在她的手指上闪闪发光。“这种宝石很少见的。”她压低声音道，一边倾斜她的手，好让宝石反射头顶的灯光，“是加文从斯里兰卡买回国的。”

“我的天哪！”杰丝羡慕地喘着气。她们都呆呆地盯着它。

“你的戒指呢，克洛伊？”西蒙妮添乱道，“我敢打赌你没有。”

我同样郑重地举起左手。我戴着另一个果冻戒指——这个是绿色的。多姆给了我一整袋。

“这是用最好的果冻胶做的。”我深情地凝视着它，“而且我还要为婚礼订一个单身戒。”

“这他妈是什么东西？”维里蒂厌恶地躲闪了一下，“拙劣的玩意儿。”

“啊，娇羞的新娘们。”贾尔斯走到我们身边，面带不同寻常的兴趣看着我，“克洛伊，你在社交媒体上引起的轰动给我留下了深刻的印象。你想出来的这个主意多吸引人啊，和你自己结婚。我给你的那本书你读过了吗？《高于平均水准》。”

“嗯，读了。”我撒谎道，一边往嘴里塞了一片彩虹蛋糕。那本书还原封不动地放在我办公桌的抽屉里。

“非常好，也许你不像我以前想的那样不合群。”贾尔斯撇了撇嘴，开玩笑地用自己的肩膀撞了下我的肩膀。他的须后水闻起来有丁香味。

“不合群 ?!”我抗议道，嘴里喷出了彩虹色的蛋糕屑。

“我还以为我才是你眼里的明日之星呢。”维里蒂跺着脚，一脸怒气。

“维里蒂，你知道我对你评价很高。”贾尔斯平静地说，“只是克洛伊似乎总能触动别人的心，而这正是公关的全部意义所在。事实上，让她来帮你为‘领导者’申请‘最佳工作场所奖’或许挺不错。你觉得怎么样？”他冲我笑了笑。

“没错，那样就太好了。”我说。

维里蒂生气地说：“但我已经补充了关于公司文化的内容。比如，我谈到了我们的寿司之夜、桌上足球、人体素描课等等。”

“非常棒。”贾尔斯愉快地忽略了她的愤怒，“克洛伊也可以看看这个申请——人多力量大。我知道筹备婚礼需要很多组织工作，但请确保这个项目的优先级高过那些杂事。姑娘们，就靠你们了。”

他对我们竖起双手大拇指，然后轻快地走回他的办公室，关上门，打开门口的红灯。

杰丝走开去接水。点唱机里响起《鳄鱼摇滚》，基思跳着令人尴尬的过时舞蹈来到我们旁边。他端着一碗薯片，戴着一对兔耳朵。

“这么说，你的男朋友终于决定娶你了，是吗，克洛伊？”他眨了眨眼。

维里蒂翻了个白眼：“跟上进度好吗，基思？克洛伊的男朋友把她甩了。现在她要和自己结婚了，因为没人会娶她。这是我生命中最重要的时刻，但她却把它毁了。”

基思飞快地眨着眼，消化着这些信息：“天啊，你们这些现代女性。真是一个全新的世界。你们定好婚礼日期了吗？”

“我在考虑 8 月份办婚礼。”我回答道。

“不出我所料。”维里蒂恼火地说，“你就是必须得先办婚礼！”

“什么？我甚至都不知道你的婚礼是什么时候！”

“12 月。我要办出冬季仙境的感觉。你要是再抄我的任何想法，我就报警。”

我哼了一声：“可你具体能告我什么呢？”

“蓄意破坏和骚扰。”维里蒂伸出一根手指凑近我的脸，警告我道。

“还有跟踪。你已经有过这样的记录了。”西蒙妮插话。

“女孩们，你们有谁想吃薯片吗？这可是高档薯片。”基思把碗拿来，他看上去很不自在。西蒙娜伸手抓了一把，维里蒂拍了一下她的手腕。

“西蒙妮，我告诉过你——婚礼前不要摄入饱和脂肪，我可不要胖乎乎的伴娘！”

她恶狠狠地看了基思一眼，然后从他旁边气冲冲地离开，拖着胆怯的西蒙妮走向食品区。

我盯着他们，咬着嘴唇。好吧，所以维里蒂已经把我和自己的订婚当成了某种结婚挑战。我最不愿意的事就是成为维里蒂的敌人，她作为朋友就已经够难相处了。

“和你自己结婚。”基思把他套头衫上的薯片屑拍下来，看起来很困惑，“我如果说自己理解不了你们这些独立的女人，那会不会有点守旧？但我带着女儿走上红毯的时候，简直高兴坏了。可爱的小伙子，她的保罗。很高兴知道有人在照顾她。”

“没错，我相信是这样。”我突然想起去年冬天，当时我得了流感，几乎不能动弹。那时候，安特给了我一个惊喜——他带着一篮我最喜欢的食物出现在我的公寓，然后用毯子把我裹在沙发上，为我做晚餐。“你待在那儿就好，我的小香肠。”他说，“让我来照顾你。”我记得当时我感觉自己是那么爱他，虽然我胸口很痛，眼里淌着泪。

“我相信你父亲也会希望你那样的。”基思说。

“嗯……我这周六会告诉他这件事。”我从他的碗里抓走了一些饱和脂肪。爸爸现在正在度假，他从来不查看社交媒体，所以我打算亲自告诉他这个消息。他和珍妮丝都很保守，所以他们可能需要一点儿时间来消化。“我相信他会高兴的。毕竟，他只希望我快乐。”

第十七章

爸爸和珍妮丝住在伦敦菲尔兹，我在火车站下车时，已经快到中午。今天是周六，我穿过公园，去他们家吃午饭。阳光明媚，太阳高悬在万里无云的蓝天上。一群嬉皮士三三两两地躺在草地上，喝着啤酒，笨拙地尝试点燃烤肉架。我低下头躲过飞过头顶的飞盘。

我走过水上游乐场，来到枝繁叶茂的里士满路。朵拉很喜欢这里，但珍妮丝不允许狗进入屋内。她说她不希望狗的爪子把昂贵的木地板抓破。她和孩子们相处时，态度也好不到哪里去。我十几岁的时候，每次去看她，她看我的眼神总像是想把我和旧报纸一起打包回收走。我不知道艾玛是怎么应付这样一个冷漠的母亲的。我最后一次来这里是在节礼日[1]。那天，珍妮丝对麦茜生气了，因为她在门框上留下了黏糊糊的指纹。珍妮丝让麦茜安静地坐在沙发上，告诉她"孩子们应该待在大人的视线里"。我能看出那让艾玛很难过，她离席很久，一直待在厕所里。

自从上星期天我和艾玛在电话里吵起来后，我还没有和她说过

1　节礼日：一般为圣诞节过后的第一天或是第一个星期日。

话，所以听说她今天要来吃午饭的时候，我很高兴。我希望这是一个弥补的好机会。每当涉及我们的父母时，我们通常是能达成统一战线的。

当我走近他们乔治王朝风格的半独立房屋时，我看到珍妮丝正在前面的花园里在剪一盆新鲜的香草。她穿着紫红色的铅笔裙、衬衫和米色高跟鞋，白金色的头发梳得非常整齐，就连转身时头发也不会动。

“嗨，克洛伊！”她在空中挥了挥修枝剪，“你是专门为这个场合穿的衣服，我看出来了！”她自己开了个玩笑，咯咯地笑了起来。我低头看了看自己。我穿着迷彩夹克、T恤，卷着边的牛仔裤和人字拖——对珍妮丝来说，显然太随意了。

“迪拜怎么样？”我穿过行车道，和她简单拥抱了一下，她的珍珠项链在我的锁骨上撞出了声音。

“我对我们的酒店印象很好，非常舒适。那儿也很适合购物，你应该去看看。”

“嗯……我一直不怎么喜欢迪拜——我读到过迪拜是奴隶建造的，是由超级消费主义驱动的地方。”

“哈哈，真是典型的克洛伊风格！”珍妮丝把我搂在怀里，仔细打量着我，“我感觉你瘦了一点儿？”

“对，一点点，我经常去跑步，还上呼啦圈课。”

“呼啦圈？真的吗！”珍妮丝摇了摇头，“你的刘海太长了，看东西会不清楚的。”

我跟着她走进开着的大门，她的高跟鞋交替敲击着胡桃木的地板，声音盖住了她给我梳妆打扮的每一句建议。我很想指出，高跟鞋可能比狗造成的伤害更大，但我还是忍住了。

我们走过走廊时，我瞥了一眼珍妮丝那间花枝繁乱的卧房，然后是爸爸极简主义风格的卧室——橄榄绿色的墙壁，皮质长沙发。

我们走过质朴无华的客厅，这里总会带给人一种宾至如宾的感觉。我带着这种强烈的感情，看到爸爸舒服地躺在隔壁暖房的秋千椅上。他穿着海军蓝灯芯绒裤子和一件斑点毛衣，正在看《金融时报》。

“嗨，爸爸！”我叫道。他放下报纸，让老花镜滑到鼻梁下方。他重新回到现实世界，有那么一会儿，他看上去有点儿惊讶。

然后他放下酒杯，舒展他那瘦长的身躯，站起来给了我一个属于爸爸的大大拥抱。我呼吸着他身上帝国皮革牌香皂味和法国雪茄的辛香。我小的时候，曾经偷过他的一件毛衣，带回了妈妈家，睡觉的时候放在我的枕头下，因为毛衣上仍然带着他的气味。

“假期过得怎么样？”我问。

“很无聊。”他的低沉声音在我耳边响起，“我主要是在工作。”

爸爸在一家顶级审计和税务服务公司工作，而珍妮丝是一名房地产经理，但如果按照珍妮丝的心意，他们可能很快就会退休，在豪华游轮的甲板上看世界，度过他们的黄金岁月。

“珍妮丝，给克洛伊拿个杯子来。”他叫道，示意我坐到扶手椅上，“现在告诉我，克洛伊的世界最近发生了什么事？我希望你已经和那个白痴安东尼[1]断绝一切联系了，是不是？”

我在泡沫坐垫上坐下，脱下夹克：“差不多。”自从和安特分手后，我还没见过爸爸。我们打电话聊天时，我尽量没透露细节。跟爸爸说我被劈腿的感觉很奇怪，因为我知道他对妈妈也做了相同的事，或许更糟糕。

“你值得更好的人，克洛伊。他是一个胆小懦弱的懒汉——你需要的是一个真正的男人，而不是什么……招聘代理人。”爸爸点了点头，珍妮丝端来另一个酒杯和几碗零食。

“谢谢你，珍妮丝。”我从已经空了一半的瓶里又倒了一些酒。“那么，爸爸，怎么才能算是一个‘真正的男人’呢？”

“嗯，安特并不是一个真正的成功男性。”爸爸叹了口气，把穿着短袜的两脚交叉放着，“如果问我的话，我会说他有点儿轻率和敏感。你需要的是一个有力量的男人，一个有明确方向的人。你知道，就像艾玛的詹姆斯——据我所知，他非常好胜。”

“是啊，好吧，我们都知道詹姆斯有多棒。”我皱起鼻子。爸爸很看好詹姆斯，因为他在伦敦的一家广告公司工作，薪水很高。爸爸的这种看法总是让我心烦。个人而言，我觉得詹姆斯很冷漠，工作主宰了他的生活，他总是开会到很晚，或用私人手机接业务电话。

“我真的不在乎地位，爸爸。和一个诚实、有礼貌的人在一起就很好。不出轨就是个不错的开始。”

---

1 安东尼：安特是安东尼的昵称。

“嗯……确实。”爸爸喝干了那杯酒，脸颊抽动了一下，“工作怎么样了？艾玛说你要升职什么的？”

“啊，对，实际上他们暂时把这事搁置了。”爸爸失望地皱起眉头。“但老板刚刚交给我一个重要的任务，就是提高‘领导者’的知名度。我要加强我们在布莱顿的社区联系，这真的很有意思。”

“他们需要赶紧给你加薪。照你这个年龄，你应该挣得更多一些。”

“是，爸爸，我知道。”我咬着牙说。

“哦，看，她在那儿！”珍妮丝快步穿过暖房，从后门出去，艾玛的沃尔沃停在行车道上。

“你打算什么时候学开车，克洛伊？”爸爸身体前倾，看着珍妮丝跟艾玛打招呼，“我不知道你这么长时间没有车是怎么过的。”

“我一直都没有什么用车的需求。大多数地方我都走着去，或者坐火车去。”

艾玛进来时，我们俩都站了起来。

“你没有把孩子们带来？”我问。我很期待和麦茜一起玩。

“没有，詹姆斯在家照看他们。”艾玛僵硬地站在那里，我吻了吻她的脸颊。

珍妮丝拍拍艾玛的肩膀说：“不管怎么说，和孩子亲近亲近，对他来说是件好事。你也能和成年人在一起待一阵子。”

“嗯……看看他做得怎么样吧。他几乎从来没有同时照顾过他们两个。”

“哈，我就从来不知道尿布哪边是前哪边是后。”爸爸边亲艾玛边开心地说，“你想喝点儿酒吗？”

“那么来一点儿吧。我想我们毕竟是在庆祝，对吧？”艾玛嘲讽地对我挑了下眉。

“是吗？”珍妮丝像鸟一样歪着头。她看着我们俩，马上发现了我们之间紧张的关系。

我瞪着艾玛。我本来想等爸爸再喝几杯，然后再告诉他们我婚礼的消息。

“实际上，艾玛，我的升职计划暂时搁置了，所以现在庆祝还为时过早。”我说。

“真奇怪啊，你说的时候看上去那么肯定。”艾玛的蓝眼睛冷冰冰的。很显然，她还没打算缓和我们俩的矛盾。我心中怒不可遏。我没做错什么，所以如果她指望我卑躬屈膝，那她就大错特错了。

“午饭准备好了，进来吧！”珍妮丝欢快地高声说道。我跳起来，跟着她走进客厅，很高兴我们生硬的谈话被打断了。艾玛进门以后几乎没有看我一眼，故意让爸爸和珍妮丝谈论他们的假期，这样我们就不用交流了。

我们走进餐厅时，珍妮丝张开双臂说：“请看！”艾玛和我困惑地扫视着房间。

“看什么？”艾玛问。

“地毯！”珍妮丝不满地啧了一声，“这是全新的！花了一大笔钱。”

“啊。”艾玛把脚像芭蕾舞那样弓起，脚趾戳了戳奶油色的地毯，“很漂亮，妈妈。”

“是的，非常……柔软。”我低头同意道。

“快来吧，我要饿死了。”爸爸走向桌首他的椅子，眼睛盯着桌子中央的那一大盘千层面。

“等一下！”珍妮丝突然大叫一声，“餐巾。”

我们都站在椅子后面等着，她在抽屉里翻找，拿出一些紫色的餐巾，把它们塞进装饰性的银环里。她放好餐巾，我们坐了下来，她满意地说了一声“好了”。

我伸手想拿出我的餐巾，但珍妮丝叫道："等等！”我的手又回到了膝盖上。

“音乐！”她对着音响俯下身去，“现在让我想想，我们应该放什么歌……啊，我知道了——艾德·希兰，他挺帅的，不是吗？”

我和艾玛礼貌地笑了笑，没有说什么。艾德开始低声吟唱，珍妮丝扭动着坐了下来，容光焕发。“这样感觉好些了。”她把餐巾从圆环里滑出来，在裙子上展开。我们都照做了，爸爸打开一瓶红酒。

“那么，艾玛，你给麦西报名了吗？”珍妮丝一边把千层面舀到我们的盘子里，一边问道。马斯登学校是萨里郡一所备受推崇的预科寄宿学校。麦西出生后，珍妮丝就一直在谈论这件事。

“没有，妈妈，我告诉过你，我不会让麦西去的。我不想让她寄宿。”艾玛不高兴地说。

“几年之内她是不需要寄宿的，让她提前熟悉一下那地方就好了。”

“我根本不想让她寄宿。”

“到底为什么不呢？寄宿没害到你吧，对吗？”珍妮丝的语气很轻快，但她的笑容却很冷酷，让我不寒而栗。

“它确实伤害了我。”艾玛平静地说，一边吃着她的沙拉，我对她感到一阵同情。

艾玛很不幸，她十几岁的时候，一些嫉妒她受欢迎的女孩一直在霸凌她。她向我吐露过这个秘密。在临睡觉前，她们会把她的床单浸湿，偷走她房间里的灯泡，这样她就不得不打着手电筒换被子。珍妮丝不让她转学，坚持说这只是“女孩子的恶作剧”，但艾玛和我拼命抗争，想上同一所高中，最后珍妮丝还是妥协了。

“詹姆斯的保时捷项目怎么样了？”爸爸换了个话题，“我跟高尔夫球场的朋友们说，詹姆斯是最近这则广告的幕后推手。他们简直不敢相信这其中涉及的成本。”

“他真的在很努力地做这个项目。他们要求很高。”艾玛说。

“还有安特，他工作做得好吗？”珍妮丝灰色的眼睛盯着我，“还是他还在分心做 DJ 的活儿？”

“我和安特 1 月份就分手了，珍妮丝。”我戳了一个小番茄吃。

因为我尖锐的语气，珍妮丝温和的表情动摇了，她拍了拍她的头发：“哦，对，你父亲告诉过我。”

“谢天谢地。”爸爸嘟囔道。

“目前有新的人吗？有没有某位深色皮肤的英俊陌生人，让你为之倾倒？”珍妮丝晃了晃头。

“如果一个陌生人能让我倾倒在地，我不确定我还在不在乎他有多英俊。”我得意地笑着看向爸爸，但他却沉思着凝视窗外，摇着酒杯里的酒。

“但是，你的朋友们肯定能帮你介绍一个合适的单身汉吧？我希望你别太挑剔。艾玛，你一定认识一些合适的男人吧？”珍妮丝噘起嘴唇。

“妈妈，我不确定克洛伊想不想找个伴呢。”艾玛斜睨着我。

“你这是什么意思？她当然想找个伴。”珍妮丝看起来很困惑。

“多谢你，艾玛。”我深吸了一口气，“其实我有事要告诉你们俩。爸爸，你能听我说几句吗？”爸爸转过头来。

“嗯，其实……我要和自己结婚了，8月份我会办一个仪式。如果你们两个都来，我会很高兴的。”

屋里一阵沉默，爸爸的眉头猛地一跳，然后他压抑地吼了一声：“天啊，你跟你该死的妈妈一个样。”他说话的表情就仿佛吃到了什么难闻的东西。

珍妮丝有点儿兴奋地笑出了声，然后压抑着自己低下头，看着她的盘子。

我盯着爸爸：“你这么说到底是什么意思？”

“你们都憎恨男人。”他给自己倒了更多酒，嘴唇紧紧抿着。

“我不恨男人！你自己刚说过，我值得更好的，我同意。我的婚礼是为了庆祝我的自我价值。”

“哦，这一套什么自尊理论，完全是一派胡言！”爸爸暴怒道，“乔伊离开我的时候，一直在说那种话，现在看看她——就是个性冷淡的离婚老女人。”

“别那样说她！”我大喊。

珍妮丝的手在桌布上抖动：“罗杰，这显然是个笑话——克洛伊才不会真的在公共场合那样羞辱自己。”

“这不是在开玩笑，妈妈。克洛伊写了一篇言辞激烈的博客，现在这篇文章已经传遍整个互联网了。”

“我并没有言辞激烈！”我说。

“呃，诋毁夫妻，说所有人的爱情都命中注定会完蛋？我认为这言辞很激烈。”

“我没那么说！而且事实上，我收到过记者发来的电子邮件，他们想采访我。他们觉得我发表的是很有趣的文化评论。”

“你不许接受报纸采访！如果我的同事们发现了这件事，我就会变成大家的笑柄。”爸爸咆哮道。

“不，我就要！而且我今天来这里，就是想让你祝福我，爸爸——我本来想请求您在婚礼上把我交出去的。”

“把你交给谁？”爸爸大叫，“空气吗！”

艾玛笑了，我转身看她：“你什么时候变得这么心胸狭窄了，艾玛？我猜你也不想做我的伴娘吧？”

“哈——不可能！我一丁点儿都不想参加你那愚蠢的婚礼，而且不许说我心胸狭窄！”艾玛回击道，她很愤怒，脸都扭曲了，“你觉得你很‘与众不同’，是不是？待在你愚蠢的布莱顿美梦里吧。总有一天，你一回头，会发现你那些漂泊者伙伴都已经离你而去，你会完全只剩自己一个人。至少我还有家人会照顾我。”

她的话像冰一样渗入我的血液里。

“我从来不知道，我们之间有这样的竞争。”我低声说，放下了刀叉。

“听着，这太荒谬了——你不能和自己结婚，克洛伊，我从来没听过这种事。”爸爸一拳捶在桌子上，珍妮丝跳了起来。

我把椅子从桌边推开：“不要在婚姻这件事上教训我，爸爸。你搞砸了你自己的婚姻。”

“你怎么敢这么说话！那时我很年轻，而且男人都会犯错。”爸爸惊慌地看了珍妮丝一眼，他的喉结上下滚动着。

我站起来：“哦，拜托，你这是对男人的侮辱。”我环视整桌人，胃里因为痛苦而不停翻腾。“你们真是一家人。不管你们是否支持，我都要和我自己结婚。”

“行啊，我相信你会很开心的。”爸爸尖刻地说。

“没错，就像你和珍妮丝一样。你们显然活在婚姻的幸福中。”我站起来，“我猜你们还是分房睡吧？”

爸爸的眼睛鼓了起来，他站起身：“别把我们的关系扯进来。”他朝珍妮丝比画了一下，结果不小心碰到了酒瓶的瓶颈。就像慢动作一样，酒瓶从桌上飞了出去，红酒高高喷洒出来。

“不——！”珍妮丝像触电似的跳了起来，双手在空中乱抓，“我的地毯！”

太晚了。酒瓶已经撞到了墙上，奶油色的地毯上渗进了一块难看的红色污渍。艾玛呻吟了一声，目光和我相遇。有那么一会儿，我以为她会回心转意，但随后她摇了摇头，说道：“看看你现在都干了些什么。”

“这不是我干的！”我喊道，顺着走廊后退了几步。珍妮丝跪在地上，用餐巾擦着污渍，几乎要哭了。爸爸口中咒骂着，无措地来回打转。他把另一条餐巾扔给珍妮丝，然后鄙视地看了我一眼。我转过身，跑了。

第十八章

单身新娘绝望寻夫20年未果，放弃后选择与自己结婚

该死，也许爸爸是对的，我可能真不该接受报纸的采访。我惊恐地看着办公室电脑上《镜报》的报道。他们根据对我的采访写了这篇文章，但他们并没有照实地复述我的说法。这篇文章还配了一张我和安特的照片，那是几年前在格拉斯顿伯里音乐节上拍的。照片里的我看上去需要做一下精神检查：我对着镜头尖叫，浑身是泥，戴着橡胶鸡的帽子，穿着游泳衣和雨靴，安特则穿着脏兮兮的熊猫装做鬼脸。在这张照片上，我们俩之间有一个戏剧性的锯齿状裂痕。

“怎么了？”杰丝过来坐在我的桌上，“啊，这个，我看到了。”

“我从来没有绝望地找丈夫！”

“别担心，宝贝，这只是想引起轰动的标题党。他们添加了你的博客链接，这样人们就能看到真实的故事。”

“是啊，但没人会真的去读标题以外的东西，不是吗？天哪，爸爸肯定非常不喜欢这个。”

“至少它让人们开始谈论这件事了。不，别看评论！”我向下滚

动页面的时候，杰丝抓住了我的小臂。

真是个哗众取宠的精神分裂症怪胎，她需要被关起来。

过去说这种屁话的人会被烧死在火刑柱上的（她是个女巫），杀了她！

她显然是个自恋狂，难怪她单身。

我使劲咽了口唾沫，感觉血涌上了我的脸。我注意到几个同事坐在懒人沙发上，都在看着我。特蕾莎用手捂着嘴跟前台苏琪说话，两人都摇了摇头，眼里满是八卦。

“为什么这些人这么生气？我又没有伤害任何人。”我轻声说道，舔了舔发干的嘴唇。

“你当然没有。”杰丝叹了口气，“都是些讨厌的键盘侠，别理他们。”

“但不只他们这样……我的家人也一样。我不明白为什么人们反应这么强烈！我觉得这会是个有趣的庆祝活动，能鼓励大家多想想爱自己这件事，你知道吗？”

“是的，我完全明白。”杰丝咬着指甲，想了想说，“人们显然认为，把自己的需求放在首位很自私，他们这是胡扯——你不该一辈子都当个见鬼的受气包！”

“我知道。即使我真的很努力地去取悦别人，那也没有用——以前我只希望安特开心，但是看看那让我得到了什么……我总想试图给爸爸和贾尔斯这样的人留下好印象，但他们总是期待更多！”我沮丧地仰起头。

“哦，克洛，你面前的这位，就是个典型的自我牺牲的笨蛋！”杰丝用手指戳了戳自己的胸口，“我这一辈子，要么就是在平息办公室里的小吵小闹，要么就是做家务。就在昨天，我还在解决维里蒂和另一位客户经理之间一场毫无意义的争执，还要加班把贾尔斯的护照送到机场，因为他去度假前没有好好打包。而等我回到家时，猫却吐得满厨房都是。你知道我亲爱的丈夫和孩子们是怎么处理的吗？”

“天哪，怎么处理的？”杰丝厌恶的表情让我忍不住咯咯笑了起来。

“他们在每一堆呕吐物上都盖了一块厨房用纸巾，以免刺激到他们脆弱的感官，然后叫了一份外卖晚餐。我一走进家门，他们就开始抱怨，说呕吐物的味道太倒他们胃口，都吃不下比萨了！”

“不会吧！”我用手捂住嘴，“你丈夫没有打扫？”

“打扫？约翰吗？克洛伊，有时候我觉得，我丈夫应该是相信魔法。在我们家，有那么多的事情魔法般地完成了——吸尘、洗衣服、熨衣服、打扫、整理、做饭、洗碗、付账单、付保险、孩子上下学、照顾孩子、监督孩子写作业。”

我目不转睛地看着她掰着手指数家务，听她说完一遍，我就已经累了。

“上帝啊，我再也不会抱怨我的室友了。”我说。

我的手机在桌上大声震动。我看到是一条安特发来的短信，不由得骂了几句。

> 克洛依，够了，真的够了，我们得谈谈。这个周末我要回布莱顿，到时候你能和我见面吗？安特

“哈哈，”我把短信给杰丝看，她说，“我敢打赌，他一定是被这事惹毛了。”

“呃，抱歉打断你们的聊天，但是克洛伊，我们现在就要去海洋球室开个团队会议。”维里蒂来到我的办公桌旁。她穿着条纹热裤和弹力抹胸，单手叉腰，“贾尔斯不在时，我是负责人。”

海洋球室在二楼，差不多就是一个满地彩色塑料球的房间。技术团队的小伙子们大概正在用球互相攻击，我们进屋时，一个球击中了维里蒂的胸部，她尖叫起来。

“够了，所有人！我们能专业一点儿吗？”

我从他们身边走过，在西蒙尼和鲁迪之间的角落里坐下，两个男生用胳膊肘轻推了一下对方，说了几句悄悄话。

维里蒂在一张白色的凳子上坐下，打开挂在墙上的投影屏幕。“大家都知道，我们刚刚和‘鹈鹕’签下了一份为期 6 个月的合同。我们需要用出色的创意打动他们。我正在为他们的海滩系列产品拟定营销活动计划。”

她点开一个网页，上面是穿着动物图案泳衣的性感模特："我需要找到有趣的角度。有人有想法吗？"

鲁迪举起了手："可是，维，我们是搞技术的——你为什么要问我们的想法呢？"

维里蒂不耐烦地啧了一声："总不能指望我自己想出所有的主意吧！来吧，任何人都可以有创意。我们都来到这该死的球池里了，不是吗？"她指了指特蕾莎："特蕾莎，你对新的泳装会有什么样的期待？"

特蕾莎拍了拍她干枯浓密的头发，看上去很尴尬，"天哪，我不知道，结实的衬料？"

维里蒂嫌恶地噘了下嘴，转向鲁迪："你们男生呢？什么特质会让你买下一条游泳裤？"

"鲁迪需要大量的填充物。"其中一个男生喊道。鲁迪的脸一下子变红了，他冲那个男生扔了一个球。

"滚一边儿去。"

"用野生动物做宣传怎么样？"我说，"产品上已经有这些图案——蛇、老虎、豹子、斑马、长颈鹿……可以让人们做一个海滩性格测试，就叫'释放你的野兽'之类的。"

"不错，我喜欢——放出那只野兽！"鲁迪说，"大家喜欢在社交网站上分享测试结果。"

维里蒂把头发往后一甩："我不这么认为。太直白了。"

"宣传一下女性穿上丁字裤会更有力量，怎么样？"西蒙妮说。

“很好！”维里蒂打了个响指。

“为什么会更有力量？”我问。

“呃，这不是当然的吗？”维里蒂一边说，一边写下“为你的臀部骄傲吧”。“我们可以让女性在社交网站上发布她们的照片——甚至包括那些很胖的女性。”

“没错！”西蒙妮挥拳庆祝，“这很鼓舞人。”

“瞧，你不是唯一的女权主义者，克洛伊。”维里蒂嘲笑道。

“哦，拜托，穿丁字裤根本不是对男权的攻击。”我翻了个白眼，不再专心参与讨论，而维里蒂和西蒙妮已经开始详细讨论“鹈鹕美臀自拍”的计划了。

我在手机上翻看多姆最近发来的信息，他问我是否已经决定好了婚礼的地点。我一想到自己需要做的所有安排，便感到一阵恐慌。

“嗨……克洛伊，在听吗？”维里蒂朝我挥着手，“我不应该指望你完成了什么‘最佳工作场所奖’的工作，对吗？可能你正忙着向媒体炫耀呢吧。”

我纠正她：“实际上，我花了很多时间为‘企业社会责任’的部分联系合作。目前‘领导者’公司并没有为布莱顿社区做任何事，所以我联系了一些慈善机构。其中几家回复说，他们很乐意让我们的员工做志愿者。”

“好吧，在有人去做之前，你必须得到贾尔斯的许可。”维里蒂不屑地说。

“在他离开之前，我已经获得了他的许可。他同意给每个人半天的时间，从这周五就开始。我会发一封内容详细的电子邮件给大家。你可以选择去无家可归者的收容所、慈善厨房做志愿者，或者去帮助本地的老人。”

所有人都表示很感兴趣，开始问我问题。维里蒂生气地拍了拍手：“我们现在没有时间讨论这个。我们来谈谈食品区吧。”

响亮的呻吟传遍整间屋子。在“领导者”公司，食品区一直是个战场，大家会在自己的牛奶、三明治、特百惠杯子、马克杯、甜味剂等东西上贴上便利贴，写下暗戳戳的攻击言论。办公室里总是有这样的群发邮件，痛斥某只放错了地方的煮鸡蛋，或是酵母酱和花生酱串了味儿，通常还会附上相关图片。

我一直怀疑维里蒂就是其中最言辞激烈的便利贴作者之一，而她现在开始谈论被长期忽视的清洁工作。我对她的长篇大论毫不关心，便慢慢向后滑，直到塑料球没过了我的脖子。

我们都回到三楼后，杰丝告诉我：“你桌上的电话快响疯了。”

她指了指电话，这时电话又响了，我拿起听筒。

“我是克洛伊·亚瑟。”

“克洛伊，你好！希望你不介意我打电话给你，前台给了我你的电话号码。我是碧安卡·门德斯，魔方制片公司的制片人兼导演。我在网上看到了你的订婚消息——恭喜你！”碧安卡的声音有些沙哑，充满热情。

“啊，谢谢。”我坐了下来，吃了一惊。

我看到维里蒂和西蒙妮因为我的语气警觉起来，转动椅子离我更近了些。

“读到你的文章时，我简直不敢相信——它和我正在拍的东西关系很大。”碧安卡滔滔不绝，“我们正在制作一部名叫《崭新的爱》的系列电视纪录片，探索21世纪所有令人兴奋的爱情新模式——我们想把你的婚礼过程记录下来！”

“哇，好吧，你是说拍下来吗？”我问。维里蒂愤怒地轻声尖叫了一下。

“没错！我们认为用摄像机把你的历程记录下来，会非常鼓舞人心。影片会包括所有的婚礼筹备工作，以及美丽的仪式本身。”

“嗯……我不确定自己想不想在每个地方都安上摄像头。”我确定，记录艾玛和爸爸这类人的反应，可绝对不怎么明智。

“我保证你根本不会注意到它们。最重要的是，你要用自己的话来讲述你的故事。关于来自社会的期望，我觉得你在博客里提出了一些很棒的观点。

“是啊，但已经有点儿引火烧身了。”

碧安卡发出一阵沙哑的笑声：“你是说《镜报》的那篇文章吗？”

“是——还有所有评论。”

“克洛伊，别为这些烦恼。键盘侠是互动媒体中不可避免的一部分。”碧安卡声音低沉，鼓励我道，“从某种程度来说，你吸引的键盘侠数量越多，就表明你越成功——这意味着你的影响范围扩大了。”

“这是好事吗？”我问。

“当然是，尤其是在你有重要的事情要说的时候！我觉得你是振奋人心的自爱大使。别担心，克洛伊，这部纪录片会给你一个机会，让你广泛地传播自己的想法。”

我有些犹豫：“你们在系列纪录片里还会探讨什么别的话题？”

“我们跟拍了一群很有趣的人，主题包括同性恋父母、开放式恋爱关系、社群生活等等。它们都反映了传统的家庭模式已经发生了巨大的变化，你这种勇敢的个人行为也是如此——和自己结婚！”

“听起来确实很有趣。”我承认道。我以前只上过一次电视，是上小学的时候，在一个自然保护区，当地电视台的新闻节目拍到了我。妈妈把那期节目录了下来。每次她播放这段录像时，我都会很尴尬地看着镜头里的自己：我留着四处乱翘的短刘海，穿着工装裤，对着镜头一本正经地谈论着青蛙卵。

“我可以考虑一下吗？这个邀请让我有点意外。”

“当然！我会把详细情况发邮件告诉你。当然，我们会付给你一笔酬劳。你仔细考虑之后，可以给我回一封邮件。毕竟我们的拍摄计划已经开始了，所以如果你真的想参加，请尽早告诉我们。”碧安卡停顿了一下，然后说，“我只是想说，最近我也经历了心碎的事，你决心治愈自己的消息真的打动了我。你有点儿像《BJ单身日记》里的女主角布里吉特·琼斯，但你更有种！”

“啊，谢谢，你的话让我很感动。”我非常开心，尽管脑子里忽然出现了布里吉特·琼斯的裤裆因为“有种”而鼓起来的可怕画面。

我们刚挂上电话，维里蒂和西蒙妮就过来找我了。

“谁的电话？”维里蒂问道。

“只是个电视制片人。”我耸耸肩，故意含糊其词。

“他们不是想拍下你的婚礼吧？”

“嗯，事实上，他们是这样想的。”

“哇，太酷了！”西蒙妮崇拜地张大嘴巴，维里蒂瞪了她一眼。

“西蒙妮，你开始邀请大家去参加我的婚前活动了吗？”

“开始了！我这里有一份回复列表，你看。”西蒙妮说着，转向电脑，打开了一份电子表格。

除了12月的婚礼，维里蒂还坚持要在纽约办订婚派对、新娘送礼会，外加奢华的婚前单身派对。

维里蒂几乎没看那份名单，接着说：“还有一个大危机。我刚刚发现加文姐姐的小臂上有蛇文身，这让她看起来简直像个流浪的吉卜赛人，我可不想让她毁了我的结婚照。我需要你来解决它。”

“你想让我怎么做？”西蒙妮抬起头，焦急地咬着嘴唇。

“废话——当然要把文身洗掉！”维里蒂皱起眉头，我扑哧一声笑了出来。她接着说：“好了，我要去吃午饭了。我不想接任何电话，我需要减压。”

“好的。”西蒙妮点点头，打开她那盒意面沙拉。

“那是什么鬼东西？”维里蒂一把抢过盒子，“这里面有700卡路里的热量，西蒙妮，看看这些蛋黄酱！记住，我们会给你买10号的伴娘礼服，你有6个月的时间，要减掉两个尺码！”

“拜托！我今天太忙了，一直什么都没吃。我晚餐只吃肉汤，好吗？”西蒙妮绝望地试图拿回沙拉，她说话时嘴里似乎都是口水。

“不行。食品区里有很多新鲜水果。”维里蒂拿着沙拉走开了，出去的时候把它扔进了垃圾箱。还没等追上维里蒂，西蒙妮的手机就响了。她接通的瞬间，我立刻听到电话那头传来一句大声的抗议。

“喂，你好，亨丽埃塔。没错，恐怕维里蒂确实希望你去参加新娘送礼会，以及单身派对。”她紧张地说，“嗯，是，新娘送礼会确实起源于美国，但现在很多英国人也会办。差不多就是一个为准新娘庆祝的送礼派对。”

我怀疑地冲她扬起眉，她转过身去不理我：“听到你失业的消息我很难过，但是，如果你不去参加，维里蒂绝对会崩溃的。”

第十九章

周五上午，办公室比以往任何时候都更有活力，因为大部分人都选择去做为期半天的志愿者服务。我安排好小型巴士来接员工，把他们送到布莱顿附近的各个项目点。维里蒂拒绝去做志愿者，说自己有太多重要工作要做。她不停地念叨着“鹈鹕创意项目”，让它听上去比“在社交媒体上发起臀部自拍”更有分量。

我和同事们在大厅里等着，旁边就是乐高积木搭建的前台办公桌。自从周一《镜报》的那篇文章之后，我周围的人就表现得怪怪的。特蕾莎和我说话时，开始故意放慢语速，双手挡在身前，就好像我是个情绪不稳定的疯子，可能会突然用订书机袭击她似的。

“好了，各位，我们的车到了。”有10个人报名参加了扶助老人的慈善活动，我冲他们招了招手，大家便一起坐上了亮黄色的“布莱顿扶助者”巴士。

坐在副驾驶座位上的一位女士转过身来。她浅棕色的头发扎成马尾辫，眼睛是明亮的淡褐色，露出了我见过的最温暖的微笑。

“非常感谢你们今天抽出时间过来。”我们驶入大街时，她说道，“我是凯特·杜利，‘布莱顿扶助者’的创始人。我们帮扶的都是65

岁以上的独居老人，大家今天要两人一组去拜访他们。我们准备了蛋糕，大家可以带走。”她朝地板上的箱子点了下头，西蒙妮贪婪地盯着箱子。

“如果他们需要上厕所或者想呕吐什么的，那该怎么办？”鲁迪问道。我打了一下他的胳膊，但凯特只是笑了笑。

“好问题。我们的大多数扶助对象都身体状况良好，可以自理，虽然他们可能走起路来不太利索。你们过去后，应该不会有什么麻烦。不过，还是请大家拿好我的名片吧——如果需要，我们很快就能赶到你们身边。”她把名片递给了大家。

“我们跟他们聊什么呢？”西蒙妮问道，“‘二战’之类的？”

凯特又笑了：“说实话，亲爱的，你就算和他们聊晾油漆之类无聊的事，他们还是会很高兴见到你的。”

“好了，这是穆丽尔家。”我们把车停在一间奶油色的小屋外，凯特大声说，“她已经91岁了。清洁工和园丁每周来一次，其他时候都是她自己照顾自己。”

鲁迪低低地吹了一声口哨：“我觉得我从来没见过这么老的人。”

凯特笑了，看了看手里的写字板：“我给这家安排的是克洛伊和西蒙妮。你们给穆丽尔带点儿巴腾堡小蛋糕吧，她特别喜欢吃杏仁软糖。”

西蒙妮拿了一些蛋糕。小巴士驶离行车道，她生气地看了我一眼。

“维里蒂不在，所以你不需要用这种态度对待我。”我说，“我们应该让这位女士高兴起来。”

西蒙妮皱起鼻子，低头看了看手上的小蛋糕：“好吧，只要你不告诉维里蒂我摄入了多少卡路里。”

“你们肯定是来找我的女孩子！”我们循声转过身去，看到小屋门口站着一个身材矮小的女人，手里拿着拐杖。她大约5英尺[1]高，穿着紫色的裙子、衬衫和海军蓝色的开襟羊毛衫。她长着稀疏的红棕色头发，一张喜气洋洋的满月脸，让我想起了杏干。“进来吧，我准备好了一壶茶。”她说话的声调很高，声音有些发颤。

“你好啊，穆丽尔！”我弯下腰去吻她的脸颊，“我是克洛伊，这是西蒙妮。”

“哦，很少看到红头发的人啊，真可爱。”穆丽尔抓起我的一缕蓬松的头发，举到她视力模糊的琥珀色眼睛前。“还有你……”她把目光转向西蒙妮，细细看她，“你的脸像年轻时的玛丽莲·梦露，都有漂亮的苹果肌。”

“谢谢！”西蒙妮看起来很开心。

穆丽尔撑着拐杖，拖着脚步慢慢走过铺着棕色地毯的走廊。我走到她身边，伸出胳膊，她感激地挽住我。

“都是因为我的右臀。”她说，“我8年前动过一次手术，从那以后，就再也没有恢复成从前那样了。”

1　5英尺约合1.524米。

我们走进客厅。房间很明亮，贴着玫瑰色的壁纸，摆着奶油色的皮扶手椅，还有一扇大飘窗，可以俯瞰与大路不通的小巷子。房间另一端有一个长长的木柜，里面摆着很多镶框照片和明信片。旁边放着一个古老的落地钟，嘀嗒嘀嗒地轻轻响着。

我扶着穆丽尔在窗边的一张扶手椅上坐下，她在背后垫了几个垫子。

“你们请随意。”她指着房间正中的那张矮桌，桌上摆着一盘茶和饼干，“如果你们喜欢的话，我这儿还有酥饼和坚果姜饼。”

我坐在穆丽尔旁边的扶手椅上，西蒙妮盘腿坐在桌旁的地板上。

“我应该戒掉很多食物的，”西蒙妮一边说，一边把带来的小蛋糕放进托盘里，“但也不会有什么用。”她用手指戳了戳自己牛仔裙上隆起的一小团肥肉。

“我搞不懂现在流行的这些节食方法。”穆丽尔摇头说，西蒙妮递给她一块蛋糕。“在我们那个年代，大家从来不知道这些方法，但人们要比现在瘦得多。”

“但你们那时还实行食物配给制[1]，对吗？”西蒙妮含着蛋糕屑问道，“所以你们真的不能吃很多？”

“嗯，只有在四十年代是那样。”穆丽尔若有所思地说，“但我想我们的配给比你想的还要少一些。”

---

1 由于“二战”期间食物匮乏，英国于1940年1月8日开始实行食物配给制。居民在政府和本地店主处登记，以获得定量配给。

“超市也是到六十年代才出现的。”我补充道，我把两杯茶放在我和穆丽尔之间的小餐车上，“这意味着，你们也没有那些含糖的食物、零食和速食品？”

“哦，没有，你说的这些都没有。所有东西都来自我们当地的杂货店和肉店，或是自家的花园。”穆丽尔在她的开襟羊毛衫口袋里摸来摸去，掏出一根塑料吸管。西蒙妮和我兴致勃勃地看着她用吸管喝茶。她说：“有时候我真怀念直接用杯子喝的感觉。”

“人们也像现在一样喝那么多酒吗？”我问。

“没那么多。那时候，酒更像是一种犒赏。”

“那你是怎么消耗卡路里的？你们有健身房和健身课吗？”西蒙妮把酥饼在茶里蘸了一下，“我试过 HIIT[1] 课，肺差点儿炸开。”

“我们没有健身房。”穆丽尔用一根苍老的手指轻敲自己的脸颊，回忆着，“但我们经常步行很远，也做家务，好让自己保持活力。当然了，我们还跳舞！”穆丽尔举起长满老年斑的双手，拍打着空气，“狐步舞、查尔斯顿舞、踢踏舞、华尔兹、摇摆舞、吉特巴舞。我那时候很喜欢去伦敦的舞厅，男人们会排队和我跳舞。有个叫阿尔菲的家伙，他的舞跳得真好，我们那时候简直横扫全场！”

穆丽尔的脸上焕发出光彩，她在重温那一刻。西蒙妮和我敬畏地看着她。

“我们现在再也没有这样的事了。”西蒙妮若有所思地说，“我们

---

1 HIIT：高强度间歇性训练，是一种短时间内进行全力、快速、爆发式锻炼的训练技术。

没有舞伴，我们都只是喝得酩酊大醉，一通乱跳。”

“啊，女士们，但我想男士们还在排队等着你们呢。”穆丽尔看着我们俩，黄褐色的眼睛闪着光。

“嗯……实际上我现在正在戒男人。”西蒙妮叹了口气。

“天啊，你戒的都是自己喜欢的东西，不是吗？”穆丽尔摇摇头，“逼自己不碰某些东西，我觉得这方法不是很管用，那通常会让你更渴望得到它。”

“没错，你说得对。”西蒙妮伸手去拿坚果姜饼，看上去很痛苦。

“你呢，克洛伊？你有‘特别的他’吗？”穆丽尔刮下了蛋糕上杏仁软糖的那一层。

“我最近和交往很久的男友安东尼分手了……”我说到这里，穆丽尔点了点头，同情地眯起了眼睛，“实际上，这周末我要去见他。”

“是吗?!”西蒙妮惊呼，“哦，他是要来骂你吗？”

“有可能。”我对西蒙妮摇了摇头，表示我不想告诉穆丽尔我和自己的婚礼。这可能会把她弄糊涂，不管怎样，我更感兴趣的是她说的那些话。

“你呢，穆丽尔？”我换了个话题。

“哦对，你嫁给阿尔菲了吗？”西蒙妮问道。

穆丽尔咯咯笑道：“不，我最后嫁给了布莱恩。”

“哦！”西蒙妮听上去很失望，“阿尔菲听起来不错——你为什么放他走掉了？”

穆丽尔温和地耸了耸肩：“在我这个年纪，你对什么事都不会后悔的，宝贝，它们都是值得的，即使是心碎和错误。这就是生活。”

我们陷入沉默，我试着想象连安特也变成了遥远回忆的时刻。

“那是布莱恩去世前一年，我和他在美国拍下的照片。”穆丽尔指着橱柜中央一张镶了框的照片，“他死于 20 年前——心脏病发作。”

西蒙妮和我走过去看那张照片。穆丽尔和布莱恩站在瀑布前，对着镜头灿烂地笑着。穆丽尔比现在更高，身体更直，赤褐色的卷发披在肩上。

“那时我还有头发。”穆丽尔下意识地拍了拍自己的秃顶。

“你一个人生活了 20 年？”西蒙妮环顾房间，惊讶地张大嘴巴，“那你做什么呢？”

我冲西蒙妮皱起眉头，但穆丽尔咯咯笑了：“哦，我自己消遣——园艺、读书、看电视。我以前打桥牌，也玩宾果游戏。”她的脸色变得沉郁起来。“现在出去要麻烦多了，真讨厌。都怪我这该死的臀部。”

“你有家人在附近吗？”我问，又坐了下来。

“没有，我女儿 60 岁就去世了，我儿子住在西班牙，他有时间的时候会过来，但是你知道，他有很多自己的事要做。”穆丽尔含糊地扬了一下手。

“朋友呢？你一定有很多朋友。”西蒙妮在房间里踱来踱去，挨个观赏架子上的装饰品。

“亲爱的，等你到了我这个年纪，恐怕你的朋友们也早就一个接一个地死掉啦。”穆丽尔用吸管啜着茶。

“可是你的邻居呢……？”西蒙妮在窗前停了下来，望着小巷的另一边。

“他们很忙，有自己的生活。”穆丽尔跟着西蒙妮的眼神看过去。

“那你上网吗？”我越来越不相信，这个可爱的女人竟会这样离群索居。

“我太笨了，不会用电脑！”穆丽尔哈哈大笑，“我勉强能遥控电视。”

我本来要说“这不可能”，但接着就闭上了嘴。有时我会忘记，对于穆丽尔那个时代的人来说，科技是多么激进。毕竟，她是在电报和邮筒的世界里长大的，不可能像我们这代人一样自然而然地学会使用电脑。而且不管怎样，我其实也并不知道，上网能否让她不再孤独。

“那我们这种人多久来拜访你一次呢？”西蒙妮问，她看上去和我一样震惊。

“凯特·杜利是个天使。”穆丽尔对我们灿烂一笑，“她至少每两周送志愿者来一次我家——总是像你们这样可爱的人。5年前她打电话给我时，我正在经历一段很艰难的时光，而你们就像一条救生索一样。”

屋里一片沉默，只有落地大座钟的嘀嗒声。

“嗯，我一定会再来看你的。”我说。西蒙妮也点点头，她棕色的眼睛睁得大大的，神情严肃。

“我也是。”她表示同意，“别想拦住我。”

接下来的一个小时过得飞快。穆丽尔带我们参观了她的花园，还把她的杏仁果酱挞秘方教给了我们，就在她讲起自己对约翰·列侬被杀一事的看法时，门铃响了。

“你们玩得开心吗？”凯特在走廊里紧紧地拥抱了穆丽尔。

“这是我一周中最棒的时间。”穆丽尔握着我们的手，我们不情愿地说了再见。

我们开车离开时，她站在门口，西蒙妮和我从后窗疯狂地挥手。看着她矮小的身影渐渐远去，我感到喉头哽住了。我想象着她得自己打发多少时间，才能等到下一次来访。其他同事的情绪似乎也很激动。

“我们见到了诺曼底登陆的幸存者弗兰克。他太厉害了，把所有的奖章都拿了出来。”鲁迪给我们看他手机上的照片，“还给了我们一杯雪利酒。”

“凯特，你说你们在帮助多少名老人？”我喊道。

“亲爱的，在布莱顿和霍夫有一万名，我们也在努力扩展到周边地区。”凯特从后视镜里对我微笑。

我把头靠在车窗上，凝视着窗外后退的一排排房子。我无法理解，这个城市里还有成千上万像穆丽尔一样的人，他们独自生活，被别人遗忘在紧闭的门后。

第二十章

第二天，拜访之旅仍然盘桓在我脑中。我茫然地在公寓里转来转去，想着 50 年后我会住在哪里。当然，前提是那时候我还活着。

莎弗伦不在家，于是我安静地坐在屋顶露台上，喝着茶，眺望着街上人家的后花园。一座花园里，有人在给花草浇水；另一座花园里，两个孩子在练习侧手翻。

“过来，把你们的游泳衣穿上。”他们的母亲从后门喊道。他们跑进房子时，其中一个发现我在看他们，便朝我挥了挥手。

想到有一天我会变成穆丽尔那样，我感到一阵恐慌——她甚至无法独自离开房子。我低头看着自己交叉的双腿，想到以前经常抱怨自己小腿的形状不够好看，不由得一阵羞愧。我一直觉得走走跳跳是理所当然的——我本就应该随心移动。事实上，我把很多事情都看作是理所当然的。

我仰起头，感受早晨的阳光照在脸上。拜访穆丽尔让我对自己的生活有了新的认识。幸好如此，因为我正要和安特见面。我们约好在“龙虾吧”一起喝一杯。

我一眼就看到了安特。他穿着 T 恤和短裤，弓身坐在角落的桌子旁。他的头发长了一点儿，鬓角有点儿卷。

“嘿。”我走过去，朵拉开始疯狂地扭动，舔他露在外面的膝盖。

“你到哪儿都得带着这条该死的狗吗？”他把腿移到一边，把它推开。

“没错。”我平静地说，一边拉过他对面的一把椅子，“它是我的分身。”

安特生气了，把胳膊肘搁在桌上。他脸色不太好，眼睛下面有黑眼圈。

“航海课怎么样？你适应出海了吗？”

“其实挺辛苦的。我们必须起很早，就算周末也一样。”

我强忍着没笑——安特总是喜欢睡懒觉。我接着问：“那你现在可以休息一段时间了吗？你住哪儿？”

“只有两个晚上。我在一个大副家睡。”安特没看我的眼睛，我猜他是要和新女友一起住。我咬着自己的舌头，让自己不要问他这个问题。

“好吧，至少你在追求自己的梦想，对吧？”我提醒他，“我想，你现在应该不会再觉得自己被困住了吧？”

安特怒视着桌上的糖罐：“你根本不明白。”

“要来点儿什么，亲爱的克洛伊？”AJ 穿着夏威夷 T 恤和黄色短裤来到我们的桌旁，“我们出了新的夏季菜单，有新鲜的果汁，灵感来自我的故乡加勒比海地区。”

“不错啊，AJ，你帮我选吧，给我个惊喜如何？”我朝他眨了眨眼睛，他朝我花式鞠躬。

“你怎么这么高兴？”AJ退到吧台后面，安特嘟囔道。

“你怎么这么闷闷不乐？”我反问，“今天天气这么好，阳光明媚灿烂，海上……浪花翻涌。有什么可不开心的？”

“天哪，我从来没想过你这么爱报复。你是想毁了我的生活吗？”

“安特，你的生活可以用来做任何你想做的事，我现在并不在乎了。”我放弃了轻松的语气，“我只是想继续过好我的生活，行吗？”

“呃，怎么过？和你自己结婚吗？你到底为什么要那样做！”

“因为是时候爱我自己了。”

安特翻了个白眼：“别告诉我你这样做不是故意的，为了让我像个坏人。”

“你当真以为，我这么做是为了报复吗？”我盯着他。

“小报上到处都是我的脸，看在上帝的分儿上！”

“嗯，没错，我知道。”我承认，过去的一周里，在《太阳报》和《每日邮报》的网站上，他们都用和《镜报》类似的标题报道了这件事，“但他们是从脸书上偷到那张照片的，不是我给他们的。”

“那张照片太糟了！”安特喊道，“我做的鬼脸丑到爆。”

“饮料来了！”AJ抑扬顿挫地说着，把一大杯金色果汁放在我面前，杯沿插着一片菠萝做装饰。AJ说：“它叫作‘生活的欲望’！”

我喝了一小口，咂咂嘴唇，饮料里的百香果和猕猴桃味道很浓：“好喝！”

“那么这位先生，你想对生活来点儿欲望吗？看起来你很需要啊。”AJ 转过去，夸张地对安特表示关心，弄得我不得不再喝了一大口，好让自己不要笑出来。

“不用，我喝这个就好。”安特指了一下他正喝着的咖啡。

“听着，安特。”AJ 走后，我柔声说，“虽然你是那个出海航行的人，但我才更像是已经完全迷失在茫茫大海上的那个。”我端详着他熟悉的面孔，那张脸上一点儿怜悯也没有，我继续用航海做比喻，想让他明白我的意思。“拜托你，扔给我一件该死的救生衣吧。”

安特把双手重重拍在桌上，他表情扭曲，充满怨恨：“我就知道，你会把整件事都怪到我头上。哦，可怜的小克洛伊，只能靠自己生存了。”他捏着嗓子说话，那声音吓得我往后缩了一下。“你有没有想过，你可能也是导致我们分手的原因之一？你一直希望我是那种幽默有趣的人，在你身边让你开怀大笑。无论我去哪里，你都会在那里等着我，等我逗你开心。”

“什——么？”我难以置信地张大了嘴巴。

“别不承认！”他用手指着我，“你根本不知道这会让我压力多大，我必须不停表现。”

“老——天——啊。”

“还有，性这件事上——你总是主动献身。爱情的关键是，你应该矜持一些，保持一点儿神秘感。”安特轻蔑地撇了撇下唇。

“这么说，你跟别人上床，是怪我不够神秘？”我的声音很尖。我推开果汁，突然不渴了。

“你知道我的意思。”他盯着我，目光里有种强烈的渴望，“你以前是那么无所畏惧，比如那天晚上，我们的巴士在危地马拉边境抛锚了，那些狡诈的当地人把我们团团围住，你还记得吗？你就那样把我们的吊床挂在两棵树之间，说他们想看就随便看。”

我咽了一下口水，想起那晚安特爬上吊床，而我一直保持着清醒，盯着那些围观的不速之客，看星星最终消失在黎明的日光中。安特在我旁边迷迷糊糊地睡着了，四肢重重地压在我身上。

“我认识的那个克洛伊不见了。”安特又低语道。朵拉在我们两人的腿之间动来动去，用它的鼻子去拱安特的胯部。它摇了摇尾巴，凉凉的空气从我的两腿间掠过。安特低头看着它的黑鼻子，说：“你变得太黏人了，克洛伊，就像你的狗一样。”

够了。我把椅子从桌边推开，站了起来。

“去你妈的大浑蛋，安特！”

安特惊慌地环顾“龙虾吧”，摆手想让我闭嘴，朵拉则被突如其来的气氛变化惊得跳个不停。

“不，我偏不闭嘴！你怎么敢对我说这种陈词滥调的屁话——你觉得无聊了，那并不是我的错！好啊，如果你想来点儿更新鲜的东西，就试试这个吧！”我抓起我的杯子，把饮料泼在他身上。果汁溅满安特的脸，那块菠萝掉到了他腿上。

我身后有人在欢呼，我转身看到 AJ 和另一名服务员在用力鼓掌。

“干得好，克洛伊！”AJ 大喊，“我差点儿就过去自己泼他了！”

安特扶着桌子站了起来，用餐巾擦了擦脸。

“你真可悲，你们都是。”他怒斥道。AJ向后一跳，假装害怕地用手拍着脸颊。安特指着我的脸，警告道：“不许跟别人说起我。你该翻篇了。”他气冲冲地走了，没有回头看我一眼，我嘲笑地吼了一声。

“哦，相信我，我早就翻篇了！”我朝他离开的方向大喊。AJ走过来，单手搂住我，递给我一杯鲜红色的新果汁。

“这杯叫‘加油，女孩’！”他说，“里面还加了牙买加朗姆酒。”

我回到家的时候，天空中的落日是橙色的，云朵就像层层叠叠混在一起的红色和粉色糖浆。我端着一杯金汤力鸡尾酒，坐回露台上。

这个下午后来变得出乎意料的愉快。我有点儿喝多了，安特离开“龙虾吧”之后，我坐在屋外的躺椅上，和AJ一起喝了更多“加油，女孩”。他告诉我，我和安特分手，算是躲过了一劫，因为安特显然是一个喜怒无常的自大狂。AJ非常善解人意，最后我把自己和艾玛以及爸爸吵架的事都告诉了他。

“克洛伊，如果每个人都听父母的话，这个世界会变得很无聊。”AJ灿烂地笑着，露出了他洁白的牙齿，“你的家人并不总是知道什么对你最好。”

然后他开始在音响里播放麦当娜的歌《爸爸，别说教》，给我讲了他离家时与父亲之间的激烈争吵。相比之下，我和我家人的争执显得很平淡了。

多姆也来了，他很想尝尝我们新发明的鸡尾酒。我们给布莱顿演奏台打了电话，发现我计划婚礼的8月中旬没有其他预订，我便用信用卡付了押金。我们激动得手舞脚蹈，就在这时，AJ爽快地提出把“龙虾吧”作为婚宴的来宾接待处。

“这是我的荣幸。”他坚持道。

所以，现在我已经安排好了场地，一切都开始变得更加真实。我吮吸着杯中的一片柠檬，看着邻居们在户外烤架上烤香肠。温暖的空气中，银色的烟雾向我飘来。

本着自我接纳的精神，我迅速回顾了一下和安特的对话。虽然我很高兴自己泼了他一杯饮料，而且他对我说的很多话都很不公平，但他的话里可能也有一点点道理。也许我确实对他期望过高，和过去的自己相比，也许我那些出色的特质也确实减弱了。我和安特一直是两个独立的个体，我应该对自己的幸福负责。

想到这一点，我坐了起来。我越去想“爱自己”意味着什么，这场婚礼就显得越重要。我打开笔记本电脑——灵感来了，我开始写自己的婚礼誓言。

一长串社交媒体通知分散了我的注意力。从这周的小报文章开始，我的推特上就出现了几个不停发恶评的键盘侠。一个叫“霍特罗德”的人几乎每天都给我发推特：

@克洛伊漫游　你真是个脑子有病的绝望老女人！

我一整周都没理他，但现在我忍不住回复了他：

@霍特罗德　行了，没必要说话这么激动。

他立刻回复道：

@克洛伊漫游　我这辈子都没见过这种寻求关注的方法，太可悲了。

我的回答是：

@霍特罗德　好吧，那至少现在你注意到我了，这就是我一直想要的。

我咯咯笑着，想象着他坐在屏幕前的样子。我想知道他长什么样子，为什么这么生气。

我打开"克洛伊漫游记"博客的收件箱，点开魔方制片公司的碧安卡发来的电子邮件。她问我有没有考虑好让他们拍摄婚礼的事。我一边反复思考，一边浏览其他邮件。多姆和AJ告诉我，我绝对应该同意。

多姆说："在我看来，你想要宣扬'爱自己'这件事，那就去电视上谈谈这个话题，这会是个不错的开始。"

一封未读邮件突然让我倒吸了一口冷气。发信人是来自微软邮箱的“凯蒂波普斯 69”——就是安特办公室的那个女孩。也许她终于联系上了我，来承认他们的勾当！

我点开邮件，开始阅读。

亲爱的克洛伊：

希望你不介意我突然给你发邮件。我只是必须联系你一下，因为你写的那篇承诺爱你自己的博客，对我来说意义非常大。

首先，我对安特对待你的方式感到抱歉。我在沃伦招聘公司工作，那天你去我们办公室的时候，我也在场。你躲在垃圾桶下面的时候，我非常非常为你难过，差点儿跑了出去，把那个讨厌的保安从你身上拉开！我以前觉得安特不错，但他从来没有提过，他背叛了你——真是个浑蛋！

无论如何，你在博文中写到，你不想变得害怕独自一人，当我读到这里时，我……嗯，实际上，我哭了。你真的令我思考了很多。因为——我从来没有告诉过任何人，我几乎总是感觉很空虚、很麻木，而且我也不知道这是为什么。

我今年 25 岁，有一份好工作，有男朋友，有室友，而且布莱顿是一个非常适合居住的地方，按理说，我应该很高兴才对。我的大学同学总是说，他们很嫉妒我的生活——我猜是因为我经常上传“得意的布莱顿”生活照！

但事实是，我只是在装样子。我身后就像是有一个巨大的影子在追着我。我总是假装它不存在，就好像我是扮演某个角色的演员，只要周围有人，我就能继续演下去。

但当我一个人的时候，影子就会追上我，让我窒息。我会很害怕，仿佛自己是一个在黑暗中溺水的孩子，却不能呼救。

我不知道为什么会这样——最近情况变得更糟了，我想尽一切办法避免它。有时候我靠喝酒来消除这种感觉，有时候我……会做些别的事。

当你写到你想用爱心对待自己时，我突然停下来想，为什么我要忽视这个溺水的孩子呢？她需要我。我不确定自己是否有足够的勇气去帮助她，但是克洛依，谢谢你让我开始思考这件事。

我真的很抱歉，在你已经有自己的事要处理时，还跟你倾诉这些破事。我只是想说，我觉得你很棒，继续写吧。

爱你的凯蒂 xx

我眨了几下眼睛，因为对她的同情而有些皮肤发麻。我没料到会这样。当我想到凯蒂需要鼓起多大的勇气才能向我吐露心声时，霍特罗德的嘲讽开始显得苍白无力。我感到很荣幸，因为她从我的话里得到了安慰。

我迅速地再次点开碧安卡的电子邮件，写道：

你好碧安卡，是的，我考虑过了，很高兴有机会能参与你

的纪录片。我很乐意承担“自爱大使”的角色:)。请打电话给我，我们可以讨论一下要在哪天拍摄。干杯，克洛伊 x

我再次打开凯蒂的邮件，又仔细读了一遍她的话。我坐下来，望向云层交叠的夜空，想起弗莱彻医生跟我聊过的心理健康话题。然后我点击“回复”，开始打字。

第二十一章

“所以，坏消息就是，我不能只靠自学网络课程就成为一名婚礼司仪牧师，这种事显然只能在美国情景喜剧里发生。”多姆用一根条纹吸管喝着奶昔说。

一个礼拜过去了，我们正在巷区的一家咖啡馆，准备享用周日的室外早午餐。阳光照在人行道上，空气中弥漫着热巧克力的甜味。穿着海滩装逛街购物的人从我们身边走过。

“那好消息呢？”我摘下墨镜看着他。

“好消息就是，不管怎么样，我都要这么做。”多姆轻松地说，在脑后伸展双臂。他穿着一件长袖的海魂衫，系着一条红色的领巾，看上去很有航海气息。

“我们真像两个艺术家，艺术家总是有些为所欲为的权利，不是吗？”我笑道。

“为什么不行呢？生活本来就是在模仿艺术。”

他看起来对自己很满意，我大笑起来：“你就是一件艺术品，多姆。”

多姆低头表示同意，然后拿起手机说：“看，我在化装舞会服装店里试了好多漂亮的衣服。这是我扮成教皇的样子，这张是牧师，我觉得我应该再试试耶稣的服装玩一下。”

我翻看着那些照片，看到多姆摆出的虔诚姿态，不禁大笑起来：“哦，哇，教皇的帽子真适合你！所以，我们是要办成有虔诚牧师的那种氛围，对吗？”

“对，除非你想办成那种完全非宗教化的婚礼？”

“嗯……我不知道教会是怎么看待‘和自己结婚’的，不过，实际上……”我想到了一点，拍了下桌子，“十诫之一不就是‘当爱人如己’吗？意思就是说他们一定得重视对自己的爱，对吧？”

“非常有道理。”多姆说，“那我就从这几件里挑一件吧，这些服装会让婚礼有种隆重的气氛。我还可以给我的视频日志做一个宗教主题系列——有超多很酷的配饰！那你的婚纱呢？我们什么时候能去买衣服？”

“嗯……我的预算很少，而且要优先考虑租用演奏台的费用，所以婚纱可以等一等。我可能会买一件二手的——反正只穿一次。”

“好啊。你了解我的，我很善于发现便宜货。”多姆说，“你希望男人和女人都去参加你的婚前单身派对[1]，是吗？不过，我超讨厌叫它‘婚前男女派对’——呃！”

“对，当然了。那就叫‘婚前单身派对’怎么样？”

“嗯……也好不了多少。”

1　新娘举办的婚前单身派对通常只有女性参加。——编者注

“我本来希望艾玛能帮我计划一下，想想这个不管叫什么的活动该怎么办，但自从我爸爸家那顿糟糕的午餐后，我就再也没有收到过她的消息。”

我没有咨询艾玛就开始安排婚礼，这种感觉很奇怪。我们有将近一个月没说话了，这是我俩有史以来冷战时间最长的一次。焦虑在心中不断折磨着我，但我仍然不允许自己抛出橄榄枝：是她攻击了我，一切都是她挑起的。

“亲爱的，艾玛可能会坚持让你办传统的婚前女子单身派对，计划一些矫揉造作的可怕活动，再加上沉闷的下午茶和陶艺课什么的。”多姆一脸厌恶，“说真的，交给我吧。我已经想出了一些很棒的主意。现在，我们去挑单身戒吧？”

“走吧！”

我们漫步在迷宫般的小巷里。在这里，情趣内衣店、当代艺术画廊和独立唱片店比肩而立。我在一家定制珠宝店外停下脚步。“哦，我很喜欢那些。”我指了指店里不同寻常的银戒，戒指中间镶着一圈木头。

“上面是木头？”多姆有些抗拒。

“是啊，那又怎样？我喜欢树。”我推开店门，一个小铃铛响了几下。珠宝店主站在柜台后面，拿着一个放大镜看东西。他有浓密的白色头发和眉毛，让我想起了圣诞老人。

当我说想试戴一下时，他兴奋地说：“我特别喜欢这组‘回收木材’系列。要知道，木头象征着自信和智慧。”

最后我买了一个银色的戒环，中间是圈樱桃木。

“很棒的选择：樱桃树是心之树。”店主一边量着我的手指，一边赞许地说。

“你能在上面刻上‘我让我完整’这几个字吗？”我问他，他点了点头，飞快地记在记事本上：“啊，可以，这是很常见的刻字。”

“呃，不是，对不起。”我从柜台上探身过去，“不是‘你让我完整’，是‘我让我完整’。”

“啊。”他皱着眉头，捻着胡子尖，“是这样。”

我们只走出戒指店几步，多姆就停在了一家叫作“嗨嗨巧克力”的巧克力工艺店前。

“你见过这么棒的蛋糕吗？”他凝视着一个巨大的棉花糖金字塔形蛋糕，巧克力从蛋糕边上滴了下来，“进去看看，任何上档次的婚礼蛋糕都得涂上厚厚的巧克力！”

我们走进商店，那些手工制作的蛋糕、糖果和巧克力雕塑形状精美，令我们大为惊叹。看过很多很多样品后，我们最终决定做一个松露馅的三层蛋糕，外面裹上一层白色的比利时巧克力。

“如果你想让蛋糕更具个性，我们可以添加任何定制的点缀造型。”店员提议道。

“你能做出黄色的巧克力向日葵，放在蛋糕底座上吗？”我问。

“当然可以。”

“也许顶上再加个新娘？”

“哦，很棒，做一个可食用的新娘，我会用白巧克力做她。那我要把新郎也做成白巧克力放进去吗？”

“嗯……不用。现在不要想新郎的事儿。”我朝她暗示地眨了眨眼睛，她看上去很困惑。

“好……吧，不要新郎。明白了。”

“哎呀，我觉得我可能把大家都弄糊涂了。”我们离开商店，我撇撇嘴说。

“别担心，他们应付得来。”多姆笑着说，“这儿可是布莱顿。”

我们走过一个旧货摊时，多姆转头对我说，“那你明天和魔方制片公司的人见面时，要穿什么呢？”

“呃，”我低头看着自己身上的白色短裤和银色背心。“可能就穿像这样的夏装？”

多姆皱起眉头：“我觉得你应该多考虑一下自己在媒体上的形象。相信我，人们首先注意到的是你的外表。”

“真的吗？”我咬着嘴唇。我一直努力让自己别因为拍摄而过于紧张。碧安卡很高兴我愿意参加这部纪录片的拍摄，他们会先来我的办公室和一些同事聊一聊，然后去我的公寓，拍一些我家居生活的室内照片。

“那么你已经把公寓布置好，能给人留下不错的印象了，对吧？”多姆双手合十放在嘴唇前，关切地看着我。我毫无头绪地摇了摇头。“一整支电视摄制团队24小时之内就要去你家一探究竟了，克洛——快，我们没有时间可以浪费了！”

多姆的热情很有感染力。我们一回到我的公寓，我就开始惊慌地整理房间。

“我们最好先把莎弗伦的破烂儿挪走。我有一个礼拜没见到她了——天知道她在哪儿。”

“这样也好。你不会想让她胡扯些虚伪的嬉皮士废话，把气氛都毁掉。”多姆拿着装满道具的袋子，把它们倒在楼梯顶上，然后把那面会让人产生疑惑的棉制壁挂取下来。

“那面壁挂是莎弗伦从果阿带回来的。”我说。

“它太丑了。”他把壁挂夹在腋下，把她收集的水晶从角落的架子上撸下来，换上一盆兰花。

收拾厨房时，多姆把超市里买来的所有特价商品都藏了起来，把它们塞进了水槽下面的碗柜里。他说：“你得展示出精致的好品位。”

多姆从他的包里拿出一盒维特罗斯公爵有机饼干，还有一罐散装伯爵茶，把它们放在水壶旁边，然后在厨房的窗台上摆好盆栽。“这是罗勒、芫荽、芦荟。”

回到客厅，我跪在我的DVD收藏架前，多姆在沙发的红酒污渍上盖了一层灰色软布。

“嗯……我对电影的品位会让人有点儿困惑。上面是《小美人鱼》和《律政俏佳人》，下面是《狼溪》和《人渣》。”

“这说明你有光明和黑暗两面。”多姆把包装华美的精装书在茶几上摊开，我怀疑地念出书名。

“《时尚——一段历史》《从古至今的情色作品》《日本漫画一千

年》。多姆，这到底是些什么书？”

“克洛伊，它们能表明你是一个自由主义知识分子，对文化有浓厚的兴趣。”

多姆把卫生间里潮湿褪色的毛巾换成蓬松的白色浴巾，把我的刮毛刀片和旧肥皂藏在柜子里。就在我们要离开卫生间时，我倒吸了一口气，扑向垃圾箱，取出一个私处清洗液的空盒子。

“我可不想让他们觉得我得了各种妇科炎症！”

事实证明，我的卧室是最难布置的。它的形状不规则，天花板是倾斜的，而且储物空间已经被塞得满满当当。多姆在角落的书架上挂了一些丝绸，盖住了我从小到大保留的所有书籍，还有我收藏的爱心熊。

他对着我的旧课桌皱起眉头：“克洛伊，为什么你还有张课桌，上面还放着墨水瓶？羽毛笔已经不流行了。”

“这是怀旧。”我坚定地说。

最后多姆放弃了，把注意力转向了我的衣柜：“好吧，我们来选几套衣服吧——你得看起来有模有样才行。”

我们完成所有准备工作时，已经是晚上8点了。我们开了一瓶酒犒赏自己，瘫坐在电视机前。“我还没想过我要说什么呢！”我惊慌地转向多姆，“如果他们问了我一大堆非常尴尬的问题，那怎么办？”

“你不必回答任何让你不舒服的问题。”多姆向我保证，“你在公关部门工作，所以你知道该怎么做——坚持你自己的说法就好，你不会有问题的。”

我点了点头，把腿抬起来搭在多姆腿上。

“对了，霍特罗德有再评论你吗？”多姆期待地向我转过头来。我和霍特罗德的推特对话变得相当有趣。我几乎在期待他发来更多羞辱我的评论了。

我把最新的留言念出来：

> @克洛伊漫游　你要和自己结婚真是太可惜了，你可能也没那么丑——几年前，瘦一些的时候。
>
> @霍特罗德　说点儿好话，心想事成。

多姆哈哈大笑：“哇哦，真会撩。”

“是啊，真的。”我低声说，“一个嫁给自己的女孩爱上了键盘侠——这可是后现代的浪漫故事。”

第二十二章

周一午饭后，贾尔斯在懒人沙发区开了一个短会。“今天下午，克洛伊的摄制组会来公司，到时候大家一定要全力支持。”贾尔斯穿着海军蓝 Polo 衫、短裤和剪裁考究的运动夹克。最近这次度假让他的皮肤又晒黑了一些。他淡黄色的头发从前额向后梳，看上去比平时颜色更淡了。

“你特意染了头发吗，贾尔斯？”鲁迪厚脸皮地问道，贾尔斯假装没听见。

“我们潜在的新客户可能会看这部纪录片，所以我希望你们专注、专业、展现魅力。记住，我们是处在数字媒体前沿的公司。”

站在我旁边的维里蒂翻了个白眼。她表现得很厌烦整件事，但这并没有妨碍她穿上一条艳压全场的金色迷你裙，光滑的金发精致地打着卷垂在背上。

我回到办公桌前，查看了一下“克洛伊漫游记”的电子邮件账户。最近这段时间，我收到了世界各地各种各样的人发来的邮件——博士生、记者、离婚人士、基督徒、寻找真爱的单身男子、愤怒的厌女症患者、好奇的支持者。一位澳大利亚的女士说，她要为自己十几岁的女儿安排一场“自我婚礼”，作为女儿的成年仪式。

我很高兴看到凯蒂回了信。过去一周里，我们互相发了几封邮件，我常常想到她。

嘿，克洛伊：

你这么认真地和我交流，我说不清这给了我多么大的帮助。就像你说的那样，我试着和一些关系亲近的人聊了聊，但我觉得他们被吓到了，或者感受到了类似的情绪，因为他们只是问我：“要不你多做一做瑜伽？”（我男朋友说的）或是：“大家有时候都会感觉心情有点儿灰。”（我妈妈说的）我知道他们的用意是好的，但这让我感到更加孤独。我想对我妈妈大喊：“至少灰色是一种颜色！”而我大多数时间都感觉，我的世界里根本就没有任何色彩。

我看到这样的理论，说做积极的事会让我感觉更快乐。但有些日子里，我只是鼓起力气起床、洗漱，感觉似乎是在毫无意义地浪费时间。前几天，我和朋友们去打保龄球，我觉得完全无法融入，只是看着他们很开心地在玩，却不得不一直摆出微笑的表情，让自己看起来乐在其中。其实我一点儿也不难过……我只是没有任何感觉。这就是问题所在：我没办法“克服它”，因为“它”就是“虚无”——完全空洞的虚无。

有时候我真希望没有人在意我，这样也许我就不会觉得有存在的责任。

不管怎样，对不起，只是今天我（又）过了这样的一天。忽略我就好。

爱你的凯蒂　xxx

我深吸了一口气，她听上去不太好。我点开她的照片墙账号，上周她上传了几张照片：一只海鸥偷了她男友的薯片，她穿着比基尼的倒立照，腹肌炫耀照，还有一群朋友打保龄球的照片。这个年轻女孩看起来无忧无虑，但心里竟然有这么多黑暗的情绪，想想都觉得很奇怪。我不知道该给她什么建议。我开始慢慢打字，又把句子删掉，想找到合适的说辞劝她去见专业的咨询师。

一个小时后，前台打电话给我，告诉我魔方拍摄团队来了。我的脉搏开始加速，杰丝站了起来，拍了拍手："他们来了，各位，他们来了！"

大家都慌张地动了起来，我的同事们都开始表演，好像在为肥皂剧试镜一样，动作僵硬而不连贯，说话像在读剧本。特蕾莎接起并没有响的电话，神经质地大笑起来。

我把昨晚和多姆一起挑的黄格子布裙弄平，在小镜子里检查了一下头发和妆容，然后走过双层门。

"克洛伊·亚瑟！"碧安卡沙哑的声音听上去就像是开了一整晚派对。她从电梯里走出来，向我伸出纤细的手臂。她穿着一件灰绿色的短款运动服，齐肩发从深栗色渐变为金色。我立刻被她如此时髦的气场吓住了。

她吻了吻我的脸颊，然后对跟在她身后的两个男人扬了下头："这是赛斯和塔里克，我的摄影哥们儿。"

他们两人手里都拿满了设备，所以只好点头微笑，感兴趣地上下打量我。赛斯一头乱蓬蓬的棕色头发，身材修长，穿着牛仔裤和超人图案T恤；塔里克是一个英俊的小个子印度人，穿着黑色背心和短裤。

"我们已经为你们腾出了一间会议室。"我说。

"赞，我们会装一个三脚架，这样就可以坐下来采访。拍周围环境的时候，我们会用手持摄像机。哇，很酷的办公室！"我推开门时，碧安卡吹起了口哨，她来回打量着人工草皮地板、桌上足球台和高科技感的食品区。

"我们喜欢给员工提供一个能激发艺术灵感的环境。"贾尔斯大声说道，一边大步朝我们走来，"我是总经理贾尔斯。"

"太棒了。"碧安卡和他握了握手，"我们只是想和你们之中的一些人聊聊，拍几个你们工作时的镜头，所以拜托大家——"她提高声音对我那些正在刻意高谈阔论的同事说，"请按平时那样做就好。"

有人放了一个很响的屁，贾尔斯转过身去，怒视着鲁迪桌子周围的一群男孩。"我们先来整体参观一下吧，如何？等你们看到我们的海洋球室时，肯定无法相信自己的眼睛！"

等我们回到三楼时，碧安卡灿烂的笑容显得有点儿勉强："多有趣的公司啊，让我想起了谷歌的办公室。"

“我们公司绝对是按最高标准来。”贾尔斯自豪地说。

“没错。克洛伊，我们想拍一段你工作时的样子，所以你介意坐在办公桌前吗，然后……做些你手头的工作，什么都行。”碧安卡问我。赛斯把他的相机在我的工作格子间旁边摆好。

“啊，好啊。”我转向我的电脑，却撞到了基思。他正僵立在我的桌子旁，一动不动地盯着摄像机。“不好意思，基思。”我说。

他回应的声音仿佛是被人勒住了脖子一般。他递给我一张报销单，然后像螃蟹一样横着挪向了食品区。

我能体会到他的苦恼。突然间，我的脸很烫，不知道手该往哪里放。我坐下来，看着电脑，敏感地意识到我左边那个相机黑洞洞的镜头。镜头上照出了我的样子，我看到自己的刘海古怪地纠缠在一起，从额前支棱出来。我赶紧把它拍平。

“克洛伊，放松就好。”碧安卡和贾尔斯在几步之外看着我，“这些只是背景片段，我们连麦克风都不会给你戴。也许你可以发几封邮件，和同事聊聊天……”

维里蒂一直坐在她桌前夸张地翻阅文件，现在她立刻坐在椅子上转过身来。

“那也许是谈谈‘鹈鹕创意项目’的好时机了。西蒙妮，你听到了吗？”她打了下响指，西蒙妮不情愿地转过身来面对着我们。

“我已经设法让一些很有影响力的人参与我们的臀部自拍活动。”维里蒂说着，向我们展示了一些 YouTube 和照片墙上的用户信息打印件。

“你是怎么选出这些人的？”我问。

“有很多人关注他们——这不是废话吗！”维里蒂看上去被冒犯了，“有超过100万人关注了‘疯狂凯特’，她在上一个视频里烤了一个独角兽蛋糕，有400万的点击量！”

“好吧，参与活动的思路是什么来着？”

维里蒂咬牙切齿：“思路是‘赶紧给我穿上我们的比基尼，给你的屁股拍张照’。”

“听起来不错。”贾尔斯再也不能忍受只当旁观者了，他走过来坐在维里蒂的桌边，“女孩们，来更新一下‘最佳工作场所奖’的申请材料如何？”

我告诉他：“我已经把‘企业社会责任’的部分搞定了。我填写了三所慈善机构的大量信息，我为‘领导者’报名参与了他们今年的活动。西蒙妮和我也在帮助‘布莱顿扶助者’这个机构做市场推广，所以有很多可以写的材料。”

“你在做吗？”维里蒂朝西蒙妮厉声问道，“你肯定没时间做那个——你应该是在准备我的婚礼吧？”

“做慈善，我们总是有时间。”贾尔斯摆出绝佳的鲍勃·盖尔多夫[1]式笑容，对着镜头笑着说。

“这么说你也要结婚了，维里蒂？”碧安卡问道，她的目光饶有兴趣地在我们二人之间转来转去。

---

1 鲍勃·盖尔多夫：朋克乐队“新城之鼠”成员，在英国知名度很高。

"没错，我要嫁给一个真实存在的男人了。"维里蒂冷笑道，"我们要举行一场冬季仙境式的婚礼。"

"哦，好棒。"碧安卡在她的笔记本上迅速记下几笔，"这可能会跟克洛伊的经历形成鲜明对比。你介意让我们做一个简短的采访吗？"

"当然不介意。"维里蒂笑了，"我非常愿意把自己的想法告诉你们。"

我不断焦虑地查看电脑屏幕上显示的时间，维里蒂已经和魔方团队聊了 20 多分钟，天知道她会说些什么。终于，他们走出了会议室，碧安卡蹦蹦跳跳地走到我的办公桌前，看上去很高兴。"我们从你同事那里拍到了一些很棒的素材，而且所有人都签了授权协议书。现在开我们的面包车去你家吧，我们可以在那里好好聊聊，好吗？塔里克走了，所以只有我和赛斯，拍摄会很友好很随意。"

"当然。"我关掉电脑。

"顺便问一下，你家里有猫吗，克洛伊？"她漫不经心地问道，一边在手机上打字。

"没有，但我有一条狗，它现在在保姆那里——我不知道你们是否想让它待在旁边？"

"哦，完美！当然想，我们回去的路上接一下它吧——我们可不想把它留在外面。"

我非常感激多姆帮我布置了公寓。当我领着碧安卡和赛斯上楼时，我突然意识到木兰花色的墙面有多脏，米黄色的地毯看上去真的很呆板。

“我们到了，房子是租的，所以……”我越说声音越低，局促地站在楼梯平台上。

“很不错啊。”碧安卡四面看了看，“那是客厅吗？赛斯，你要把摄影机架在那里吗？”她向赛斯示意，然后从我身边走过，走向莎弗伦的卧室。“有几个人住在这里？”

“只有两个。我室友现在不在。”

碧安卡打开了莎弗伦卧室的门，我正要解释为什么它看起来像个垃圾场，却发现没必要开口了——所有东西都不见了。除了地板上的旧蒲团，她的房间全空了，连窗帘都没了。

“啊！”我惊叫。我今天上班时，她一定把所有东西都收拾好了。我有一种不祥的预感，意识到这不是什么好兆头，她很可能不会付这个月的房租了。

“有什么不对吗？“碧安卡看着我。

“嗯……没什么。让我带你看看公寓的其他地方。”

我们走过客厅时，赛斯正在拍摄茶几上的书。“《从古至今的情色作品》？”

“是啊，这本书挺有趣的。”

“是现在的书吗？”赛斯打开书，拍摄其中的一页，“哎哟，那些是假阳具吗？”

我低声咒骂多姆，立刻转过身去，不让他看到我脸红了：“这是屋顶的露台。”

碧安卡走到我身边，无视眼前的景色，低头看着我忘记清理的杜松子酒空瓶。

“我也喜欢杜松子酒。”她向我眨眨眼。

朵拉从门外跑过来，把身体挤在我两腿之间。

“啊，看，它就像你的影子。”我蹲下来抚摸它时，碧安卡说道，“赛斯，亲爱的，把这个拍下来。哇啊啊，好可爱！”

一整天没有得到我的关注，朵拉现在有点儿过于激动了。它的爪子搭在我肩上，开始舔我的耳朵，发出咕哝的声音。我笑了，然后绷起脸，感觉有点儿难为情。

“哈哈，好了，朵拉，冷静下来。嗨！”我把它推开，它的舌头掠过我的鼻孔。我皱眉看向赛斯的镜头：“那接下来你们是要采访我吗？我坐在沙发上可以吗？”

“当然。你介意穿我从服装库里给你找的衣服吗？”碧安卡问道。

“哦，穿这个不行吗？”我失望地扯了扯身上的方格裙。

“裙子很可爱，但我担心有些图案在屏幕上看不清楚。别担心，我挑的衣服很酷。”她递给我一个大棉包，“你去换衣服，我们在这儿等着。”

我对碧安卡的选择不是很信服。我站在卧室镜子前，穿着她给我的粉色的连身裤，还是带垫肩的那种。我看起来像是电视剧《朱门恩怨》里的什么人。不过，她才是专家。

我走回客厅时，赛斯正跪着拍摄我的 DVD 藏品。他抬起头，吹了一声狼哨，碧安卡鼓了几下掌："看，这就对了！鲜艳的颜色在电视上很好看。坐下吧。"

我坐在沙发上，碧安卡把我对面的坐垫立了起来。"实际上，你的脸没有头发挡着会更好，我能不能……"她从口袋里掏出一枚发夹，伸手把我的刘海别了上去，"完美。"

她检查了一下摄像机，然后冲我灿烂一笑："那么，克洛，我们都很想知道：你为什么决定和你自己结婚 ?!"

我皱了皱脸，抚摸着朵拉的耳朵："天啊，我该从哪儿说起呢？"

碧安卡把两腿盘在身下，迷人的脸上满是同情："你就这样，把我当作你的朋友，从头开始说起。你随便聊也没关系，我们可以把那些无关的话剪掉。吐吐苦水吧！"

"嗯……好吧，但是我不觉得有太多苦水。我决定和自己结婚，并不是因为愤怒，更多的是在表达自我接纳。"

"没错，但我喜欢你在博客上说的话，你说单身总会被看作是种耻辱。我一直都有这种感觉！"

"那你是单身吗？"我好奇地问。

"我现在是的。有些男人得到了好东西，却不自知！"她假装怨恨地向赛斯噘了噘嘴，赛斯则皱眉看着摄像机，看上去很尴尬。

碧安卡向我眨了眨眼，好像在暗示她以后会告诉我他们的故事，我也报以好奇的微笑。

"那来说说吧，克洛，单身有什么好处？"她问道。

“嗯。”我把头靠在垫子上想了想，“首先，我不必应对别人的坏情绪。”碧安卡使劲点了点头，我又靠回沙发上，感觉轻松多了，“而且我想做什么就能做什么，想什么时候做就什么时候做。”

我对拍摄的过程很满意。除了在我卧室里那个尴尬的时刻——当时丝绸披巾掉了下来，露出了我收藏的爱心熊。除此之外，我认为我的形象会是一个相当理性的女性。

“你在镜头前表现得很好，克洛，你是个天才。”碧安卡说道，递给我一份拍摄嘉宾合同，让我签字。

“谢谢。”我浏览着合同，心里很兴奋。我一直想看看影片拍摄的幕后工作是怎么进行的。之前“领导者”的一些客户拍摄宣传视频时，我去帮过忙，但和这次相比，那些视频根本不值一提。

“我们很荣幸能去参加你的婚礼。明天我会去办演奏台的拍摄执照。”

“哦对，我都还没想到呢。这肯定是一份很有趣的工作，”我说，“你还做过哪些纪录片？”

“嗯……”碧安卡揉了下鼻子，“我们拍摄伊比沙岛夜店的那部片子很不错。”

“还有那部关于间隔年学生的。”赛斯把麦克风装起来，一边提醒她。

“我很想看看。”我说。

“没问题，之后我发给你一些链接。”碧安卡含糊地说，“哦，我能把连体裤拿回来吗？”

“当然，等我一下！”我小跑回卧室换衣服，脱下衣服前最后看了自己一眼。也许垫肩还是有用的。

我回到客厅时，碧安卡和赛斯已经不见了。

“嘿，伙计们？”我边喊边走下楼梯平台。我看见他们在厨房里，赛斯弯着腰，在料理台上拍着什么。

“你们在做什么？”我问道。碧安卡转过身来，露出一种奇怪的表情：“莎弗伦是你的室友吗，克洛伊？”

“啊，是的。怎么了？”

“她给你留了张便条。”碧安卡站到旁边，我这才看到有封信靠在水壶上。我认出了莎弗伦潦草的笔迹，怀着恐惧拿起那张纸。该死，我打赌她要落跑。我就知道肯定出事了。

我叹了口气，扫过第一段，然后感到自己的脸因为震惊而变得僵硬。时间慢了下来，每个字都仿佛在向我扑过来，冲撞着我的视觉。

嘿，克洛伊：

对我来说，告诉你这些并不容易。事实上，我自己最近也经历了一段精神动荡期，知道吗？简单来讲，我需要清理一下思绪，所以我搬了出去，把所有东西都放进了储藏室。这套公寓我不再继续租用，我已经告知房东我压力太大了，还告诉他你会安排一位新房客——你并没有给我选择的余地。

我发现你很难相处，因为你对每件事都很紧张，我需要和那些积极、有爱心的人在一起。

不管怎样，还有一件事。对于这件事，我虽然也并不喜欢这样，但这也不能算是我的错——我和安特相爱了。我们完全没有预料到！！事实上，我们有很多共同点——他和我一样，是一个自由的人，我们可以鼓励扶持彼此。

你在森林里的那段时间，我去他的公寓教他冥想，不知怎么，我们最终建立了身体上的联系。从那以后，我们就仿佛是对方命中注定的人一样。

继续隐藏这件事是违背我的价值观的。安特还不想告诉你，但鉴于你这么开明，要和自己结婚，我想你可以应付得来这件事！！

我和安特一起住在朴次茅斯，他在那里上航海课。我们都很幸福，希望你不要联系我们——我现在真的不想为此心烦。你知道，并不是只有你一个人在承受这件事带来的影响。

我希望你能找到一个更适合你的新室友。我们的生活都需要和谐。

合十礼。

莎弗伦

我把信拿到面前，盯着它。然后我走到冰箱旁边的墙壁前，用力地、慢慢地用额头撞着墙面。

“呃，克洛伊。你没事吧？”碧安卡在我身后问。她的声音听上去微弱而遥远。

“那个该死的丁字裤女孩一直都是莎弗伦？”我低声说，额头还在墙上撞着。砰砰的声音回响在我耳中，听上去令人安慰。

“什么？”碧安卡问。

“我真笨，真是个大笨蛋。”我大叫一声，转过身来。我的目光直直地对上镜头里赛斯冰冷的眼睛。他把镜头放低，朝我皱起眉头。

“克洛伊，你看起来不太好。”他又对碧安卡说：“我觉得她需要坐下来。”

“安特是你的前男友吗，克洛伊？”

当回忆像惊悚片里的蛛丝马迹一样开始在我脑海中盘旋时，我感觉自己的皮肤紧绷起来。为什么我没意识到？

我向碧安卡和赛斯迈了一步，感觉仿佛是在流沙里行走。

“刚才发生了什么事，你可以告诉我们吗？”碧安卡推了推赛斯，他又把摄像机对准了我，“把事情说出来可能会有帮助。”

“我……他……她……”我的呼吸越来越急促，我不知道自己接下来会发出什么声音，“不……我不能。你们能走了吗，拜托？我现在没办法拍下去。”我弯下腰，双手放在大腿上，赛斯朝碧安卡摇了摇头。

“好吧，我们就不打扰你了。回头见，克洛伊。”他把碧安卡拖出了房间。

我又读了一遍纸条，等着前门关上的声音，然后任由纸条从麻木的手指间滑落到地板上。我慢慢走到莎弗伦卧室的门口，打开门。血红色的天光照进空荡荡的房间，让它看起来像是一个谋杀现场。

刚刚浮出水面的真相冲击着我，让我气到发抖。

“你他妈的大浑蛋。”一开始我很小声地说着，然后我开始扯着嗓子大喊。我跺着脚，猛冲到房间另一头，对着空气猛击，愤怒地吼叫。

最后，我的声音变得沙哑无力，我倒在蒲团上，躺在那儿，盯着天花板，直到房间变黑。

第二十三章

现在的我感觉爱自己是件很难的事。事实上，对自己的同情似乎很快就越过了那条丑陋的界线，变成了自怨自艾。过去的两周里，偏执和怨恨像狡猾的恶霸一样，不时向我袭来。今天是周六，一大早我就弓着背坐在床上，纠结于自己漏掉的所有肮脏细节。那天晚上我从森林回来，莎弗伦可能刚从安特家离开。她刚跟我的男朋友上过床，怎么能直视我的眼睛？他又怎么可以这样呢？那次我下班后，在公寓里撞到了安特——他根本就不是来拿他的东西，他是来找莎弗伦的。我想起莎弗伦裹在毛巾里的情景，不禁打了个寒战。他们可能刚刚做过爱。被劈腿已经够糟了，但当你意识到，在你被欺骗的时候，事实甚至就在你眼前，那就足以让你气到快发疯。

甚至我的狗都见证了那一切。这有多恶心？我低头看着朵拉，它正躺在地毯上，抬头望着我。

“你为什么不告诉我是莎弗伦？”我问它，“你本来可以用什么方式提醒我的——就像缉毒犬那样。”

朵拉平静地打了个哈欠，然后伸了个懒腰，轻轻放了个屁。

“来吧，给你弄点儿早饭。”我叹了口气，两腿一蹬，下了床。

我走进厨房，把它的饼干倒进一个碗里。它用鼻子在地板上拱来拱去，急着要吃完最后一片饼干。

我开始烧水，然后靠在料理台上。莎弗伦的佛像茶巾还挂在门背后。我拿起它，扔进垃圾箱。这套公寓里的回忆太多了。

这真的很不公平，就在我开始觉得可以重新掌控生活的时候，安特又一次把我的生活毁了。有几次我差点儿要打电话给他，但他的行为太不可原谅，让他知道自己伤害了我根本没有意义。如果他尊重我的话，一开始就不会做那种事。那个我自以为深爱的安特根本就不存在，我永远失去了一个最好的朋友。

也因为这样，我和艾玛之间的僵局让我感觉更糟了。我不能在一年内失去两个最好的朋友。我得做些补偿。

我拨了艾玛的号码。

“喂。”她的声音很阴沉。

“我想我最好还是给你打个电话。从我们上次说话到现在，已经过去好几个星期了。你显然并不在意我们的友谊。”我把牛奶拿出来，砰的一声关上冰箱门。

“克洛伊，我得照顾家庭。”

“我知道你有家庭。我本该是你家庭的一部分。”

“听着，我不赞同你的婚礼，但那不是我的错。我有权利发表意见。不知道你有没有注意到，全国有一半人的反应都和我一样。”

“没错。”我用鼻子深深吸气，然后说，“你就不能为我高兴一下吗？”

“克洛伊，我甚至都没有时间为自己高兴，更别说为你了。你有没有意识到，这种嬉皮士式的‘自我时间’‘爱自己’有多奢侈？我甚至连上大号都会被打扰。我已经好几个月没喝热茶了。你知道我家里现在有多少杯子里装着半杯凉透了的茶吗？”艾玛的声音因为激动而颤抖着。我把茶端到嘴边，内疚地看着热腾腾的蒸汽。

“对不起。”我费力地把这句话说出了口。我不知道自己为什么道歉，但我想让姐姐回到我身边，“我希望能帮上些忙。”

“你本来可以帮忙的——只要你别像现在这样……”

“像哪样？”

“和别人不一样。”艾玛说，然后哼了一声。我感觉我们之间的坚冰融化了。

“我们可能不一样，但这并不是说我们就不能相互支持。”我试探地说，“我可以过去把那些杯子收拾干净。”

“嗯……麦茜一直问起你，我还没告诉她你结婚的事。我只是觉得那会……让她很困惑。”

我的脸皱了起来——突然间，我非常想念麦茜，想到有些心痛。“呃，孩子们比大人要开明得多，我相信她会接受的，但不管怎样，我们不用再谈这件事了。我告诉过你，我无论如何都要举行婚礼，不管你是否会祝福我，但这并不意味着我们必须吵架。”

艾玛承认了：“我很想念和你聊天的感觉。”

“呃，不然呢？我知道！感觉太糟了。而且，你根本没法相信，我发现了关于安特的什么事。”

艾玛咽了下口水。

“我发现了那个该死的丁字裤女孩是谁。”我继续说。

艾玛没接话，我皱起眉头：“你在听吗？”

“我知道。”艾玛叹了口气。

“什么？”

“我知道是莎弗伦，琳达告诉我了。”

“什么时候？”

“几个星期以前。”

“你知道，但你没有告诉我？”

“那又怎么样？”艾玛的声调充满防御地变高了，“告诉你不会改变任何事。我并没有包庇她。”

“你没有告诉我。”我不敢相信地重复着，“大家都知道这件事好几个星期了，我是最后一个知道的人。”

我听到托比哭了起来，艾玛发出充满戾气的喘息声：“我们那时候不跟对方讲话，克洛伊。而且不管怎么说，你在忙活着办婚礼，我还以为你已经放下了呢。”

“去你妈的，艾玛。”我挂了电话，把手肘支在厨房的料理台上，用拳头揉着太阳穴。

愤怒和被伤害的感觉在我心中燃烧，我真想让这些可怕的感觉消失。为什么我会让那些本该支持我的人失望呢？

我听见朵拉甩尾巴的声音。它把耳朵贴在头上，看着我。它棕色的眼睛如此坚定，充满信任，我干涩地啜泣了一声。

“你真是我唯一的依靠。”我对它说着，坐倒在地板上。它背朝我，我把下巴搁在它的屁股上。

我的手机在睡袍口袋里震动，我把它掏出来，希望是艾玛给我回了电话，但那是凯蒂的新邮件。

亲爱的克洛伊：

我真的很抱歉，你一定感觉超级糟糕！！我现在就想给你一个大大的拥抱！你知道我在思考什么吗？我认为安特的不安全感非常严重，他总是喜欢被关注，害怕不被别人喜欢，也就是说，他害怕无聊。我想他之所以在你们的关系之外去寻找满足，是因为他想彻底改造自己——成为一个更有趣的人。你想想看，这真是太他妈可悲了，而且还是个大懦夫做的事。因为，如果他再成熟一点儿，他就不需要为了自我感觉更好而去和别人上床！你比他好千百倍，我知道现在对你来说，这可能没有任何意义，但事实已经证明，没有他，你会过得更好！

保持坚强，请随时给我发邮件。

爱你的凯蒂　xxxx

附言：谢谢你推荐了弗莱彻医生。我去霍夫的诊所见了她，她人超好，我差不多在她面前彻底崩溃了，鼻涕全都蹭在她肩膀上。她让我明白，也许会有条出路的。我欠你一个人情。

我松了一口气。凯蒂联系了弗莱彻医生，这让我很高兴。我重读了她评价安特的话，一边读她的看法，一边疯狂地点头。

门铃响了，我跳了起来。我还穿着睡衣，不希望见到访客。我犹犹豫豫地应门，当我听到熟悉的西部乡村口音时，心里猛然涌起满满的安慰感。

“克洛？是妈妈。”

她走上楼梯，看上去晒黑了一点儿，穿着白色短裤和背心，头发剪得比平时短些，留成了长款的波波头。她上下打量我，摇了摇头：“该死，亲爱的，看看你现在的样子，比我想的还要糟。”

“你来这儿干什么？”她紧紧地抱了我一下，我傻乎乎地问。

“我觉得应该来给你鼓鼓劲。你找新室友期间，我不妨就住在这里。不过我去那个贱人的房间睡觉前，一定会先打扫干净。”妈妈朝莎弗伦的门瞥了一眼，“她后来回来过吗？”

“没有，她显然是想躲个干净。房东逼我付她的房租，我发邮件跟她说这件事，但她完全无视了我的邮件。”

我沮丧地倒在沙发上，妈妈跟着我来到客厅。她放下她的短途旅行包，环顾房间：“好啊，你可以先卖掉那面锣。”她朝莎弗伦的铜锣点点头。铜锣仍然立在法式双开门旁边。

“我不能这样做！那是她从缅甸买回来的。”

“管她呢，她可是睡了你的男朋友。”妈妈走到锣前，开始把它推过房间，“我现在就把它放进我的车里去，我相信我们能在巷区卖掉它。”

“妈妈！”我惊恐地干笑了一声。

“听着，克洛伊。”妈妈直起身子，双手叉腰，“我们亚瑟家的人可不是好惹的。我们不会躺在地上任由莎弗伦这样的人践踏我们，我们会反击。”

我默默地盯着她看了一会儿，然后深吸一口气，站了起来。

“你是对的。我知道一家不错的二手音乐商店。给我 10 分钟。”

我和妈妈跟店主一番讨价还价后，最终拿到了 700 英镑现金。我们回到车上后，我紧张地大笑一声：“我真不敢相信，我们就这样把锣卖了。”

“你为什么要替她付账？现在这笔钱应该够付房租了。”妈妈望着窗外湛蓝的天空，“天气真好——我们带朵拉去逛逛魔鬼堤坝怎么样？”

我们把车停在南方丘陵国家公园的山顶，然后沿着一条步道走下去。步道沿途的景色摄人心魄，绵延起伏的白垩山谷一直延伸到大海。我们看着滑翔机从山顶起飞，飞过错落有致的绿色田野。

我告诉妈妈，艾玛早就知道了安特和莎弗伦的事，但没有告诉我。妈妈气坏了。

“这就是她会做的事儿，这种行为。”她怒气冲冲地说，一边把一根棍子扔下斜坡，朵拉跟在后面飞速跑了下去。“你不能让她跟你逞威风，克洛伊。从你们十几岁开始，艾玛就想占上风。”

“真的吗？”

“当然！你不记得她瞒着你去试镜爱丽儿这个角色吗？”

“哦，记得。”我和艾玛上高中的时候，学校要排演莎士比亚的《暴风雨》。艾玛和我都在上中学高级戏剧课，都很想参加这个剧目。我们没有足够的信心去挑战主角，所以便决定试演特林鸠罗和斯蒂芬诺——他们是海难后幸存的两名醉汉。

但是，试镜那天下午，艾玛在我之前上台，我坐在那里，惊奇地看着她流利地说出台词——她试的是我们梦寐以求的角色爱丽儿，普洛斯彼罗的精灵助手。

显然，她已经悄悄把台词背下来了。她的表演非常流畅，在舞台上昂首阔步，金色的头发在身后飞舞，她看起来真的很像那个角色。老师们对她印象深刻，当场就确定了让她扮演。

“幸好结果还不错。”我傻笑着说。

“你演的普洛斯彼罗非常棒。”妈妈一如既往地支持我。

艾玛的大转变让我热血沸腾。轮到我试演的时候，我便念出了全剧我最爱的独白——那是主角普洛斯彼罗的台词。没有其他女孩试演普洛斯彼罗，因为那是一个男性角色，但老师们认为让女生扮演会为这个角色增加一种额外的维度，便决定由我来扮演他。

现在想起来，我不由得笑了，因为艾玛当时很生气：舞台上她是我的仆人，我一直在指挥她。

“那个女孩太像她妈妈了，不适合做你的好朋友。”妈妈绕开一堆新鲜的牛粪，接着说道。

“但她们其实没那么像。”我坚持道，“珍妮丝总是让艾玛很心烦。”

妈妈警告我:“不管一个人怎么努力，最终都会变得像她母亲一样。”

“不一定。”我争辩道，“有时候你可以从别人的错误里吸取教训。”

妈妈苦笑着看了我一眼:“这就是这场疯狂婚礼的目的吗？我狼狈的离婚让你彻底放弃了婚姻生活？”

“嗯，你绝对是个活生生的证据，证明钻石并不代表永远，妈妈。”我笑了。

“我总会忍不住怪我自己——你小时候，我给了你太多行动自由。”妈妈凝视着阳光照耀的山谷，“你总是在乡间漫游，导致想象力失控了。”

“哪有？我的童年棒极了好吗！”

“然后我又同意你去旅行，像个流浪汉一样，到处晃荡。”

“那是我一生中最美好的时光！”

“接着，当然了，某个浑蛋渣男出现了，把你搞得一团糟。难怪你变得有点儿疯疯癫癫的。”

“我没有发疯。”

“但你还有机会获得幸福，克洛伊。”妈妈的脸色沉了下来，有些悲伤。

“妈妈，你难道还不明白吗？你不能总是指望别人给你幸福。”我在小径上放慢脚步，激动地提高了嗓门，“你必须本身就是幸福的。”

妈妈也停下了脚步，燃起一根香烟。

“和自己结婚并不意味着我就要放弃男人或爱情。我有很多很多爱要给予，但关键是，现在我要把其中一部分给我自己。”

妈妈呼出一团烟雾：“这么说，你没有被什么邪教组织盯上？”

“没有！”

“雪莉是那么猜测的。她让我接近你的时候小心些，因为你可能已经被洗脑了。”

“我没有参加邪教，妈妈。”

“而且你也不会放弃……那个？”妈妈意味深长地晃了晃头，我皱起了眉头。

“什么？”

“性爱。”她低声说，“我太老了，做不来那些事了，但你还有几年的时间。”

我大笑起来：“不可能——我不会放弃性爱的。”我模仿着她低低的语调，“我放弃的唯一一件事，就是容忍那些扯淡的废话。”

“哦，那就好。我可以接受这一点。”妈妈挽着我的胳膊，我们继续往前走，朵拉出现在山顶上，高举着它的爪子，想知道我们跑到哪里去了。

“你完全没那么老，并没有不适合做‘那些事’，不是吗？”我借着这个机会问出了口。我们很少谈论妈妈的性生活，或是性生活的缺失。

“我当然老了。10年来，我唯一见过的老二是在素描课上，克洛。”她严肃地朝自己的胯部点了点头，“下面那里已经结蜘蛛网了。”

第二十四章

我已经很多年没有和妈妈玩得这么开心了。为了让我高兴起来，她放弃了一贯悲观的状态，装出一副傻乎乎的样子，只是为了逗我笑。在丘陵上走了很长一段路后，我们去吃了一顿泰国菜晚餐，然后去看了即兴喜剧表演。妈妈甚至开始对着演员起哄，告诉他们还是多把精力放在白天的正职上吧。

回家的路上，我们在圣詹姆斯街上被一群开婚前单身派对的男人搭讪了。他们穿着警察制服，下身是吊带裤和高跟鞋。妈妈非常激动，开始用其中一个男人的警棍抽打他。

星期天，又是一个阳光明媚的日子。妈妈把羊角面包拿出来，放在屋顶的露台上。

“离开希林伯尔尼一阵子感觉真不错。”她沉思道，一边在地毯上伸展四肢，“有时候，我觉得自己就像个局外人，芭芭拉和马克这样的人根本看不起我。”

“他们可以滚远点儿。”我咬牙切齿地说。

妈妈笑了：“在布莱顿，他们连一分钟也坚持不了。”

“是啊，他们才会是这里最古怪的人。我们不欢迎喜欢对别人评头论足的讨厌鬼。”我把一块点心塞进嘴里，“等一会儿你想参加我和穆丽尔的扶助会面吗？你知道，就是我跟你说过的那位老太太？”

西蒙妮和我这个月去见过穆丽尔几次，杰丝也加入了我们。每次见到穆丽尔时，我都会惊叹于她的乐观态度。

“为什么不呢？”妈妈靠在手肘上答道。妈妈不生气的时候，面部表情会非常柔和。

我们沿着海滩走到“龙虾吧”，我把与穆丽尔和杰丝的会面地点安排在这里。我给妈妈讲了我在“布莱顿扶助者”的工作，我正在帮他们争取更多的志愿者和捐款。

“我们很快就会拍一组照片——一些老年成员和他们的扶助者一起开怀大笑。”我说，“我会在社交媒体和网络文案方面帮助他们。”

“真的很棒，克洛。也许我该去看看希林伯尔尼有没有扶助组织。你都不知道，我有多想念我的父母。”

我们走到“龙虾吧”，看到外面的木质露台上挤满了享受阳光的人。我发现杰丝和穆丽尔已经在一张桌边坐好了，头顶上撑着大遮阳伞。穆丽尔穿着一件蓝色的棉布裙子，戴着白色的太阳帽。她看到我，便摘下帽子在空中挥了挥，桃粉色的圆脸上绽开灿烂的笑容。

“你们好呀！”穿着背心和牛仔裙的杰丝跳起身，把两把椅子拉到桌边。

“哦哦，这是你的拉布拉多犬？真是个可爱的宝贝。”穆丽尔把她沧桑的手指伸向朵拉，朵拉抬起头，好让穆丽尔给它的下巴挠痒痒。

“你喜欢我这样挠，是不是？看看你的毛，可真柔软。”穆丽尔低声说道，“我住在肯特郡的时候，家里也有几条拉布拉多。我每天都会在草甸上和它们散步。最近我本想收养一条搜救犬，但他们不允许——说我太老了！”

“啊，那我每次去看你的时候都带上它。”我保证道。

AJ 过来帮我们点餐，他听说我妈妈也在座，便抓起妈妈的手吻了吻。

“请允许我赞美您生下了克洛伊。”

妈妈少女似的咯咯直笑：“我可不确定自己能不能包揽所有功劳。”

“那也许是她父亲的基因？”AJ 问。

“绝对不是，他的身体里可没有像样的基因！”AJ 开怀大笑，妈妈看起来心满意足，很是开心。

“我相信你一定非常为她骄傲，尤其是她最近的订婚。”AJ 冲我笑了笑，妈妈迟疑地点点头。

“我已经为你的婚礼买了一顶新帽子！”穆丽尔眼神雀跃。之前我告诉她我要和自己结婚时，她竟那么泰然自若，让我非常吃惊。她只是眨了几下眼睛说：“时代总会变的。”

“穆丽尔，你觉得我自制的柠檬水怎么样？”AJ 蹲在穆丽尔旁边问她。

她咂了咂嘴唇，抓住他的手腕："它让我一下子回到了童年，非常提神！谢谢你播放的摇摆舞音乐，我特别喜欢！"

"真正棒的你还没听到呢。"AJ 眨眨眼，指了指"龙虾吧"外面，那里圈出了一片区域，一支五人乐队正在调试乐器。

"约翰在看孩子吗？"我问杰丝。

"对，他带他们去游泳。"她翻了个白眼，"他和我大吵了一架，想看足球比赛，但是我告诉他，我有一个重要的约会。"她对穆丽尔笑了笑。

"典型的男人。他们宁愿躲在报纸后面，也不愿意承担照顾孩子的责任。"妈妈指责道，"克洛伊小时候，她父亲一陪女儿玩，就会跑去看电视。"

"真的吗？"杰丝热切地看了看妈妈和我。我皱起眉头，虽然我和爸爸在冷战，但我不喜欢听妈妈骂爸爸。杰丝问："那他完全不帮忙吗？"

"哦，他简直没救。"妈妈对此津津乐道，"我们分开之后，生活轻松多了。之前就像是我在照顾两个孩子一样。如果家长该做的事打搅了他宝贵的'闲暇时间'，他就会大发雷霆，说他需要在工作之余放松一下。当然了，那时我并没有意识到，'工作'意味着照顾他的秘书。难怪他总是那么疲惫不堪！"

杰丝和穆丽尔同情地倒吸一口冷气，妈妈冷冷地笑了，正在给我们倒咖啡的 AJ 扬起了眉毛。

"做单身母亲辛苦吗？"穆丽尔问，抚摸着朵拉搭在她膝盖上的脑袋。

“一个人带孩子虽然不算愉快，但总比和一个低能儿住在一起强。”

穆丽尔看着我，她的眼角已经下垂，目光却很敏锐：“我不指望你能明白那种感受，是不是，亲爱的？”

“我不明白。”我平静地说。这种感觉很难解释——你的父母相互对立，你被扯向两边，看着他们憎恨对方，但你却同时爱着他们两个人。

“你和你丈夫相处得好吗，穆丽尔？”妈妈问。

“我的布莱恩是天赐的礼物。”穆丽尔像乌龟一样左右晃动着头，“我们也有分歧，但都会一起解决。”

“啊，好甜蜜。”杰丝看上去若有所思，“听起来你爱上了对的人。”

“哦，相爱是很容易的。”穆丽尔轻蔑地挥了挥手，“难的是相处。”

妈妈用力点头表示同意，一边在包里找香烟。

“你为什么要抽烟？”穆丽尔看着她，不以为然地撇撇嘴。

“什么？”妈妈顿了一下，打火机离她的烟只有几厘米。

“吸烟。那会缩短你的生命。”穆丽尔举起一根手指。

我看得出来，妈妈马上就要像往常一样说“反正我可能也离死不远了”，但她咬了下嘴唇，看着面前那个活泼的老太太。我震惊地看到她温顺地把香烟塞回了烟盒。

乐队开始试音，吉他琴弦的弹奏声响起，然后女歌手开始自我介绍："大家好，我们是'快乐寡妇乐队'，今天给大家带来一些布莱顿摇滚乐。"

座位上的客人们开始欢呼，几群坐在沙滩上码头边的人饶有兴致地看过来。

"我们的第一首歌是献给穆丽尔的——你在吗？"歌手喊道，用手遮在眼睛上方，扫视全场。穆丽尔在空中挥动她的帽子。

"穆丽尔，我们现在为你唱的这首歌，是要来点儿"摇摆和尖叫"！"

"这是我最喜欢的歌！杰丝，是你和AJ告诉他们的吗？"穆丽尔脸上绽开笑容，杰丝点点头，大笑起来。

乐队开始演奏这首欢快的经典曲目，穆丽尔拄着拐杖站了起来。杰丝和我站在她旁边，拉着她的手随着音乐前后摆动。

邻桌的孩子们站起来，也开始跳舞，在穆丽尔面前转着圈。

穆丽尔受到了鼓舞，放开我们的手，勇敢地向前迈了几步，双膝一弯，低低地转了个圈，两脚随着节拍滑动。她赤褐色的卷发在阳光下闪着铜色的光泽。她打着拍子，对乐队露出灿烂的笑容。我们在穆丽尔身后转来转去，伸出双臂，以防她脆弱的臀部使不上力。歌手高声唱出歌词，我们都跟着唱："啊，啊，啊，啊……扭一扭吧宝——贝，就是现在——！"

AJ站在餐厅门口，笑着看向我们。几个人指着跳舞的穆丽尔，还给她拍照。我拿出手机，开始录像。

曲子结束时，我们都拍手叫好，AJ 吹出一声响亮的口哨。穆丽尔微微鞠了一躬，坐下时漫不经心地拍了拍衣服，说：“他们叫我‘哈默史密斯舞厅女王’，那可不是白叫的。”

乐队演奏了一小时组曲，人们从海滩上过来，一起跳舞。我们这桌很受欢迎，大人孩子们都过来和穆丽尔聊天。一个小女孩似乎真的很敬畏她，一直用蓝色的大眼睛盯着她。穆丽尔告诉她，自己已经 91 岁了，女孩问：“那你怎么还活着呀？”

最后，杰丝不情愿地说，是回去的时候了——她会开车带穆丽尔回家。

“今天简直太开心了。”妈妈紧紧地抱着穆丽尔说。

我点了夕暮酒和橄榄。我们喝着酒，把球扔过鹅卵石，让朵拉去追，看欧椋鸟在码头上空飞行，画出流畅的曲线。

“真是个了不起的女人。”妈妈摇了摇头，“她让我自惭形秽，真的。”

我充满感情地看着她：“谢谢你来看我，妈妈，你真的帮了我大忙。”

她凝视着我，眼中映着大海。

“你知道，我为你感到骄傲。”她粗声粗气地说，“一直以来都是如此。”

“哎呀……”

“而且，我想给你买婚纱。”

“哦，不，妈妈，没有这个必要。我只想买一件二手的，简单点儿的。”

“不，我还有些存款。如果你要和自己结婚，就得好好去做。这附近一定有一些品质不错的新娘商店。”

“哇哦，谢谢你，妈妈！”我早就放弃了穿设计师定制的华丽礼服的想法，但现在又感到一阵阵兴奋。

“我知道你以前更像个假小子，总是摆弄无脚蜥蜴玩，或是去爬树。”妈妈继续说，“但只要有一天，你可以觉得自己像个公主，那也没什么问题。”

我们回公寓里吃晚饭，妈妈很早就上床睡觉了。我在沙发上坐着，心里很感激她来解救我。今天跟穆丽尔和杰丝一起玩，也让我的心情变好了。

我打开笔记本电脑，把白天拍的视频传到电脑上。视频里，穆丽尔正跟着《摇摆和尖叫》跳舞。我把视频看了一遍又一遍，被她的恣意纵情逗得咯咯直笑。她容光焕发，动作并没有受到年迈躯体的限制，就好像她突然回到了20世纪60年代，又变成了一个年轻的女人。

我点开我的博客，开始写一篇新文章。

狂欢至永远

2018.06.30

亲爱的读者：

这是一段穆丽尔的视频，她今年91岁，正在随着她最喜欢的歌曲翩翩起舞——是不是很棒？这看起来很新鲜，让我不由得想知道，为什么我们没有看到更多老年人跳舞的画面？我想可能是因为，在我们的文化中，听现场音乐和跳舞通常被认为是年轻人的专属。这很没道理，因为我们与音乐的关系肯定会随着时间的流逝而变得更加丰富。为什么在年轻人能拥有一切乐趣的时候，老年人就得待在一边呢？

嗯，答案可能是，他们不经常出门——当你不得不依靠助步器才能行动，当你的大多数朋友都已经过世时，出门真的会变得有点儿难！但这并不意味着像穆丽尔这样的人不想参加社交活动。看看她吧，她喜欢狂欢，别跟我说这对她的健康不好。

你知道吗？75 岁以上的老年人中，有超过一半的人是独居的，其中有很多人都有行动不便的问题，那就该让他们几天甚至几周都不和另一个人说话吗？

感谢上帝，有“布莱顿扶助者”这样的慈善机构。他们会对志愿者进行评估和培训，让他们跟 65 岁以上志趣相投的人配对，安排定期会面。

正是通过这个慈善机构，我遇到了穆丽尔——从我第一次见到她起，有一些特别的事情就发生了。不仅仅是我，很多会员都在感言中表示，这个慈善机构真的改变了他们的生活。

所以，下次当你看到一位年长的邻居时，请不要吝啬你的微笑、几句问候或一杯茶。又或者，你知道的，你还可以

邀请他们跳舞。我肯定还会带穆丽尔出去——比起我在可怕的Tinder上的约会，和她约会要好得多。:)

永远在漫游的，
你的克洛伊　x

第二十五章

周六，多姆帮我安排了婚纱试穿。我和妈妈在北巷区的一家咖啡馆与他见面，他告诉我们，他已经预约了“新娘之愿”——这家新娘精品店经常出现在《时尚》杂志上。

“克洛伊值得最好的一切！”他拥抱着我说。为了这个场合，他穿了一套亮蓝格子西装，搭配金色领巾。“你看起来状态不错，我现在都还震惊得心烦意乱呢——安特绝对应付不来莎弗伦这种奇葩！”

“太对了，她的脏辫让她看起来就像一头牦牛的屁股。”妈妈搅拌着咖啡，赞同道。

“我以前和一个拉斯特法里派的信徒上过床。”多姆回忆说，“他的脏辫不停地甩在我脸上——简直太烦了。”

妈妈咯咯笑起来，我环顾四周的用餐者，说道：“嘘，伙计们，我们这是在布莱顿。你可不能说嬉皮士的坏话。”

魔方制片公司的碧安卡和赛斯进来时，咖啡馆门口的铃铛叮当作响。“嘿，克洛伊！”碧安卡穿着白色紧身裤和露背上衣，双色渐变的头发盘成饱满的丸子头，看起来很漂亮。赛斯穿着牛仔短裤和T 恤，上面印着“很酷的故事，兄弟”。他身后拖着一个黑色的大箱子。

那天我给碧安卡打电话，告诉她婚纱试穿的事时，她听起来松了一口气。我觉得她大概以为我在看到莎弗伦字条的那天晚上，已经彻底崩溃了，不会再复原。她试着让我告诉她更多细节，但我说，我仍然没能释然，现在就聊那件事为时过早。

“克洛伊，我喜欢你那篇讲老太太跳舞的博客——太太太可爱了！所有人都超爱那篇文章，对不对？”碧安卡吻了吻我，她的金耳环晃动着碰到了我的脸颊。

“谢谢，是啊，穆丽尔现在有点儿像个网络明星了！”我笑道。过去的一周中，我那篇博客被分享了很多次，阿格斯[1]也转发了穆丽尔跳舞的视频。凯特·杜利高兴坏了，因为“布莱顿扶助者”已经快要被志愿者申请和捐款淹没了。

“你一定是多米尼克[2]吧？”碧安卡向多姆问好，“我看过你的视频——我太喜欢你的作品了！”她兴趣浓厚地上下打量他，“尤其是最近那个关于宗教风的视频，谁能想到牧师的白色圆领会那么性感呢？”

“那是因为，我得在克洛伊的大日子里看起来像我所扮演的那个角色，尤其是现在，我们还要给她买一条漂亮的裙子。”多姆朝妈妈眨眨眼。

1　阿格斯：一款健身软件。

2　多米尼克：多姆的全名。

“谢谢你今天邀请我们过来。”赛斯对我笑了笑，“我想你的婚前派对还没定日期吧？我只是想确定一下我们的拍摄日程。”

“啊哈，实际上……”多姆抓住我的手腕说，“今天早上我刚得到许可……”他笑了。

“什么许可？”

“我已经为我们预订了一个月后布莱顿骄傲大游行[1]的花车！我想，既然这是世界上最盛大、最棒的爱的庆典，为什么不加上一辆‘爱自己’的彩车呢？”

“不会吧，多姆！你是怎么办到的？”

“稍微走了下后门。”他眨眨眼，“我已经告诉你所有的朋友了。婚前派对都打扮成母鸡[2]太平凡了，所以我建议大家都扮成天堂鸟。”

“哦，天啊，这真是有史以来最棒的主意，太感谢你了。”我拥抱多姆，碧安卡和赛斯愉快地对视了一眼。

“我们可以拍一些游行狂欢的精彩镜头。”碧安卡翠玉般的眼睛闪闪发光，“我对这部片子感觉很好，克洛伊。我觉得你会成为我们系列纪录片的亮点。”

“实际上，我想问问你……”我犹豫了一下，多姆和妈妈鼓励地朝我点点头。

“有人邀请我参加独立电视台的《与英国共进早餐》节目，”我

1 布莱顿骄傲大游行：英国规模最大的同性恋游行，性少数群体庆祝活动。布莱顿以对同性恋、双性恋和变性者态度友好著称。

2 婚前女性派对在英文中也叫“母鸡派对”。

说，“几天前他们给我发了邮件——这会和你们的纪录片冲突吗？”

“一点儿也不，真是个好消息，克洛伊！”碧安卡朝空中打了一拳，“我了解那个节目的制作团队，所以我很确定，他们会让我拍摄幕后的部分。”

“是一个让全国一起讨论的好机会。”赛斯表示同意，“他们有几百万观众。”

“呃，我知道。我不确定我有没有这个勇气。我还没有回复他们。”我做了个鬼脸。

“你当然得去上节目，一不做，二不休。”多姆说着，挽起我和妈妈的胳膊，“好了，女士们，让我们去挑一件礼服吧。”

我们走出咖啡馆，沿着一条小街向前，来到一幢漆成亮蓝色的联排别墅前。房子的金色招牌上写着“新娘之愿”，装着木质的百叶窗。

我们朝着房子走过去，多姆说：“这地方可能看起来有点儿偏，但这家店绝对是城里最好的。他们有很多精心设计的裙子，大多是在法国手工制作的。”

“这家店的店主同意我们拍摄，对吧？”赛斯确认道。

“是的，但是你确定我不用告诉她那个吗？”我压低声音说，“没有新郎这件事？”

“完全确定。”碧安卡说，“这样会带来更有趣的效果。”

“反正对她来说，也没有什么影响。”赛斯把刘海从眼前拂开，

"她还是会向你兜售裙子，不是吗？"

大门突然打开了，一位女士站在台阶上，双臂张开："你一定是克洛伊·亚瑟吧？我是珍妮！"

珍妮有一点儿法国口音，直直的黑色波波头看起来像是一个乐高头盔。她穿着银色的 polo 衫，浅灰色的裙裤。

"很高兴见到你。"我握了握她的手，"如果你不介意的话，我们从现在就要开始拍摄整个过程了，可以吗？"我回头看了一眼，赛斯对我竖起大拇指，然后把相机放到了肩膀上。

"完全不介意，'新娘之愿'非常欢迎你们所有人。"珍妮对着镜头挥了挥手，"你一定是新娘的母亲吧？"她紧紧抱了一下我妈妈，一边伸出手握住多姆的手，"请跟我来，去看看我的宝贝裙子们。"

我们跟着她，走过一条贴着豪华锦缎墙纸的走廊。珍妮说："亚瑟这个姓氏用在婚礼上再合适不过了！你之后会留着它吗，还是冠夫姓？"

"我当然会留着。"我朝她笑了笑。

走进巨大的试衣间时，我们都倒吸了一口气。几面墙上挂着各种色调和质地的婚纱——象牙色、香槟色和玫红色的裙子满满当当地挂在衣架上，点缀着复杂的珠饰。在这些裙子上方的玻璃架上，覆满了创意的插花，还有一系列的婚鞋，在吊灯柔和的光线下闪闪发光。一面巨大的镀金镜子挂在墙上。远处的角落里，有一个挂着厚重丝绸帘子的更衣室。

赛斯和碧安卡拿着设备，踩着厚厚的奶油色地毯走到窗边有坐垫的座位旁，把相机在三脚架上架好。

“克洛伊，我们不会给你戴麦克风，因为你要换衣服，但这个应该能收到所有声音。”赛斯把一个巨大的麦克风支在我们头顶上方。

妈妈、多姆和我站在房间中央，惊奇地看着每一件东西。珍妮的手指在一排排挂起来的裙子上滑过。她认真地说：“选择合适的婚纱，那感觉就像是坠入爱河。你必须跟随你的直觉、你的本能。而且，我向你保证，你会找到婚纱中你的‘真爱’。有可能是你第一次试穿的那一件，也可能是第十次……你只需要保持一颗开放的心。”

“好。”我试探地摸了摸其中一件手工缝制的紧身胸衣。

“离婚礼只有6个星期了，你需要的是一件几乎不用改动的婚纱。”珍妮接着说，“裙子的颜色会决定捧花的颜色、妆容甚至是蛋糕的颜色。”

“真的吗？”我揉了揉额头，感觉有点儿不知所措，“但我已经决定用向日葵做捧花了，那是我最喜欢的花。”

“好吧，那就不要选带有蓝色或紫色基调的礼服。”珍妮说，仿佛这是显而易见的事。

“我以为所有的婚纱都是白色的？”我皱眉说。

珍妮哈哈大笑：“你们先随意看看，我去拿些茶点来。”

“你感觉怎么样，克洛伊？”碧安卡待在靠窗的座位那边问我。

“嗯……选择范围很广。”

“别担心，我们很快就会缩小范围的。”多姆一下子精神起来，“关键是要决定你想要什么样的轮廓——你可以选舞会礼裙、A字裙、包臀荷叶裙、鱼尾裙、裹身裙、及地长裙。”

他开始把衣服从吊杆上拿下来，挂在更衣间里。“你的肩膀很美，克洛伊，我们可以试试长款的露肩婚纱。或者，你甚至可以选一条露背裙。”

珍妮端着一盘香槟杯再次现身，把托盘放在靠窗座位旁的矮桌上：“祝您健康[1]！”

她对多姆挑选的礼服点头表示赞同：“我发现你有个很有品位的伴郎。来吧，克洛伊。”她伸出手，然后看向我的手，“你的订婚戒指呢？”

“我……嗯……把它送去调整大小了。”我充满负罪感地瞥了碧安卡一眼，跟着珍妮进了更衣室。

“好了，你们做好准备。”珍妮拉上了我们周围的丝绸帘子，“结果会非常惊艳的。”

试穿过 8 件礼服之后，我已经几乎完全无法呼吸了。我穿的裙子里有一件紧身胸衣，它把我肺里的空气都挤了出来。一层层坚硬的布料刮伤了我的皮肤，厚重的裙子让我的腿都出汗了。我感觉自己正被装在袋子里煮。

“哦，克洛伊，你真是光彩照人。”妈妈哽咽着说。她已经喝了三杯香槟，表情有些伤感。

---

1 原文为法语，常用祝酒词。

“光彩‘烤’人还差不多。”我说着，看了一眼镜子里自己红红的脸。

“我觉得这件特别漂亮。它让你的腰显得很细。”多姆歪着头说。

“可是我透不过气来。”我嘟囔着。

多姆叹了口气：“关于时尚和舒适，我告诉过你什么？它们并不是互相排斥的。”

“现在告诉我，你是不是已经有点儿感觉了，克洛伊？”珍妮问道，“有没有想大声尖叫或哭泣的冲动？”

“蕾丝鱼尾的那一件还可以。”我耸耸肩。

珍妮摇了摇头，“不，‘还可以’是不够的。告诉我，你要嫁给什么样的人？你们是怎么认识的？”

妈妈和多姆互相看了一眼对方，碧安卡坐直了身子，示意我面对镜头。

我抬头看着精心装饰的天花板，皱起了鼻子：“嗯……我认识她很久了。实际上，已经认识一辈子了。”

“啊哈——你是个女同性恋，我就知道！”珍妮喘了口气，然后示意我继续。

我傻笑道：“嗯，有一天晚上，我意识到我一直都是理所当然地享受着她的陪伴……然后我就告诉她，我爱她。”

我说话时，珍妮闭上了眼睛，一直在点头，一只手拢着她的耳朵，好像要用手抓住我说出来的句子。“真美好。你最爱她什么？”

我微笑：“我相信她会永远把我的利益放在心上。我爱她的幽默感，爱她总是努力寻找凡事好的一面。她想成为一个更好的人，这也让我很喜欢。”

赛斯从摄像机屏幕后抬起头，有那么一会儿，我与他目光相遇。一种奇怪的紧张掠过他的脸。

珍妮走到远处的挂杆边，小声嘟囔着。她的手掌在裙子上方的空中轻点，然后食指突然落在一个衣架上。她从挂杆上取下那件衣服，转过身来，那是一件闪闪发光的象牙色缎袍。

“试试这件。”她平静而自信地说。

我穿着内裤和胸罩站在试衣间里，珍妮把裙子从我头顶套下来，布料立刻就像清凉的软膏一样贴在我发热的皮肤上。

“还有这个。”珍妮又给我戴上一个镶满水钻的头冠，然后把头冠上闪光的薄面纱拉下来，遮住我的脸，“完美。”

我从帘子后面走出来，房间里的每个人都顿住了。我转身面对镜子，使劲咽了口唾沫。这件裙子紧紧贴在我身上，就像夕阳下蜜桃金色的流云。鸡心领紧贴在我的锁骨下方，柔软的紧身胸衣贴着我的躯干，就像我的第二层皮肤。

我不由自主地踮起脚尖旋转，整条裙子从我的腰部蓬起，在我周围轻盈地飘动，镶嵌的水晶珠让裙子像海浪一样闪闪发光。我不由得笑了起来。我走向镜子，揭开面纱，露出灿烂的笑容。“这就是我。”我对着镜中的自己说。

“你能穿着它跳舞吗？”多姆问。我尝试绕着整间屋子做了一些动作，回答道：“可以，它弹性很好。”

“你想把它脱下来吗？”珍妮问道。

“不，实际上，我不想。我想一整天都穿着它。”我笑了。

“那就是它了，克洛伊，你找到了婚纱中你的真爱！”

“你看看她——都长这么大了！”妈妈拥抱着珍妮说。

“试试用这双鞋配它。这双是不是很神圣？”多姆把一双镶钻高跟鞋放在我面前，我踩了上去。

“我不太会穿高跟凉鞋。我觉得包脚高跟鞋可能会好一些，或者带水钻的运动鞋也行。”我撩起裙子，摇摇晃晃地在房间里走来走去。

“运动鞋？”多姆看上去吓坏了，“绝对不行。你只需要迈开你的步子，就像这样。”他踮起脚尖，然后把手臂微微张开，放在身体两侧，伸直手掌。

他抬起下巴，开始像走秀模特一样，在地毯上阔步向前，走到墙角时，还回头向摄像机抛去一个性感的眼神，然后戏剧化地转过身，拨弄了一下他额前的头发。

我开始学多姆走路，发现这种技巧很有效，让我很是惊讶。我忙着走路，没听见开门的声音。

“你他妈在跟我开玩笑吗？”

我转过身子，看到维里蒂站在门口，戴着闪闪发光的头冠，穿着粉色的婚纱，硕大的蓬蓬裙裙摆是我见过的最大的。在她身后，西蒙妮和另一个女人正探身想看到我。那个女人把头发染成了金色，长得和维里蒂很像。

维里蒂和我对视了一眼，珍妮急忙放下杯子，说：“温特伯恩小姐，我很快就会去你那边。你试穿完所有裙子了吗？”

维里蒂看着我，眼神就像马上要扑向老鼠的猫一样。

“你从哪儿弄到那条裙子的？”她问我，语气中带着怪异的平静。

“我……从挂杆上。”我以保护的姿态摸了摸裙子。

“我想要那一件。妈妈，我能穿那件吗？”

“当然可以，亲爱的。”她身后的女人低声说。

“不，我们已经要了。”妈妈咆哮着说，“这是谁？”

“我和她一起工作。”我盯着维里蒂的眼睛说，“我以为你五月份已经订好裙子了。”

“那条太小了。”西蒙妮从维里蒂身后探头说道。

“那条太俗气了。”维里蒂纠正她，“我想要那一件。”她指着我。

“嗯，我相信这样的裙子还有很多，对吧，珍妮？”

“实际上，我恐怕这是唯一一件。”珍妮紧张地说，“它来自出色的设计师索菲亚·杜布瓦的最后一个高定服装系列。”

“那就立刻给她打电话，让她给我做一件。”维里蒂声色俱厉地说。

“我恐怕她已经在去年 11 月去世了。”珍妮低声说。

“什——么？”维里蒂的尖叫弄得屋顶的枝形吊灯吱嘎作响。我朝赛斯在脖子上比画了一下，示意他停止拍摄，但碧安卡不让他停下。她兴奋地在座位上晃动，观看剧情的发展。

“你说过你会帮我找到婚纱里的‘真爱’，现在我告诉你，这件就是我的真爱。”维里蒂瞪着珍妮，用手指戳着我这边，“如果你不把这件卖给我，我就把你的名声毁掉。新娘们以后理都不会再理你。”

“不好意思，这位小姐，你没有权利闯进我们的试衣间，提出这样的要求。”妈妈双手叉腰，“我现在就要给我女儿买下这条裙子，就是这样。”

“而且如果你想抹黑珍妮的名声，我会阻止你的。我在时尚界的影响力可要比你稍微大一些，亲爱的。”多姆补充道。

维里蒂低下头，盯着我，像头愤怒的公牛一样喘着粗气。然后，在我反应过来之前，她就冲了过来，抓住我的腰，把头顶在我的肚子上。

“啊啊啊！”穿着高跟鞋的我失去了平衡，向后飞去。我的手臂在空中不停扑腾，和换衣间的帘子缠在一起，我们两个人的体重叠加，把帘子从栏杆上扯了下来，发出“哧——”的一声巨响。

我坐倒在地上，尾骨剧痛。维里蒂跨坐在我身上，使劲扯着我身上的裙子，但我没办法腾出手来和她搏斗。我被裹在好几层厚厚的帘子布料里，长裙缠在腿上。我狠狠地踢了一脚，一只鞋在空中飞了起来，打在她的后脑勺上。

“哦——贱人！”她尖叫着，一把抓走我的头冠，拿它抽打我的胸部，“把裙子给我！”

“不！我凭什么给你？”她用大腿使劲夹住我，我用力扭动，感觉皮肤在燃烧。

“你甚至都没有一个男人在新婚之夜脱掉它——这他妈是在浪费！”

“我的店里可不接受‘恐同者’。”珍妮的法国口音因为愤怒变得更重了。珍妮、多姆和妈妈围在维里蒂身边，拽着她的大臂，想把她从我身边拉开。珍妮接着说：“女同性恋也有结婚的权利！”

维里蒂停了下来，离我的脸只有几厘米远，她炯炯有神的蓝眼睛睁大了。“女同性恋？”她转向珍妮。

“对，就算克洛伊的伴侣是女人又怎样？她们的爱也一样深刻。”

维里蒂坐回到我身上，大笑一声：“哦，天啊，你不知道，是吗？”

“知道什么？”妈妈、多姆和我都避开了珍妮的目光，她看上去有些慌乱。我皱起眉头，因为我看到碧安卡坐在靠窗的座位上，正悄悄狂笑。

维里蒂摇了摇头，唇上挂着胜利的微笑：“她没有伴侣，你这个傻瓜——这完全是个骗局。她要跟她自己结婚。”

我趁着维里蒂的注意力分散，使劲把屁股往上抬。她往侧边倒过去，多姆从下面一把抓住她的胳膊，把她从我身边拉开。妈妈别住维里蒂的肩膀，她的长腿在大裙摆下用力踢动。

我仍然被丝绸帘子裹着，迅速屈起身子在地毯上滚动，远离维里蒂。我喘着粗气，最后停在了一双红色匡威运动鞋前。我的目光慢慢向上移动，直到看到了一个熟悉的光滑的黑色镜头。

“呃，你不打算帮我一把吗？”我生气地问道，赛斯猛地抬起头。

“什么？哦，对，抱歉！”赛斯把他的相机放到柜子上，抓住我的胳膊肘，扯开我身上的帘子。

我大声喘气，双手刚被解开，便拍拍胳膊站了起来，看着眼前的场景。

西蒙妮和维里蒂的母亲站在门口犹豫不定，看上去很惊恐，但并没有试图去帮维里蒂。维里蒂像条发疯的蛇一样，在地板上扭来扭去。妈妈跪着压住她一只胳膊，多姆按住了另一只。他们的表情如出一辙，非常坚定。可怜的珍妮正在查看损坏情况，被毁的更衣室让她不忍直视。最后，她的目光终于落在我身上。

“是真的吗？”她扬起头问，“你要和自己结婚？”

“对。”我喃喃道，“这是一种爱自己的表示。”我低下头，突然感觉有些羞愧。珍妮今天一直这样慷慨而耐心，我不想让她觉得我在戏弄她。

“珍妮，你对此有什么看法？”碧安卡说着，把一动不动的赛斯推向他的摄像机。

珍妮看了看维里蒂，又看向我。我觉得她有点儿像圣女贞德，她的头发像头盔一样，胸前裹着银色的衣服。“我的全部生意都建立在爱情的基础上，”她用法语口音缓慢地说，“我早就明白，当你找到爱的时候，你会全身心地拥抱它。不管这份爱是什么形式。爱只会孕育爱。”

“听，你们听听！”多姆蹲在地板上尖叫。

“还有，”珍妮转向维里蒂，“我绝不容忍恐吓。现在把那条裙子脱下来，离开我的店！”

第二十六章

《与英国共进早餐》的演播室位于伦敦南岸艺术区，俯瞰泰晤士河。我们开车穿过大门时，我认出了圣保罗大教堂和千禧桥的熟悉身影。从演播室的窗户中，你就能看到它们。

婚纱试穿结束后，碧安卡说服我来参加这个节目。珍妮戏剧性地把维里蒂逐出店后，我们大家都有点儿兴奋。值得庆幸的是，尽管维里蒂和我扭打了一番，但索菲亚·杜布瓦的裙子完好无损。我们走的时候，珍妮把它小心地包在一个衣袋里。我邀请了珍妮来参加我的婚礼。

我从来没见过维里蒂那样失控，西蒙妮和她妈妈不得不把她塞进一辆出租车里，而且在之后一周的工作中，她完全无视我的存在，但这要比她往常连珠炮式的冷嘲热讽好得多。因为贾尔斯同意了我请假参加这个节目，她一直在默默生气。

我不敢相信我真的来了——我要上电视直播了！主持人亨利·平克曼和简·平克曼是家喻户晓的名人。我希望他们能对我温和一些，毕竟亨利在激烈的争辩中是以莽撞著称的，简则经常因为发表一些完全不合时宜的言论而登上头条，几乎得罪了半个英国的人。

司机为我打开车门，我紧张到无法动弹。他看到我吓坏了的表情，便亲切地向我眨了眨眼睛。

“别担心，亲爱的，你没问题的。”

看到碧安卡和赛斯已经在前台等着我，我松了一口气。碧安卡穿着巧克力色的裹身裙，露齿一笑：“准备好一炮而红了吗，宝贝？”

“没有。”我说，“唉，我为什么要答应来呢？”

“因为你有话要说。”赛斯递给我一杯外卖茶，他穿着惯常的休闲装——格子棉衬衫、宽松的牛仔裤和沙漠靴，“而且这会是一次有趣的经历，对吧？”

“是啊，我以前从来没有做过这种事。”

碧安卡建议说：“亨利和简可能会让你觉得有点儿恼火，所以好好反击吧——要据理力争，他们喜欢让这个节目有点儿戏剧性。”

“我会试试看。”我点头。这周我看了很多亨利和简采访别人的 YouTube 视频，大概写了些他们可能会问的问题，附上了简洁的答案。但现在，我的大脑一片空白，几乎没办法好好坐着看我的笔记本。

“克洛伊？”我转过身来，看见一个穿着卡其色连衣裙的金发姑娘，正飞快地朝我们走来。她戴着耳机，和我打招呼时把话筒往下推了推：“我是丹尼斯，我们昨天通过电话。”

“对，你好！”

“很高兴见到你。你们一定是魔方制片公司的团队吧？”她和我们挨个儿握了握手，“我带你们过去，去嘉宾休息室。你会出现在我们的周播环节《信不信由你》里。”

“好。”我有点儿喘不过气，“我的衣服行吗？”昨晚我花了很长时间选衣服——当然是在多姆的帮助下。我们决定选一条高贵的蓝色天鹅绒背带裙和柠檬色衬衫。我还穿上了新的金色乐福鞋，多姆说我需要一个精致的点睛单品。

丹尼斯匆匆看了我一眼：“行，不错。”

我们跟着她走过几扇弹簧门和一个大仓库。

“今天的节目里还有谁？”我问道。我们走过一条铺着蓝色地毯的走廊，走廊两旁挂着亨利和简的镶框照片。

丹尼斯看了看她的记事本：“这个环节里，我们请了一位靠喝蛇毒来保持年轻的人；艾玛·罗伊德，那个只说双关语的女人；还有一位穆斯林打扮的国家党支持者。”

碧安卡笑了：“听起来真是一群有趣的人。”

“信不信由你！”丹尼斯念出环节口号，然后说，“我们到了。”

她打开嘉宾休息室的门，一个有纳粹文身的女人坐在沙发上，旁边是个瘦削苍白的男人，有令人吃惊的黄色眼睛，留着长长的黑色马尾辫。

他们面前是一张茶几，桌上摆着几碗水果和可颂面包，墙上挂着一个巨大的电视显示屏，正在播放亨利和简在演播室里的画面。

“请坐，吃些点心吧。化妆团队准备好之后，我就来接你。”

“你能告诉我亨利和简会问些什么问题吗？”我坐在角落的一张桌子旁，“做些准备感觉会好一点儿。”

“嗯……对，你应该有时间提前见到他们。”丹尼斯用手捂住一只耳朵，专注地皱起眉头，“对不起，我得走了。艾玛·罗伊德讲了一个经期前紧张症的双关语笑话，让我们的一些女观众很不高兴。”

“你感觉怎么样，克洛伊？是不是很兴奋，马上就有机会反驳批评你的人了？”碧安卡问道，调整着斜支在我们头顶的麦克风，赛斯则在录像。

“实际上，我的整个身体好像都变成了果冻。”我答道，给她看我颤抖的双手。

“你是因为什么被请来的？”坐在沙发上的纳粹文身女转身问道，一边上下打量我。她的两侧黑发剪得很短，头顶长一些，有种军人的感觉。

“我要跟自己结婚。”

“你要什么？”她扬起方下巴，问道。

“这是一种自我关怀的象征性行为。”我答道，练习着这句自己排练过的答案。

她不理解地皱起了脸，然后吹了声口哨。“疯子。”她低声说。

“那你是来聊什么的？”我问。

“我戴着穆斯林女性的那种头巾，去了本地的酒吧，有很多人骂我。”

赛斯被逗乐了，他抬起头，捏了捏鼻梁。

“你为什么这么做？”她旁边的男人问。他的皮肤完美无瑕，令人惊讶。

“我打赌输了。”那个女人耸耸肩，咬了一口巧克力可颂面包，“不过这让我意识到，被别人训感觉可不怎么样。”

“真有共情心！”这个男人的目光对上了我的眼睛，柔软的嘴唇抽动了一下。他旁边的大袋子微微动了动。

“嗯……我觉得你包里有东西。”我吓呆了，看着袋子跟他说。

“啊，没错，是‘味道哥’。”他从袋子里捧出一条一米多长的蛇，我们都倒吸了一口冷气。那条蛇是橙色的，长长的身体上有黑黄色的条纹。

“你他妈离我远点儿！”纳粹文身女跳了起来，打翻了水果盘。

“没事的，它是一条洪都拉斯奶蛇。它不咬人。”那条蛇盘绕在男人的脖子上，他平静地说，“它一般都是勒死猎物。你想拿一下吗？”

他把蛇递给我，我被那条蛇深深吸引，犹豫地伸出手。它盘在我的手臂和肩膀上，强健的身体又凉又干。我屏住了呼吸，那个蛇男向我鼓励地点点头说：“它喜欢你。”

门猛地打开，一个大块头女人摇摇摆摆地走进房间，声音沙哑地咯咯直笑，下巴抖个不停。

“你得明白，艾玛，我们有几百万观众，其中有很多人都非常保守。你不能拿严肃的话题开玩笑。”丹尼斯跟在她身后解释道。

“我只说了这一句，‘开经期前紧张症的玩笑一点儿都不好笑，句号[1]'。”艾玛说。

“是，但你显然是在暗示相反的意思。”丹尼斯叹了口气，艾玛冲我眨了眨眼。

“但我本来就要换下一个话题了，当你得了膀胱炎的时候，你就有困难[2]了。”

我手臂上的蛇被这一番动静惊扰，缠得越来越紧，我看向它的主人求助。

“没事的，大蟒蛇，没必要嗞嗞叫[3]。”艾玛说道。蛇男温柔地把“味道哥”从我身上拿开。这时艾玛看到了缩在角落的文身女，眼睛一下子睁大了："瞧，我们中间有个纳粹分子。现在我想拿德国香肠开个玩笑，但他们就是香肠[4]。”

看到纳粹文身女脸上的表情，我不禁咯咯笑了起来。我看到赛斯和碧安卡也快要没办法保持冷静了。

“好吧，我受够了。”丹尼斯用手捋了捋头发，看起来很疲惫，“克洛伊，请跟我来。”

化妆室里，几个人坐在转椅上，披着黑色长袍，对着装有射灯的镜子。几位迷人的化妆师正在用化妆棉给他们上妆。柜台上堆满了名牌化妆品：粉底液、粉饼、喷雾、眼线笔。

---

1 英文中的“句号”（Period）一词也有“月经”的意思。

2 英文中的“你就有”（you are in）与“排尿”（urine）发言相似。

3 原文为“throw a hissy fit”，意为“发脾气”，“hissy”有“嗞嗞叫”的意思。

4 “德国香肠”（wurst）与“最坏的”（worst）发音相似。

“你好，克洛伊，今天你想做什么样的发型？”一个漂亮的女孩对我微笑道，“我最喜欢红头发了。”

“嗯……我一般只是把头发擦干，让它们自由发挥。”

“那夹成卷发怎么样？”她在我面前挥了挥夹板，引诱我说。另一个女孩俯身看着我的脸：“天啊，你眼睛的颜色可真复杂啊。妆面用冷紫色色调怎么样？”

“你们是专家，听你们的。”

这些女孩们便开始把我转过来转过去，将各种东西擦在我脸上，用夹板转着夹我的头发。我问她们都和哪些名人合作过，她们便热情地给我讲了名人们稀奇古怪的要求和秘密。

她们告诉我，一位绝对身居一线的电影明星其实已经完全秃顶了，我为这个消息大为震惊。就在这时，她们把我转了一圈，面对镜子，得意地说：“完工啦！”

我惊讶地盯着镜子里的人。我几乎认不出自己了——我涂了一层浅色的粉底，眼睛看起来比平时大了一倍，脸颊也粉扑扑的。我用手指拨了拨头发，它们被夹成卷发，披在我肩上，很有光泽。

“哇哦。”我说。我看起来像个洋娃娃。

丹尼斯出现在我身后，抓狂地喘着气：“克洛伊，我得催你了——制片人让你马上过去。”

“什么？我不能先见见亨利和简吗？”我惊慌地抓住椅子扶手。

“恐怕不能。我们现在必须掐断一个讨论性事的观众来电，所以只能派你先顶上，用领夹麦克风就好，之后再进行其他环节。”

我站在那里，有个男人拿着一个灰色的小盒子走过来，盒子连着的金属线末端是一个小麦克风。

“盒子别在裙子后面就好，然后把线从上衣里面穿出去，麦克风像这样夹在你的领子上。”他演示了一下，但我的手抖得太厉害，所以化妆师帮我别好了麦克风。

“我可以去一下洗手间吗？”我跟着丹尼斯沿着走廊小步往前跑。赛斯和碧安卡在前面一扇双开弹簧门旁等着。

“嗯……他们已经在那里等了，你不一定有时间去。”丹尼斯对着嘴边的话筒咕哝道。

“你看起来真漂亮！”我走到碧安卡他们身边时，碧安卡对我赞不绝口，但赛斯皱起了眉头。

“他们遮掉了你的雀斑。”

“是啊，”我试着转了转我的脸，“感觉就像戴上了面具。这可能是件好事——可以把自己藏在面具后面。”透过玻璃，我看到《与英国共进早餐》的演播室，里面有灰色的沙发、青绿色的靠垫、黑白相间的地砖，还有一扇可以俯瞰泰晤士河的大窗户。

演播室的地板不停震颤。人们移动着照明设备，摆弄着摄影机，俯身查看显示器。哦，天哪，亨利和简从食品区走过来了。

丹尼斯说：“我们马上会播一段新闻简报，然后就开始采访你，克洛伊。我们播报的时候，请你声音低一些。碧安卡和赛斯，你们可以站在制片室里。”

“该死，我不知道自己能不能做到。”我开始惊慌地打转，感觉自己就像一只被困在玻璃罐里的绿头苍蝇。

“你会做得很棒的。”碧安卡鼓励道，“就像我说的，尽量怪异一些。这样节目效果会更好。”

我点了点头，丹尼斯推开门，紧接着我就走进了演播厅。

丹尼斯说：“我们还有 5 分钟就开始直播了，大家请自在些。”

我走近在沙发上并排坐着的亨利和简，感觉自己好像在做梦。简一边痛骂亨利，一边用拳头敲了下她自己的大腿。

“所有人都知道，你不能问一个双性恋者这是不是‘只是一个阶段’。”

亨利用手梳理了一下他斑白的头发。他比电视上看起来块头更大，灰色西装的接缝处绷得很紧。“哦，天哪，你这个女人，真是五十步笑百步。你刚才还跟那个男同性恋说，他‘听起来不像同性恋’——这也好不到哪里去。”

“两位，克洛伊·亚瑟到了。”丹尼斯打断了她的话，他们抬起头来，都固执地皱着眉。丹尼斯继续说：“我们还有 4 分钟开始。”

“啊，好，对不起，刚才观众来电的时候出了点儿小问题。现如今性可是一个雷区！”亨利站起来，抚平他的绿色衬衫，说道，“很高兴见到你。提醒我一下，我们要讨论的话题是——？”

“我要和自己结婚。”我微笑着，和他握了握手。

“哦对，很有趣。欢迎你，克洛伊。”简像鸟儿看到了虫子一样盯着我，“快坐过来吧。”

我坐在沙发上，面对着他们俩，两腿交叉，紧紧并在一起，缓解着膀胱快要爆炸的感觉。然后，我又意识到我的裙子被拽得太高，便松开了双腿。我左边的一台相机嗖地一下移过，吓了我一跳。我惊恐地盯着镜头，头顶的灯光令人目眩。

“请看着亨利和简就好，克洛伊。”丹尼斯在演播室里喊道。我看到赛斯站在她身后，对我竖起大拇指。丹尼斯说：“好，60 秒后开始。”

我把出汗的手掌在衣服上擦了擦，盯着简的脸。她的皮肤非常粉嫩，让我想起了土耳其软糖，橘色的唇膏渗进了她嘴角的细纹里。

“是我做介绍吗？”简盯着自动提词机，“啊，是我。天知道我们怎么才能掩盖掉你的过失，亨利——媒体可能已经把这事传得沸沸扬扬了。”

“你别再说这个了好吗？如果每次犯错我都埋怨你，那我们就得在这里待上一整天了。”亨利反驳道。

简半闭着嘴说：“有时候我觉得我最大的错误就是嫁给了你。”她随即灿烂地笑了起来，镜头拉近，响亮的背景音乐开始播放。简说道：“大家好，欢迎回到《信不信由你》。这个环节，我们会和英国那些不那么寻常的人聊一聊！”

亨利接过话：“许多人终其一生都在寻找自己的‘真爱’，但来自布莱顿的克洛伊·亚瑟意识到，她的‘真爱’一直就在眼前。她最近宣布，要和她自己结婚，引起了轰动。”亨利做了个鬼脸，转向我。

“那么，克洛伊，你一直都这么疯狂吗？”他跟我闲聊道。

“哈哈，可能有一点儿吧！”我舔了舔发干的嘴唇。

“你绝对有点儿不正常啊！”简说。我听到自己的笑声从扩音器里传出来，吓了一跳。

“啊……？”我们面前的大屏幕上正在播放一段我打扮成巨型茄子跳机器人舞的视频。“啊，那是一个朋友的派对。”我认出了朋友拍下的我们胡闹的镜头，说道，“主题是水果和蔬菜。”

另一个视频开始播放时，我用手捂住嘴巴，立刻认出了窗台上的那只长毛灰猫：“哦，不。”

没错，我曾经试着和猫说话。这难道不是每个人都做过的事吗？当我看到自己盯着那只猫，发出一连串拉着长音的“喵”时，我感觉自己的脸在发烧。过了一会儿，那只猫回应了我，露出它尖尖的牙齿，发出生气的嘶嘶声。

亨利和简哈哈大笑，我尽量保持微笑。为什么我没有意识到情况会是这样？

“不过，说真的，克洛伊，即使你看起来确实有点儿古怪，”简擦了下眼角，“你肯定不是一点都不招人爱吧？”

“对，我并不是不招人爱。这才是意义所在。”我回答道。

“那你为什么要和自己结婚呢？”

“因为爱自己和让别人爱你一样重要。”

“要是男人把你逼到这种地步，那你的恋爱运一定是糟透了！”简笑得肩膀抖个不停，“我们找到了你的几位前任，想找出问题所在。”

“什么?!”我在座位上转过身，看着两个男人从演播室后面的屏幕背后走了出来。当我发现他们两个都不是安特时，我松了一口气，但当我认出戴夫时，我又有些畏缩。戴夫是我从金史密斯学院毕业时那个控制欲很强的男朋友。

“老天啊。”我窘迫地用双手抱住头，他们俩走过来，和我一起坐在沙发上。

“往日重现，是吧，克洛伊？”亨利高兴地说，“欢迎你们，戴夫和强尼。你们能给我们简单讲讲，和克洛伊在一起是什么感觉吗？”

“她总是异想天开。”戴夫马上咕哝道。我斜着瞥了他一眼。岁月没有对他手下留情。他现在是光头，胖了十几公斤，肉球般的鼻头周围都是静脉曲张的血管，脖子看起来比从前更短了。他接着说：“她很喜欢四处闲逛，跟随便什么男生聊天。”

“哦，拜托！如果你有办法，你会把我锁起来的！”我反驳道，“我只是想避开你的暴脾气。”

“我才没有暴脾气！”戴夫一拳打在他的手掌上。

“哎呀，希望我们不用叫保安。”简窃笑着，瞥了一眼演播室众人，然后说，“你呢，强尼？你和克洛伊为什么没有继续下去？”

强尼噘起嘴唇，把他稀疏的头发别到耳朵后面。他戴着一副厚框眼镜，穿着镶钻的开襟羊毛衫，看上去比从前任何时候都更古怪。“嗯，事情是这样的，克洛伊从来没有真正倾听过我讲话。我记得有一次，我正在给她的朋友们讲，我在加拿大的露营地赶走了一头真正的熊，克洛伊竟然让我闭嘴，非常粗鲁——那可是我一生中的高光时刻之一。如果你们想听，我现在就可以给你们讲讲……”

“不，不用了，强尼。”亨利急忙插话，“我们能想象得到。那你们觉得，克洛伊和自己结婚的这个决定怎么样？”

“我一直就知道她很惹人烦。”戴夫怒视着我，“至少这样不会有哪个可怜的家伙非得和她在一起了。”

“喂，我宁愿永远一个人，也不想跟你在一起！”我厉声回敬他。

“我一点儿也不惊讶——她显然还是那么自私。”强尼一本正经地说，一边在腿上抚弄他的羊毛衫。

“说这话的人最喜欢他自己的声音，以至于完全丧失了社交中的认知能力。”我嘲笑道，一边环视房间，疯狂地寻找逃跑的路线。我想我没办法再忍受这些了，不管现在是不是正在直播。

我猜亨利和简可能意识到了我会被吓跑，便很快结束了他们的提问，把我的前男友们送回幕后。

我坐在沙发边沿，用指关节按摩着太阳穴。

“好了，我想我们都感受到了这种紧张的气氛，克洛伊。”简同情地扬起了头，“不愉快的回忆，是吧？据我所知，你最近一任前男友出轨了？”

“嗯……对。”我皱了下脸，惊慌地环顾四周。

“别担心，他今天不会过来。”亨利安慰我道，“可怜的男人，被他的‘那个’管着呢。”亨利宽容地轻笑，我感到一阵愤怒。

“我不认为男性就一定比女性更‘高级’。”

“啊哦，小心，我们这儿来了位女权主义者。”亨利用胳膊肘推了推简。

“嗯……你觉得你的婚礼是‘女权主义’的宣言吗，克洛伊？”简用手指在空中比了个引号。

“以前，女人想生存就必须结婚，然后就会变成丈夫的财产。”我皱起鼻子，“所以，我觉得和自己结婚可以看作是对父权制的抗议。”

“哦，真的吗？”亨利啧了一声，“你说的‘父权制’到底指什么？”

“就是由男性掌握多数权力的社会体系。”我解释道。

“没错，但是……”亨利气势汹汹地说，“这其实就是一派胡言。”

“我认为亨利想说的是，如今的女性要自由得多。”简巧妙地试图维护亨利。

“我们确实是。”我同意道，“但单身女性比男性更容易受到歧视。我的意思是，有很多‘黄金单身汉’，但我们很少说‘黄金老姑娘’，对吧？”

“嗯……‘老姑娘’这个词或多或少有些贬义。”简的蓝眼睛突然闪了闪，“这其实不奇怪，对吗？女人的压力太大了：我们得打扮得漂漂亮亮的，得在床上千依百顺，得做个好妻子，得养育孩子，还不能显老——”

“是，是，简，这些我们都已经知道了。”亨利翻着白眼打断她。

“别想打发我，亨利！”简尖叫道，亨利举起两只手安抚简。

“我并不是在打发你，我只是想说，和自己结婚这件事不该把男人排除在外，否则就是性别歧视！克洛伊，你认为男人可以和自己结婚吗？”

“当然，男人也可以这样做。我完全赞成男女平等，爱自己是不分性别的。”我冲他笑了笑，“如果有什么不同的话，那就是社会让男性更难表达他们的情感，所以如果能看到他们公开表达对自己的爱，会是件很棒的事。你觉得呢，亨利？”

“啊，不，我不这么看。”亨利摇了摇头，简哈哈大笑。

“好吧，也许我们都需要爱自己，克洛伊。”简承认道，“我明白你为什么会和我们刚才见到的两位前男友分手了，可是，你就不想再遇到另一个男人吗？”

“我并不是说，我这一生不想和男人在一起了。我只是认为，真正去爱自己，这会给所有其他关系提供坚实的基础。希望我不会选择那些对我不好的人。”我意味深长地看了她一眼。

“那如果你想和别人结婚，你会和自己离婚吗？”亨利问。

“不，我不会离婚。”我摇摇头，“那会意味着我没办法再与自己共处，那就太痛苦了。”有一小会儿，我想起了凯蒂，不知道她是否在看这个节目。

“嗯……我想我开始接受你的想法了，克洛伊。”亨利说着，看了一眼自动提词器，“如果你和自己结婚，就可以在电视上想看什么就看什么，而且不会有个伴侣一直唠叨你。哦！”简给了他一拳，比假打要狠一点儿，他瑟缩了一下。

“而且至少你在卧室里不会失望，是吧？”他向我暗示性地挑了挑眉毛，我目瞪口呆地看着他。我记得碧安卡告诉我，不能示弱，便立刻模仿了他的假笑。

“说真的，亨利，在让自己愉快一下这种事上，我从来没遇到过什么麻烦。”我说着，端庄地喝了一口水。

亨利的眼睛睁得大大的，简发出被呛到的声音。我注意到演播室里有些响动，一架摄像机拉近镜头，对准了我的脸。

“咳咳，哦，亲爱的。这是你的错，亨利，你像往常一样拉低了节目的格调。”简接过话头，因为亨利看上去仍然是一副惊呆了的样子，“非常感谢你分享你的故事，克洛伊，我们祝你婚姻幸福……和你自己的婚姻。现在我们去看看天气，很快就回来。”

镜头移开，亨利长长地大声呼了口气。

“对不起，我不是故意的……”我说不下去了，这时丹尼斯走过来，很慢地给我鼓着掌。

“哇哦，克洛伊，我们还真没料到这个。”她笑着说，“谢谢，你表现得非常棒。”

“好吧，我现在可以上厕所了吗？”我乞求道。

亨利仍然有些焦躁，我和他以及简握了握手，便匆匆穿过演播室。几个人正对我指指点点，大笑着，赛斯和碧安卡出现在我身边。赛斯笑得太厉害了，几乎没办法把摄像机对准我的脸。

“克洛伊，简直太赞了，看看亨利脸上的表情！我真不敢相信，你居然在白天的电视节目里随手就扔了个‘自慰炸弹’。”碧安卡声音沙哑地大笑，“你感觉怎么样？”

“是他挑的头！”我咬着嘴唇说，“唉，你觉不觉得有点儿过火了？”

“哦，不。”碧安卡得意地微笑，露出洁白的牙齿，“完全不过火。”

第二十七章

结果，事实证明，女性自慰仍然是一个禁忌的话题——这谁能想到呢？我参加完《与英国共进早餐》，回到布莱顿，发现我脱口而出的“让自己愉快”让整个国家的人都被早餐麦片噎住了。观众们“惊呆了”，纷纷在推特上对我不合常理的行为表达不满。当然了，霍特罗德高兴坏了。

> @克洛伊漫游　他们说上镜会让人显胖一些，要我说，你上镜后胖了十斤。

大多数小报都报道了亨利·平克曼和简·平克曼对我的采访，津津乐道于观众们在推特上愤怒的辱骂，还配上了亨利、简和我难看的剧照。亨利的样子是最滑稽的——他的眼睛鼓了起来，歪着嘴笑，一脸兴奋。有些糟糕的照片中则是化妆过度的我——我的嘴唇鲜红，向下撇着做鬼脸，头发不自然地翘起，还有三层下巴。

不过，好的一面是，我的采访引发了很多关于女性性行为和自爱的争论，各大报纸也开始加入讨论。

一周后，我坐在办公桌前吃着三明治，浏览所有新闻报道。

《卫报》主要探讨的是我有关“女性性欲与男性一样强烈”的言论，发布了女性和男性高潮次数比较的统计（女性一小时内 50—100 次，男性一晚 3—4 次）。《每日电讯报》报道了“和自己结婚”这一行为的“增长趋势”，追踪采访了世界各地一些已经与自己结婚的人。一位加拿大女士的话令我会心一笑，她说：“和自己的婚姻是庆祝我们人格独立、自力更生和摆脱习俗束缚的仪式。”当我打开“克洛伊漫游记”上的邮箱时，看到收件箱里全是邮件。我看到《设计师》杂志的生活编辑发来邮件，称赞我应对“那个小丑——亨利·平克曼”的方式，还提出要为我的婚礼拍摄一组特写，我开心地挥了一下拳。我立即回复，告诉她我很愿意和她聊聊这件事。然后我急切地点开了凯蒂发来的邮件。

亲爱的克洛伊：

我的天啊！在电视上看到你真是太棒了！虽然我们发了那么多邮件，但我从来没见过你，在电视上看到你的感觉好奇特。见到前男友出现，你一定很震惊，但你处理得太太太好了！那个戴夫看起来真是个讨厌的家伙。有那么一会儿，我以为安特会去，但我相信他现在一定非常想低调些——哈哈，他活该！

你说话的时候非常自信，我觉得你很勇敢，能公开宣告你对自己的爱。我永远都做不到这一点，主要是因为，我不知道什么值得我为之战斗，也不清楚自己到底是谁。对不起，这听上去一定很负能量——实际情况要好一点儿。比如，我最近开始哭了！我的咨询师说这很好，因为它意味着我终于能感觉到情绪了。

不管怎样，你是我的英雄。

爱你的凯蒂　xxxx

我靠回椅背。每当阅读凯蒂内心深处的想法时，我总会感到难以置信。想想看，她每天都要面对这种艰苦的斗争，在对任何事情都无感的可怕冷漠中挣扎。我之前不知道抑郁症会是这样的。

"'克洛伊·亚瑟是个淫妇网'。"维里蒂得意扬扬的声音吓了我一跳，我坐在椅子上转过身去。

"哎呀，谢谢你，维里蒂，你现在开始跟我讲话了？"

"你看过这个网站吗？"维里蒂对着电脑屏幕大笑，"他们真是把你捧上了天。"她大声读起来，"她宣布要和自己结婚，然后在电视直播中承认自己是个手淫的人？这听上去有点儿绝望的味道——这个癫狂的淫妇需要被锁起来……地球上显然没有男人会娶这个可悲的淫妇。"

听到这种恶毒的语言，我瑟缩了一下："维里蒂，请你别再叫我淫妇了好吗？"

"怎么了？"她无辜地涂着唇彩，"这话又不是我说的。这个网站上有很多人那么说！"

"听起来你找到了最佳睡前读物。"我厌恶地皱了皱脸。

“一开始就是你的错，你太爱炫耀了。”维里蒂朝我撇了撇上唇，然后转向她旁边的西蒙妮。

“西蒙，你联系好独角兽饲养员了吗？”

“还没有。它们不是真正的独角兽——你知道的，对吧？”西蒙妮敲着键盘，抬起头来，“只是装了角的白马。”

“是，我知道！但我想骑着它出席我的新娘送礼会。我想被它令人目眩的身体照得发亮。”维里蒂开始抱怨，“天哪，你到底有没有努力去联络？没有吧？”

“我有。”西蒙妮疲惫地说，一边把头发别到耳后，避开我的目光，“我会让你的想法实现的。”

“大家都过来，我有个激动人心的消息要宣布！”贾尔斯雀跃地从他的办公室里走出来。

“就在刚才，我收到消息，‘领导者’获得了‘全国最佳工作场所’的提名！我们的对手有另外两家公司，但是评委告诉我，我们获胜的机会非常大。也就是说，我们会获得一座流星造型的奖杯，会在全国级别的比赛中被提及，还会去某个奢华的地方举办团建日，所有费用由公司支付！”

大家欢呼起来，贾尔斯露出灿烂的笑容：“评委还透露了我们得分最高的领域，为此我要特别感谢一个人。”

维里蒂骄傲地笑了。“谢谢，贾尔斯——”她开口道，但贾尔斯打断了她。

“克洛伊在‘企业社会责任’方面的深耕引起了评审会的共鸣，

他们对我们的慈善工作很感兴趣，尤其是现在，通过你那篇写老太婆跳舞的出色博客，人们提高了对‘布莱顿扶助者’的认识。让我们为她鼓掌！”

西蒙妮吹了一声庆祝胜利的口哨，维里蒂的脑袋猛地转过去：“西蒙妮！”

“怎么了？”西蒙妮抬起她那有美人沟的下巴，高傲地说，“这个奖项会让‘布莱顿扶助者’作为我们的慈善合作伙伴获得更多曝光。简直太棒了！”

贾尔斯说：“如果我们真的赢了，克洛伊，我希望你能和我一起发表获奖感言。”

“呃，真的吗？我不敢肯定我——”

“去做吧，你对企业社会责任的了解比我多得多，而且你已经是公众演说家了，对吧？”贾尔斯眨眨眼。

“好吧。”说句老实话，贾尔斯不打算在现场亲自宣讲我们在企业社会责任方面的努力，这是最好的。真诚不是他的长处。

“我们要邀请那个慈善机构的创始人凯特吗？”西蒙妮建议道。

“很棒的计划。”贾尔斯点了点头，“也许还可以再请其中一位老年人，评委们会喜欢的。”

“好极了，我们去问问穆丽尔吧。”我朝西蒙妮笑了，“她是超级社交名流。”

周四晚上，“全国最佳工作场所奖”的颁奖晚宴在托特纳姆法院路附近一家豪华的伦敦酒店里举行。贾尔斯邀请了基思、维里蒂、西蒙妮和我与他一同前往。我们在布莱顿火车站与凯特·杜利和穆丽尔会面。每个人都穿着时髦的衣服，已然有种庆祝的气氛。贾尔斯买了几瓶普罗塞克葡萄酒，让大家在这一小时的车程中喝。他穿着燕尾服，用发胶做了大背头造型。

穆丽尔穿着淡紫色的裙子，戴着同色系的帽子，立刻开始调戏贾尔斯。她抓住他的胳膊，眨着她发白的眼睫毛："要是我年轻 50 岁就好了！"

我们叫了一辆出租车去酒店，碧安卡、赛斯和塔里克在那儿等着我们。我想在魔方制片公司关于爱的纪录片中加入一些"布莱顿扶助者"的片段，感觉这样会增加一个不错的关于社区的视角。我告诉碧安卡，我们可能会因为免费的香槟喝得酩酊大醉，她听完之后似乎非常想跟着一起来。

"你们都打扮得很精神！"碧安卡笑盈盈地看着我们说。她穿着剪裁考究的深蓝色裤装，看上去很专业。"很荣幸认识你，穆丽尔。"她握了握穆丽尔的手，"待会儿能让我看看你的舞步吗！"

我们被领进酒店的宴会厅。这里空间很大，铺着橡木地板，天花板是拱形的，上面装着复古的大吊灯。大厅那头是一个高出地板的舞台，大厅里摆着几张圆桌，上面铺着洁白的桌布，桌上摆着正式晚宴要用到的餐具。其他客人也陆续到达，他们弯腰去看桌卡，找自己的位置。侍者端着银托盘，上面放着香槟酒、酒杯和点心。

"领导者"公司的桌子在前面，离舞台很近。"希望我们能登上那些台阶领奖！”基思交叉手指祈祷道。他身上的西装有些短，几乎盖不住他的手腕。

“你的演讲准备好了吗，克洛伊？”贾尔斯用一只胳膊搂住我问道，我很不舒服地扭了扭。我穿着一件露背的绿色连衣裙，能感觉到他湿漉漉的手掌放在我裸露的肩胛骨上。

“好了，我写了发言笔记。评委说如果凯特和穆丽尔和我们一起上台，就更好了。”

“哎呀，这儿已经有这么多人了——我感觉自己要怯场了！”凯特穿着一条长长的黑色鱼尾裙，有光泽的头发盘成了一个髻。

“哦，别胡说，你只需要想象一下每个人都没穿衣服。”穆丽尔用手肘轻轻推了推凯特，眼睛闪闪发亮。

“我要上台谈谈我们富有创意的工作环境吗，贾？”维里蒂问道。她穿着一件领口很低的红色紧身连衣裙。

“不用，我的发言里有这部分，谢了。”贾尔斯几乎没看维里蒂。维里蒂把西蒙妮的手从桌上的面包篮中抽开，以此发泄自己的愤怒。

“看看，你的裙缝已经要撑开了。”她戳了戳西蒙妮的白色露肩连衣裙，“你这到底是什么风格？”

“这是五十年代复古风，就像玛丽莲·梦露穿的那样。”西蒙妮拍了拍她的卷发，微笑着对穆丽尔说。穆丽尔朝她竖起大拇指。

“好了，各位，我们在衣帽间旁边安排了一个采访室。这样在活动间隙，我们就可以找你们聊一聊了。”碧安卡指着我们桌旁的一扇转门道，“贾尔斯，克洛伊，你们要不要来一下，我们做个试访？”

我们跟着她走开时，维里蒂一直盯着我们。我们穿过走廊，来到一间会议室，屋里的桌椅都被推到一面墙边。塔里克正在调试聚光灯的角度，让它对准房间中央的一把椅子。那把椅子是红色镶金边的，看起来有点儿像个宝座。

赛斯蹲在椅子对面的一个三脚架后边。他穿着一件黑色衬衫和炭灰色裤子，看上去比平时整洁多了。

“嘿，”我们进来时，他转过身说，“别上这两个领夹麦克风，我们录一段简短的介绍，好吗？”

贾尔斯和我戴麦克风时，碧安卡拍了拍手说：“太棒了。你们可以给我们讲讲奖项申请的情况，然后就回去和你们的冠军队伍会合吧！”

等我们返回大厅的餐桌旁时，宴会厅里已经坐得满满当当，三个西装革履的男人站在舞台上。

其中那位头发高高立起的男人走上前，对着麦克风说：“大家晚上好，欢迎来到第十届‘年度最佳工作场所奖’晚宴。英国有很多适合工作的好地方，但只有一个地方是最棒的！”

他举起流星奖杯，每个人都鼓起掌来。“我们把三家公司列入了决选名单，晚宴之后，我们就来揭晓获胜者。”

掌声更响了，贾尔斯用手肘轻轻碰了碰我，露出期待的笑容。主持人开始介绍赞助商的详细情况。我环顾四周，寻找其他候选人，然后便认出了竞争对手白象公司的首席执行官。他坐在我们旁边的桌子上，一副掌控全场的架势，夸张地打着手势说话，他周围的员工都在笑。

贾尔斯恶狠狠地瞪了他一眼。“汤姆·巴诺夫真是个装腔作势的人。”他咬着牙对我说，“他要是知道公司文化是什么，那才叫见鬼了。”

魔方制片公司的几个人采访了凯特和穆丽尔，然后过来和我们一起吃晚餐。赛斯一坐下，维里蒂就扑向他，把椅子拉到他身边。

“我想知道，可不可以雇你？”她问话的时候，他向后躲了一下，显然对她很是提防，毕竟他见识过她在试穿婚纱时的崩溃状态。维里蒂接着说：“我希望整个婚礼过程中，都能有一个专门拍我的人。你知道的，给我的脸拍特写，还有其他关于我的画面。就像《真爱至上》里的凯拉·奈特利一样[1]。”

“哦，是啊，那会很感人。”西蒙妮兴奋地说道，一边紧紧盯着女服务员在她面前放下的牛油果大虾沙拉。

“不许吃蛋黄酱，西蒙。”维里蒂警告道，然后转向赛斯，“等我回顾我的婚礼时，我不想看亲戚朋友喝醉了试图和对方上床的那些画面，你知道吗？这是我的大日子。我才应该是这部电影的主角。”

“恐怕我帮不了你。我只拍严肃的纪录片。”赛斯说着，把椅子从维里蒂身边挪开，往我这边坐了坐。

“这份工作太有意思了。”我说着，给大家添了些酒，“拍到一些

1 《真爱至上》中，在凯拉·奈特莉所扮演角色的婚礼上，一位爱慕她的男士全程拍摄了她的各种画面。

令人痛心的事情，但又不能伸出援手时，一定很痛苦。就像大卫·爱登堡的《地球系列：非洲》里一样，一只小象因为干旱死掉了，但摄制组却不能插手。”

“哦，天哪，我看的时候都快崩溃了。”西蒙妮表示同意。

赛斯若无其事地耸了耸肩：“虽然是这样，但摄影师们都是经过专门训练的，必须成为不带偏见的观察者——你知道，我们是为了更长远的利益在记录这些的。”

“我能敬大家一杯吗？感谢你们这些了不起的人今天邀请我来。”穆丽尔端起酒杯，高亢的声音盖过了我们的交谈。她坐在我对面，椅子上额外加了坐垫，但她看起来仍然很娇小。她说：“食物很好吃，我从来没有这么开心过！”她的喜悦太有感染力，我们都相视而笑。她说：“敬陪伴！”我们全都对她欢呼起来。

等到上甜点的时候，大厅里的所有人似乎都已经喝醉了。基思脱下了外套，一只胳膊搭在椅背上，在和凯特聊天。我不敢肯定，但感觉他可能是在和她调情。

我不知怎么集齐了三杯不同的酒：香槟、红酒和朗姆酒。

“呃，你能拿走一杯吗？”我把其中一个杯子推给赛斯，他笑着立起一只手。

“不行，我工作的时候不能喝酒，碧安卡会剥了我的皮的。”碧安卡抬头看过来，他朝她的方向点了点头。她假装怀疑地闭起一只眼睛看他。

“你们俩以前在一起过？”因为喝醉了，我变得有点儿口无遮拦。

“呃……”赛斯用勺子敲打着焦糖布丁，“对，很久以前。”

“你们为什么分手了？”

“嗯……我们没能让对方显露出最好的一面。”他平静地说。

“但你们还能在一起工作？”

“是的，她很有天赋，我们都很有抱负。”赛斯抬起头，棕色的眼睛里带着笑意，“你今晚有好多问题要问。”

“对不……不起，我有点儿喝多了。”我有点眼神恍惚，“如果等会儿我得发言，不知道我该怎么办！”

“你没问题的，你连《与英国共进早餐》都应付得了。”

“那时候我很难堪！”

“但你因此被很多媒体报道了。”

“没错，我最喜欢的是‘克洛伊·亚瑟是个淫妇网’。”我讽刺道。

赛斯不屑地说：“别理那些键盘侠。”

“我在试着不理他们呢，我只是不明白，为什么完全陌生的人会对我有这么大的恶意。”

“他们不需要太多理由。”赛斯说，“在公众眼中，每个人都是可以批评嘲弄的对象，没有任何限制：唐氏综合征儿童、阿尔茨海默症患者……有一次，我拍了一位被泼硫酸的受害者，她的整张脸上都布满疤痕。她当时戴的项链都融掉了。”

“天啊！”我厌恶地惊叫了一声，盯着他问，“什么人会做这种事啊？”

赛斯耸了耸肩：“有严重心理问题的人。别往心里去。我知道，这些问题说起来容易，解决起来是很难的。”

“嘘！”贾尔斯身体前倾，拍了下手。那个头发立着的男人再次登台，身后跟着两个男人和两个女人。之前他们坐在一排椅子上。

“女士们，先生们，希望大家适才用餐愉快，喝得开心。毕竟，这就是颁奖之夜的意义所在。”他眨眨眼，台下响起了喧闹的笑声。我们旁边桌上的一个女孩要往下坐，结果完全没坐在椅子上，我不由得笑了起来。

“首先有请我们的评委们发表专业点评。评委们会向我们讲解他们对最佳办公场所的看法，然后我们会宣布获胜者！”

评委们轮流发言时，我们桌的所有人都又紧张又兴奋。

贾尔斯说：“如果该死的汤姆·巴诺夫赢了，我就起身走人。”他的额头上渗出了很多汗珠。

凯特和穆丽尔紧紧抱在一起，紧张地尖叫。西蒙妮像个孩子似的把握紧的拳头塞在嘴里。

“贾尔斯，如果我们赢了，我能上台站在你旁边吗？”维里蒂身体前倾，把裙子的领口往下拉了拉，“就算我不说话，也能给团队增添一抹魅力。”

贾尔斯正皱眉看着台上谈论员工工作效率的女士：“嗯……不了，不需要那样，维里蒂，我们不希望台上太挤。”

维里蒂瞪着我，好像这是我的错。我把头转开，看着主持人回到麦克风前。“我不会再吊大家的胃口了。言归正传……”他向身后的一位女士示意，后者递给他一个金色信封，他从里面抽出一张卡片，“今年，最佳的工作场所是……”

我们桌边的每个人都屏住呼吸，冲对方龇牙咧嘴。屋里的沉默好像要永远持续下去似的，直到主持人说出：“……‘领导者’公司！”

第二十八章

“10年前，我决定创办自己的公司，而不是像其他花花公子那样，把时间和金钱浪费在奢华的度假上。”

我还没见过贾尔斯自恋到如此令人难以忍受的程度。我和凯特、穆丽尔一起站在舞台的台阶下，我拿着笔记本，不停地换脚站着。他的获奖感言拖了15分钟还没讲完。他不停地挥动奖杯，得意扬扬地看着他的对手汤姆·巴诺夫。巴诺夫瘫坐在座位上，看上去很想找个人打一顿。

贾尔斯停顿了一下，瞥了一眼看上去有点儿冷淡的评委们，主持人很快趁机打断了他：“谢谢，贾尔斯。我认为评委做出决定最重要的因素之一，就是你们与社区之间令人印象深刻的联系。你能给我们讲讲这个部分吗？”

贾尔斯亲切地点点头：“完全没问题！诚然，‘领导者’是全国最成功的数字广告公司。”他停顿了一下，刻意环视房间，“但我们仍保有一种道德感。”

我向凯特抱歉地笑了一下。贾尔斯开始在舞台上踱步，她抬头看着他，脸上带着一种难以捉摸的表情。

“在‘领导者’公司，我们意识到自己生活在巨大的特权中——有些人没有栖身之所，没有一顿温暖的饭，也没有一个人会亲吻他们道晚安。天哪，甚至有些穷人根本不知道马上就是圣诞节了。”

台下的观众发出愤怒的躁动，主持人惊慌地向我招手：“克洛伊，你想说些什么吗？也许你们的慈善代表也有话要说。”

我慢慢走上台阶，凯特扶着我身后的穆丽尔。我紧张地笑着，看向台下那一大片醉醺醺的面孔。有人认出了我，嘟囔着，其中一个人喊道：“真‘愉快’啊！”这引发了一阵笑声。真棒，我淫荡的名声已经广为流传了。

我看着笔记本眨了眨眼，眼前标有下划线的文字“企业社会责任”有些模糊，为什么我没有坚持只喝汽水？

我看着凯特和穆丽尔走到最高的台阶上，穆丽尔在空中挥舞着拐杖，我笑了。她那纯粹的快乐提醒了我——什么才是重要的。

“企业责任，”我对着麦克风说，“这是一个相当枯燥的词，或者可以叫它企业社会责任，这听起来也并没有什么吸引力，不是吗？”

有人吃吃地笑，也有人大声赞同。

“就我个人而言，我认为《超人》更好地描述了这件事，”我继续说道，“能力越大，责任越大。”

我试着忽略在舞台上摆出超人造型的贾尔斯。

“企业是有力量的实体，但它们并不是孤立存在的。它们所做的每一件事都影响着周围的社会，对吗？

我欣慰地注意到，有些人坐直了，看上去很感兴趣。

“像‘领导者’这样的公司，存在不能只是为了赚钱。”贾尔斯假装在手里数着成沓的钞票。我接着说：“它们也可以很有爱心。这就是为什么我们决定支持布莱顿的慈善机构，在我们的城市里，它们一直都在不知疲倦地努力提高着许多人的生活质量。”

我伸出胳膊，凯特和穆丽尔朝我走过来。“我不得不说，这两位最近都成了我个人的超级英雄。请为凯特和穆丽尔鼓掌吧！”

凯特的演讲激动人心，她讲述了“布莱顿扶助者”的工作，以及各个企业如何参与其中。然后，穆丽尔拿起话筒，亲身讲述了与凯特联络之前她自己的孤独生活。她讲完的时候，大部分人都在用纸巾擦拭脸上的泪水。

主持人笑容满面地走到我们身边，评委们起立为穆丽尔鼓掌。

“我相信在场大部分人都看过你的那个视频，穆丽尔。你不会反对痛快地跳场舞吧？”主持人说完，朝舞台后方点了点头。下一刻，音响里放起《摇摆和尖叫》，穆丽尔的眼睛睁得大大的，和我的目光相遇了。然后凯特和我挽着她，开始在舞台上旋转。宴会厅里的每个人都跳了起来，扭动着臀部，跟着音乐一起唱歌，我们大笑不止。

“你感觉怎么样，克洛伊？”碧安卡在镜头后面问我。我向后靠在红色镶金边的椅子上。

“感觉自己喝多了，说实话。”获奖之后，我们就一直在开怀畅饮，酒店的这间会议室好像也在旋转。

“现在正该是庆祝的时候啊。你能相信吗?! 你的婚礼还有不到一个月就要举行了！你有什么话想对未来的新娘说吗，克洛伊？”碧安卡笑着问。

“我等不及要和你结婚了。”我闭上一只眼，指着摄像机，“你是我这辈子遇到坠棒……最棒的事。呃！”我打了一个嗝，身体抽搐了一下。我咯咯笑起来，把头歪向一边。“我现在得睡觉了。”我对着雕花木椅的扶手说。

“可以，很棒。”碧安卡说，“我们已经采访过其他人了，所以这就搞定了！你们最好去搭最后一班火车回家，是吧？”

“嗯……对，呃，在哪里……”我茫然地环顾屋子，找我的东西。

“你的包在这儿，你把大衣放在衣帽间了。”就在我撞上相机三脚架之前，赛斯抓住了我，把我的手提包挂在我肩上，“衣帽间就在走廊尽头。”他打开门，把我领到正确的方向。

“谢谢。”我又打了个嗝，撞到墙上弹了回来。我眯起眼睛，明晃晃的地毯仿佛在旋转。我透过衣帽间的玻璃门往里看。服务员已经走了，只有几件外套还挂在栏杆上。

“你好啊，我的大衣。”我透过玻璃挥了挥手，然后推开了门，“想我吗？”我伸出双臂抱住大衣往下拉，它仍然挂在衣架上，我却摔坐在了地上，包里的东西洒了一地。

“哦哦哦，你这个破包！”我四肢着地在栏杆下爬，追着滚远的卫生棉条和口红。在我身后传来一声巨响，我转身看到贾尔斯正盯着我的屁股看。他的衬衫敞着，露出浓密的金色胸毛，眼睛定定地看着我，里面布满血丝。

“啊，她在这里，我的秘密武器。”他靠在门上，脸上带着满意的微笑，“你知道吗？我觉得我们的合作非常完美，克洛伊。今天晚上大家都在夸奖你。”

“谢谢。”我往后一坐，说道。

“我觉得我低估你了。”贾尔斯歪着头。

“没错，你确实是。”我打了个嗝，抬起头厚脸皮地说道，“不过现在让我做客户经理，也还不算太晚，是吧？”

“不晚。”贾尔斯吃吃地笑着，走近我，站在我面前。我仰起头看着他，他伸出一只手。我抓住他的手腕把自己拉起来。突然，他的双臂抱住了我的腰，把我拉向他。他呼出的气里全是威士忌酒味。

“呃……贾尔斯，你在干什么？走开！”我扭动身子，想挣开他的手，我把脸转开，他吻着我的脖子。

“来吧，克洛伊。”他急切地低声说，“你也许知道怎么让自己愉快，但我可以让你更爽！”

“不，贾尔斯！把你的手拿开！”我用力推他的肩膀，尽量往后靠，但他搂着我的后脑勺，用嘴压上了我的嘴。我们的牙齿撞在一起，他的舌头滑进我的嘴里，像鼻涕虫一样黏糊糊的，劲力很大。

“嗯唔——！”我感觉他的胡茬儿刮着我的下巴，他把舌头伸得更深了，手指摸上我裸露的后背。我挣扎着呼吸，心中愤怒激增，我猛地抬起膝盖，顶向他的胯部。

“啊啊啊！”贾尔斯倒吸一口冷气，放开了我，双手在腹沟上拍打着，弯下腰去。

我抓起包和大衣，踉踉跄跄地离开他，厌恶地擦着嘴。贾尔斯喘着气，两眼泪汪汪地瞪着我。他的刘海贴在汗津津的前额上。有那么一小会儿，我们就这样瞪着对方，然后我退出门，跑向宴会厅。

第二天早上，刺耳的闹铃声让我从昏睡中醒来。我呻吟着挥手去打闹钟，结果打到了装水的玻璃杯。杯子咚的一声掉在地板上，溅出来的水弄湿了我的脸和枕头。

“该死。”我坐起来。我还穿着昨晚参加颁奖典礼的绿裙子，睫毛被睫毛膏黏在一起，眼睛后面的位置隐隐作痛。我看了一眼时间，9 点了，我惊慌地眨了眨眼。我现在应该在办公室才对。

我跳下床，脱下裙子，跑去洗澡。这时我突然想起来，贾尔斯说今天我们都可以晚一小时去办公室。

贾尔斯。天啊。我努力回想昨晚发生的事情，让洗澡水冲着我的脸。当时，我从衣帽间跑出来后，几乎没有注意到人们在对我说什么。贾尔斯重新回到我们这群人身边后，我设法避免与他的任何接触。回家的火车上，我闭上眼睛，把外套罩在头上，假装睡着了。

今天早上见到他以后，我他妈到底该怎么做？我忧心忡忡。如果他根本没想吻我，那我就是无缘无故地用膝盖攻击了我老板的生殖器？我那是喝醉了，但是——不，那当然是他的错。你不会不小心把舌头滑进别人的喉咙。我不知道他会不会从办公室打电话向我道歉。

我步行穿过肯普顿区去上班。我的大脑像浆糊一样，我不确定自己应该采取什么行动。也许今天我最好忽略这件事，毕竟我还宿醉未消，然后等到周末，我可以和多姆聊一聊，再决定怎么做。或者我可以问问杰丝，毕竟她是负责人力资源的。

我在前台刷了卡，特蕾莎正俯身在乐高桌子前和苏琪说话。她们都盯着苏琪的电脑屏幕。

“克洛伊？”特蕾莎的头猛地抬起，惊讶地看到我站在那儿。

“嘿，早，贾尔斯说我们可以晚点儿来，因为昨晚有颁奖典礼。”我说，她们吃惊地看了一眼对方。

“你知道的，‘最佳工作场所奖’？我们赢了！”我又试了一次。

“我简直不敢相信，你怎么这么厚颜无耻！”特蕾莎气呼呼地说。

“什么？”我皱眉问道。她转过身去，跺着脚走上楼梯。我看向苏琪，她低下头，开始疯狂打字。我能看出来，她甚至根本没在真的打什么句子。

我按下电梯的按钮，不安的感觉掠过我的身体。所有的员工都应该庆祝我们的胜利才对啊。我到三楼时，鲁迪和他的几个伙伴正在等电梯，一个小伙子低低地吹了一声口哨。

“哟！这不是那个淫荡的妓女吗！”

“闭嘴，你这个笨蛋。”鲁迪低声说，但他没有像往常那样朝我笑。从我身边走过时，他避开了我的眼神。

我心中顿时充满疑惧。我推开通往三楼的门，立刻造成很大的反应：大家本来都在谈话，此刻都停下了，转过头来瞪着我。有些人倒吸一口冷气，几名同事从电脑前探出头来，想看看引发这一场面的原因。

维里蒂正和西蒙妮坐在懒人沙发上，她双手叉腰站起来。“你怎么可以这样做？”她怒气冲冲地说，“你把一切都毁了！”

我目瞪口呆地看着她。这间屋子里明显的敌意让我有点儿想吐。

“回去工作吧，各位。”杰丝在贾尔斯办公室门口现身，“克洛伊，你能过来一下吗？”她向我招手。她平时愉快的酒窝不见了。

“到底发生了什么事？”我问道，一边随手关上了贾尔斯办公室的门。杰丝坐在贾尔斯的桌前，揉着眉毛。我问：“贾尔斯呢？”

“他今天不来了，克洛伊，毕竟今天出了这种……新闻。”她指着电脑屏幕，“我想你还没看到吧？”

“没有。”我吞了下口水，“我今天早上没上网。里面说什么？”

我绕过桌角，对着屏幕上我和贾尔斯被放大的照片倒吸一口冷气。他抱着我后仰，手指紧扣在我背上，他的嘴紧紧压在我嘴上。我使劲闭着眼睛，一只手抓着他的肩膀，头发在身后散开。我恐惧地意识到，我看起来并不像在挣扎。我看上去似乎已经心醉神迷。

“不！”我小声说，读着《每日邮报》的标题：

破坏家庭的人：和自己结婚的女人与有妇之夫通奸

“不是那样的。”我恳求地看着杰丝，“你得相信我。他抓住了我，想吻我！”

杰丝的眉头皱了起来，黑眼睛审视着我的脸，“我想相信你，克洛伊，我当然想，只是……嗯，这照片看起来不太好，是吧？”她又看了一眼屏幕，我开始读文章的剩余部分。

通奸

近日，克洛伊·亚瑟宣布她将与自己结婚，这一消息震惊了全国。日前，有报道称，亚瑟与无耻的浪荡公子贾尔斯·哈珀有染。贾尔斯·哈珀是哈珀饼干公司的继承人，也是最近获得殊荣的数字广告公司“领导者”的老板。哈珀先生和他的妻子安吉拉以及两个孩子一起定居霍夫。

曝光

昨晚在托特纳姆法院路举行的“最佳工作场所奖”颁奖典礼上，这对情侣在未察觉的情况下被拍下了激情相拥的照片。当时贾尔斯的公司“领导者”刚刚获得了金奖。其中一位嘉宾，白象公司的首席执行官汤姆·巴诺夫评论道：“很讽刺的是，‘领导者’赢下这个奖，是因为他们公司的道德水平高——如果他们在私人生活中也有类似的道德感就好了！”

自慰

亚瑟小姐被很多人称为自恋狂，她最近出现在日间电视节目中，公开谈论自慰，引起了许多观众的愤怒。一位全职妈妈抱怨说：“我三岁的孩子也在看节目，我不得不关掉电视，这实在是太可耻了。”亚瑟小姐在《与英国共进早餐》中谈论“让自己愉快”的视频，请点击此处观看。

堕落

今晨，亚瑟小姐和哈珀先生都尚未对此事发表评论。哈珀太太的亲密朋友承认，这一背叛行为让她悲痛欲绝。其中一人说：“如果克洛伊·亚瑟在破坏了别人幸福的家庭之后，还执意要与自己结婚，那她一定是个十足的自大狂，太恶心了。难怪她无法找到自己的男人。”

第二十九章

“给，这里面加了双份白兰地。”亚尼斯在我们桌上放下盛着三杯“边车鸡尾酒”的托盘，然后在多姆身边坐下。我们此刻正坐在肯普顿区一家禁酒令主题酒吧[1]的红木隔间里。

“我不敢相信，他们竟然把你停职了。”多姆舔着杯沿上的糖边。低亮度的红光投在他脸上，他的表情异常阴沉。

我叹了口气：“我想杰丝走完法定停职手续需要些时间，至少她也听了我这边的说法。”

一开始，杰丝的表情僵硬，十分警惕。她完全被读到的内容惊呆了。然后我把衣帽间里发生的事情原原本本地告诉了她。复述一遍这件事让我很难过，但至少我的眼泪似乎让她相信了我说的才是真相。

“克洛伊，既然你告诉我这不是你自愿的，那我相信你。”她说着，拉我过去拥抱了我。

1　20世纪20年代，美国开始实行禁酒令，很多地下酒吧会伪装成普通商店卖酒。后来禁酒令废除，便有许多模仿禁酒令时期地下酒吧风格的酒吧诞生，以纪念当时的文化。

“但恐怕在我处理这件事时，你和贾尔斯都不能来办公室。”

显然贾尔斯坚持是我扑向了他，他现在只想把我赶走。他说我已经暗恋他好几个月了，我应该因“不当行为”被解雇。

“他们肯定不能因为这个解雇你。”亚尼斯说。

“他和我的说法完全相悖，可悲的是，他掌握的权力比我大得多。”

“是，但如今这种卑劣小人是没办法脱罪的——看看哈维·韦恩斯坦吧。”

“嗯……不过拜八卦小报所赐，我现在也算不上什么可靠角色。”我凄惨地搅拌着我的酒。

“你觉得是谁拍下的那张照片？”多姆问。

“可能是客人里的任何一位——也许是贾尔斯的对手。”

“好了，我们绝不能让这件事毁了你的婚礼。”多姆猛地甩了一下手，“别管那些人怎么说，你的朋友们都知道真相。”

亚尼斯把手放在多姆的手上：“不过，也许你可以把婚礼推迟一些，等到这阵风波平息下来之后再说？否则可能会让局势进一步恶化。”

“我们为什么要迎合他们？”多姆甩开他的手，“我们得昂首挺胸地面对他们——再有两周就是大游行了。”

我和亚尼斯对视了一眼，我有点儿同意他的观点。我的信心已经被击垮了，不确定我是否有力量继续为自己的利益而战。在我读到《每日邮报》的文章时，我甚至开始有点儿讨厌自己。

“就算‘领导者’真的炒了你又怎样？”多姆身体前倾，“你不喜欢在那里工作，也并不需要他们。你的博客写得很好，你是个很有天赋的写作者。你会找到另一份工作的，没问题。”

一想到要熬过求职的整个过程，我心中就充满恐惧。我已经历过太多次，知道那有多令人沮丧。

“你觉得哪个老板会想雇用我——一个手淫的小三自恋狂？”

“今天的新闻报纸，明天就是炸鱼和薯条的包装纸了。”多姆固执地说，“布莱顿人可是很喜欢炸鱼薯条的。”

又喝了一杯后，亚尼斯起身准备离开。“我们回公寓见？”他揉了揉多姆的头发。

多姆只是闷闷不乐地耸耸肩，拿起了他的鸡尾酒餐巾。

亚尼斯走后，我对多姆说：“拜托，不要因为这件破事跟亚尼争吵。”

“但这恰恰证明了他多没骨气。”多姆眼神倔强，“我不喜欢欺负别人的人。相信我，我遇见过不少。”

“你超有勇气，我简直太爱你这一点了。”我说，“但有些人会更乐于避免冲突。你们还在因为他妹妹的婚礼争执吗？”

“对，现在这已经变成了一件大事。亚尼斯觉得，如果他真的邀请我，我就会忍不住找他那些心胸狭窄的亲戚算账。”多姆的嘴抽搐了一下，“还真说不定。”

我暗笑：“你这个小恶魔。来，我们走吧。”

我们走到圣詹姆斯街上。这个下午温暖舒适，天空是明亮的金色，餐馆和酒吧都敞着门。我们向“龙虾吧”走去，音乐和笑声飘了过来。

“我们现在去和魔方制片公司的人见面做什么？”多姆问。

“碧安卡想拍一些我在婚礼会场讨论装饰的镜头，好让大家更期待。”我叹了口气，“我现在的热情简直不能更低了。”

“哦，克洛。”多姆用胳膊挽住我，“整个婚礼的意义就是在讲相信自己，不是吗？当然了，在事事顺心的时候，这很容易做到，但当你身处糟心的风暴中时，比如现在，这一点才真正重要。”

我们走到“龙虾吧”时，碧安卡和赛斯正在店外拍 AJ。碧安卡穿着芥末黄色的连衣裙，正在看 AJ 说话。AJ 系着和帆布躺椅同花色的围裙，上身穿着白色背心，露着微微隆起的二头肌。

“克洛伊当然不正常！”他说，“在这个混乱的世界里，你要是能给我找到一个真正‘正常’的人，我就让你终生免费吃薄煎饼。”他看到了我，挥挥手道：“嘿，克洛伊！”

碧安卡迅速转过来，赛斯穿着一件史努比图案的 T 恤，摆弄着相机，没有看我的眼睛。我在内心深处呻吟——我敢打赌，他们现在肯定非常后悔选择了我，毕竟报纸上现在都在说我破坏了别人的家庭。

“听着，昨天《每日邮报》上的那篇文章……”我向碧安卡走过去，“如果你们不想继续拍我，我也能理解——我不想降低你们纪录片的格调。”我看看她，又看看赛斯，“但我还是要说，那些都不是真的。是贾尔斯强吻了我。”

赛斯双唇紧闭，仍然专注于他的镜头。碧安卡眨了眨眼，然后咯咯笑了起来。

“克洛伊，不要以为“每日骂报”能阻止我们——我们可是在媒体工作，记住！我一眼就看出贾尔斯是个色狼！无论如何，根本就没有什么所谓的‘负面宣传’。”

“呃，你读过他们怎么说我吗？”

“他们说什么不重要，重要的是你选择听什么！”AJ 走过来，站在我旁边，“别理那些趁火打劫的媒体，克洛伊。”

“现在‘龙虾吧’里面客人有点儿多，”碧安卡把两把帆布躺椅拖到鹅卵石道上，“你和多姆就坐在这儿给我们讲讲婚礼的准备工作吧！我们会把码头做背景。”

“嗯，我们决定以海滨为主题，营造一种悠闲的乡村氛围。”多姆倒在帆布躺椅上，得意扬扬地笑着说，赛斯把镜头对准了他，“我觉得伴娘的礼服特别漂亮。克洛伊，你想告诉他们吗？”

“不，你来说吧。”我微笑道。

“好吧，嗯，我们一直在使劲想该用什么配色，然后有一天晚上，我们坐在海滩上，给朵拉扔鹅卵石玩，克洛伊突然说：‘就是这个——鹅卵石！我们让伴娘们穿上鹅卵石颜色的礼服吧！’一开始，我有点儿怀疑。我的意思是，大家都会觉得石头没有什么颜色，但是……你看！”多姆弯下腰，捧起一把鹅卵石，“当你仔细观察它们的时候，你会发现，它们的颜色比你想象的多得多！看……有深栗色，淡太妃糖色，浅灰色，浅粉色。一把石头里，就有这么多！”

赛斯把镜头拉近，对准多姆的手。碧安卡则看向“龙虾吧”，人们正从店里出来，走上木质露台。

“那食物都有什么？”她心不在焉地问。

“AJ 在设计一份梦幻菜单，对吗？”我问 AJ，他正把盛着柠檬水的塑料杯放在我旁边，“我们会有丰盛的海鲜拼盘。”

“哦，正是如此。”AJ 直起身子，“有茴香烤鱿鱼、红烧扇贝、金枪鱼片、贝类浓汤。”他像个指挥家一样挥动着双手说道。

“汤姆，别丢下孩子们不管！”我们听到露台那边传来专横的大嗓门说话声，我惊慌地看向多姆。

“该死，是琳达！”

琳达看到了我，大步走了过来：“克洛伊，你到底来干什么？我没有邀请你！”

“我本来就住这附近。”我站起来，AJ 关切地看着我们俩。

“但我的搬家告别派对租用了这个场地。”琳达不耐烦地指了指露台上的那群人。我看到莫拉格和邓肯正在和希瑟、雷以及“欢乐”聊天，心中顿时有种被排斥在外的刺痛。

汤姆走到我们旁边，他穿着粉橙色衬衫和斜纹棉布裤。他递给琳达一杯塞满新鲜水果的皮姆酒，怀疑地看着我：“天哪，克洛伊。这可真是一个惊喜。”

“我们以为自己也能参加聚会，汤姆。”多姆从帆布躺椅上站起来，舔了舔嘴唇，“我可是很喜欢公立学校的性感小美女的。”

“我们这里可不欢迎那种事，谢谢。”汤姆结结巴巴地说。

碧安卡咯咯笑了，我转向镜头说:“嗯……也许我们可以换个别的地方?”我撇了撇嘴，想让他们知道我现在有多尴尬。

“现在他们都到露台上了，你们可以进店里?”AJ建议道，“对不起，我以为你知道这个聚会。”他低声对我说。

“这些相机又是怎么回事?”琳达询问。

“我们正在拍摄一部关于克洛伊婚礼的纪录片。”碧安卡兴致勃勃地回答道，一边示意赛斯把镜头对准琳达，“你对此有什么想法吗?”

琳达把前额淡褐色的头发拂开:“简直太荒谬了！克洛伊现在显然精神不正常。艾玛和我都被这件事弄得很心烦，对吧，艾玛?”

她把艾玛叫了过来。艾玛穿着飘逸的薄纱裙，正在和她丈夫詹姆斯急切地说着什么。

“哦，看看啊，这不是该死的‘乐观小姐’吗。”多姆慢吞吞地说，他看着艾玛不情愿地走过来，脚在地面上不停轻拍。

“克洛伊，我不知道你会来。”艾玛看了一眼我的眼睛，然后飞快地移开目光，皱眉望着地平线。朵拉高兴地摇着尾巴，气喘吁吁地跑上去迎接艾玛，但艾玛只是用手按住了它的额头。我感到一阵悲伤，我从来没觉得离她这样远。

“克洛伊一点儿也不尊重婚姻的神圣。”琳达对着镜头说，“尤其是最近发生的事情，更能说明这一点。”她转向我，“我在报纸上看到了你和你老板的照片。你真是走上邪路了，勾搭有妇之夫绝对是最糟糕的行为。”

“我什么也没做！”我尖声叫道，“是他强行那样的！”

“哦，拜托，你们接吻的照片都在报上，这可不是什么无聊的谣言！”琳达嘲笑道，“我一直知道你很刻薄，可我从没想到你会干出这种事来。”

“那你相信我会做出这种事吗？”我问艾玛，她抱着胳膊，试图让自己显得冷漠，“这就是你没有联系我、支持我的原因吗？”

“我不知道该怎么想，克洛伊。”她的声音很冷淡。

“事实上，我跟贾尔斯的朋友们一起打高尔夫球。”汤姆嘟起嘴唇说，“我听说，是你扑到他身上去的——这几个月来你一直很伤心。”

“嗯，这更说得过去。”琳达不屑道，“贾尔斯是伊顿公学毕业的，会继承一大笔财产，有三套房子、一家成功的公司，还有一个以前是模特的妻子。他为什么要破坏这一切？”

“况且我又没什么可失去的，对吧？天啊，你们真是我的好朋友！”我瞪着艾玛，但她目不转睛地盯着鹅卵石路。琳达露出一丝假正经的微笑。

“她们并不是朋友，克洛。”多姆用一只胳膊搂着我的腰，“走吧，你不需要遭受这种对待。”

“没错，你们都滚开吧，我要走了。”说完，我对着碧安卡抱歉地摇摇头，和多姆一起朝“龙虾吧”里走去。我对琳达说：“希望你被该死的皮姆酒呛到。”

“该死，克洛伊，那个女人太讨厌了。”AJ 快步走到我旁边，“我要把他们都赶出去吗？她的朋友都和她一样没礼貌。”

“别费心，他们可能都很有钱，所以你也可以从他们身上榨点儿油水。反正我已经要走了。”我在“龙虾吧”的门口和他拥抱了一下，说了再见。

“伙计们，我想我们今天得取消计划了。”多姆转向碧安卡和赛斯。他俩紧紧跟在我们身后，赛斯肩上还扛着相机。

我避到一旁，让一位留着棕色光滑波波头的孕妇通过。我盯着她右脚踝上的玫瑰文身。这个图案似乎有些熟悉。

我看了一眼那件鸽子灰色的束腰外衣，衣服在她隆起的肚子上绷得紧紧的，还有那串长长的珍珠项链。我恍然大悟，最后看向她那双斜斜的绿眼睛。

“莎弗伦！”

“你好，克洛伊。”莎弗伦看了一眼我身后的碧安卡和赛斯。

“你这是……他是不是……”多姆像拳击运动员一样，围着莎弗伦跳过来跳过去。我太震惊了，完全说不出话来。

“是的，我怀孕了，没错，孩子是安特的。”莎弗伦翻了个白眼，就好像这个话题非常无聊似的。

“真是说谁谁就到。”看到安特从“龙虾吧”里走出来，多姆冷笑了一声。安特身后是艾玛的丈夫詹姆斯，后者看到我时一下子把头撞在了门框上，他皱着脸，无声地向我道了句歉。

安特穿着一件短袖白衬衫，他的手臂肌肉发达、皮肤黝黑。我默默地注意到，他看上去特别健康，非常帅。

"该死。克洛伊。"他困惑地看了一圈我们这群人，朵拉想对他表示欢迎，结果再次遭到拒绝，他推开朵拉，道："我还以为他们没有邀请你呢。"

"确实没有。"琳达、汤姆和艾玛也跟着过来了。

"能不能别再说我没被邀请了——这里是向所有人开放的海滩！"我终于找回了说话的能力，而且声音非常大，"那么，琳达，你批评我，但你却认同这个，是吗？"我指向莎弗伦怀孕的肚子，"你知道这两个人背着我快活地鬼混，满口谎话欺骗我吗？"

琳达的嘴张开又闭上——她试图让她的个人道德准则合理化，艾玛则瑟缩了一下。

"听着，克洛伊，我能理解你为什么生气，但我们不应该在这里说这个。"安特举起一只手掌，"那架相机在干什么？你有必要把一切都公开吗？"

"闭嘴！"我指着他，"你这个*大渣男*！你知道你有多*差劲*吗？一开始，你说你感觉被困住了。"我举起手指，数着他可怜的借口，"然后你告诉我，你不是*有意*伤害我的，接着你又说是*我的*错，就好像*我*才是变了的那个人。现在你又要和我的室友生孩子了！你还说是我疯了？"这种不公平的待遇几乎让我说不出话来。

"实际上，这都是意外发生的！"安特咆哮道，好像这样就可以免除他所有的罪责。

"但我们已经准备好了。"莎弗伦用手抚了抚肚子。

"哦，是的，你看上去确实准备好了，莎弗伦，剪好了飘逸的新发型，穿上了这身土气的衣服。”我弹了一下她的波波头，她退缩了一下，“把你邋遢的脏辫剪掉了，对吗？”

“你可以除掉伪嬉皮头上的脏辫，但你没办法把脏辫背后的伪嬉皮除掉！”多姆告诫安特。

“对了，我把你的蠢铜锣卖掉了。”我告诉莎弗伦。

“你怎么敢！”她傲慢的表情维持不住了。

“是你怎么敢，你这个卑鄙的死贱人！”我们瞪着对方，我的内心充满了愤怒。如果她没怀孕，我现在就会把她扑倒在地。

“听着，我们都需要冷静下来——现在这种情形对任何人来说都并不好受。”艾玛走向我，嘴唇颤抖着，詹姆斯的一只手安慰地放在她肩上。

“哦，你说得可真对，姐，这绝对不好受。”我低声说。

“怪妈妈——！”麦茜忽然出现在门口，我的心扑通扑通地跳起来，她那张小天使般的脸孔兴奋得容光焕发。她毫不犹豫地向我扑过来，把一头金发的脑袋埋在我胸口，大笑不止：“我好想你！”

我俯身吻她的太阳穴，呼吸着她身上的芳香：“我也想你，亲爱的。”情绪在我胸中涌动，我使劲咽了口唾沫。

“看，你看见了吗？这里面有个婴儿！”麦茜转过身，把手掌小心地放在莎弗伦的肚子上，我们都惊慌地看着她。她问：“你想和我一起跟他聊天吗？”她把两只手拢起来放在嘴上，低声对着莎弗伦的肚子说：“你好呀——小宝贝！”她的蓝眼睛闪烁着喜悦的天真。

我再也承受不住了。我疯狂地眨着眼睛，强忍住泪水，双手乱摸着去找多姆。抓到他时，我终于松了一口气，感觉到他的手臂又一次搂住了我。过去几天的压力全部崩塌，砸在我身上。多姆温柔地把我带离这群人，我靠在他身上，哭了起来。

第三十章

亲爱的克洛伊：

安特要当爸爸了？天啊，难怪你受不了！我简直想象不到那种感觉会有多糟糕。如果问我，我会说，安特的成熟程度和一个蹒跚学步的孩子差不多——我不确定他是否准备好了，去抚养一个孩子。你能想象他换下一条脏的纸尿裤吗？更不用提那些没法睡觉的晚上了，你知道他早上的脾气有多差！

我也不敢相信，你的老板竟然声称是你主动骚扰他！我真遗憾，克洛依，我知道你可能觉得生活已经崩溃了，就像一座房子变成了废墟。但是你可以这样想：没有一扇新的门为你打开，这是因为其实根本就没有门。你本就可以离开——继续前进吧，姑娘！

过去的这几个月里，你帮了我这么多，我很想报答你，我向你保证这一点：有些日子比你想象中更灰暗，但你要坚持你的方向，因为就在你认为改变永远不会发生的时候，黎明便会到来，希望将重新回到你身边。这是我亲身体会到的经验——来自那个差点儿在自己的影子中溺死的女孩。

不要让这些事毁了你即将到来的婚礼：它比以往任何时候都重要。

爱你的凯蒂　xxxxx

我靠在沙发上，把苹果电脑放在腿上的垫子上。我望向落地窗，大雨正敲打着玻璃。现在是周四下午，不上班的感觉很奇怪——这让我意识到，我有多么依赖朝九晚五的日常。朵拉躺在地毯上看着我，我一看向它，它就热情地摇起尾巴。我对它笑了。要是我对自己的信念能像我的宠物狗对我的一样多，那该多好。

我点击“回复”。

亲爱的凯蒂：

我很高兴之前能帮上你。和你聊天对我来说也很重要——比你想象的要重要得多。我可以很有把握地说，这是我生命中最难熬的一段时间。你是对的，我确实感觉周围的这一切都崩溃了——今年一月，我还有一个稳定的男朋友、一个最好的朋友、一份有把握的工作和持久的公寓合租室友。

现在这些全都不再可靠了。我和几个有可能合租的新室友见过面，但这些人似乎都和我不太合拍。其中一个人问我是否介意他在房间公共区域裸体（哈哈！），还有一个很怕狗，朵拉本想打个招呼，结果那人一直躲在沙发后面。

所有事都悬而未决，我感觉自己其实并没有那么强大，可以站在大家面前宣布我对自己的爱，但我意识到，我必须撑过去。只剩两天就是我的婚前单身派对了，所以我最好还是要振作起来——嘿！

我一直坐在这里，想写出我的婚礼誓言，但我不停想起那段传统的誓言，因为比起我写的话，它们似乎能更好地涵盖一切。看看这个："通过婚姻，克洛伊·亚瑟承诺会面对她的失望，拥抱她的梦想，实现她的希望，接受她的失败。"

天啊，如果真能做到这些，我们做梦都会笑醒吧?!我想，你和我都学会了承认自己的失败，而非为此惩罚自己。

但我一直在思考，要如何面对失望……我不应该因为它是负面的感觉，就把它放到一边。我应该欢迎它：你好，失望！

我很失望，我爱的人并没有同样爱我。我很失望，因为我最好的朋友不理解我——该死，半个英国的人都不理解我。我对自己也很失望，我觉得我的目标不够坚定。

那么，我该怎么做呢？也许我该承认，有些事情是我无法控制的。我不能指望所有的人都爱我、理解我。他们有自己的事情要处理。所以，我应该停止寻求认可。如果我有足够的信心，觉得自己做的是对的，那就应该足够了，对吧？

我们所有人都是如此。我在与自己的失望感斗争，而你，凯蒂，你一直在面对我无法想象的恐怖，这让我更客观地看待整件事。你鼓舞了我。

现在也许该专注于我们能控制的事情了——实现我们的希

望和梦想。我喜欢你的信念——希望总会重新回来。我想，这是我们之所以成为人类的一部分原因。

我希望能尽快见到你。

爱你的克洛伊 xxxx

“听我说，珍奇的鸟儿们。”多姆站在他公寓里鲜红色的双人沙发上，吹响脖子上戴着的一只银色哨子。他戴着一个闪闪发光的蓝色羽毛头饰，穿着银色亮片热裤，脚蹬一双亮闪闪的厚底高跟鞋，胳膊后面连着一对同色系的翅膀，整个人看上去光彩照人。他赤裸的上身和四肢上涂满了油和闪粉。

我的朋友们聚在他面前，我环顾四周，他们的羽毛都闪烁着鲜艳的色彩。

杰丝扮成了一只亮粉色的火烈鸟。莫拉格和邓肯都穿着鹦鹉装，大大的黄色鸟喙从他们的额头上伸出来。凯特穿着带翅膀的金属绿色紧身衣，穆丽尔则穿着天鹅裙，戴着白色头饰。“欢乐”扮成了两只斑鸠，穿着白色的羽毛连体衣，翅膀上有美丽的斑点。“我知道它们并不是什么奇异的鸟类，”波莉抱歉地对我说，“但它们终生只有一位伴侣。”

“请为你们自己鼓掌，你们看起来简直太棒了！”多姆发令，每个人都张开翅膀拍着其他人。亚尼斯和我妈妈从厨房拿来香槟，把杯子斟满。亚尼斯扮的是犀鸟，头顶上伸出闪闪发光的彩虹嘴，看上去特别漂亮。妈妈穿着一条长长的金色裙子，手腕上系着半透明的织物翅膀。

“克洛伊，我们想给你的服装做些最后的加工。”

多姆朝亚尼斯点点头，亚尼斯向走廊里走去。现在为止，我都穿着一件无肩带的白色天鹅绒连衣裙，头发盘成一个发髻，上面插着一缕银色羽毛。

当亚尼斯拿着一条极美的白孔雀尾巴现身时，所有人都欢呼起来。白雪般的羽毛织成了一道彩虹般的弧线，羽毛末端是亮闪闪的白色“眼睛”。

他跪在我身后，用一条镶着珠宝的腰带把尾巴绕在我的腰上。“太谢谢你们了，好漂亮！”我绕着圈，嗖嗖地转来转去，欣赏着飘在我身后的高贵的尾巴。

“好了，我们还有一个小时的时间，然后就搭出租车去我们的嘉年华花车那边。这些时间足够我们来做一些阴茎模型了！”

多姆引诱地挥了挥几包黏土：“两人一组，做出一个最棒的老二。获胜者将会得到一瓶龙舌兰酒！”

“哎呀，我都忘了老二长什么样了。”妈妈嘟囔着，我们都大笑起来。

我和杰丝一起蹲在我们的模型板旁边，把黏糊糊的彩泥揉搓成生殖器的形状。

“我现在要把它想成约翰的睾丸。”杰丝说着，恶狠狠地把球用力攥在手里。

“恐夫症还没好？”

她抱怨道:“症状还很厉害呢，我已经开始找借口待在办公室了。”

“公司最近怎么样？我已经两周没去了，感觉真是太奇怪了。”我说着，皱了下脸，“我对纪律会议[1]没抱什么指望。”

“我知道，亲爱的。”杰丝摇了摇头，“我恐怕没办法阻止贾尔斯抹黑你。如果他把你赶走，那他妻子更有可能会原谅他。”

“再用更多花招去骗她。”我小心翼翼地在阴茎模型末端包上包皮，然后把手指从阴茎的根部插入，“要是我会巫术，他会后悔惹了我的。”

我们俩都咯咯笑起来，轮流拿着阴茎诅咒着那些混蛋。这时，多姆家的门铃响了。

“是脱衣舞娘吗？”穆丽尔叫道，大家都欢呼起来。

“我没有叫脱衣舞娘。亚尼斯和我今天负责做花瓶。”多姆大摇大摆地走到门口，按下对讲键。他沉默地听着，然后点了点头，按下了开门按钮。

他打开大门，一边对我说:“如果你不愿意，那就不让她加入。”

艾玛站在走廊里，穿着一件黄色连衣裙，卷发拢在脑后，脸色发白。她把一样东西捂在胸口。

“现在有点儿晚了，是不是？”妈妈狡黠地说。

---

1 纪律会议：英国法律规定，所有违纪的员工都需要参加纪律会议，根据开会内容和相关管理制度来决定如何处理违纪员工。

“我不知道能不能说句话，”艾玛支支吾吾地说，“我给你带了这个。”

她递过来一本相册，封面是我抱着朵拉的照片，那时它还是一只小狗。下面贴着一个手工制作的牌子，写着“克洛伊：我的唯一”。

我接过相册，翻看了几页。照片中的我还是个小女孩，正在玩无脚蜥蜴。在其他几张照片上，我和爸爸钓鱼，在公园倒立，在高中公共休息室外抽烟，在宿舍的派对上喝酒，抱着怀孕的艾玛，和麦茜吹泡泡玩。

我抬起头，对她微微一笑。

“给，拿着这个。”多姆把一瓶打开的普罗塞克葡萄酒和杯子塞给艾玛，“你们可以到我们的卧室里聊一聊。”

我们沿着走廊往里走，听到多姆大喊：“好了，把你们的老二拿出来！”

我坐在多姆的床上，心中有点儿奇异的害羞感。艾玛倒上酒，递给我一个杯子。“干杯。”我们碰杯时，她尴尬地说道。

“听着，克洛伊，我不想让你觉得我是站在安特那边的。我只比你早几小时知道那孩子的事。”她开口道，踱到窗前，“而且你说是老板骚扰你的时候，我当然是相信你的——我知道你不是那种人。”

“好吧，谢谢你的信任。”我苦涩地说，她转过身来，眼睛闪闪发亮。

“我在试着道歉。我知道你这段时间过得很糟，我让你失望了，但你也并不总是在我身边！”

“我已经尽我所能了！”我争辩道，“我知道带孩子很艰难，但我不知道除了帮你当保姆，我还能做什么。”

艾玛的手攥成了拳头：“你根本不可能知道那是什么感觉，克洛伊！我始终都很惊恐。我不知道自己在做什么。我没有时间处理我的人际关系，没有任何隐私。我想要什么并不重要……我为两个孩子付出了百分之百的努力，而我自己却一无是处。”

看到艾玛绝望地张开鼻孔，我心中涌上同情：“哦，艾玛，你不是一无是处。你正在做的事非常重要。”

“对，我知道。”她厉声说，“我并非因为自己是一个母亲而觉得不快乐。我太爱孩子们了，如果他们不在身边，我会非常想念他们。我只是因为……我自己。我没有意识到，我会失去一切：音乐、书籍、外出就餐、看电影、搭配衣服、社交、锻炼。我不再为自己做任何事。即使只是去街角的商店买一包薯片，似乎也是一种奢侈。”

我咬着嘴唇。

“你忙着庆祝自己的独立和自爱，”她低声说，“你甚至都没注意到，你最好的那个朋友已经不存在了。”

我心中感到一阵懊丧，摇了摇头：“艾玛，我不会什么读心术。我还是觉得，你不该因为这些就怨恨我。我们在生活中做出了不同的选择，但至少应该互相支持。你不快乐不是我的错——你不该因为这个怪我。”

艾玛瞪着我，喘着粗气，然后肩膀无力地垂了下来，在床边的椅子上坐下。

“詹姆斯也是这么说的。”她平静地说，“昨晚我们聊了很多，这是我们几个月来第一次好好聊天。我当时想离开房间，但他抓住了我的手……他没有松手。他说他再也忍受不了我的愤怒了。”她的头垂下来，金色的卷发垂到腿上，“我不知道他会有这种被我隔绝的感觉，一想到会失去他，我就受不了。”

“哦，艾玛，詹姆斯不会因为这些离开你的。从你们认识的那一刻起，他就被你迷住了。”

“我不知道为什么。”艾玛吸了吸鼻子，“我以前比现在有魅力得多，也更有趣。你和我总是一起打破各种规矩——而你仍然在这样做！我却变成了无聊的老艾玛——洗衣服，自己做营养餐。天啊，连我妈妈都夸奖我。”她崩溃地笑了一声。

“艾玛，你知道的，我也洗衣服。”我戳了戳她。

“我知道，只是……”她叹了口气，抬头看着天花板，眼里满是泪水，“我在社交网站上看到你参加那些派对和其他活动，便总是会害怕，感觉自己错过了一切。我没有任何兴趣爱好。有时候我用别人的眼光看自己，会觉得自己一定非常可悲。前几天我在超市差点儿崩溃，因为我一直在挑去污剂，我想：‘这就是我现在的生活吗？清洁地毯？’。”

我用一只手搂过她：“亲爱的，不只是你，我们大多数人在大部分时间都会质疑自己在做什么！我最近也有过一次‘超市时刻’，非常尴尬。”我笑着说，“但你不能再去听那些假想的批评声了。如果我一直跟着你，说你很无聊、很可悲，你一定受不了，对吧？”

她带着沮丧的微笑瞥了我一眼：“对。”

“但我永远不会这样说，因为你是我见过最有趣、最好玩的人之一。”我用力抱了抱她，“而且詹姆斯会一直觉得你很有魅力，即使你的什么地方被撕裂了来着？”

“会阴。是，他也是这么说的。詹姆斯说，他一直担心自己不再吸引我了，但显然不是这样的！我想我只是……我也不知道，就像是关机了一样。”

我喝了一大口普罗赛克葡萄酒：“嗯，也许这才是头号激情杀手——感觉自己没有吸引力或自信。天哪，艾玛，你可真是给自己找了道难题。”

“我知道！结果我把最亲近的人都推开了。詹姆斯说，我和你吵架很荒唐，他说我们之间的友情是他见过的最棒的那种。”

我对她笑了，非常开心。知道姐姐拥有一个像我一样爱她的男人，我感到很安慰。

“我们重温了你在《与英国共进早餐》中的访谈，克洛，我感觉很……骄傲。”她哽住了，“我知道你为什么这么做，我百分之百地支持你。如果你愿意，我希望今天能加入你们，也希望能参加你的婚礼。”

“我当然一万个愿意！有一张伴娘座位卡，上面就写着你的名字，真的。我写了这张卡，以防万一。”

她紧紧地抱住我：“我保证，我再也不会把一切都憋在心里，然后拿你出气了。”她哽咽着说。

我坚定地说：“而且要是其他所有事都失败了，我们还是可以一起逃去做克利须那派教徒。”我开始吟唱“克利——克利——克利须那”，艾玛趴在我肩上笑个不停。

第三十一章

到了霍夫草坪后，我打开大众凯迪出租车的门。阳光炫目，我眯起眼睛。人行道上已经站满了等待游行的人。他们戴着彩虹帽，拿着旗子排队。海滩上也有一大群人，有的在一起野餐，享用游行日的早午餐，也有人在海里游泳。

我们这群珍奇的“鸟类”聚在国王路路边，欣赏着面前的一排排花车。布莱顿和霍夫足球俱乐部的花车是用蓝白条纹布装饰的，一家本地的桑巴舞公司花车上，员工已经跳起了舞，挥动着黄绿相间的彩球。苏塞克斯郡消防队开来了一辆大型消防车，消防员们裸着上身，绕着一根巨大的钢管扭来扭去。

我们听到身后有口哨声，转过身便看到魔方公司的摄制组正向我们走来。“看到你们这群性感的鸟儿，感觉就像来到了热带雨林。”碧安卡看上去也很漂亮，她穿着粉色亮片热裤和抹胸上衣。“婚前派对快乐！”她赞赏地展开我的尾巴，“大家都过来，弄出点儿动静来！”

多姆打开一瓶香槟酒的瓶塞，朝我们喷香槟，我们大家拥抱、欢呼。卡车的喇叭声紧接着响起，我们的花车朝这边开了过来。它非常华丽，上面装饰着巨大的纸制心形图案、气球和大把闪闪发光的红玫瑰。花车上靠近驾驶室的地方，摆着那张著名的红唇沙发的复制品，形状像一对嘴唇，左右是两个巨大的扬声器，还有一个向高处喷吐泡泡的机器。花车的后半部分有一个升高的小平台，上面放着一个三米多高的金鸟笼，里面悬着一根摇晃的木条，鸟笼的栏杆上挂满了银色的话筒、庆祝小号、哨子和彩纸礼花弹。

花车两边都用大大的红字写着："克洛伊·亚瑟的自爱花车：如果你连自己都不爱，又怎么能去爱别人呢？"

"看！"妈妈喊道。好像事先约好的一般，有人昂首阔步地穿过马路朝我们走来。他身穿紫色橡胶套装，披着带翅膀的斗篷，脚上穿着白色厚底靴，头戴巨大的金色假发，很像鲁保罗[1]。

"不会吧……"我大张着嘴，妈妈给了我一个大大的拥抱，"AJ，是你吗?!"

他仰起头笑了，亮紫色的嘴唇间露出洁白的牙齿："就是我，亲爱的。"

"你看上去……简直太妙了。"我敬畏地抚摸着他狂野的鬃毛。

"谢谢！"他很是得意，"我们到底上不上这辆自爱花车？"

"当然上！"我跳上花车，抓起一个彩纸礼花弹，在我的朋友们头顶拉开，"都上车！"

大家的热情被这位新加入的'变装皇后'点燃了，纷纷进入角

1 鲁保罗：美国演员、制片人、导演、编剧，变装皇后。

色，不停尖叫着，姿态华丽地登上花车。

多姆让凯特和穆丽尔坐在前面的红唇沙发上，然后在她们旁边坐下，把他又长又瘦的腿搭在沙发背上，好让厚跟鞋在阳光下闪闪发光。

艾玛和杰丝爬进了鸟笼。杰丝浮夸地抓住栏杆，假装被困住了，而艾玛拉住架子爬上去，像荡秋千一样坐在上面。她浑身上下都是彩色的闪粉，戴着一对翅膀。

碧安卡、赛斯、塔里克和其他几个摄影师商量，打算从地面跟着我们拍摄，花车前面的栏杆上也装了一个摄像机。司机发动引擎，花车开始震动。“我们出发！”开车了，我们吹响庆祝小号和哨子，向草坪上的人群挥手致意。

亚尼斯弯腰去操作音响系统，从条纹犀鸟头饰的嘴下面冲我眨了眨眼睛。紧接着，辛迪·劳帕的《本色》响起，所有的“天堂鸟”都跟着唱了起来。我目光所及的每一处，都是闪亮的色彩和微笑的脸，我们高声唱道：“你的本——色很美——就像彩——虹一般！”

我们缓缓穿过市中心，经过英皇阁。布莱顿的街道上一片湿热沸腾，到处都是闪闪发光的亮片、羽毛装饰、花环。穆丽尔高兴地向大家挥手致意。

在我们前面，苏塞克斯的消防员们在消防车上跳舞，在空中挥舞黄色安全帽。妈妈和AJ被婚前派对的气氛弄得太过激动，用话筒对他们大喊：“喂，让我们看看你们的钢管舞！”

我指了指跟在我们车边的一位老人，大笑起来。他骑着一辆电动代步车，车上缠了亮晶晶的彩条。赛斯把相机对准他，老人开始挥舞他自制的标志，上面宣称他是“城里最老的同性恋”。

“克洛伊，我只是想说……”赛斯转向我，“我希望你没事。你遭受了很多不好的事……你的老板、前男友还有所有那一切。”

“谢谢你，赛斯。我只是觉得很抱歉，总是有这样那样的狗血事件，一直在破坏你们的拍摄——你们来找我可不是为了这些！”

“说实话，我们并不介意。”赛斯皱眉道。

“这部纪录片里的其他人是怎么样的？我等不及要看了。我敢打赌，讨论社群生活的那部分一定很有意思。”

“是啊，这绝对是种不同寻常的生活方式。其实——”

“赛斯！来吧，小伙子，别偷懒！”碧安卡向他招手，“这边有几个戴情趣束缚面罩的家伙。”

赛斯叹了口气，走开了，紧接着，我就被莫拉格、邓肯和“欢乐”围住了，他们都紧紧抓着栏杆，不安地看着彼此点了点头。

“怎么了，伙计们？”

莫拉格清了清嗓子：“克洛伊，我们想向你道歉。”她用柔和的苏格兰口音说，“我们不知道安特的新女友是你讨厌的室友，也不知道她怀孕了！我们是在琳达的聚会上才知道的。”

“简直太过分了。”波莉同意道，浅色的眼睛里满满都是后悔，“我们还没来得及跟你说话，你就跑了。我很抱歉。”

“别放在心上，这不是你们的错。”我说。

邓肯说：“嗯，我绝对不会再和他联系了。”

杰里米抚摸着他的山羊胡子，沉思道:“安特总是很反复无常，我一直都觉得他会迷失自己。”

“克洛伊一直是他心灵的支柱。”莫拉格表示同意，所有人都点了点头。我感到一股感激之情涌上心头，便把他们搂在怀里:“谢谢你们，这对我意义很大。”

我们快到普雷斯顿马戏团时，我从冷藏箱里取出一瓶冰镇费兹鸡尾酒，拿到花车后面的鸟笼里，杰丝和艾玛正在那里真切地交谈。

“她是个好姑娘，这一位。”杰丝醉醺醺地说，用胳膊搂住艾玛的脖子。

“没错，我知道。”我打开瓶塞，斟满她们的酒杯，和艾玛相视一笑。

“我做了一个决定，克洛。”杰丝举起两个拳头，紧紧闭上眼睛，“可能是我今天早上喝的酒比平时一周还多，我彻底醉了，但我知道我必须这么做！”

“做什么？”我看了一眼艾玛，她不确定地皱了皱脸。

“我要跟约翰离婚！”杰丝睁开眼睛，抖了一下，好像感觉有人会打她一样。

“该死，真的吗？我的意思是，我知道你们相处得不太好……”我说。

“不太好？我们会不停地互相抱怨，利用孩子来打击对方，这已经比‘相处不好’严重多了，克洛，那感觉就像我们恨对方一样！”杰丝的眼神变得很忧郁，“有一天，我们在厨房里朝对方大吼，我看到我女儿戴上了耳机，好屏蔽掉我们的噪声。她的动作是那么自然，让我想哭。我们不能再这样下去了。在感情方面，我们给孩子们树立了一个糟糕的榜样。”

“听起来你们确实让对方很痛苦。”我摸了摸她的胳膊。

“是啊，刚才艾玛还在跟我讲，她和她丈夫是怎样努力修复关系的……这让我意识到——我只想完全避开约翰，而不是和他重归于好！天啊，我真是个坏人！”杰丝哭了起来，艾玛断然摇头。

“不，你不是！人会改变，杰丝，如果你们已经合不来了，就不能勉强在一起。”

“但所有做母亲的都会觉得我很残忍，孩子们也会恨我让他们的父亲离开！”杰丝紧紧抱着艾玛。

“你的孩子们最需要的是爱。”我坚定地说，“而且，在某种程度上，你这样做是为了帮助他们。就像你说的，孩子们总是受父母影响。如果你更快乐，他们也会更快乐。你的家人应该支持你的决定。”

“你绝对需要一些空间，杰丝。”艾玛点头表示同意，“你觉得约翰会老老实实地离开吗？”

“他必须如此。”杰丝身体前倾，头上金色的火烈鸟嘴戳到了我的前额，“如果他不走，我就告诉他，我要把自己切成几段，因为他快把我逼疯了——那样孩子们就根本没有妈妈了。”

“嗯……也许不必在婚前派对之后就立刻和他讨论这件事？”艾玛建议道，“可以等到明天你完全清醒的时候？”

“对，我明天早上再和他谈。”杰丝看看艾玛和我，“你们的父母在你们小时候就分手了，但你们都还好，对吧？”

艾玛和我犹豫了。“挺难的，”我承认，“离婚绝对应该是个万般无奈的保底选择。我们很幸运，能遇到对方，算是不幸中的万幸。”

“没错，我失去了一个父亲，但得到了一个妹妹和继父。”艾玛表示同意，“克洛伊说得对，如果父母快乐，孩子也会快乐。不幸的是，我的父母从来都不快乐，即使再婚之后。”

“我的也一样。”我赞同她。

“不过，你妈妈今天看起来惬意得很。”艾玛指了指那边，我们都笑了。AJ 正在那里教大家跳电臀舞，赛斯蹲着拍摄他们。妈妈非常认真地学着，提起她的裙子，拱着背，晃动臀部，仿佛那是她生命里最重要的事一般。

我们的“自爱花车”在普雷斯顿公园的庆典现场停下，我们不情愿地下车，站在人行道上和凯特、穆丽尔告别。穆丽尔的脸庞开心地泛着粉色，她紧紧地拥抱我们，说：“这是我这辈子坐的最棒的车！”

塔里克在路边停下魔方团队的面包车：“你们从城里经过时，我拍到了一些很棒的镜头，尽管之前伦敦路上有点儿小麻烦，我看到那边有些警察穿着防暴装备。”

“什么麻烦？”妈妈怀疑地看着走过来的人群，问道。

“我估计是恐同暴徒。”

“哦，我们才不担心他们。”多姆嘲笑道，一旁的亚尼斯和妈妈焦虑地对视了一眼，“我们这些愤怒的男同性恋比他们人数多得多。”

我们一进公园，就感觉脚下的地面在震动，伴随着无数的声音——游乐场上设施旋转的声音，响亮的音乐声，还有人们震耳欲聋的纵情吼声。我们坐在一个苹果酒摊位旁的草地上，多姆和亚尼斯给每个人端过来一杯饮料。

我看到一个穿着老虎服装的女孩，她从气球里吸气，然后躺在地上，笑闹着左右转动脑袋。另一个也扮成老虎的女孩跳到她身上，咆哮着，亲吻她。她们热情地抱在一起打滚时，我突然认出了那个女孩圆圆的脸颊和丰满的嘴唇。

“西蒙妮?!”

她吓了一跳，停下和另一个女孩难舍难分的亲吻:“哦，克洛伊！嗨——！天啊，你看起来真棒！”她站起来，来到我面前，伸手摸我的尾巴，身体微微晃动着。

“你玩得很开心啊，是不是?”我冲另一个女孩扬了一下眉，西蒙妮咯咯地笑了。

“是！我想如果我试试女人的滋味，那也不算违反‘戒男人’的决定，对吧?”她朝我得意地摇了摇手指。

“我明白你的把戏了。”我大笑。

“而且布莱顿有这么多这么多的女同性恋——简直太棒了！”她又扑向那个女孩，两人摔在一起，仿佛一团条纹似的。

喝了几杯酒之后，我们便去卡巴莱歌舞秀的帐篷里看变装皇后表演。主持人看到AJ扮演的鲁保罗，便把他请上了台。AJ参加了一场搞笑的假唱比赛，对手是两位漂亮的女王——X夫人，一头火红的头发，渔网袜，黑色乳胶紧身衣；还有可可·幻儿，粉色格子连体裤，金色卷发，超长的银色睫毛。

AJ表现得非常好，我开始怀疑他可能不是第一次装扮成今天这样了。妈妈抬头望着他，满脸赞赏。“为什么没有更多男人穿橡胶衣？”她吸了口气，“你能看到每一块肌肉，看他的屁股！”

多姆拉我们去游乐场坐游戏车，但一些人没有去，因为不想弄坏他们的尾巴和翅膀。莫拉格、邓肯、多姆和我坐进一辆旋转游戏车，多姆递给我们一瓶“催情气”[1]。

“哎呀，我从毕业那会儿就再没吸过‘催情气’啦！”邓肯叫着，压住一个鼻孔，深深地吸了一口。

“哦哦哦——该死——！”我们开始疯狂旋转，我抓着多姆的胳膊，重力拉扯着我的脸颊，我的眼睛像是要从脑袋里跳出来一样。莫拉格和邓肯瘫在一起痛苦地呻吟着，看上去就像两只病重的鹦鹉。多姆哈哈大笑，眼泪都流了出来，滑过他的脸。

我们互相搀扶着走下旋转车。我的脸很热，便用手扇着风，走回其他人坐着的草坪那边。

“多姆！以后再也不要坐旋转车了，好吗！”我喊道。赛斯拿着相机从我面前向后快退，我头昏眼花地打了他一下：“别这样拍我！”

---

1 催情气：一种由多种挥发性气体亚硝酸盐合成的气体，经常被用来催情及增强性体验。

杰丝正和掷球击椰子摊位的老板吵得不可开交。“它被固定在那里了！”她醉醺醺地大叫，跳上跳下，翅膀拍打着，“我肯定击中它了！”

老板耸耸肩，终于让步了，把奖品给了她——那是一只玩具火烈鸟。我们都为她鼓掌，她得意扬扬地把它举起来。

“布莱顿男同性恋合唱团的表演还有10分钟就开始啦！”波莉宣布。我们跟着她，穿过人群来到主舞台前，一路挤到前面去。

合唱团有40人。他们在白衬衫外面穿了黑色马甲，系着紫色领带，用各种声部高唱经典歌曲。

当他们开始唱《我会活下去》时，AJ单膝跪在我面前：“跳上来！”

我小心翼翼地抓住我的孔雀尾巴，爬上他的肩膀，周围的人群朝我微笑，在空中挥舞拳头，一起大声唱出歌词。赛斯站在一个啤酒箱上，相机扫过整个现场，然后拉近拍摄我的特写。我高高举起双臂，扬着头，用最大的声音跟唱《我会活下去》，因为我有我的生活要过，有这所有的爱要给予。

“我们去野果跳舞帐篷好好玩玩吧？”多姆看着我们这群躺在野餐毯上的人，建议道。我把头靠在波莉腿上，她的头则靠在杰里米腿上。他不停俯下身来，深情地亲吻她的前额，用斑鸠翅膀把她包住。

“好啊，这个想法不错！”我坐起来，“伙计们，你们想跟我们一起去吗？”我朝碧安卡、赛斯和塔里克问道，他们正俯身待在摄像机后面，“你们现在拍的镜头肯定够用了吧？”

赛斯满怀希望地看向碧安卡，但她摇了摇头：“我想再拍些主舞台的表演。”

“我晚点儿尽量去找你们。”赛斯看向我的眼睛。多姆用胳膊肘戳了戳我表示暗示，我们走进跳舞帐篷。

“多姆，别这样！”我打了一下他的屁股。

“怎么了？赛斯身材这么棒，而且他一直在看你。”

“哎呀——那是因为这就是他的工作！”我说，虽然心里有一丝喜悦。

舞蹈帐篷随着人群身体的热量和激光震动着。晒黑的半裸身体在我们周围旋转跳跃，在被灯光照亮的上升蒸汽中跟着节奏舞动。

我们扎进人群，挤到前面，DJ 戴着华丽的头饰，俯身在打碟机上。当她开始播放混音版的《你拥有爱》时，邓肯跳上了莫拉格的背。他的体重让她膝盖打弯，跪在了地板上，他们在亮黄色的鸟喙下不停大叫。我立刻跳到他们两人身上，其他人也跟着跳了上来，最后我们都趴在草地上不停扭动，四肢和翅膀乱拍，挤作一团。我和亚尼斯鼻子对着鼻子，他傻笑地停不下来，挤在 AJ 的裤裆下。

跳了整整一个小时舞后，多姆挤回帐篷出口。汗水从他涨红的脸上淌下来，他问：“有人想跟我一起去抽会儿烟吗？”他看了看妈妈，她在 AJ 的指导下，已经很擅长跳电臀舞了。

“不，谢谢啦，亲爱的，我戒了。”妈妈气喘吁吁地说。

“你戒了吗？”我惊讶地问。

“对啊，它会缩短你的生命，不是吗？”她冲我眨眨眼。

我和多姆一起往附近的一个临时便利店走去。我们钻过警戒线，离开公园，走过魔方团队停在人行道上的面包车。晚风清凉，给我们汗湿的皮肤降了温。

多姆在便利店的收银台买了盒万宝路烟，柜台后面的女孩对他的羽毛大加赞美，他优雅地鞠躬，向她展示他的电动蓝翅膀完全展开的样子。

我们走过一个加油泵，他点起烟说：“天哪，这个味道真臭。”

突然，我们听到身后传来一声尖叫。

“那到底是什么声音？”我被吓到了，问多姆。我抬头看向左边的马路，但只能看到它延伸到铁路高架下的一片黑影。

“可能是小孩子。”多姆仰起头，吐出一缕烟雾。

一个很小的身影从几个垃圾桶后面钻出来，弯着腰。他在高架拱门下一瘸一拐地爬上坡，呻吟着。

“你还好吗？”我大声问，但他蹒跚着走远了。

“走，我们最好去看一下——他可能受伤了。塔里克之前说附近有麻烦。”我说。

多姆望向马路对面的庆典公园入口，那里有一群人正喝着啤酒，大声喧哗。“好吧，但我觉得他肯定只是喝醉了。”

我们在拱门下追上了那个男孩。

“嘿，你还好吗？”我又问了一遍，声音在拱门下回响。

他转过来，双臂环抱着肚子。“他们想强奸我。”他抬起头，哽咽着说。他比我想的要大一些，大概16岁。

“是谁？”多姆问。

“那些同性恋，那些基佬，那些娘炮！”男孩咳嗽着，回音在四周响起。当我意识到他在笑，顿时感到一阵不安的战栗。

“别担心，杰兹，我们会保护你的。”一个声音在我们身后响起。我们转过身去，街灯映衬下的黑色身影让我的心猛地一沉。三个年长些的家伙挡住了我们回公园的路。

他们身上没有装饰，说明他们并不是来参加庆祝活动的。其中一人戴着帽子，围着一条红色领巾，我只能看到他乌黑发亮的眼睛。

“晚上好，先生们。”多姆很平静地跟他们打招呼。

一个穿着锐步牌衬衫的秃顶矮个子男人嘘他：“滚开，你这个猪脑、娘炮、基佬。”

“乐意之至。”多姆拉起我的胳膊说，他轮廓分明的脸像石头般僵硬，“请允许我称赞你绝妙的押韵。”

我们向公园的方向迈步，酸涩的恐惧感堵在我的喉咙里，那些人纹丝不动。个头最大的家伙身穿一件印有骷髅头的黑T恤，嚼着口香糖。他的嘴张开又闭上，两手握成沙包大的拳头。

“我们要搞他吗，卢克？”他对戴帽子的人说。

“鲍勃，如果能和这个小基佬玩一玩，我可真会乐坏的。”卢克同意。

那个小孩杰兹像鬣狗一样笑了起来。他们向我们逼近，我们不得不向后退，顺着拱门下的斜坡往上走。

“离我们远点儿。”我的声音只是一声短促的尖叫，肾上腺素在我体内横冲直撞。

“不。”鲍勃冲我跑来，用头撞我的肋骨，吓了我一大跳。我向后摔去，倒在草地边缘，孔雀尾巴给了我一些缓冲。

“放开她！”多姆双手挡在脸前，对准鲍勃的头踢了一脚。他闪闪发光的脚后跟踢到鲍勃的太阳穴，从侧面折断。鲍勃痛得大吼起来。

我蹒跚地站起来，哨子在脖子上摆动着，我迅速把它放进嘴里，大声吹起来。刺耳的声音差点儿震聋我，但我很快意识到了这完全是徒劳——今天，整个城市到处都有人在吹口哨。

那个小孩杰兹从后面抓住我，我转身扑向他，用我手掌根部猛击他的鼻子，他尖叫一声，往后退去。

“该死。”多姆嘟囔着，我顺着他的视线看去，更多人影正从坡上下来，“我们得赶紧逃。”

我们冲向卢克、鲍勃和那个秃顶男。我挥拳出去，但卢克轻而易举地抓住了我的手腕，把我的手扭在背后，像钳子一样紧紧抓着我。多姆用手肘抵住那个秃顶家伙的脖子，刚往前迈了几步就看到我被抓住了，他停了下来。

“跑！”我对他喊，“去叫人！”

但鲍勃趁着多姆犹豫的空档一拳打在他脸上，嘎吱嘎吱的声音令人作呕。多姆跟跟跄跄地往前走，鼻子里流着血。

“不——！”我猛地把头往后一甩，正击中卢克的额头，接着有什么东西打在我耳朵上方，我像死尸一般倒在了地板上，耳朵嗡嗡作响。

我翻身趴在地上，两手抓着草地，分不清前后方向。我能闻到垃圾桶里传来的狗屎味，感到一阵阵反胃，但我抑制住了自己崩溃的冲动。

脚步声在我周围的地面上砰砰作响，在隧道下不断回响，听上去就像一支军队正在逼近。我感觉有人在叫我的名字，但第二击又打中了我的头骨，我瞬间眼前一黑。

等我的视力恢复时，有那么一刻我以为自己是在做梦。我的余光里是一片模糊的紫色，我看到一只白色的厚底靴在空中飞过，打在鲍勃胸口上，让他的口香糖从嘴里飞了出来。

紧接着，一个身穿紫色橡胶衣、1.8 米高的加勒比版鲁保罗，背靠背地和多姆站着，把长腿高高踢起。多姆受到鼓励，也跟着做，血从他的鼻子里流到裸露的胸膛上，他威胁地高抬起闪闪发光的靴子。

“来吧，伙计们，他们只是变装皇后而已。”卢克命令这几名暴徒。他们在多姆和 AJ 身前犹豫地徘徊着。

我看见鲍勃捡起一块砖头，吓得大叫起来。秃顶男小跑到拱门旁边，抓起一根短铁棍。

“只是变装皇后 ?!”一个低沉的声音吼道。我回头一看，发现赛斯穿着他的彩虹T恤，旁边站着一排变装皇后。X夫人赫然在列，红发像是一圈光环。她两手叉在包裹着橡胶衣的臀上，渔网袜下的双腿分开站着。可可·幻儿摘下了金色假发，露出了光亮的头皮，看上去没有之前那么女性化了。

时间滑向了另一种缓慢的流速，不知为何显得有些悠闲。我仰面躺着，看着可可·幻儿扑闪着她银色的睫毛，一把抓住杰兹的脖子，像扔掉太妃糖包装纸一样把他甩到一边。

鲍勃手里攥着砖头向X夫人冲过去，但她灵巧地躲开了，几乎一点儿汗都没出。她伸出一只肌肉发达的胳膊，勒住鲍勃粗壮的脖子，用力勒紧，鲍勃的脸都变紫了。

这场打斗演变成近乎优雅的舞蹈，我仿佛被色彩和肢体的旋转催眠了一般。我周围不断回响着打斗的声音。赛斯向我扑过来，和一个瘦长的家伙扭打在一起，我扶着地面站起来，靠着拱门的墙壁，头还是很晕。越过打架的人群，我看到开始有人聚在外围，听到远处响起警笛声。

我猛击那个瘦长家伙的后颈，赛斯的拳头则打中他的脸，他跪了下去。我和赛斯盯着对方。我一下子用手捂住了嘴，因为我看到卢克正在赛斯的身后，拉出一个棕色手柄，他按下按钮，短粗的刀片弹出。刀身在橙色的街灯下泛着光。他向多姆跑过去。

“不——！”我向前冲，但太晚了。多姆蓝色的翅膀闪了一下，往旁边倒下去，撞在路基上，正对着我。鲜血流出，淌在他脚下的路上，又黑又稠。

我的肋骨后面一阵剧痛，也摔倒在地。我伸出手指想够到多姆。警车明亮的蓝色闪光灯映射在他眼中，他动了动嘴唇，对我说了些什么，然后一切都陷入了黑暗。

第三十二章

我醒了过来，看见的第一样东西是自己的手。我的双手一动不动地放在一张淡蓝色的毯子上，右手戴着医院的手写腕带。我把右手举起来，让它悬在空中。

“克洛伊。”

我转过头，房间里乱哄哄的。我父亲坐在床边的一把椅子上，长腿奇怪地弯着，太阳穴旁伸出一簇簇头发。

“你能听到我说话吗？”他把身体靠过来，眨了眨充血的眼睛。

“呃……”我挣扎着坐了起来。

“别太用力。”

我把手伸到脑后，在打结的头发里摸到两个鸡蛋大小的肿块。我用手罩住它们做保护，感受它们搏动的热量。

“该死，怎么回事……什么时候……？”那场打斗的记忆如洪水般侵袭而来，我瑟缩了一下——我想起鬣狗般的尖声大笑，在草地上乱抓，隧道里回荡的恶心肉搏声。

“现在是周日下午，你已经昏迷 15 个小时了。”爸爸的声音颤抖着，“你的肋骨裂了，还有脑震荡，但你会好起来的。”

他把手指按在脸上:“他们都是疯子，克洛伊。警察把他们大部分人都抓住了。我希望他们烂在监狱里。”

“多姆怎么样?”我猛地往前探身，“他们拿了一把刀。”

“别急——他没事。”爸爸把一只手放在我肩上，我松了一口气，头晕目眩地靠回枕头上，“他的伤口不深。那把刀没有割到大动脉，只伤到了他的胳膊肘。他穿的那件服装显然替他承担了伤害——那是某种鸟翅膀?”

爸爸的表情很困惑，我不禁咯咯笑起来，肋骨一下子很痛。我赶快停下不笑了。

“感谢上帝，我看到血的时候，真的很害怕。”房间又开始打转，我闭上了眼睛。

“克洛伊，我非常抱歉。一想到我有可能失去你……”爸爸哽咽着，“我对你太不好了。”

“没关系——”我刚开口，他便猛地打断了我。

“有关系。我昨晚在这儿和你妈妈好好聊了聊。事实上，这么长时间以来，我一直背负着巨大的罪恶感。我想，之前我唯一能应付这种感觉的方式就是愤怒。”

我惊讶地看着他。我真不敢相信，这么多年过去了，我的父母还能互相交谈，爸爸还认真地谈起了他的情绪。我感觉他仿佛在说外星语似的。

“安特出轨的时候，我知道你很痛苦。”爸爸看着自己的腿，平静地继续，“但我想我是有点儿自卫心理，因为我们年轻的时候，我也让你母亲经历了同样的事情。我其实是五十步笑百步。”

“哦，爸爸，你知道的，不管怎样，我都一直爱你。”我伸出手，他的手覆在我的手背上。

“但你母亲离开了，这是我的错。你失去了一个会一直陪在你身边的父亲，这也是我的错。”他低声说，脸颊上的皱纹更显疲惫，“你不知道我有多恨自己，竟然这样对你。我知道被伴侣背叛的感觉很糟糕，但相信我，伤害你爱的人，那也不是一件容易的事。”

“或许你也该原谅自己了，爸爸？”

他很慢地点了点头，然后抬起眼睛看着我：“你刚刚告诉我你要和自己结婚时，我觉得这只是再一次说明我伤害了你，但你和自己在一起的时间要比和我在一起长得多，我很乐意在婚礼上把你交出去。”

“太好了，爸爸，”我吞了下口水，后脑勺下方隐隐作痛，“但我现在真的觉得好难受。”

我把蓝色毯子拉到下巴上。我不知道是因为爸爸终于来到了我身边，还是因为头部受伤的副作用，我突然感觉像新生儿一样无助。这个世界似乎太大、太丑陋了，我应付不了。

我的脸颤抖着，眼泪从眼皮下淌出来。“我再、再、再也受不了了。”我气喘吁吁地说。

“别担心，亲爱的。”爸爸站起来亲吻我的头顶，我闻到一丝帝国皮革香皂的味道，“你什么也不用做。现在我在这里。”

三天后，我沿着医院的走廊前去探视多姆。我已经可以出院，也不像之前那么疼了，但我仍能清晰地回想起那场令我心跳加速、呼吸急促的打斗。我得握紧拳头，闭上眼睛，好一会儿才能平静下来。

我透过玻璃门看了多姆一会儿。他在床上坐着，用没受伤的那只眼睛看手机。他受伤的眼睛肿得睁不开，变成了一条小缝，周围肿起了亮晶晶的黑色肉包。他的上唇涨大了两倍，往鼻孔那边翻起，但也挡不住黏稠的液体从鼻子里往外流。

我一看到他那张漂亮的脸被打成这样，就忍不住想哭。亚尼斯显然也和我一样，因为他正趴在床上，紧挨着多姆，哭得很大声。多姆把手机屏幕移近自己的脸，用另一只手揉着亚尼斯的背。

“好啦，好啦，冷静点儿，一切都没事。”他心不在焉地轻哼道。

“嘿。”我靠在门框上说。多姆抬起头，咧嘴一笑，然后瑟缩了一下，把手放在嘴唇上。

“哎哟，好痛。”他声音沙哑地说，“我要做个动也不动的人体模特，直到痊愈。”他换上一个僵硬的表情，目光放空，环视房间。

“哦，不要，你这样看上去更像一个僵尸！”我咯咯笑道。

亚尼斯翻了个身，抬头凝视着多姆，他从来都很平静的脸上泪水斑驳。

“亲爱的，我不知道自己会做出什么事来，如果你……”他闭上眼睛，湿润的黑睫毛抖了抖，“没有你我活不下去。”

多姆低头看着他，换上一副“复制娇妻”[1]的风范，拍了拍他的头说：“你会继续活下去，但你的生活将明显不会像以前那么精彩。”

“一点儿都不好笑。”亚尼斯抱怨道，“拜托再也别和我吵架了。还有，当然了，你必须陪我一起参加我妹妹的婚礼！”

多姆优雅地点点头：“有那么一会儿我差点儿能让你参加葬礼。”

我严肃地摇摇头：“我们很幸运——情况本来有可能更糟的。”

多姆的一只眼睛和我的目光相遇，我想起他躺在路上，身下的血越来越多的画面，不禁打了个冷战。

多姆说：“那天早上我戴上那对翅膀时，根本不知道它们会救我的命。好吧，当然是它们和变装皇后一起救了我！你看到大家对视频的反应了吗，克洛？我一直在看那个视频——简直太棒了！”他在空中挥舞着手机。

“我知道，我也一直在反复看它。”我走过去坐在他旁边，我们三个又一起看了一遍录像。

这场打斗的大部分时间里，我都倒在地上，后来发生了什么都是AJ和赛斯告诉我的。据说，我和多姆走去便利店的时候，赛斯在魔方公司的面包车里。他跟上我们后，听到了我的哨声，意识到我们遇袭了，便跑到庆祝活动入口处，告知保安人员。AJ正在卡巴莱歌舞秀帐篷外和他的变装新朋友们聊天，他不想等警察，他们便都

1 《复制娇妻》：艾拉·雷文小说，曾被翻拍为同名电影。主人公搬去新的小镇生活后，发现当地大部分家庭的妻子都是千娇百媚、卑躬屈膝的复制机器人。

冲到铁路拱门这边来帮我们。现场很快聚起了一堆人，有个围观的人用手机录下了整个过程。

于是便有了这个视频——衣着华丽的变装皇后痛打邪恶的暴徒，这简直太带感了，尤其是看慢动作版本时，网上的观众称之为“变装者大战仇恨者”。

各家报纸发现我也在视频里，便纷纷推测我是否是这次袭击的特别目标。这个想法让我不寒而栗：网络上的谩骂是一回事，但目睹暴力让我痛苦地意识到，对他人的蔑视会造成多么毁灭性的后果。

几名记者一直在联系我，问我是否还会继续举行婚礼。我不知道该怎么回答他们，我有点儿想躲起来。

“变装者大战仇恨者”的视频结尾，刺耳的警笛声中，两个警察把人群分开，抓住卢克，给他扣上了手铐。

可可·幻儿对着被抓的袭击者竖起中指，喊道：“变装皇后怎么样？”然后她转过身，把金色的假发戴回头上，扑闪着长睫毛，昂首阔步地走开了，就仿佛刚刚只是遇到了一件意外的小事。

“天哪，我好爱她！”多姆叹了口气，“据说布莱顿有些网络开发商正在研发一款《变装者大战仇恨者》的线上游戏，玩家可以选择自己的变装皇后角色，用手提包打人，或高踢腿踢人，最后消灭攻击者得分。是不是很棒？”他笑了，然后又痛得缩了一下，把手放到嘴边。

“简直太棒了。”我同意。多姆就是这样，总是会关注坏事带来的好处。

我们听到有人在地毯上跑过来的吱吱声，便都抬起头看，赛斯在门口现身，胸膛不停起伏着。他的颧骨青肿，头发都立在空中。

“克洛伊！你妈妈说你肯定在这里。我这儿有些东西，你一定要看看！”他得意地举起笔记本电脑。

“是吗？还有其他的变装皇后动图？”我微笑道。大游行之后，我就对赛斯产生了很大好感，尤其是因为他帮我们发出了警报。如果他没有开车跟着我们，那我们可能就不会在这里了。

“哦不，这个要有用得多。”他把笔记本电脑放在床尾，我们好奇地看着他在桌面上点开文件，“你想解决工作上的问题，只需要这个就可以。我很确定，它意味着你能保住工作了！”

他轻敲触控板，有那么一刻，我们困惑地对着屏幕皱起眉头，然后我恍然大悟，大声倒吸了一口气。

第三十三章

周二的早晨非常晴朗，海滩上空无一人。我把笔记本电脑放在帆布背包里，往“领导者”的办公室走去。清新的风吹过，海面上翻涌起白色的小浪花，我已经感觉到，今天会是很关键的一天。

我的肋骨还在痛，但头上的肿块小多了。我很惊讶，仅仅 9 天我的身体就恢复得这么好了。多姆看起来也好多了，他的肿胀已经开始消退，瘀伤像是有趣的彩色万花筒。这让我意识到人类的身体有多精妙——为了恢复如初，我们的身体真的非常努力。

在精神方面，我也感觉自己变强了。我对袭击的回忆已经开始变淡。弗莱彻医生说，这可能是一种创伤后应激障碍。我以前当然听说过它，但从来没意识到，它是如此出于本能，又如此耗费心力。

妈妈一直陪着我，让我好好休息。这个周末，我们两人一起和爸爸吃了晚饭。看到他们面对面坐着，礼貌地寒暄，真是太不真实了。喝了几杯酒之后，我感觉他们真的开始享受其中了。他们开着玩笑，回忆起年轻时代。那让我想起我和安特之间曾经的玩笑和共同的经历。

我走近布莱顿码头，目光掠过熟悉的云霄飞车和亮白色的码头外观。贾尔斯可以用他拥有的资源打击我，但这也并不会对事实有什么影响。

“克洛伊！”我进门时，苏琪在乐高积木搭建的前台后叫我，她急切地瞪大眼睛，“贾尔斯和杰丝正在他的办公室等你。这是什么情况？”

“我相信你很快就会知道的。”我说。

“这个周末你会办婚礼吗？”

我开始向楼梯走去：“别担心，苏琪，你想知道的一切都会揭晓的。”

看来我对这间办公室已经相当反感。当我推开三楼的门时，看到每个人都躬身在电脑前工作，我感到一阵厌恶。

敲击键盘的声音戛然而止，大家警惕地看着我，不知道该做何反应。鲁迪跑过来，祝贺地冲我鼓了一下掌。“变装者大战仇恨者，朋友，”他说，“太他妈传奇了。”

“哦，拜托，别再怂恿她了。”维里蒂傲慢的声音从食品区传来，我转过身去，看见她正和西蒙妮坐在桌旁。“我们都受够你的狗血剧了，克洛伊。”她说着，把头发甩到一边肩膀上，“希望今天能让这一切结束。”

我非常反感地盯着她：“会的。”

西蒙妮抬头看着我，张开嘴，但维里蒂用拳头猛击了一下桌子，好让西蒙妮注意她。

“西蒙妮，嗨？给我看婚礼餐桌座位表。”

贾尔斯办公室门前的灯是红色的，但我还是敲门了。杰丝立即打开门，她自然地抬起手臂想拥抱我，但克制住了自己，做了个鬼脸表示支持。

我还没告诉她我的秘密王牌，以便让她尽量保持公正。

“请坐。”杰丝指着贾尔斯对面的椅子说，“这是正式的纪律处分会议，我会做会议记录。”

“谢谢你，杰丝。”我看了一眼贾尔斯，他穿着白色亚麻衬衫，靠在对面的椅子上，玩着他的橡皮筋球。

“行了，让我们把这些没有意义的事一次理清楚，好吧。”贾尔斯注视着我坐下，傲慢而自信的表情在他脸上一闪而过，“克洛伊，我知道你的伤还在恢复中，所以我会对你手下留情的。”

“你确定你的身体情况可以参加这个会议吗？”杰丝确认道。

“完全确定。”

“我也会考虑一下你在个人生活中遇到的问题。”贾尔斯把球在两只手里抛来抛去，“那也许好歹能解释一下你古怪的行为。”

“我怎么古怪了？”我问。

贾尔斯哼了一声：“呃，你只需要关注一下国内的媒体，就能发现，大家都很不确定你的头脑是否清楚——毕竟，你马上就要和自己结婚了。”

“贾尔斯，你说过，你觉得这是个新颖的好主意。”

“我是在试着鼓励你。”贾尔斯轻蔑地挥了挥手，“你在获奖申请上做得不错，但不幸的是，你似乎并未以一种健康的方式对待成功。”他清了清嗓子，“显然，现在的情况相当微妙，但我们不要再拐弯抹角了。我恐怕不能继续雇用这种性骚扰他人的员工了。”

我大笑一声，看了杰丝一眼，杰丝正愤怒地咬紧牙关。

“你真的要一条道走到黑吗，贾尔斯？”我质疑道，“你就是不肯承认，事实完全是另一种样子，对吧——其实是你骚扰我？”

贾尔斯淡蓝色的眼睛很警惕，像狼一样。他勉强叹了口气：“哦，亲爱的，克洛伊，恐怕我帮不了你。”

“你的否认让我担心你可能还隐瞒了什么。”我皱眉道，然后转向杰丝，“如果我是你，就会仔细观察其他员工。”

“好了，够了。”贾尔斯不耐烦地厉声说，“克洛伊，你因不当行为被公司解雇，立即生效。会议结束后，你就得离开办公室，杰丝会安排你的物品转移。从今天起你的工资将被终止，恐怕我们不会为你提供工作介绍信。你在干什么？”

我拉开背包的拉链，在他桌上打开了我的笔记本电脑：“在你做出最后决定之前，你可能想看看这个。”我说道，一边点开一个媒体文件，让窗口全屏化。

杰丝惊讶地放下记录本，贾尔斯看看她又看看我，问：“怎么回事？”

没人回答他，我按下播放键。出现在我们眼前的是焦点有些模糊的画面，那是一张红色镶金边的空椅子，看上去有点儿像一个宝座。噼里啪啦的声音过后，塔里克出现在背景中，移开了一盏聚光灯。

“那不是……？”贾尔斯没有说下去，皱起了眉头。

更多静电干扰过后，贾尔斯的声音突然大声响起：“啊，她在这里，我的秘密武器。”

“什么？但是……”贾尔斯吃了一惊，身体前倾，直直地瞪着屏幕。我们看到的画面仍然是椅子和塔里克，但音频中却能听到贾尔斯的声音：“你知道吗？我觉得我们的合作非常完美，克洛伊。今天晚上大家都在夸奖你。”

贾尔斯咽了口唾沫，他的脖子涨红了，杰丝看起来很困惑。

“魔方团队在颁奖礼上拍完我们后，贾尔斯还戴着他的领夹麦克风——摄像机和声音都留下了记录。”我轻声告诉杰丝。贾尔斯扑到我身上的声音响起时，她的眼睛睁大了。

我们听到我的尖叫声：“不，贾尔斯！把你的手拿开！”贾尔斯呻吟着低下头，用颤抖的手扶住前额。他的喉结上下滚动。

音频里又传出沉闷的重击声，那是我和贾尔斯在搏斗，然后是贾尔斯的抽气声“啊啊啊”，接着，我跑开的脚步声越来越远，他咕哝着骂道：“臭婊子”。

音频结束，办公室里一片寂静。杰丝盯着贾尔斯，他低着头，头发一缕缕垂在光洁的前额上。杰丝的表情既得意又厌恶：“好了，贾尔斯，我想你会同意，这个视频改变了一切，对吧？”

他舔着嘴唇，动了动嘴，眼睛在地毯上飞快打转：“嗯，是。我的意思是……我们显然可以忘掉这场误会。”他费力地抬起头，与我对视：“克洛伊，你明天可以重新开始工作了，我们不会再提这件事。”

我合上笔记本电脑，把它放进背包里。“不。”我简单地说。

“你说‘不’是什么意思？”他紧张地笑了一下，“听着，我很乐意考虑让你来担任客户经理的职位，你是想要这个吗？”

“不。”我站起来，又说了一遍，“我不想再在这里工作了，非常感谢。我真正想要的，是一个合理的裁员方案。”

“我相信我们能办到这个。”杰丝对我露出胜利的笑容。

“谢谢。越早越好，拜托了。我得计划一下蜜月旅行！”我打开贾尔斯办公室的门，差点儿撞上特蕾莎。她从鱼缸墙边跳开，很明显，她一直在给所有人实况转播。

我大步走过，大家都从椅子上探身起来。

“情况怎么样？”鲁迪小声问道。

“呃，克洛伊，等一下！”贾尔斯从办公室门口惊慌地喊道，“肯定有更好的办法来解决这个问题。请重新考虑一下。你如果离开，会是‘领导者’家族的一大损失。”

“呸！”维里蒂仍然站在食品区，双手叉腰站了起来。

“别再假装这里有什么家族精神了，贾尔斯。”我嘲笑道，“你以为我们都会心怀感激吗，就因为这里有非传统的会议室、一台卡布奇诺咖啡机，以及愚蠢的超大懒人沙发？但所有这些福利都没办法弥补一件事——你是个自私自恋的浑蛋。”

大家都倒吸一口冷气，鲁迪大笑了一声，贾尔斯来回换脚，结结巴巴地说不出话，脸变得非常红。

“太荒唐了，你怎么好意思说这种话！”维里蒂反驳道，“你才总是在宣扬你有多爱自己。”

我转向她：“但是，自恋的人实际上并不爱自己，这才是问题所在。他们痴迷于自己的外表，总是需要别人的赞美，却无法对他人感同身受。听上去是不是很熟悉？”

西蒙妮张大着嘴，看了看维里蒂，然后又看向贾尔斯。

“听着，”贾尔斯清了清嗓子，“不欢而散实在不好。如果你留在这里，我保证你会有一份长久而成功的事业。”

维里蒂猛地转头，她瞪着贾尔斯，好像他疯了似的。

“贾尔斯，我不会在这个地方多待一秒钟了。”我摇了摇头，心中如释重负，非常兴奋，“我可不想在接下来的 30 年里，把宝贵的生命浪费在令人沮丧的办公室等级制度上，去追逐一份像吊在眼前的胡萝卜一样的薪水，整天坐在电脑前为合作品牌赚更多钱，参加那些全是废话、毫无意义的会议。我‘概括总结’得怎么样？”

“说得好，说得好！”鲁迪举起一只拳头，几个小伙子欢呼起来。

“那你究竟要去干什么呢？你不会去竞争对手的公司吧？”贾尔斯问。

“我会去做自由职业者！”我说着，张开双臂，“这个名字本身已经说明了原因。这样我就可以自由地为有良知的组织施展我的技能。”

维里蒂发出呕吐声：“别再扯这套你在颁奖典礼上说的废话了吧？现实世界中没有人会买账的。你很快就得去领失业救济金了。”

“哦，是吗？那为什么在颁奖之后，已经有三家不同的公司跟我联系，说他们都对运营推广很感兴趣呢？”我扬起眉毛，“因为最近的曝光，‘布莱顿扶助者’刚刚获得了新的资金，并且会聘请我来做他们的营销工作。所以，情况看起来没那么糟，但还是谢谢你的关心。”

“太好了！”西蒙妮跳了起来，“太他妈棒了。干得漂亮，克洛伊！”

“西蒙妮！”维里蒂看起来像是中风了一样。

“哦，管他呢，维里蒂，克洛伊只是说出了我们大家的想法。这份工作太虚伪了，我讨厌它！”西蒙妮的脸变红了，她歇斯底里地咯咯笑着，“我也讨厌你。我还对自己的性取向感到困惑。事实上，我现在的生活简直他妈一团糟！”

她弯下腰，开始控制不住地大笑起来，我也笑了。其他员工纷纷从办公桌前站起来。

“我的工作太无聊了——我宁愿去当个美容师。”特蕾莎宣称，但立刻觉得自己太大胆了，用手捂住了嘴。

“是啊，我对这间办公室和那些无聊的玩笑已经彻底厌倦了。”鲁迪赞同道，“我想去教体育，帮小孩子树立信心。”

“很好啊，鲁迪，去做吧！”我笑道。

“嗯，这样的话，我宁愿早点儿退休。”基思从复印机后面悄无声息地走出来时，我们都惊讶地转身看着他，“玛格丽特和我应该多去旅行，趁着她的关节炎还没那么严重。”

“都等一等……”贾尔斯挥舞着双手，想压制这种意料之外的叛乱。杰丝靠在他办公室的门框上，笑得前仰后合。

“当你意识到自己还有其他选择的时候，感觉会很棒，不是吗？”我微笑着环视前同事们，“再见，祝大家好运。贾尔斯，有件事要感谢你，你曾经给过我一些非常有用的建议——”我转身离开时，回头朝他笑了笑，“你唯一的限制就是你自己！”

第三十四章

黎明的曙光从丝绸窗帘下溜进房间，我睁开一只眼睛看了看闹钟。6点。我又闭上眼。我可能应该再多睡两小时的美容觉，但是……去他的……我并不是每天都能结婚的！

我把白色羽绒被掀开，一些散落的玫瑰花瓣飞到空中。今天是我的大日子！我和婚礼嘉宾们会在格兰德酒店住两晚，因为——为什么不呢？这里的婚礼套餐服务棒极了。昨晚我们做了水疗，吃了顿大餐，他们给我提供了一套令人叹为观止的新婚套房，充满浪漫的装饰。

我心中有种孩子般的快乐，就好像现在是圣诞节的早晨一样。我踮起脚尖跑到屋里的迷你酒吧，拿出一篮新鲜草莓和一小瓶柏林杰葡萄酒，然后踏过柔软的地毯，打开窗户，只穿内裤站在阳台上。

全景海景令我为之倾倒。天空仿佛水洗，是新生儿皮肤一样的干净粉红色。蓝色的大海无限延伸，远远越过西码头被烧毁残骸的标志性轮廓。

我右手边是360°瞭望塔，塔上未来主义风格的玻璃圆舱闪着银光，还有演奏台的华丽圆顶，我之后会在那里宣誓。

我已经能感觉到初升太阳的暖意，是一个炎热的八月天。我在雕花铁桌边坐下。“好，就是今天了。”我大声说。

这一年来，我的人生经历了大起大落，发生了很多改变我生活的大事。我肯定会在婚前感到些许紧张，但在内心深处，我知道我做出了正确的选择。

最奇怪的是，一切问题似乎都突然间完美地解决了。下周我已经约好了三场商务会面，对方似乎都非常希望和我一起工作。他们甚至愿意等我度完三周蜜月回来。蜜月的费用则来自杰丝帮我争取到的丰厚遣散费。并且，杰丝说她可以在我离开期间照顾朵拉，她说在她和孩子们的爸爸暂时分开时，有条狗来让孩子们分散注意力会很好。

等我度完蜜月回来后，我会租下我梦想中那套阳光明媚的小巧公寓。我知道它就在某个地方。我以前从来没有一个人住过，我等不及要有一个完全属于自己的空间了。

它还可以兼作工作室。我会重新开始好好写作，我有很多计划，写给我的博客和《设计师》杂志。这本杂志的编辑们非常可爱，他们今天会来参加我的婚礼，还邀请我在蜜月期间为他们撰写一篇单独旅行的专栏文章——《寻找属于自己的幸福，把握仅有一次的生命！》。

我查看社交媒体，很高兴看到了那些来自朋友和粉丝的祝福。霍特罗德发了一条非常友好的推文：

@克洛伊漫游　祝你举办一场美好的婚礼

@霍特罗德　你的加粗键怎么不管用了?

最近我一直没理会霍特罗德，所以可能他决定要对我宽容一些。他立刻回复了我。

@克洛伊漫游　你看起来真的没那么糟，喝过10品脱酒后，我大概会这样说，哈哈。

@霍特罗德　我被你感动了。

@克洛伊漫游　要不还是和我结婚？我们可以一起孤独下去。

@霍特罗德　答应我一件事好吗？你要试着爱你自己！

我进入他的个人资料页面，从菜单中选择了“拉黑”。

然后我打开旅行社发来的路线：乌干达，大猩猩野游徒步。没错，就是这样，是时候拥抱另一个梦想了。

两小时后，有人来敲我的门。我打开门，发现妈妈、多姆和艾玛在外面的走廊里，推着一辆早餐推车，上面放着香槟冰桶、新鲜水果和羊角面包。

我们都尖叫起来，四个人拥抱在一起。“真奇怪，是不是？”妈妈茫然地说，“感觉就像真的婚礼一样，尽管……”她在走廊上张望，仿佛有点儿期待着一个新郎从卧室房门里走出来。

“这就是真正的婚礼。”多姆咧嘴一笑，把手指上的礼服袋晃了晃，里面装着我那条索菲亚·杜布瓦设计的裙子。他受伤的眼睛现在完全睁开了，但脸颊上仍然留有深紫色的瘀伤。

“你紧张吗？”艾玛捏了捏我的腰，“我记得我在婚礼那天紧张坏了。”

“是，有一点儿，我希望说誓言的时候不要忘词。一定很可怕，毕竟我认识的每个人都在看着！”我说。

“这就是它的特别之处。”艾玛推着手推车走进我的房间，身后留下一股温暖的黄油香味。

在阳台上吃完早饭后，我冲了个澡。然后所有人都行动起来，为我的婚礼做准备。妈妈为我卷头发，艾玛给我化妆，多姆帮我打理裙子，从长长的裙摆上抚掉几乎看不到的尘屑。

最后，他们终于觉得把我打理得够漂亮了，才让我穿上礼裙。多姆把头饰戴在我的刘海上方，把头纱拉到我的肩上。我穿上镶了宝石的鞋。我们都围着长镜，惊叹地看向镜子里的我。

这件衣服比我记忆中的还要漂亮。阳光透过敞开的窗户洒进来，照在复杂精细的小亮片上，让礼裙像海面一样闪闪发光。

妈妈摸了摸我的卷发，惆怅地叹了口气：“你让我想起我和你父亲结婚的那天——我还很天真，满怀希望。”她对着镜中的自己叹了口气，“当然，那并没有持续太久。现在，看看我，已经变成了一个愤世嫉俗的丑老太婆。”

“乔伊！”多姆和艾玛异口同声地叫道，看上去被满脸震惊，但妈妈却正为自以为是幽默咯咯直笑。

我站在阳台上，感觉自己像一个女王，正看着她的王国。其他人都去换礼服了。过了一会儿，多姆回到我旁边，穿着教皇的衣服，戴着金色的尖顶帽，身着华丽的紫色长袍。

我喜出望外："你看起来简直太棒了。这颜色跟你的瘀伤太搭了！"

"我特意搭的，亲爱的。"多姆伸出一只胳膊搂着我，"最后一刻我才决定换这件。"

妈妈和艾玛来到我们身边。妈妈穿着宝蓝色的两件套，完美地衬出她苗条的身材。而艾玛穿着一件漂亮的曳地银礼服，闪闪发光——和她之前挑选的鹅卵石颜色完全一样。

"哦，多姆！"看到他穿的衣服，艾玛笑得前仰后合，捂着肚子，号叫着，"我受不了了。"多姆看上去非常开心，他很少得到艾玛的赞扬。

婚礼嘉宾在酒店大堂里等着我们。大家要先一起去早餐厅喝点儿酒，然后再去演奏台。我们走下宏伟的楼梯时，大家都鼓起掌来，我们也鼓掌回应。

邓肯、杰里米、亚尼斯和詹姆斯作为我的"娘家人"出席，都穿着深蓝色的礼服，打着领结，看起来非常英俊。伴娘们穿着漂亮的礼服，颜色和鹅卵石一致。莫拉格穿着栗色的丝绸礼服，波莉戴着金褐色的帽子，麦茜穿着玫瑰色的蓬蓬裙，在詹姆斯怀里扭动着。

"你看起来像艾莎公主一样！"她惊喜地说。

“你们能去和克洛伊一起站在楼梯上吗？”摄影师问。我的朋友们都过来围在我身边。他指挥道：“伴娘们挨着克洛伊站成一排，这样新娘就是中间亮白色的鹅卵石。完美！”他竖起大拇指。

当爸爸和珍妮丝、朵拉走进酒店的旋转门时，我向他们挥了挥手。朵拉的脖子上戴着一个黄色蝴蝶结，和我手捧花里的向日葵很搭。朵拉一看见我，就用后腿站起来，着急地在空中乱抓一气。

“我的小美女！”我弯下腰抚摸它，它舔着我的耳朵。多姆在我们旁边拍了拍手——

“小心别把狗毛弄到裙子上！”

我搂住爸爸，惊讶地发现妈妈走到我身后，向珍妮丝伸出手。

“珍妮丝。”

“乔伊。”

她们握了握手，朝对方点点头，两人都僵硬得像铁棍一样。艾玛和我看向对方，都笑了，心里很感谢她们付出的巨大努力。

“好，棒极了。”爸爸搓了搓手，“我们出发之前，我得先喝杯酒。”

我们排队走进早餐厅时，我撞上了正盯着记事板的塔里克。

“啊，我还在想魔方团队的人在哪里呢。”我说，“你们昨晚住在酒店里吗？”

“对，我们住在一楼，会议室旁边。”他点点头，穿过门厅，朝几扇蓝色的弹簧门走去，“目前碧安卡和赛斯只是在浏览一些你的镜头，好确保我们的拍摄方向没问题。”

“哦，好啊，你们能帮我把整个过程用片子记录下来，真是太棒了。多好的纪念品。”我微笑着说。

“哈哈，是啊。”塔里克得意地笑道，“它会是很棒的电视节目。”

我和父母一起坐在早餐厅灰白色的天鹅绒沙发上，爸爸递给我一杯马天尼鸡尾酒，希望能盖过一些今天早上香槟酒的劲儿。

“我的好女儿，这可是双份的壮胆酒。”他冲我眨眨眼，“我在婚礼那天简直喝得酩酊大醉，这有助于缓解最后时刻的紧张情绪。”

妈妈和珍妮丝一起翻了个白眼，我大笑起来。爸爸看上去确实变得冷静多了。当我告诉他我已经从“领导者”辞职时，他连眼皮都没眨一下。

“现在是企业家克洛伊的时代了，没有理由非要拼命为别人赚钱。”他噘起嘴唇赞同道，“既然那个赛斯帮了你的忙，我想待会儿去跟他打个招呼。”

“好，实际上我现在就要去找他。他还不知道后来这些事情呢。我一会儿就回来。”

我穿过门厅，走向会议室，把长裙撩到脚踝处。过去的几天我实在是太忙了，都没有好好感激赛斯——他给我的贾尔斯的音频简直太棒了。而且他在大游行时加入战斗的样子，还有后来去医院看我的时候，都非常酷。我突然非常想再看到他。

我听到走廊尽头传来笑声，便小步跑了起来——果然，我从左边最后一扇门的玻璃里看到了碧安卡、赛斯和塔里克。碧安卡和塔里克背对着我，坐在一张黑色木桌前，笑得肩膀抖动，正在看墙上宽屏显示器里的画面。赛斯在一旁用笔记本电脑播放着这些镜头。

我轻轻推开门，然后犹豫了，因为我看到了他们在看什么——画面中，一个留着胡子的秃头大汉躺在床上，看上去就像一只搁浅的海象。他旁边立着一个充气娃娃，头戴金色假发，充了气的红嘴张得大大的。

“我没想到会对她产生这么强烈的感情，”他对着镜头说，耸了耸肩，“但有一天晚上，我就是不想把她放回盒子里。”

“哈哈哈哈哈！”塔里克从他面前的水果盘里拿了一颗葡萄，“这比我记得的还要好。”

“是啊，多角恋的巫师异教团也很经典。”碧安卡向赛斯示意，他快速切换到另一段影片：一群人在一间黑暗的房间里扭来扭去，他们穿着《星球大战》里的那种长斗篷，脸上贴着在黑暗中发亮的珠宝，头戴闪闪发光的尖顶帽。一个赤裸上身、戴银色假发的男人坐在中间，正看着一个水晶球。

他咯咯笑道：“我在进行集体性爱时，感觉就像在不同维度之间穿梭。我摆脱了凡俗之瘾，变得无所不能。”

“宝贝，能再给我一些瞬移药水吗？”一个女孩爬到他身上，把下巴搁在他印着迷幻图案的紧身打底裤上。

“老天啊，这群人真是太怪了。”赛斯惊叹。

“其实他们所有人都在戒毒。”碧安卡窃笑，此刻画面中开始大声播放走调的马戏音乐，屏幕上蹦出四个字：“爱情怪胎！”

一个快活的画外音嘲讽地说道：“见识完性感的巫术，再来看看让自己愉快的自我婚姻——来见见克洛伊·亚瑟吧，一个嫁给她自己的女人！”

“你会爱死我的剪辑的。”碧安卡对赛斯说。

当我看到自己穿着带垫肩的亮粉色连体裤时，我用拳头捂住了嘴。一个毛茸茸的蝴蝶发夹别在我头上，把我的刘海别了上去。

“我想做什么就能做什么，想什么时候做就什么时候做。”我对着镜头说。镜头快速扫过我茶几上的色情书，还有我那堆迪士尼碟片。然后画面切到我用头慢慢地去撞厨房的墙。

“我等不及要和你结婚了。”有一个镜头是我在打嗝，闭着一只眼睛，指着摄像机说，“你是我这辈子遇到坠棒……最棒的事。呃！”

接下来的一组画面令我感到非常屈辱，浑身的皮肤都绷紧了。我看着朵拉舔我鼻孔的慢动作播放，我和维里蒂在新娘礼服店里打架，我谈论着“让自己愉快一下”，然后是我摇摇晃晃地从旋转游戏车上走下来，穿着撞坏了的白孔雀服装，因为吸了“催情气”而满脸通红。

接着画面又切回了穿着粉色连体裤的我。我对着镜头恬静地笑着说：“我不觉得有太多苦水。”这句话立刻被下一个画面打断：“你这个卑鄙的死贱人！”那是我在对着怀孕的莎弗伦大喊大叫。

“她现在完全是个神经病。”莎弗伦说着，保护地抚摸她的大肚子，对镜头外的什么地方怒目而视。琳达和汤姆站在她旁边，悲哀地点点头。

“不幸的是，她一直是个嫉妒心非常强的人。”琳达表示同意，

“她一想到别人都过得心满意足，她就受不了。”

“就像那部电影，叫什么来着？”汤姆揉了揉上唇，“啊，对，《致命诱惑》[1]。”

当利亚姆和露西出现在屏幕上时，我倒吸了一口气。他们站在帕尔梅拉广场上抱着对方的肩膀，说道：“克洛伊就是不想有任何竞争，这是她的问题所在。”露西冷嘲热讽道：“她显然非常自负。”

最后一个镜头是贾尔斯亲吻我的照片，滚动的报纸标题覆盖了照片——“破坏家庭的人”“自恋者”“自慰者”“厌男症患者”“绝望的女权主义者”“老姑娘”“精神分裂症患者”。

“所以我在想，婚礼一结束，我们就给她灌点儿酒——应该没什么难度。”碧安卡窃笑，声音沙哑，“莎弗伦还说，安特会来婚礼现场，这样我们就能拍到情绪激动的摊牌镜头，最后以克洛伊哭肿眼睛告终——悲剧的单身新娘！”

“完美！”塔里克大笑，我脚步不稳地向后退了一步，呜咽着。血冲上我的耳朵，我整个身子都在发抖。赛斯要对碧安卡说话，便坐在椅子上转过身来，他透过玻璃看到我，眼睛一下子睁大了。

“克洛伊！”他跳了起来，过来把门拉开。

“你们——你们——你们怎么能这样？”我结结巴巴地说。

“该死，”碧安卡闭了一下眼，站起来对塔里克咕哝了一句什么，然后说，“嘿，克洛伊。”

---

1 《致命诱惑》中的女主人公在纠缠男主人公的过程中，不惜威胁、恐吓、使用武力。

“那片子是什么鬼东西？《爱情怪胎》？我记得你说过，你的纪录片叫《崭新的爱》，讲的是21世纪爱情的演变，不是吗？”我的声音很尖，因为心里太过震惊。

“嗯，从某种意义上说，它是这样的。”碧安卡抚弄着她双色的马尾辫，“我是说，你知道的，第五频道想要轻松的片子。”

“轻松?!”我尖叫，“你们简直在跟我开天大的玩笑！你一直在故意让我拍有争议性的内容。”

“不！我们确实也拍到了一些真正鼓舞人心的东西。”

“胡说——你们的片子里一丁点儿积极的东西都没有！”我努力忍住不哭，嘴唇颤抖着问，“而且你刚才提到莎弗伦是怎么回事？”

“克洛伊。”碧安卡叹了口气，“作为制片人，你会去联系所有你认为能给主题故事加料的人。维里蒂和莎弗伦非常想参与进来——这仅仅是让那些无论如何都会发生的情况加快速度而已，你懂吗？把它看作节省时间吧。”

“维里蒂和莎弗伦？”

“没错。”碧安卡听上去很恼怒，“她们的参与非常有用。维里蒂想把她试婚纱的时间和你的安排在一起，莎弗伦也很好心地告诉我，他们正在‘龙虾吧’办派对。你总得知道她怀孕的事！”

“但不是在镜头前！”我厌恶地说。我看向赛斯，他正默不作声地盯着碧安卡。我接着说：“你根本不在乎这件事会对我产生什么影响，是不是？你把我变成了一个彻头彻尾的精神病患者！”

碧安卡咬着嘴唇，用难懂的眼神打量着我：“呃，克洛伊，我是说，你确实要跟自己结婚。”

塔里克偷偷笑了，我转身离开他们。一阵令我反胃的痛苦袭来，我感觉我的自信彻底崩溃了。红地毯在我脚下晃来晃去。我从美梦中醒来，很快陷入了噩梦。我撩起裙子，飞快地穿过走廊，走过门厅。

“克洛伊！”我没有理会身后传来的叫喊声，推开了酒店的旋转门。此时此刻，我宁愿是其他任何人，就不想是我自己。

第三十五章

我站在酒店外的国王路上，在阳光下眨着眼睛。汽车在经过时减速，朝我按喇叭。孩子们从车窗里指着我，朝我招手。我一生中从未感到自己这样引人注目。身后传来的一声喊叫刺激了我，行人交通灯变成绿色时，我跑过了马路。

成群的游客聚在人行道上，看着我泪流满面地从他们身边匆匆跑过。一位女士举起相机，开始拍照，我迅速转向相反的方向，慢跑下水泥台阶，来到海滨区。

低处的海滨大道上熙熙攘攘，用餐的人在咖啡馆外享用冰激淋，跳霹雳舞的人随着轻柔的节拍旋转，人们在排球场和篮球场上跳跃，一得分就大喊起来。

“好了，平局？”几个拿着冲浪板的冲浪者挡住了我的路，把连体泳衣一直褪到腰间。他们甩了甩湿漉漉的头发，好奇地看着我。我从他们身边挤过去，飞快地穿过蓝色的篮球场地，冲散了困惑的球员们。

我不知道自己要往哪里去，便一路跑到了布莱顿码头。海滩上挤满了正在烧烤的朋友们，鹅卵石上散发出肉眼可见的热气。我经过他们时，听到大声的惊呼和笑声，而我正绝望地四处寻找逃脱的路线。

旋转木马刺耳的轮播音乐在我耳中回响。一只彩色木马每次转过我身边，都会展现一遍它龇牙咧嘴的笑容。

“克洛伊——！”我听到身后有人喊了一声，便转向左边避开。一股甜甜的雾气包围了我，我眯起眼睛，扇开胡子牌电子烟的烟雾，钻过一个拱形的装饰门，上面写着“多迪游乐棚”。

一阵难听的电子音响起，我的眼睛还没适应黑暗，整个人就撞在一台游戏机上。大楼的后面，碰碰车上闪动的灯光掠过，划出一条光轨。

终于找到了掩护我的地方，我松了一口气，走过保龄球馆，穿过一个挂着黑帘子的入口。如果我能在这里躲一会儿，也许就能控制住心中沮丧的震惊和憎恶。

我向后靠在冰凉的玻璃上，双眼紧闭。碧安卡那令人尴尬的一组镜头在我脑海中闪过。我不敢相信，我之前以为自己做的事很有意义，而实际上，一直以来我看上去都是那么愚蠢！

我听到脚步声响起，便睁开眼睛，结果立刻惊叫起来。一个矮胖的新娘张着嘴看着我，她的脸就像融化的蜡烛。我举起双手挡住她，她也举起了胳膊。我转过身，却看到了另一位新娘。这位新娘很高，脖子很长，像长颈鹿一样。她的眼睛是很小的黑洞。

“呃咳——！”我躲开，她也像我一样躲开了，跳到另一位新娘身上，后者的腰上泛起涟漪，四肢不自然地弯曲摆动着。

“不——！”我想把她推开，结果手掌碰到了凸面镜。我惊慌失措地转着圈，周围全是我自己扭曲的影子。

“克洛伊。”赛斯从黑帘子后钻进一个脑袋，“你在这里。”

他走进这间镜子厅，穿着浅灰色西装的身体立刻在镜中拉长，摇摇欲坠地悬在我上边。

“我信任你！”我悲叹道，“特别是大游行之后。我真是个笨蛋，我早就该长点儿记性。”

“克洛伊，相信我，我不知道碧安卡会这样剪辑你的镜头。”

“胡说！整个纪录片都是在嘲笑和别人不一样的人——别假装你不知道这个。”我向后退，远离他。

“好吧，没错，我知道碧安卡在向你推荐这个纪录片的时候，有点儿歪曲事实，其他被拍摄的人都很古怪……”赛斯松了松他的衣领，“但你的故事那么令人愉悦，我还以为碧安卡会恰如其分地讲述它。我猜是我高估了她。”

“她是个麻木不仁的贱人，你也好不到哪里去。你不是说摄影师是不带偏见的观察者吗？你觉得这样没问题吗？袖手旁观，任由她毁了我，像个邪恶的傀儡师一样操纵我！”

“不，有问题！她没告诉我她要这么做。”赛斯激动地踱来踱去，身后的镜中跟着他翘曲的倒影。“但你说得对，我知道她是怎么操作的，我本来可以问她更多问题。和你前任的新女友密谋计划是很低级的——即使以碧安卡的标准来看也是如此。”

“我不敢相信你以前会跟她约会，我本来还觉得你是个不错的人……”赛斯猛地抬起头，站在我面前，棕色的眼睛热切地盯着我。

“我是个不错的人，克洛伊，请相信我。我一直在试着摆脱碧安卡，已经有一段时间了。很难解释她对我的控制——她总是歪曲事实，想让我相信我需要她，为了我的事业之类的。全是屁话。我根本不希望她出现在我生活中。”

“嗯……如果你的事业就是为了廉价的搞笑而贬低别人，那你肯定会遇到更多像她这样的人。”

“不，那不是我想做的！我想做有趣的视频，真正会让人们思考的那种！你看‘变装者大战仇恨者’——它的力量这么强，真的能让人们团结在一起。”

我干笑一声：“那他妈又有什么意义，赛斯？每个人都在对你做的每件事评头论足，所以努力根本没用。也许互相仇恨注定是最后的赢家。”

“有意义，克洛伊！置身事外、嘲笑别人，这很容易。表达爱心和善意却更难，尤其是对你自己。”赛斯伸出手，摸了一下我的小臂，“我观察你越多，就越意识到你的努力是值得的。你鼓舞了我，克洛伊——你让我不再想做一个无情的浑蛋。想想看你还能帮助其他多少人。”

“现在我只觉得这样很傻。”我低声说。

“不！别这样说。”赛斯的语气很凶，“我一想到我们把你的精神搞垮了就简直受不了。别因为碧安卡缺乏人情味而让自己变得犹豫。”

我用手臂环抱着自己，不停颤抖，感觉贴在皮肤上的裙子很凉。

“有这么多人来支持你。”赛斯继续说，“你甚至还没看过我们采访他们的视频，他们的意见才是唯一重要的——他们每个人都很爱你。”

“我也爱他们。”我低声说，想象家人和朋友们穿着漂亮的衣服在演奏台等着我，“我不想让他们失望。”

“你不会让他们失望的。现在跟我回去吧。”赛斯伸出手臂。我站在那儿，忧郁地盯着那个矮胖的新娘。她的眼睛延伸到了脸颊上。

“克洛伊，听我的吧。她不是真正的你。”赛斯指责地指向镜中我怪异的倒影，“她们都不是。”他转过身来面对着我，“最好的你自己在这里。”他拍拍我的胸膛，就在我心脏的正上方。

“这里，别动，我弄一下……”海边的公共厕所里，艾玛一边用纸巾擦我的眼睛，一边全神贯注地咬着舌头给我补妆。

“很抱歉把你从派对上叫走，我只是不想让大家看到我这种状态。”我用手抚平刚梳好的头发。

“别傻了，这是标准的伴娘职责。”艾玛俯下身，重新给我涂好唇彩，“这又不是我们第一次要做点儿紧急修复了。”

“那倒是。”我盯着她金色的卷发，回想起从前的那些时光——我们在女厕所里给对方化妆，互相倾吐心声，谈论我们爱过、失去过的男孩。“你真的觉得我的决定是正确的吗，艾玛？”

艾玛站直身子，目光坚定地注视着我，吟诵道：“构成我们的料子也就是那梦幻的料子……”听出这是《暴风雨》中普洛斯彼罗最后的台词后，我笑了，我们俩一起说完了它：

“……我们的短暂的一生，前后都环绕在酣睡之中。”[1]

艾玛大笑：“克洛，等你变成坐在摇椅里的老妇人，回顾你的一生，我觉得你肯定不会因为承诺要爱自己的这一天后悔。”

“你说得对。”我挽起她的胳膊，“我们这就去吧。”

我们走到外面的海滨大道上，赛斯正等着我们。我们走上通向国王路的台阶。我和艾玛手挽着手，与赛斯一起走向演奏台，更多汽车开始鸣笛。演奏台建于维多利亚时代，屋顶是拱形的，有绿色的柱子和精致的锻铁装饰，在夏日天空的映衬下仿佛蕾丝一般。

人们成群聚集在人行道上，艾玛看到碧安卡和塔里克蹲在摄像机前，不由得咒骂起来。

“我能过去让他们滚开吗，克洛？”

“我很乐意让你去，但我敢说碧安卡的合同一定无懈可击，对吧，赛斯？”我问。

“恐怕是这样，婚礼是主要的关注点。”赛斯叹了口气，“不过别担心，我会尽我所能把这个故事讲好。我自己也很擅长后期制作。”

“碧安卡想做什么，就让她去做吧——她无法毁掉这一刻。”我说。当我看到下方海滩上的一大群人时，我深吸了一口气。我走过去，人群发出巨大的欢呼声，他们的掌声和海浪的声音交汇在一起。

---

1 此处译文采用了朱生豪译本。

两个十几岁的女孩拿着手机向我跑来，想和我合影。她们对我说：“我们喜欢你的博客。我们可以看你的婚礼吗？”

“当然！”我说，“人越多越好！”

一个20多岁的女孩在她们身后徘徊。她身材健美，栗色的长发编成辫子。我看到她那双灰色的眼睛，认出了她：“凯蒂?!”

她害羞地微笑：“希望你不介意我不请自来，我只是想见见你。你看起来很漂亮。”

“哦，天啊，快过来！”我走上前去，伸出双臂，“我觉得自己已经很了解你了，但我们甚至都还没有拥抱过！”

“我知道，这可能听起来很奇怪，但我为你感到骄傲。”她在我耳边低声说道。

“我也为你感到骄傲。”我觉得喉头哽咽。天啊，婚礼真是太容易让人激动了。“去演奏台那边坐下吧，我很希望你加入我们。”

我的婚礼嘉宾们都在演奏台旁等待着。我走到他们身边时，他们终于松了一口气，立刻开始叽叽喳喳地说个不停，亲吻我，拥抱我。爸爸鼓了鼓脸颊说：“我们都以为你落跑了呢。”

“我完全没这个念头，爸爸。”我朝赛斯眨了眨眼，爸爸吻了一下我的脸颊，留我站在台阶上。演奏台绿白相间的栏杆上挂着白丝带和白玫瑰，宾客们已经在一排排椅子上坐好，伸长脖子想看清我们。

爸爸放下面纱，让它遮住我的脸，然后把手捧花递给我。音箱里开始播放传统的婚礼进行曲，我感到一阵紧张。艾玛和麦茜慢慢地走在我们前面，把篮子里的向日葵花瓣撒了一地，后面是莫拉格和波莉。

我挽着爸爸的胳膊，跟在他们后面。面纱让一切都笼罩着一层珍珠般的微光。杰里米、亚尼斯、詹姆斯和邓肯走在最后。

“谢谢您能来，爸爸。”我低声说。

“嗯……是这样，我可能要把你交出去，但我永远不会让你离开。”我们走上黑白相间的格子台阶时，他低声回答。

我们沿着椅子间的过道走向前面的空地，多姆站在那里，姿态庄严地等待着，大海在他身后翻涌。

我两边的客人都穿着漂亮的礼服，对我灿烂地笑着。妈妈在，同事们也来了——有带着孩子一起来的杰丝，还有基思、鲁迪和西蒙妮，凯特和戴着一顶巨大橙色帽子的穆丽尔也在。凯蒂坐在弗莱彻医生旁边，弗莱彻医生对我竖起大拇指。还有“新娘之愿”的珍妮，正陶醉地看着我的婚纱。突然有人弹了一声响舌，我回过头去，看到身穿华丽白绸西装的 AJ 和可可·幻儿、X 夫人坐在一起，三人在空中挥舞着拳头，因为头戴鲜艳的假发，所以显得比其他人都高。

爸爸和我在多姆面前停下。多姆等着谈话声平息下来，便用响亮的声音宣布：“亲爱的诸位教友，我们今天聚在这里，是为了让这个女人进入神圣的婚姻之中。如果这里有任何人能提出正当的理由或质疑，说明她为什么不能与自己结婚，请现在提出，否则就永远保持沉默。”

我转过身去，假装担心地扫视坐着的观众，大家都笑了起来，紧紧闭住嘴唇。赛斯站在摄像机后面，假装要举起手，然后打了一下自己的手腕。

“很好，这总是一个紧张的时刻。”多姆擦了擦额头，“是谁把这个女人嫁给她自己的？”

“是她的父亲。”爸爸说着，紧紧地拥抱了我一下，然后走开了。

我转身面对多姆，把面纱掀过头顶，抛开所有模糊和阴影，在明亮的阳光下眨着眼睛。没有掩饰，没有伪装，只有我。

“嘿，你。”多姆说，他的眼睛闪闪发光，我觉得自己的脸上掠过一丝微笑。

“嗨。”

“克洛伊，”多姆挺起胸膛，“这场婚礼是你个人成长的标志。我们怀着美好的希望，向你保证，我们的心与你一致。因为，有什么会比一个人的灵魂完整更伟大呢？去爱你自己，珍惜你自己，甚至‘让你自己愉快’。”他挑了挑眉毛，大家都笑了。

海滩上传来一声狼哨。会集在这里的人更多了，路过的人也驻足观看。

“妈咪，她要和谁结婚？”一个清晰的孩童声飘过来，我们都哈哈大笑。

多姆等着大家再次静下来，然后大声问道：“克洛伊·亚瑟，你愿意娶克洛伊·亚瑟为妻吗？你是否愿意承诺，终你一生爱她、安慰她、尊敬她、保护她，无论疾病还是健康，无论富有还是贫穷，无论顺境还是逆境，无论悲伤还是快乐，你愿意吗？”

我高高抬起下巴，向前走了一步，大家都屏住了呼吸。我的皮肤因为兴奋微微刺痛，我骄傲地大声说出这句话："我愿意！"

宾客和围观人群立刻热烈地鼓起掌来。

"单身戒护送者，请上前一步好吗？"多姆说道。亚尼斯把朵拉向我们这边推了一下。它快步走向多姆，他解开它脖子上挂的一个金色小袋。

"谢谢你，朵拉。击个掌？"它举起爪子，他拍了拍。人群的反应鼓励了朵拉，它接着转向我，和我也击了下掌。在宾客们一阵"啊啊啊啊啊"的感叹声中，朵拉疯狂地晃动尾巴。

多姆把单身戒放在手掌上。红色的樱桃木色泽浓郁，闪着微光。

"克洛伊，把这枚单身戒戴在你的手指上，然后跟着我说：我把这枚戒指送给你，作为我爱情的信物，也作为我与你结合的象征。戴上这枚单身戒，我就和你结婚了。"

我把手捧花递给亚尼斯，然后接过戒指，戴在手指上，双手紧握，说："戴上这枚单身戒，我就和我结婚了。"

人们大声鼓掌、跺脚，多姆带我说完剩下的誓言，最后以一句非常有力的话结束："因此，以我——你的好朋友和知己多米尼克·哈特被赋予的权力，我现在宣布你成为妻子！"

我胜利地挥拳庆祝，亲人们起立为我鼓掌。

"现在你可以吻新娘了！"多姆高兴地叫道，我向前走了一步，用双臂抱住自己，两只手在背上来回抚摸，身后的观众都笑得前仰后合。

“愿你在世上的日子美好、长久！”多姆向空中挥舞拳头。音箱中开始播放切斯尼·霍克斯的歌曲《我独一无二》。突然间，所有人都围到我身边，拥抱我，亲吻我，向我扔彩色纸屑。我感到如此幸福，幸福到像是可以原地飘起来，飞上明亮的蓝天。

第三十六章

“龙虾吧”看起来简直棒极了，到处都挂上了向日葵花环和黄丝带，天花板上挂着网兜，上面挂了几百盏小灯，磷光般闪烁着。周围点缀着扑龙虾的笼子，上面编着茉莉叶。有人给山羊莫德穿上了马甲，戴上了礼帽。它凝视着白色亚麻布餐桌，显得比以往任何时候都神气。餐桌上装饰着浮木和海星，摆满了小点心和饮料。

我的大部分宾客都站在海滩露台上聊天，在午后强烈的阳光下，他们都被照得有点儿粉红。我看见赛斯和碧安卡在码头附近的台阶上争执，便走了过去。今早让我崩溃的恐慌已经化为冷漠，缩水成一小团无解的死结。

“你已经拍到婚礼的镜头了，现在走吧，别再烦克洛伊了。”赛斯说。他已经脱掉了夹克，威胁地把白衬衫卷到胳膊肘。

“我想拍一些婚宴的镜头。”碧安卡脸上不再挂着假笑，她扫视着海滩上的人群，就像一只豹子注视它的猎物一样。

“我的宾客中不会有谁愿意跟你说话的，碧安卡。”我说。

“而且我正式禁止你进入我的店。”AJ 警告道，他正和可可·幻儿、X 夫人路过。

“你们是‘变装者大战仇恨者’里的变装皇后吗？我能跟你们说句话吗？”碧安卡大声道。

可可抬起长长的紫色睫毛，上下打量她：“亲爱的，你知道我最不愿意做的事吗？而你，还排在它们后面。”

“但我想讨论一下，我们也许能一起做一档电视节目。”碧安卡没有被吓倒。

“我宁愿给自己的下身打蜡。”X夫人不耐烦地咂嘴道，一边回头从她肌肉发达的肩膀上狠狠瞪了碧安卡一眼，然后他们便走开了。

赛斯大笑：“你可以把这回答看成‘不要’。”

“天啊，你是怎么了，赛斯？你是想毁了你的事业吗？”碧安卡厉声说，“我保证我会让这一行里的每个人都知道你有多靠不住。”

“你有什么手段尽管用。”赛斯耸了耸肩，“多亏你毫无道德观念，我手里有你太多的把柄。”

碧安卡瞪着他：“以前你从来不会在意这些。”

“是啊，我以前是个胆小鬼。我再也不想和你一起工作了。”

“碧安卡。”我提高声音，人们开始看向我们，“我不想再看见你的脸了。你能爽快些滚远点儿吗？”

我身后传来几声冷嘲热讽，多姆和亚尼斯朝我们走过来。碧安卡盯着我看了片刻，然后小跑着回到台阶上魔方公司的面包车里。塔里克在方向盘后羞怯地向我点了点头。

赛斯和我坐在露台上，这时“快乐寡妇乐队”开始在室外舞台上演奏起20世纪60年代的曲子。AJ和变装皇后们正兴奋地与穆丽尔和凯特聊天。

AJ说:“克洛伊，我刚才在说，你那篇博文《狂欢至永远》真的让我思考了很多。我要在‘龙虾吧’给退休老人们举办特别的怀旧活动，还要配上现场音乐和下午茶。”

“可可和我可以来表演卡巴莱歌舞。”X夫人说。

“没错，你可以扮成山区摇滚女孩表演!”穆丽尔建议道。可可和X夫人都拍着手，开始拷问穆丽尔要扮成什么风格。

“这真是个好主意。”凯特开始在手机上打字，“我们的会员会很乐意参加的。”

“我会联系周边地区所有的老年人服务中心。”弗莱彻医生微笑着说。

“我能帮忙组织吗?”杰丝说，“我可以把我的孩子们带来，他们一定会喜欢的。”

“好啊，当然可以，让我们把它办成几代人一起参与的活动。”AJ张开双臂说。

“如果你愿意，我可以做市场推广。”西蒙妮提议道，“我已经烦透了时尚客户。”她朝我眨眨眼。

乐队开始演奏《野东西》，我高兴地看到妈妈和爸爸站起来一起跳舞，珍妮丝在一旁看着，紧抿着嘴微笑。

“她真是个活宝，你妈妈。”AJ看着她甩头，在我耳边说道，“我非常钦佩她。”

“哦哦，也许你应该告诉她?”我挑了挑眉毛，建议道。

乐队演奏完毕，赛斯和我向海边漫步走去。几只皮艇从码头出发，在附近划动。船上的人看到我的婚纱裙，纷纷举起桨向我祝贺。

“你的婚礼感动了很多人。”赛斯将手搭在眼睛上方，看向天际线，“说出那些誓言是什么感觉？”

“实际上，那些誓言充满力量。”我微笑，“我会永远记住这些话的。”我踢掉鞋子，好在水浅的地方踩一踩。

“等一下。”赛斯单膝跪下，帮我把裙摆上的带子系紧，“我知道现在说这些可能不是时候……但……呃……”他看着自己的大腿，皱起眉头。

“什么？”我饶有兴趣地低头看着他，此刻的他有种不同寻常的羞怯，凌乱的棕色头发在阳光下闪着红光。

“嗯，我想知道……你会考虑和我约会吗？”看到我在犹豫，他皱起了脸，“我知道你可能会想，在魔方公司的整件事情之后，我这样显得脸皮有点儿厚……”

“我们谁也不是完美的。”

“但你是，”他很快地说，“你妻子是个非常幸运的女人。”

“我不完美，赛斯——我永远也不会是完美的。”我抬起头来，“当然，我会和你约会，不过得在我的蜜月之后。”

“我会等，你值得等待。”他站起来，搂住我的腰，眼睛仿佛融化的蜂蜜，“我很高兴你决定和自己结婚，克洛。想想吧，如果你没有这样做，我就不会遇到你了。”

我想了一会儿，然后微笑，吻了吻他的脸颊：“这样才真的浪漫。”

“是我看错了吗？克洛伊在和一个男人亲热！”

听到琳达刺耳的声音时，我的笑容消失了。越过赛斯的肩膀，我看到她走过来，嘴里塞着一个虾肉串。

“琳达？”

“是你给我发了邀请。”她戒备地说道，“我原以为我会明白你为什么大惊小怪地弄出这些事，但现在你已经打破了规则，勾搭上了另一个男人。你真是一贯如此。”

“克洛伊可以做她想做的任何事，琳达。”赛斯慢吞吞地说，“规则由她制定。”

“这整件事都很荒谬。”琳达的嘴唇上全是鱼油，“你给你的教女树立的榜样太糟糕了。”她看向麦茜。麦茜正跟艾玛和凯蒂在我们身后的鹅卵石路上玩耍。“我真不知道艾玛为什么选你做麦茜的教母。难怪她叫你怪妈妈。”

“琳达，你不觉得对麦茜来说，重视‘自爱’这件事很重要吗？”艾玛突然来到我旁边，紧握着拳头道，“你难道希望她的整个青春都在担心自己不够漂亮，不够有趣，不能吸引‘合适的男人’吗？还是她应该因为太害怕单身，就去勉强接受一段不成熟的感情？”

琳达摇了摇头：“说实话，艾玛，我本来认为你要更明智些。”

“好吧，我不是。我之所以忍受你烦人的那一套，是因为我不开心，但现在我已经受够了。如果你不打算说什么让人愉快的话，那就从克洛伊的婚礼上离开吧！”艾玛保护我似的向前走了几步，我心中一阵感激——我的姐姐回来了。

“嘿——！”麦茜跑向赛斯，他把她抱到自己肩头，“我能和自己结婚，还能有59个伴娘，再建一座城堡、骑一条龙吗？”

琳达厉声说“不行”，而我们其他人则齐声说“可以！”麦茜把她想象中的剑举向空中：“我们去追海盗吧！”我们留下目瞪口呆的琳达站在鹅卵石上，一起向岸边白色的浪花泡沫奔去。

“请注意。”多姆用餐勺敲了敲杯子，他把教皇长袍换成了紫色的西装，和他眼周的淤青颜色相称，“在我们开始享用AJ美味的自助餐之前，有人有些话要说。”

我所有的宾客都坐在“龙虾吧”里的桌子旁，观看婚礼的人则站在敞开的门边。太阳在码头后面慢慢落下，在海滩上投下长长的影子，把一切都染成了橘色。

餐厅靠里的那堵墙边摆满了精致的大浅盘，装满了海鲜、沙拉和新鲜的烤面包，压得搁板吱吱作响，还有大块的蜜汁火腿、烤鸡、蔬菜和意大利面。

我爸爸站起来，讲起了我的出生和童年，整个致辞非常感人。说到最后，他向坐在对面的妈妈致意：“乔伊，我要感谢你。谢谢你让我们的女儿变成了今天这样出色的女人。”他的声音有点儿哽咽。等他坐下时，珍妮丝安慰地伸出一只手臂搂住他。

妈妈朝他点点头，然后出人意料地站了起来。“谢谢你，罗杰，你也起到了很小的作用。”她眨眨眼，然后清了清嗓子，“我本来没打算致辞，因为我不擅长这类事情，但我只是想谢谢你，克洛伊，我的女儿。”她看向我，抬起下巴说，“大家常说，人越老越难改变，但你用这样好玩的自爱庆典教会了我不少事。”她情绪激动，变得粗声粗气，“当糟糕的事发生时，我们大多数人都会扮演受害者的角色，把责任推给伤害我们的人。虽然这有可能确实是他们的错。”她两颊颤抖，努力不去看爸爸，“但最终，喋喋不休地谈论它只会让你的生活一团糟。所以你也可以选择原谅，对吧？”她笑着环视房间，目光在AJ身上停留了一会儿，“我曾经是人类所知最痛苦的‘快乐’[1]，我对此很抱歉，克洛。我之后会努力，不辜负我的名字。”她突然坐了回去，全场爆发出一阵欢呼。

多姆靠过去，拥抱她，然后站起来做伴郎致辞。他讲了很多我的滑稽故事，整间屋子的人捧腹大笑。这些趣事基本都被他添油加醋了——包括那次我穿着居家连体衣，坐在布莱顿市中心的一个废弃沙发上，邀请每一位路人和我喝茶的事。他没有提到我当时已经喝得像风筝一样飘，但我想大多数人都能猜到。

麦茜坐在多姆旁边，抬头看着他，一副欣喜若狂的样子。每次大家笑的时候，她都会把头往后仰，大声地咯咯笑，不想错过任何欢乐。艾玛越是想让她安静下来，她就笑得越过火，到了最后，大家更多都是被她逗笑，而不是在笑致辞了。

多姆总结道：“能和克洛伊一起经历这段旅程，是我的荣幸。嗯，

---

1 “乔伊”（Joy）一名有“快乐，欢愉”之意。

当然了，除了我身上严重的瘀伤之外。”他指了指身上的瘀伤，每个人都同情地感叹起来，“我不知道你们是怎么想的，但就我而言，看着她今天说出爱自己的誓言，我心中充满了一种渴望，希望自己也能做出这样的承诺。你是我们所有人的希望之光，克洛伊，谢谢你！”

所有人都碰杯，大吼着赞同多姆。我给了多姆一个飞吻，站起身来。

“现如今，新娘一般不会致辞，但反正这也不是传统的婚礼，我也没有新郎，所以……”我挑了挑眉毛，笑了一声，笑声回响在屋中，“我就长话短说吧。我只是想感谢你们今天对我的支持，或者应该说是——对我的迁就？”我朝爸爸和艾玛眨了眨眼。

“我知道有些人可能会觉得，这场婚礼是个笑话，但我一直相信，当人们开始大笑的时候，奇迹就会发生。”麦茜立刻高声大笑，我微笑地看着她。

“我相信，爱自己和爱别人一样重要，自爱是所有爱开花的基础。爱会以许多令人意想不到的形式到来。你不一定得成为父母，才能体会父母之心；你可能永远也不会和某个男人上床，但和他相处仍然可以创意满满，充满热情；你可以和陌生人分享你最黑暗的秘密；你也可以被穿着女人衣服的男人拯救。”

宾客们大声欢呼赞同，我便停了下来。AJ、可可·幻儿和X夫人起身鞠躬。

我接着说：“对于那些拒绝理解我的仇恨者，我只想说一句话：

我选择爱！”

我举起香槟酒杯，大家都站了起来，椅子在地板上刮擦作响，每个人都高高举起酒杯：“敬给——爱！”

第三十七章

晚餐结束后，餐厅员工把桌子摞在一起，这样大家就可以自由跳舞。“局外人”乐队开始在舞台上调试乐器。我和他们一起挑选了一组很棒的歌单，歌曲跨越了近几十年。

每个人都醉得厉害，脱掉了外衣和鞋子。“欢乐”、莫拉格和邓肯已经在舞池中央跳起霹雳舞，穆丽尔正在教妈妈、珍妮丝和凯特一些20世纪20年代时髦女郎的舞步。爸爸站在角落里，很专注地和赛斯说话。赛斯的目光对上了我的，他悄悄眨了一下眼，努力不让爸爸注意到。

艾玛、杰丝和麦西正用一小块皮塔饼作为诱饵，怂恿朵拉用后腿站起来，然后抓着它的爪子跳华尔兹。我正准备往她们那边走，就被西蒙妮拽住了胳膊。她看上去很焦虑。

“你还好吗？”我转向她问。

“是，我还好，但是——”她扭头看了看，“维里蒂在外面。我想让她离开，但她不见到你就不走。”

“好吧。”我叹了口气，“我去跟她聊一下。”

维里蒂穿着皮夹克和牛仔裤，靠在码头边的一根铁柱子上。我走过去，她朝我转过头来，眼睛肿着，不停流泪。

“我恨我自己！”她夸张地尖叫，身上有一股很浓的伏特加味。

“这可有点儿严厉。”我抱着胳膊站在她旁边。

“那是我的裙子。”她低声说，双目无神地看着我的裙子。

“你又要来把它从我身上扯下来吗？”

“没有意义——他不爱我了。”她凝视着漆黑的海面，睫毛膏流到了高高的颧骨上。

“哦，拜托，加文对你神魂颠倒。”

“不是加文，笨蛋！”她捶了一下自己的大腿，“是贾尔斯！贾尔斯，贾尔斯，贾尔斯。”

“什么？”我开始有点儿听不懂她的话了。

“我只是想给他一个教训，谁让他吻了你？”维里蒂大声数落道，“我才应该是他的女人。”

我盯着她，没说话。她不耐烦地咂嘴道：“是我拍下了你们接吻的照片，傻瓜！但我本来没想拿它干什么。”

我倒吸了口气：“原来是你！”

“碧安卡把它交给了《每日邮报》！她说她能用这个拿到很多钱……但她一点儿也没给我。”维里蒂抽了抽鼻子，“结果现在贾尔斯恨死我了。”

“等一下，我们回到刚才的话题……你别告诉我，你跟贾尔斯上过床？”

“没错，克洛伊！”她的声音在桥墩下回响，“是在森林的那一夜，我们凑到一起的——他在月光下向我求爱。贾让我达到了高潮！”

“可是……你不是要嫁给加文吗？”

“我只是想让贾尔斯吃醋。”维里蒂把两条腿靠在胸前，“我一点儿也不想要这个愚蠢的婚礼，我也不喜欢加文。他太无聊了。”

我紧紧闭着双唇，无话可说。维里蒂发红的眼睛观察着我的脸，然后戒备地抬起下巴。

“管它呢，我会把婚礼直接取消。这也不是什么大事。”她用舌头舔了舔牙齿，又露出平时那种高傲的神气，“不过我还是会在拉斯维加斯办婚前单身派对。可以办成……那种‘分手派对’。我需要女生们的支持。如果你能随意编出来那些活动，那我也能。”

“加油吧，维里蒂。祝你好运。”我摇摇头，转身离开。

“等等！”她尖声叫道，我停了下来。海浪拍打着石柱，她的声音太小了，我得向前探身才能听到。她说：“我一个真正的朋友都没有。我觉得自己不是个很好的人。”

我张开嘴，然后又闭上。她的话很难反驳。

“我知道怎么让男人喜欢我，但其他女孩和我一起玩，都只是因为她们想看起来酷一些。我希望能像你一样，有那样的朋友，那些永远支持你的朋友。我怎样才能拥有他们？”

“天哪，这真是个很难的问题。”我想了一会儿，“我想，友谊是相互的，你不能强求。就像任何关系一样，种瓜得瓜，种豆得豆。”

维里蒂噘起了嘴：“听起来很辛苦。”

“好吧，嗯，我要回去跳舞了。”我再次往“龙虾吧”那边转身，她突然大声抽泣起来。

我重重叹了口气：“维里蒂，你想参加我的派对吗？”

她一下子跳了起来，好像有小石子烫伤了她似的：“天哪，我还以为你绝对不会问我呢。”

“啊，你在这儿！快来，第一支舞是你的！”多姆站在门口，向我招手。

“请给新娘让让路。”乐队的女歌手向跳舞的人们示意。邓肯的霹雳舞正跳到一半，莫拉格抓住他的脚踝，把他拖到了场边。

大家挤来挤去，把我推到中间。灯光暗淡下来，餐厅里仿佛笼罩着朦胧的薄雾。接着，紫色的灯光淹没了舞池，一层干冰从舞台上的机器中涌出。所有人都兴奋地大叫。

那个歌手撑着立式麦克风说：“我感觉是时候让你们尝试一下新事物了，克洛伊，你也一样。”她指了指我。接着，《紫雨》的第一小节响起，所有人都再次尖叫起来，闪烁的紫色光点映照整个房间，从我的头顶笼罩而下。

乐队开始演奏，我拿着向日葵手捧花，在舞池中旋转，跟着歌词小声唱。

音乐节奏加快，我向大家招手，邀请他们和我一起来舞池中跳舞。我们靠着彼此，假装弹着吉他，扯着嗓门高歌，紫色的光点雨一般洒在我们身上。西蒙妮和维里蒂在舞池中打滚，可可·幻儿和X

夫人跪倒在地，激动地握紧拳头。

“把你的手捧花抛出来！”这首歌接近尾声时，艾玛喊道，我走上舞台，背对着人群，把向日葵抛过我的头顶。我身后一片混乱，大家大喊大叫，我转过身去，看到多姆和亚尼斯站在中间，两人一起抓着手捧花，脸上带着惊呆的表情。他们互相看着对方，慢慢点头，然后亚尼斯突然哭了，多姆靠过来拥吻他。

AJ 高喊：“我们吃蛋糕吧！”然后把“嗨嗨巧克力”制作的蛋糕推了出来。蛋糕像塔一样高耸，上面有奶油色的向日葵，顶上还立着一个新娘。我双手握住刀，闭上眼睛，许愿一切永如今日。此刻的我已经拥有了曾经梦想的一切。

“局外人”乐队演奏了两小时的跳舞组曲，到了晚上 11 点，所有人都汗流浃背，上气不接下气。开始有人离开，带走外套和昏昏欲睡的孩子。

杰丝要把朵拉带回家。我跪在地上，两手抱着我的狗，闻着它身上温热的饼干味，说：“明天见，我的美人儿。”它把一只爪子搭在我肩上，拱着我的前额。

“孩子们很高兴能见到它。”杰丝笑着说。

“约翰要搬出去的事，他们怎么想？”我问。

“他们有点儿困惑，也很难过。”她的嘴唇颤抖着，“他们不明白为什么我们不再爱对方了，但说实话，我也不明白。我已经告诉他们，这永远不会改变我们对他们的感情。”

“哦，宝贝，就这样诚实对待他们吧，这是你能做的一切。尽量不要跟他们说对方的坏话——这没什么好处。”我紧紧地拥抱她，心中惊讶于我们现在变得这样亲密无间。找到这样一个好朋友，算是我在“领导者”工作的一份收获。

“是时候来点儿鼓点贝斯舞曲了吧？”我从伦敦来的DJ朋友从我们身边走过，满怀希望地举起他的黑胶唱片盒，我对他竖起大拇指：“它们总是很受欢迎！”

他开始设置调音台，我去外面为妈妈送行。我们站在码头前，喝醉的人在那里排队买炸鱼薯条宵夜。一个女孩指着我喊道：“天哪，那条裙子——我好想要！”

“刚才发生了一件非常奇怪的事。”妈妈困惑地皱着眉头。

“什么事，妈？”

“AJ刚才邀我吃晚餐。他说他今晚会关掉‘龙虾吧’，这样我们就可以独享这个地方了。我完全不明白。”

“太棒了，AJ是个传奇——如果你们俩开始约会，那就太酷了！”

“但他肯定不是那个意思。这不正常！”

“为什么不正常？”

“我比他大6岁，克洛……而且他，嗯，他有时候会穿女装。”

“是，但他是直男。我相信他‘各方面’的能力都很强。”我意味深长地眨了眨眼，“那些真的有关系吗？”

她看了我一会儿，灰色的眼睛若有所思：“好吧，既然你提到这个，我觉得也没什么问题。”她脸上露出邪恶的笑容，“想象一下，如果我让他穿着那套橡胶衣回希林伯尔尼，芭芭拉会有什么反应！”

我们吻别时，她严厉地看了我一眼，说：“你要保证你不会整晚都在外面聚会。要充分利用酒店里你那间漂亮的套房。”

“别担心，妈，我会保证在合理的时间上床睡觉的。”我向她保证，她摆出一副怀疑的表情。

“要是真那样就好了。”

我看着她离开，转身正打算回去参加派对，买薯条的队伍后面走出一个人影。

“克洛伊。”

安特站在我面前，穿着斯图西牌的涂鸦 T 恤、肥大的短裤和人字拖。浓密的卷发在他脸上投下深色的影子。

“安特，你总是要说点儿废话，对不对？”

“你看上去真漂亮。”他直截了当地说，眼睛乌黑，有些阴沉。

“孩子现在长到多大了？葡萄柚那么大？还是石榴那么大？”我讽刺地问。

安特叹了口气：“实际上，已经芒果那么大了。听着，克洛依，我知道你们都认为我是个大浑蛋。但我只是想说，我不是故意搞成这样的。莎弗伦告诉我她是靠安全期避孕的时候，已经太晚了。”

“呃，行了，我不想知道这些。”一想到他们俩做爱，我的胃还是会翻涌个不停，“不管怎样，我希望你们在一起会幸福。”

安特苦笑。“我想你，克洛。”他悄声说，“你是唯一真正了解我的人。”

“啊，莎弗伦不是会很耐心地坐着倾听你的问题吗，安特？你这话让我很惊讶。”

“不。”安特心不在焉地望向洒满月光的大海，丝毫不理会我的讽刺，“你知道，我发现她对我撒谎了——她说她有罗马尼亚吉卜赛人的血统，童年是在欧洲旅行度过的，但我后来发现，她是在米尔顿凯恩斯长大的。”

我扑哧一声笑了：“哦，亲爱的，看来她不完全是你期望的那种特立独行的人。”

“嗯……她不是，她其实控制欲很强。她不准我航海，因为现在我要当爸爸了。我最近一直没睡觉。我晚上睡不着，躺在那里，眼睛盯着天花板。我只是不明白，一切怎么突然变得……认真得吓人。和你在一起的时候，我从来没有过这种感觉。”

“嗯……我有个主意，你何不抛弃莎弗伦和孩子，跟我一起逃到加勒比海去？我们可以重新开始，住在岛上，完全退出社会。”

安特猛地抬起头，眼中闪过一丝希望，令我哈哈大笑。

“我的老天啊，安特，长大吧。你真是来这儿向我诉苦的吗？”

他看上去受到了冒犯：“天啊，你应该多理解我一些。”

“抱歉，不行，我不会再分给你一丁点儿理解了。你曾经完全拥有它，可你却随意践踏，让我那么难堪。”

“我知道我做错了——我非常后悔！别这么无情，克洛依。你知道我爱过你。”安特声音发哑，“现在还爱你。”

我咽了口唾沫，试着控制住自己的愤怒。他伸出一只手，抚摸我裸露的手臂。

“你要去哪里度蜜月？”

“我要去乌干达，和大猩猩野游徒步。我还是原来那个女孩。”我对他微微一笑。

“我知道你是。”他忧郁的眼中突然充满泪水，“天啊，我都还没开始面对失去你这件事呢。”

“哦，安特，听着，我现在是这样想的：我们只是彼此生命故事中的一个章节。好吗？我们该翻开新的一页了。”

他的嘴唇颤抖：“但我一直以为，我会成为你书中的男主角。”

“嗯，看起来我的主角是我自己。”我轻声说道，捏了捏他的手，“再见，安特。”

“呃呃呃——！”我醒了过来，因为多姆的手肘顶住了我的肚子。金色的阳光透入房间，我眨了眨眼睛。我平躺在酒店里我的床上，仍然穿着婚纱，戴着……我伸手去头顶上把它拿下来——看来是戴着一顶大礼帽。

多姆和艾玛蜷成一团，紧挨着我。多姆穿着衬衫和四角裤，艾玛只穿着背心和内裤，全身涂满颜料。

我想起那好像是凯蒂的主意，我们去了一家海边的小型地下俱乐部“大众吧”。他们看到有个新娘来了俱乐部，都很惊讶。然后我们去参加了某人家里的聚会。我记得我玩了一个游戏，要弯下腰，用嘴叼起一个麦片盒。事实上——我把腿抬起来弯曲了一下……好痛——没错，我确实是拉伤了腿筋。

我拖着那条腿下了床，裙子整个缠在身上。地毯上有一堆垫子和浴室毛巾，上面躺着维里蒂、西蒙妮和凯蒂。西蒙妮大声打鼾，抱着维里蒂的腿。

好吧，看来我确实充分利用了酒店里我住的房间。我打了个哈欠，一瘸一拐地走到冰箱前，倒出一些苏打水，然后去阳台上坐下。我望着大海，按摩着太阳穴，脸上带着傻笑。昨天怎么只有 24 小时呢？我真不想让它结束。我感觉香槟还在血管里震颤个不停，便把笔记本电脑拉了过来。

读者们，我和自己结婚了！

2018.8.19

昨天的婚礼简直太棒了，我会永远铭记这一天。在我爱的人面前，承诺我会永远照顾好自己，这意味着很多。我相信，在艰难的时刻，我一定会想起那些誓言。未来也一定会有艰难的时刻，这是肯定的！但我已经明白，与常人的看法相反——自尊心生于失败之后，而非之前。当你被打倒的时候，你要振作起来，重整旗鼓，继续生活。朋友们，那才是你最该庆祝的时候。

我想你一定想知道我的新婚之夜过得怎么样……恐怕我连婚纱都没脱，这该死的裙子上扣子太多了。但我确实跳舞到了天亮，和朋友跳，也和陌生人跳。醒来时，我的身边有很多人陪伴着我。

下周，我要去度蜜月了——我会去乌干达看山地大猩猩！但你知道吗？这并不是我今年最冒险的旅程，绝对不是。过去的几个月里，通过对自我的探索，我学到了很多关于自由的事。

我思考了很多关于孤独和寂寞的区别。孤独是一种人人都应该培养的绝妙技能，是冥想的一种形式，可以思考你自己和你周围的世界。它是用来反省和平静的时间，会给我们调整生活的力量。

另一方面，寂寞则是一种情感上的反应，是因为你觉得自己没有被爱，与周围的人没有联系，即使他们和你待在一个房间里。

我们如何“修复”这种隔绝感？现在就找一个男朋友/女朋友——快，在他们被哄抢一空之前吗？

真是笑话。

依我的浅见，我认为这种感觉始于自我同情。承认你的空虚感，不要逃避。要知道，每个人都有感到自己被孤立的时候，并非只有你有这种感觉——这是人类经历的一部分。

也许你的孤独是一个信号，表明你生活中的人际关系不像你希望的那样，能给你帮助和支持（抛弃那些虚伪的朋友吧！），又或者是你需要和更多人联系。你能做到的！

好的方面是，经历过这种痛苦后，你会同情那些有同样感受的人。要有勇气表现出你的脆弱。我们都渴望有归属感。

我意识到，我的人生不仅仅是要寻找一个能让我梦想成真的“真爱”。我的“真爱”存在于我早已选择的家庭，存在于每一个时刻。通常情况下，它并不引人注意。没有人知道这些时刻何时会结束，但它们是真实的，并且它们属于我。我会去爱每一个这样的时刻，度过最美好的生活——永远幸福地过好每一个“当下”！

永远在漫游的，

你的克洛伊　X